Jochen Schmidt

Ein Auftrag für Otto Kwant

Jochen Schmidt

Ein Auftrag für Otto Kwant

Roman

C.H.Beck

Der Autor dankt dem Berliner Senat
für ein Stipendium.
Die Recherchen für den Roman wurden
zudem durch ein Grenzgänger-Stipendium der
Robert Bosch Stiftung unterstützt.

1. Auflage. 2019

Die Zitate auf den Seiten 230, 233, 237 und 253 stammen aus:
Paulo Coelho: «Der Alchimist», aus dem Brasilianischen
von Cordula Swoboda Herzog, Copyright der deutschsprachigen Ausgabe
© 1996 Diogenes Verlag AG Zürich
Umschlaggestaltung: Rothfos & Gabler, Hamburg
Umschlagabbildung: Russisches Denkmal in Rostow am Don
© Simon Roberts / Gallery Stock
Satz: Fotosatz Amann, Memmingen
Druck und Bindung: Pustet, Regensburg
Gedruckt auf säurefreiem, alterungsbeständigem Papier
(hergestellt aus chlorfrei gebleichtem Zellstoff)
Printed in Germany
ISBN 978 3 406 73376 5

www.chbeck.de

I

KAPITEL 1

Otto Kwant lag auf seinem ausklappbaren Schlafsofa, dem am wenigsten häßlichen Modell, das für ihn bei IKEA bezahlbar gewesen war, und starrte gelangweilt auf den Bildschirm des auf seinem Schoß thronenden Laptops mit der geöffneten Datei des Vorworts von «Laube – Kolonie – Heterotopie», das Daniel Le Bihan seinem Bildband voranstellen wollte, denn, obwohl der Text kaum länger war als die Liste der Literatur, die angeblich darin eingeflossen war, schaffte Otto es seit Tagen nicht, sich auf die Ausführungen des Photographiephilosophen und architektonischen Quereinsteigers zu konzentrieren, geschweige denn, sie mit Korrekturanmerkungen zu versehen, obwohl er mit nichts anderem beschäftigt war und sich nur jede volle Stunde einen kurzen Ausflug auf seine bevorzugten Architektur-Websites gestattete, um die herrlichen Häuser zu bewundern, die ständig auf der ganzen Welt gebaut wurden, von denen man aber in der Realität seltsamerweise kaum je etwas zu Gesicht bekam. Eine Obstfliege setzte sich auf den Bildschirm, Otto stach mit dem Cursorpfeil nach ihr, ohne sie zu beeindrucken, und bemerkte dabei zum ersten Mal, daß der Pfeil, sobald er die Grenze der weißen, einem Blatt Papier nachempfundenen Hintergrundfläche des Texts erreichte, die Form eines Schienenprofils annahm. Otto zog den Ärmel seines Hemds über den Daumen der rechten Hand und wischte damit den Staub vom Bildschirm. Das Frühlingswetter war nur dafür gut, sein Zimmer schäbig und verdreckt aussehen zu lassen, so daß sich die Vorstellung, er hause in der kreativen Unordnung eines Ateliers, mit der er sich selbst in besseren Momenten schmeichelte, als traurige Illusion entpuppte. Durch das Drücken einer mit einem verwachsenen π versehenen Schaltfläche auf der Symbolleiste, blendete Otto die Formatierungszeichen im Text ein, zwischen den Wörtern erschienen Pünktchen, die durch nochmaliges Drücken der Schaltfläche wieder verschwanden. Wenn er das schnell genug wiederholte, mutete das Punktraster wie eine nächtlich pulsierende Leuchtschrift an. Otto entdeckte ein überflüssiges Leerzeichen zwischen «disruptive» und «Design» und löschte es. Danach hatte er das Bedürfnis, den Text ein weiteres Mal auszudrucken, um mit neuem Schwung eine frische und nun wirklich fehlerfreie Version lesen zu können. Aber er würde wohl trotzdem wieder auf halbem Weg die Lust verlieren. Wen interessierte überhaupt das Vorwort von «Laube – Kolonie – Heterotopie»? Es klang so gestelzt, aufgeblasen und gewollt hermetisch wie die Vernissage-Laudatio eines mit dem Künstler befreundeten Kunstkritikers. Seit einer Woche quälte Otto sich mit diesem Auftrag herum, tagsüber ließ er sich von anderen Dingen ablenken, und nachts lag er lange wach, wenn er an die fragile Konstruktion seiner ökonomischen Existenz dachte, seine fatale Abhängigkeit vom Job als Korrekturleser beim «Augenschmaus»-Verlag, mit dem er sich eine Auszeit finanzieren wollte, die er brauchte, um in aller Ruhe seine Entwurfsaufgabe im Fach Freiraumplanung fertigzustellen, eine Voraussetzung, um das Architekturstudium zu beenden, was allerdings seit deutlich mehr als einer Woche überfällig war. (Bei seinem Vorhaben, einen Spielplatz für ein Flüchtlingsheim zu gestalten, sowie ein Modell davon zu bauen, das er im Plenum präsentieren konnte, hatte sich Otto in so umfangreichen Recherchen verloren, daß er sich eine Auszeit von wenigstens einem halben Jahr wünschte, um sich ohne Ablenkung diesem Projekt widmen zu können. Die Gestaltung eines idealen Spielplatzes entpuppte sich als Aufgabe, die über ästhetische Fragen weit hinausging und theoretische Vorarbeiten nötig machte. Material aus verschiedenen Kulturkreisen, das schwer zu beschaffen war, mußte verglichen, Erkenntnisse aus Entwicklungspsychologie, Kognitionswissenschaften und Stadtökologie mußten berücksichtigt, Erfahrungen aus partizipativen Bauprojekten ausgewertet werden.) Er tröstete sich damit, daß viele der größten Architekten, die er bewunderte, nie Architektur studiert oder zumindest ihr Studium nie abgeschlossen hatten; Le Corbusier, Mies van der Rohe, Walter Gropius, Peter Behrens, Friedrich Kiesler, wer hätte sie nach einem Diplom gefragt? Es war geradezu ein Ausweis ihrer Exzellenz, daß sie sich mit so etwas nicht aufgehalten hatten, nachdem sie der Hochschule abgetrotzt hatten, was ihnen dieser Ort bieten konnte. Bauen lernte man nicht im Hörsaal. Für Anfänger war es natürlich schwer, an Aufträge zu kommen. Viele Architekten hatten deshalb mit einem Gebäude für ihre Eltern debütiert. Robert Venturi hatte ein Haus für seine Mutter gebaut (der das Nachbarhaus im traditionellen Stil des 19. Jahrhunderts dann allerdings besser gefiel), es war eine Kampfansage gegen den Purismus der Moderne gewesen, ein einziges Gebäude hatte die Postmoderne eingeleitet. (Otto bewunderte die Intelligenz, die Angriffslust und den Sinn für Humor, mit denen Venturi in seinen Büchern für seine scheußliche Ästhetik warb.) Statt sich regelmäßig nach den Fortschritten seines Studiums zu erkundigen und ihn damit kognitiv zu blockieren, hätten Ottos Eltern ihm lieber den Auftrag geben sollen, ein neues Haus für sie zu bauen. Vielleicht würde es auch einmal eine Architektur-Ikone werden, die man eines Tages als Residenz für Studenten stiften könnte, damit sie darin Ruhe zum Arbeiten fänden, wie es im Fall von Richard Rogers' für seine Eltern errichteten Londoner Hauses geschehen war? Ideen hatte Otto genug, nur müßte man zuerst ihr altes Haus abreißen, um den nötigen Platz zu schaffen (auch geistig), und dazu waren seine Eltern zu zögerlich, sie vertrauten ihm einfach nicht. (Otto war wohlbehütet in einem weitgehend fensterlosen Egon-Eiermann-Plagiat aufgewachsen, gegen dessen Wände man wegen der Betonformsteinwaben nicht Tennis spielen konnte. Zu den größten Umbrüchen in seinem Leben hatte der Übergang von QUADRO zu DUPLO und anschließend zu LEGO gehört. Seine Kindheit war davon überschattet gewesen, daß er in seinem Zimmer keine Poster aufhängen durfte und daß seine Filzstifte in ihrer Klarsichtverpackung stets ein korrektes Farbspektrum ergeben mußten. Auf Spaziergängen nahm Ottos Vater immer einen Müllbeutel mit, um vor Gebäuden, die er bewunderte, Unrat einzusammeln.)

Otto legte den Laptop beiseite und blätterte im opulenten «Augenschmaus»-Frühjahrskatalog, der ihm wieder einmal ungefragt zugesandt worden war, was immer einen Gang zur Post und stundenlanges Schlangestehen bedeutete. Als Spitzentitel wurde ein großformatiger Bildband über den Burj Khalifa angepriesen, die Buchgestalter hatten sich selbst übertroffen und ein Leporello geschaffen, auf dessen 828 Seiten jeder Meter des Turms komplett abgebildet war. Der Verlagschef Dr. Rainhold Fagner hatte sich mit diesem Titel gegen die neue Art-Direktorin Brigitte Baran durchgesetzt, die das Programm von «Augenschmaus», wie sie in einer Strategiesitzung angekündigt hatte, «aufrauhen» wollte. «Laube – Kolonie – Heterotopie» war ihr Lieblingsprojekt, sie hielt Daniel Le Bihan für einen der brillantesten Köpfe seiner Generation. Lauben, diese «Architektur ohne Architekt», holten das kollektive Unterbewußte ans Licht, dieser Gebäudetyp stehe mit Kiosken, Garagen oder Toilettenhäuschen ganz unten in der Hierarchie der Stadtlandschaft, dabei sei es eigentlich an der Zeit, daß sich der Denkmalschutz für ihn interessiere. Es ginge hier einmal nicht darum, wie Architekten zeitgemäßes Bauen definierten, sondern um das, was architektonische Laien in einem widersprüchlichen und lustvollen Prozeß von Nachahmung, Überbietung, Aneignung von Versatzstücken und Improvisation an Variationen von Heimat konstruierten (woran viele Architekten bekanntlich scheiterten), diese Gebäude seien gebauter Jazz, führte sie aus, wobei sie sich dafür entschuldigte, daß es ihr manchmal schwerfiel, im Deutschen die richtigen Worte zu finden, Brigitte war auf Betreiben von Dr. Fagners einflußreicher Tochter und designierter Nachfolgerin vom Pariser «Augenschmaus»-Stammhaus nach Köln gewechselt. Dr. Fagner gab zu bedenken, daß viele Besucher aus der Dritten Welt die Laubenkolonien an den Rändern deutscher Großstädte für Slums hielten, wie sie ihnen von zu Hause vertraut waren. Brigitte Baran dankte für die Bemerkung, denn das sei ja der Punkt, das Neue entstehe an den Rändern, dem optischen Reiz einer Favela-Siedlung könne man sich nur schwer entziehen, nicht umsonst habe die Lauben-Architektur in ihrer russischen Version bekanntlich als Inspiration für «Wischnjowy sad» gedient, eine Luxus-Siedlung, die Le Bihan in einer Top-Lage von Moskau gebaut hatte. Das hatte ihm den Condé Nast Traveller Innovation & Design Award (Reader's Choice) eingebracht, was allerdings nicht viel bedeutete, da es ungefähr drei Dutzend Architekturpreise gab, deren Namen sich niemand merken konnte und die nur dazu dienten, den Neid der Kollegen am Leben zu erhalten. Die wenigen Menschen, die wußten, womit sich Architekten befaßten, hielten diese für einen unnötigen Kostenfaktor, während dem Rest des Publikums als Merkmal eines gut entworfenen Hauses schon ein Spitzdach und eine geräumige Garage genügte. Dr. Fagner hatte sich trotzdem für den Burj Khalifa als Spitzentitel entschieden, man müsse auch «die Zahlen» im Blick haben, und ein Buch, in dem das höchste Gebäude der Welt komplett abgebildet war, habe es noch nicht gegeben, mit so einer Neuheit könne man punkten, vor allem auf dem bisher kaum erschlossenen arabischen Markt. Außerdem waren die Vertreter von diesem Titel auf Anhieb begeistert gewesen (vielleicht hatte es sie aber auch nur zum Buffet gezogen, das draußen schon aufgebaut war).

Otto wollte den Computer runterfahren, aber es erschien eine Meldung mit der Frage, ob die Änderungen gespeichert werden sollten, er hatte ja ein Leerzeichen entfernt. Er probierte aus, ob es den Computer schon zufriedenstellte, wenn er das Leerzeichen wieder einfügte, aber es funktionierte nicht, der Computer erkannte nicht, daß die Datei sich nicht verändert hatte. Oberflächlich betrachtet hatte die Maschine ja recht, in ihrer äußeren Gestalt hatte die Datei sich nicht verändert, denn sie war Zeichen für Zeichen dieselbe wie vorher, aber in einem höheren Sinne hatte sie eine Entwicklung durchgemacht, Erfahrungen gesammelt und war zudem etwas älter geworden. Otto speicherte den Text und änderte den Namen des Verzeichnisses, in dem er seine Word-Dateien aufbewahrte, von «Taxte» in «Texte», das hatte er schon lange vor sich hergeschoben. Er fuhr den Rechner runter, stellte ihn neben sich auf dem Boden ab, schloß die Augen und versuchte, an Gebäude zu denken, die er entwerfen wollte, wenn er den Abschluß endlich in der Tasche hätte und nach zwei Jahren Sklavenarbeit in irgendeinem Architekturbüro in die Architektenkammer aufgenommen würde und bauvorlageberechtigt wäre. Die Bilder, die er sah, waren unscharf, die Formen ließen sich nicht fixieren, aber gerade dadurch überkam ihn beim Träumen manchmal eine brennende Lust, endlich zu bauen. Das war es doch, was er wollte, warum verlor er das immer wieder aus dem Blick? Aber er mußte ja sein Studium beenden und vorher durch Korrekturlesen das Geld zusammenbekommen, mit dem er sich die für seine Entwurfsaufgabe nötige Auszeit finanzieren konnte. (Otto hatte das Bedürfnis, bevor er eigene Ideen entwickelte, mit ganzer Kraft die Wesensforschung zu betreiben, die Gropius als einzigen Weg für die Suche nach der zeitgemäßen, praktischen, haltbaren, billigen und damit auch schönen Form gesehen hatte. Es ging schließlich um nicht weniger als einen Gegenentwurf zu unserer Gesellschaft in Gestalt eines Spielplatzes. Der Spielplatz war kein marginaler Ort im Stadtraum, sondern sein Herzstück.) Es müßte einen Weg geben, seine Traumbilder ohne den Umweg über Skizzen oder teure Software in die Realität zu überführen, denn bei der konkreten Arbeit an einem Entwurf verflüchtigte sich das Lustgefühl allzuleicht. Und das Kribbeln, das er beim Träumen empfand, war doch manchmal das einzige, was ihn noch daran erinnerte, daß er dabei war, einer Leidenschaft zu folgen.

Wie so oft war er beim Träumen von der Zukunft eingeschlafen und wachte vom Klingeln seines Telefons auf. Er schaffte es nicht rechtzeitig, das Gerät aus der engen Hosentasche zu ziehen und abzuheben. Brigitte Barans Sekretariat hatte ihn angerufen, und wenig später traf eine Meldung ein, daß man ihm auf die Mailbox gesprochen hatte. Dort waren schon mehrere Nachrichten von Ottos Mutter gespeichert, die er sich nicht abzuhören traute, weil er immer fürchtete, sie wolle ihn über die neuesten Todesfälle in der Familie informieren. Er atmete tief durch, tippte auf das Display und wartete, daß eine von Brigitte Barans beiden Sekretärinnen abnahm. Zu seiner Überraschung nahm sie aber selbst ab. Sie klang wie immer streng, ihre Stimme ließ keinen Zweifel daran, welche Eigenschaften nötig gewesen waren, um es als

Frau in ihrem Beruf so weit zu bringen. Otto sollte sich morgen Vormittag bei ihr im Büro einfinden. Was hatte das zu bedeuten? Sollte er entlassen werden? Aber vielleicht wäre das ja die Rettung? Vielleicht würde eine weitere Verschlechterung seiner ökonomischen Lage ihn zwingen, seinen Weg mit noch größerer Konsequenz zu gehen, sich nicht auf die Sicherheit eines Diploms zu verlassen, wie Le Corbusier, Mies, Gropius, Behrens und Kiesler es vorgemacht hatten? Wenn er so wenig mit seiner Zeit anfing wie in den letzten Tagen, dann sah es zwar so aus, als tue er nichts, aber im Grunde tat er gar nicht nichts, sondern er wehrte sich nur standhaft gegen Kompromisse. Es kostete ihn seine ganze Kraft, lieber reglos auszuharren, als sich zu prostituieren.

Otto erhob sich mühsam vom Sofa und ging in die Küche, um sich eine Handvoll Rosinen in den Mund zu werfen wie Tabletten. Daß diese Früchte so lange haltbar waren, rechnete er ihnen hoch an. Er kontrollierte die Obstfliegenfalle, die er auf ein Regalbrett gestellt hatte. Sie bestand aus einem Fläschchen mit einer braunen Lockflüssigkeit, das unter einem Tonnendach aus Pappe stand, dessen Innenfläche mit Leim präpariert war. Die Obstfliegen, die sich, vom Geruch betört, dem Fläschchen näherten, klebten, sobald sie das Pappdach berührten, daran fest. Otto hatte im Laden lange gezögert, ob er auf sein Gewissen hören und sich für die etwas teurere Version der Falle entscheiden sollte, die über das INSECT RESPECT®-Gütesiegel verfügte, weil ca. 50 Cent des Kaufpreises darin investiert wurden, den mit diesem Produkt verbundenen Insektenverlust andernorts durch die Schaffung insektenfreundlichen Lebensraums zu kompensieren, so daß der fatalen Entwicklung entgegengewirkt werden konnte, daß es durch den Flächenfraß immer weniger Insekten auf der Welt gab: der Donut-Effekt, die Verödung von Ortskernen durch die Streuung der städtischen Bevölkerung auf suburbane Einfamilienhausgebiete, von wo sie über das Auto an die Konsumgüterindustrie gekoppelt war, was eine zunehmende Versiegelung von Flächen für Straßen, Einkaufscenter und Parkplätze vor Einkaufscentern, für Logistikcenter und Parkplätze vor Logistikcentern nötig machte. Schließlich hatte Otto seufzend die 50 Cent geopfert. Jetzt betrachtete er das Fläschchen, auf dem sich wieder eine Anzahl von Obstfliegen niedergelassen hatte, die aber noch zu geschickt oder zu glücklich gewesen waren, um mit dem klebrigen Dach in Berührung zu kommen. Otto klopfte vorsichtig gegen die gewölbte Pappe, die Fliegen erhoben sich alle gleichzeitig, um vor der Gefahr zu flüchten, ein Teil von ihnen flog direkt in den Tod, während andere durch Zufall den Ausgang fanden, sich aber nicht sehr weit von der Falle entfernten. Es würde nicht lange dauern, dann würden sie umkehren und ihren Fehler wiederholen, es war ihnen nicht gegeben, aus dem, was ihnen widerfahren war, für die Zukunft die richtigen Schlüsse zu ziehen.

KAPITEL 2

Otto klopfte an die gläserne Tür von Brigitte Barans Büro. Obwohl sie ihn durch die Scheibe sehen konnte, schien es ihm angebracht zu klopfen. Er zögerte kurz, ob er sein Zeigefingergelenk lieber eine andere als die fettige Stelle berühren lassen sollte, die entstanden war, weil anscheinend schon andere vor ihm an diese Tür geklopft hatten, oder ob es höflicher war, seinen Ekel zu überwinden und gerade dort zu klopfen, um sich nicht an der Ausbreitung der Verschmutzung zu beteiligen? Brigitte winkte ihn herein, ohne den Blick von den Kontaktabzügen zu heben, über die sie sich gerade beugte. Er betrat das Büro, in dem in bis zur Decke reichenden Regalen sämtliche «Augenschmaus»-Titel standen, immer mehrere Exemplare nebeneinander, die den Autoren, um Platz zu schaffen, gegenseitig zu Weihnachten geschenkt wurden, während in den Lücken zwischen den Regalen Stapel von Hochglanzzeitschriften aus den schwer voneinander abzugrenzenden Gebieten Architektur, Mode, Familie, Garten und «Living», in die natürlich nicht einmal Brigitte selbst je einen Blick warf, um die Wette wuchsen. Zu seinem letzten Geburtstag hatte Otto sich drei Titel aus dem Programm aussuchen dürfen und einen ganzen Nachmittag damit verbracht, wenigstens ein Buch zu finden, das ihn interessierte oder das sich zum Verschenken geeignet hätte, und sei es nur als Scherz (halb aus Mitleid, halb aus dem opportunistischen Drang, sich im Verlag beliebt zu machen, hatte er sich für «Auf Platte – Die schräge Fashion der Obdachlosen» entschieden, einen der bisher erfolglosesten «Augenschmaus»-Titel). Es war ihm unbegreiflich, wie das Geschäftskonzept dieses Verlags funktionieren konnte. Wer kaufte ein Popup-Buch der berühmtesten Fußballstadien der Welt? Ein Kochbuch mit Rezepten für «Bauhaus-Schnittchen»? Einen Bildband mit den Uniformen sämtlicher Fluggesellschaften? Es war im Grunde egal, worum es in den Büchern ging, Hauptsache, sie nahmen in den Buchhandlungen so viel Raum ein, daß sie möglichst viele andere Bücher verdrängten. Wenn 90% der Titel des Verlags nach spätestens einem halben Jahr remittiert und makuliert wurden, hatten sie ihre Aufgabe, als Bodyguards für die 10% halbwegs verkäuflichen zu dienen, schon erfüllt. Otto freute sich insgeheim bei dem Gedanken, daß in naher Zukunft, wenn die letzten Vorfahren der Digital Natives gestorben wären, niemand mehr bunt bedrucktes Papier kaufen würde, um dafür den Rest seines Lebens Miete zu zahlen, und daß das Verlagsimperium, zu dem «Augenschmaus» gehörte, zusammenbrechen würde. Aber wahrscheinlich würde man das Portfolio rechtzeitig auf Versandkataloge von Waffenproduzenten erweitern.

Brigitte Baran trug heute einen Hello-Kitty-Wollpullover, weiße Adidas-Trainingshosen und goldene Pumps. Ihre Kleidung wirkte wie der verzweifelte Versuch, die Frist in vollen Zügen zu genießen, die ihr bis zu einem Stilwechsel zum Charity-Lady-Outfit noch blieb. Hinter Brigitte Baran stand auf einem Hocker ein muskulöser Kleinwüchsiger, der ihr die Schultern massierte. Otto nahm auf einem Wassily-Sessel von Marcel Breuer Platz, deren Armlehnen für die Ellbogen immer etwas Trampolinhaftes hatten, und überlegte, wie er seine Verspätung mit «Laube – Kolonie – Heterotopie» erklären konnte, ohne die Wahrheit zu verraten, nämlich daß das Vorwort zu diesem Buch peinlich prätentiös und vollkommen überflüssig war.

«Herr Kwant, was halten Sie von Berlin?»

«*Das* Berlin?»

«Ja, die Hauptstadt.»

«Architektonisch?»

«Architektonisch, atmosphärisch, perspektivisch, das Gesamtpaket.»

«Ein bißchen weit im Osten, aber natürlich trotzdem immer eine Reise wert. Warum?»

«Weil wir Sie dort brauchen, vorausgesetzt, Sie sind einverstanden. Ahh … etwas höher, bitte … ja, genau da, das tut so weh … au!»

«Brauchen? Zum Korrekturlesen?»

«Nein, als Projektbetreuer. Sie sind ja nicht auf den Kopf gefallen.»

«Was denn für ein Projekt?»

Otto empfand gleichzeitig Freude, weil sich ihm möglicherweise eine Chance auftat, Geld zu verdienen, mit dem er sich Freiheit erkaufen konnte, und Panik, weil er instinktiv spürte, daß er in diesem Milieu auf eine Depression zusteuerte.

«Hätten Sie denn Zeit?»

«Vielleicht in den Semesterferien.»

«Wann sind die?»

«Da müßte ich mal gucken.»

«Ich glaube, Sie sollten nicht lange zögern, der Job ist eine einmalige Gelegenheit für Sie, den nächsten Schritt zu tun. Wir sprechen von ‹Himmels)s(turm› ...»

«Das Microsoft der Architektur?»

«Ist das abwertend gemeint?»

«Ich weiß nicht, die würden es wahrscheinlich als Kompliment auffassen.»

Brigitte Baran stand auf und ging hinter ihrem Schreibtisch hin und her, ihr Physiotherapeut saß nun huckepack auf ihrem Rücken und machte weiter mit seiner Arbeit.

«‹Himmels)s(turm› hat uns eine dreibändige Monographie angeboten, die zum Anlaß des zehnjährigen Firmenjubiläums erscheinen soll, und man kommt, nebenbei gesagt, für die Herstellungskosten selbst auf. Wir brauchen einen Projektbetreuer. Die Arbeit wird ein halbes Jahr dauern. Vielleicht können Sie Dr. Löb beeindrucken. Weiter oben, au!»

«Kann ich mir das bis morgen überlegen?»

«Ein Samurai trifft seine Entscheidungen in sieben Atemzügen.»

«Ich muß aber erst die Durchsicht von ‹Laube – Kolonie – Heterotopie› beenden.»

«Keine Sorge, das habe ich vorhin schon für Sie erledigt.»

«Und wann soll ich nach Berlin fahren?»

«Das können Sie entscheiden, Hauptsache, Sie sind pünktlich, Holm Löb erwartet Sie morgen früh um 8 Uhr in seinem Büro.»

«Ich habe doch noch gar nicht zugesagt.»

«Aber ich. Und ich hoffe, Sie zwingen mich nicht, meine Entscheidung zu revidieren? Sie sind jetzt auf der Überholspur. Nutzen Sie die Chance, Sie wollen doch nach oben? Oder haben Sie andere Pläne für Ihr Leben?»

«Nicht, daß ich Zweifel an meiner Kompetenz hätte, aber warum schicken Sie gerade mich?»

«Sie haben einflußreiche Fürsprecher.»

«Doch nicht etwa mein Vater?»

«Es gibt hier im Haus ein paar Nostalgiker, die etwas auf seine Meinung geben.»

Zu seinem Leidwesen stammte Otto aus einer Dynastie von Architekten. Sein Großvater Otto hatte in der Kaiserzeit einige monumentale Postämter und Bahnhöfe entworfen, war in der Weimarer Republik aus der Mode gekommen, hatte sich beleidigt zurückgezogen, sich später bei den Nazis angebiedert und an Wohnsiedlungen gebaut (also hauptsächlich die «semitischen» Flachdächer durch Spitzdächer ersetzt), die von SPD-Stadtbaumeistern oder jüdischen Bauherren begonnen worden waren und die den unausrottbaren Ruf der Nazis gefestigt hatten, etwas für die kleinen Leute getan zu haben. Ottos Vater, Nepomuk Kwant, war in der Bundesrepublik zu einem der wichtigsten Kirchenbaumeister geworden, ein Erfolg, dem er seinen Spitznamen «Kirchen-Kwant» verdankte. Er hatte zahlreiche brutalistische Betonkirchen entworfen, von denen bereits einige entwidmet worden waren, woraufhin sie sofort ins Visier der Lokalpresse gerieten, die Waschbetonfassaden und Flachdach zu Schandflecken erklärte und nicht selten den Abriß provozieren konnte. An der Stelle wurden dann Einkaufscenter gebaut, oder man nutzte die Flächen als Parkplatz. Seine puristische und gleichzeitig monumentale Beton-Ästhetik wurde von Teilen der Kritik als Versuch gedeutet, die deutsche Schuld zu sühnen, andere Kritiker sahen darin den Wunsch, sich von der Vergangenheit zu distanzieren und in die Abstraktion zu flüchten, wieder andere wollten eine unheilvolle stilistische Verwandtschaft mit der Bunkerarchitektur der Organisation Todt erkennen. Otto hatte schon mit dem Gedanken gespielt, einen anderen Namen anzunehmen, aber ihm hatte der Mut dazu gefehlt und er hatte seine Mutter nicht enttäuschen wollen, die ihren Beruf als Bühnenbildnerin aufgegeben hatte, um mit ganzer Kraft ihren Mann zu unterstützen und ihm den Rücken freizuhalten. Sicher war sie es gewesen, die seinen Vater überredet hatte, sich für Otto einzusetzen.

Der kleinwüchsige Physiotherapeut verließ gemeinsam mit Otto das Büro. Er zog eine riesige, mit Rollen versehene Wilson-Sporttasche hinter sich her.

«Sie überpronieren.»

«Sie meinen, ich habe Plattfüße?»

«Knick-Senkfüße. Ich sehe so etwas.»

«Ist das gefährlich?»

«Lassen Sie sich Einlagen machen. Ich trage seit meiner Kindheit Einlagen. Das macht einen auch größer.»

«Zahlt das die Kasse?»

«Sogar zwei Paar pro Jahr, wenn Sie sich aufs Rezept schreiben lassen: ‹aus hygienischen Gründen›. Und machen Sie ab und zu einen Tag lang alles rückwärts, das trainiert die neuromuskuläre Ansteuerung.»

«Ich habe eigentlich gar keine Beschwerden.»

«Das merken Sie nur nicht, ab zwanzig hat jeder Arthrose. Die wartungsfreie Zeit ist vorbei.»

«Danke für den Tip.»

«Ich schick Ihnen die Rechnung.»

«Die Rechnung?»

«Für das Beratungsgespräch.»

«Ich wollte doch gar nicht beraten werden!»

«Das war ein Scherz.»

«Verstehe.»

«Was ist eigentlich so schlimm an diesem ‹Himmels)-s(turm›?»

«Warum?»

«Weil alle anderen sich so standhaft geweigert haben, den Job anzunehmen.»

«Alle anderen?»

«Das ging jetzt den ganzen Vormittag. Was meinen Sie, wie sich Brigittes *Musculus splenius capitis* anfühlt?»

KAPITEL 3

Niemand war in der Szene so verhaßt, wurde so verspottet, gleichzeitig aber so heftig beneidet wie «Himmels)s(turm», und niemand hatte bei Bauherren, Politikern und Publikum, das bei dieser Kategorie von Gebäuden ja vorwiegend aus Touristen besteht, einen vergleichbaren Nimbus, auch wenn man lediglich virtuos darin war, sich fremde Ideen anzuverwandeln, und sei es nur, um zu verhindern, daß jemand anders sie umsetzte. Durch den Erfolg war «Himmels)s(turm» so einflußreich geworden, daß sich kaum jemand mit ihnen anzulegen wagte. Offenbar hatte kein erfahrenerer «Augenschmaus»-Autor so einen stupiden und dabei für den Ruf riskanten Auftrag übernehmen wollen, sonst hätte Brigitte Baran nicht Otto gefragt. Aber Otto sah die Chance, sich seine Auszeit zu finanzieren. Er könnte dann zwar nicht mehr sagen, daß er alle Kraft darangesetzt hatte, nicht das Falsche zu tun, aber es war vielleicht nur konsequenter, ehrlicher und letztlich auch mutiger, es wie die Mehrheit der Menschen zu tun und seine Ideale über Bord zu werfen. Bei einem Bad in der Banalität lernte man vielleicht eher schwimmen als beim Betrachten der Wellen aus sicherer Distanz.

Als Otto am nächsten Morgen pünktlich um 8:00 Uhr vor der Berliner Zentrale von «Himmels)s(turm» stand (er hatte den Nachtzug genommen, sich noch nicht umziehen können und bei Dunkin' Donuts gefrühstückt), suchte er vergeblich nach einem Klingelknopf. Das Gebäude war ein umgebauter Hochbunker aus dem Zweiten Weltkrieg, die schwere Eingangstür aus COR-TEN-Stahl mit Edelrostoptik hatte weder eine Klinke noch eine Luke, dafür einen massiven Türklopfer, der eine wohl leider nicht nur unfreiwillige Ähnlichkeit mit einem männlichen Glied hatte. Otto scheute sich, dieses Objekt in die Hand zu nehmen und damit gegen die Stahltür zu schlagen. Aber bevor er sich überwinden konnte, öffnete sich die Tür von selbst. Eine Frau von Anfang dreißig, die ein knielanges, schwarzes Kleid mit langen Ärmeln, weißen Manschetten und Choker-Kragen trug, musterte ihn spöttisch und fuhr sich mit der Hand durch ihren schwarzen Undercut, als lese sie aus seinem Blick, daß etwas damit nicht stimmte. Sie griff nach Ottos Kinn, drehte seinen Kopf zur Seite und sagte: «Sie sollten sich die Haare abrasieren, das sieht besser aus bei Haarausfall. Lassen Sie mal sehen, Sie haben doch einen schönen Hinterkopf.»

Branka Lazar, die überhaupt nur Bauingenieurwesen studiert hatte, weil sich an dieses Studium kaum Frauen wagten, war die Beste ihres Abschlußjahrgangs an der Weimarer Bauhaus-Universität gewesen und hatte anschließend an der ETH Zürich über Margarete Schütte-Lihotzkys Frankfurter Küche promoviert. Otto erinnerte sich dunkel an ihren Namen, weil sie neben dem Studium schon ein Ingenieurbüro gegründet hatte, mit dem sie einen Preis für ein nachhaltiges, klimaneutrales, auf den Fahrradverkehr setzendes Mobilitätskonzept gewonnen hatte, das u. a. die temporäre Sperrung von Straßen für den Autoverkehr vorsah (um eine

Art Asphaltstrand zu schaffen, auf dem flaniert, gespielt und gepicknickt werden konnte), wodurch in von Gewalt heimgesuchten Stadtvierteln der Dritten Welt öffentlicher Raum geschaffen und nachweislich die Mordrate gesenkt wurde. Nachhaltigkeit war heute ein universelles Verkaufsargument, sogar ein Land wie Katar hatte sich auf der EXPO in der kasachischen Hauptstadt Astana, die dem Thema zukünftiger Energien gewidmet war, mit diesem Begriff auf die eigene Tradition berufen, da schon der Prophet gefordert habe, kein Wasser zu verschwenden, selbst wenn man sich an den Ufern eines großen Flusses wasche.

Branka Lazar forderte Otto auf, ihr zu folgen, links und rechts des Gangs befanden sich Entwurfsbüros, in denen junge Männer mit Le-Corbusier-Brillen und bedrückend attraktive Frauen, eng beieinander wie eine Schulklasse vor der Abschaffung des Frontalunterrichts, vor riesigen Bildschirmen saßen und Otto keines Blickes würdigten. Es gab keine Fenster, weil die meterdicken Stahlbetonwände des Bunkers aus Denkmalschutzgründen nicht durchbrochen werden durften. Außer durch ein paar Schießscharten drang kein Licht herein.

Branka lieferte Otto vor der Glastür zu Holm Löbs Büro ab, prüfte noch einmal mit der Hand die Form seines Hinterkopfs und verschwand wortlos. Innen war niemand zu sehen, weshalb Otto schon wieder nicht wußte, ob er klopfen sollte. Es war jedenfalls zu spät, heimlich zu gehen, er würde den Rückweg gar nicht mehr finden. Löbs Schreibtisch war leer, es befand sich nicht einmal ein iPad darauf, nur eine Tasse mit goldenem Schlagring als Griff, auf der «I ♡ Russia» stand.

Der Schreibtisch hatte keine Beine, sondern war über vier dünne, elegant geschwungene Stahlrohre an der Decke befestigt. Es war entweder eine Replik, oder, was Otto eigentlich nicht glauben konnte, das verschollene Original von Friedrich Kieslers «Flying Desk», 1930 von diesem kleinen, umtriebigen Architekten entworfen, der seine späten Jahre dem Traum von einem uterusähnlichen «Endless House» gewidmet hatte, einem Haus ohne rechten Winkel, das wie ein vergrößerter Hefeteigklumpen aussah, mit zahlreichen, blasenförmigen Kammern. An der Wand hinter dem Schreibtisch hing ein breitformatiges Neo-Rauch-Bild, auf dem eine Jagdgesellschaft um eine Baugrube stand, in der ein Bauarbeiter mit freiem Oberkörper damit beschäftigt war, mit einer Schaufel eine Raumkapsel freizulegen. Einziges Möbelstück neben Schreibtisch und Stühlen war eine Jurte. Aus dieser kam Holm Löb gekrochen, streckte sich und winkte Otto herein. Er gab ihm die Hand und sagte: «Herr Kwant? Brigitte hat mir Wunderdinge von Ihnen erzählt. Ich hoffe, Sie sind nicht überqualifiziert für uns.»

«Das hoffe ich auch.»

Otto betrachtete immer noch interessiert die Jurte.

«Da kann ich mich zentrieren», sagte Löb. «Ein Originalstück. Geniale Konstruktion. Die können Sie ganz allein in zwei, drei Stunden auf- oder abbauen. Wissen Sie, wie man da Möbel reinbekommt?»

Otto überlegte, aber er kam nicht darauf, die Öffnung war auf jeden Fall zu klein.

«Indem man die Jurte um die Möbel errichtet. Wenn das nicht philosophisch ist? Und riechen Sie das?»

Es roch nach Dorf und Ziegenmist.

«Das ist Benzin für die Neuronen», er tippte sich an die Stirn.

«Es riecht betörend, irgendwie nach Urlaub auf dem Land», sagte Otto.

«Urlaub? Wollen Sie mich umbringen? Das überlassen wir mal den endverbrauchenden Verhaltenseinheiten da draußen. Sie wissen, warum Sie hier sind? Ein Buch. Als ob es nicht schon genug davon gäbe, nicht wahr? Aber was soll man machen, wir feiern unser zehnjähriges Jubiläum, da ist man der Öffentlichkeit etwas schuldig. Wir haben drei Teams auf das Projekt angesetzt, um eine anregende Konkurrenzsituation zu schaffen. Das ist unsere Philosophie, wir kreieren Freiräume für Inspiration. Sie werden die Arbeit ein bißchen koordinieren, damit am Ende auch erfahrbar wird, wofür wir stehen. Frau Dr. Lazar wird Ihnen helfen, sobald sie die Zeit findet.» («Und wofür stehen sie?», hätte Otto gerne gefragt.)

Löb setzte sich auf den Schreibtisch, seine Füße hingen in der Luft, so daß es aussah, als schwebe er. «Es geht hier nicht darum, mit unseren Erfolgen zu protzen, das können wir dem ‹Taschen-Verlag› überlassen, sondern um unser Credo: ‹Neuland in den Köpfen›.»

Otto tat so, als mache er sich Notizen, aber er war noch zu müde, um sich zu konzentrieren. Er kritzelte nur endlose Säulen von Constantin Brâncuşi aufs Papier. Wie hielt Löb es in diesem fensterlosen Raum aus? Löb runzelte die Stirn: «Das sehen wir nicht gern. Wir wollen das erste papierlose Architekturbüro Europas sein. Also gewöhnen Sie sich diese

Umweltsünde ab. Wir sind schließlich Pioniere des parametrischen Designs. Wir bauen keine Modelle mehr, wir lassen uns vom Computer Vorschläge machen, Visionen, die ein Mensch nie haben könnte. Unser Buch wird der Gedenkstein für eine abgeschlossene Epoche.»

Otto litt, seit er das Studium begonnen hatte, unter Verdauungsproblemen, vor allem, wenn er aufgeregt war. Sein Bauch krampfte sich zusammen, es fühlte sich an wie die Schläge eines Boxers, der genau den Moment abwartete, daß Otto sich etwas erholt hatte, um erneut zuzuschlagen. Er hatte keinen anderen Gedanken, als auf die Toilette zu gehen.

«Sie wundern sich vielleicht, warum ich mir die Zeit für Sie nehme? Ich bin ein unverbesserlicher Romantiker, ich möchte alle meine Mitarbeiter persönlich kennenlernen, auch wenn sich das nicht rechnet. Schauen Sie mal.»

Löb zeigte Otto das Display seines iPhones mit einem Newsletter, bei dem man in der Premium-Version verschiedene personalisierte Relevanzstufen einstellen konnte. Stolz führte Löb Otto vor, daß es heute keine einzige Neuigkeit zu lesen gab, die wichtig genug für ihn gewesen wäre. Der Newsletter war sein Geld wert.

«Und was ist das?» fragte Otto und zeigte auf eine in Glas gerahmte Zielscheibe, die an der rückseitigen Wand hing, gegenüber von Neo Rauchs Gemälde, sie hatte die Form einer menschlichen Silhouette, Stirn und Herz waren vollkommen durchlöchert.

«Das ist ein Geschenk von Zültan Tantal, die hat er mir signiert. Wir waren zusammen schießen, meine sah hinterher allerdings noch aus wie neu.»

«Und wer ist Zültan Tantal?»

«Der Präsident von Urfustan. Sehen Sie keine Nachrichten?»

Es kam Otto sehr gelegen, daß Branka Lazar erschien, um Löb abzuholen, der sich bei ihm dafür entschuldigte, daß er ihr Treffen für ein Meeting unterbrechen mußte. Ein Vertreter der Königsfamilie von Saudi-Arabien wartete, um mit ihm über das Projekt eines Wassermuseums mitten in der Wüste zu sprechen. Holm Löb hielt sich etwas darauf zugute, daß er von jedem ihrer zahlreichen Gebäude, die weltweit gleichzeitig entstanden – man unterhielt Büros in London, New York, Peking, Abu Dhabi, Kuala Lumpur und São Paulo –, zumindest einen Entwurf gesehen hatte. Er reiste deshalb jede Woche in mindestens drei Städte auf drei Erdteilen.

Holm bat Branka, Otto die Herrentoilette zu zeigen, ging dann aber gleich selbst mit. Otto verschwand wegen seiner schüchternen Blase sofort in der Kabine, wo es zu seinem Schrecken keine Kloschüssel, sondern nur eine original japanische Hocktoilette gab. Otto fühlte sich elend, ein bißchen fiebrig, und sein gequälter Darm schien sich zu winden wie ein mit Säure traktierter Regenwurm. Vielleicht sollte er sich auf glutenfreie Ernährung umstellen? Oder auf Lactose verzichten? Auf Fructose? Nach 17:00 Uhr kein Brot mehr essen? Oder vor 14 Uhr keinen Salat? Löb, der womöglich gerade das Original des Türklopfers in der Hand hielt, räusperte sich lautstark und spuckte ins Urinal, eine männliche Vertraulichkeitsgeste, während Otto sich bemühte, kein Geräusch zu machen. Beide warteten sie, daß Löbs Prostata den Weg für seinen Urinstrahl freigab. Ottos Oberschenkelmuskulatur übersäuerte schon. Endlich wusch sich Löb gründlich die Hände, betrachtete sich danach anscheinend ausgiebig im Spiegel und sagte im Gehen: «Etwas extravagant, aber Hocktoiletten sind gesund, weil in dieser Position beim Stuhlgang der letzte Dickdarmabschnitt gestreckt wird.»

Otto antwortete: «Alles klar.»

Die Tür fiel ins Schloß, wurde aber gleich wieder geöffnet, und Löb rief in den Raum: «Sie dürfen nur nicht den Fehler machen, übermäßig zu pressen!»

«Mach ich!»

Otto fand kein Toilettenpapier, es gab nur eine ganze Batterie von Knöpfen, die er ausprobierte, woraufhin eine Geräuschfee verschiedene Spültöne machte, ein Gebläse in Gang gesetzt wurde, das ihn von unten trocknete, ein pulsierender Wasserstrahl ihm den Anus massierte und aus einer Düse Raumspray strömte. Schließlich zog er sich einen Strumpf aus und tunkte ihn ins Wasser, um sich zu reinigen. Den Strumpf warf er anschließend in den Papierkorb. Er zog den anderen Strumpf aus, um ihn auch wegzuwerfen, überlegte es sich dann aber anders und steckte ihn in die Hosentasche, als Reserve.

KAPITEL 4

Ottos Eltern hatten ihm für seine Zeit in Berlin eine kleine Wohnung im Prenzlauer Berg zur Verfügung gestellt, die sie, um Steuern zu sparen, in den 90ern für Museumsbesuche in der Hauptstadt gekauft hatten und deren Wert sich inzwischen verfünffacht hatte. Aber Otto kam nur zum Schlafen hierher, seine Tage verbrachte er im «Himmels)s(turm»-Archiv, im Keller des Firmenbunkers, zwischen Papiermodellen, Aktenordnern mit Projektdokumentationen und Loseblattsammlungen mit Kommentaren zu den Landesbauordnungen der Bundesländer. Er mußte sich einen Überblick über die unzähligen Projekte verschaffen, an denen das Büro in der kurzen Zeit seiner Existenz beteiligt gewesen war, und den konkurrierenden Teams zuarbeiten, wobei er den Verdacht hegte, daß es hier allen am liebsten war, wenn er sich so selten wie möglich zu Wort meldete. Nach einer Anfangsphase, in der man mit Konzepten für den Rückbau ostdeutscher Plattenbausiedlungen und für die Renaturierung von Braunkohleabbaugebieten Aufsehen erregt hatte, war «Himmels)s(turm» schnell an große öffentliche Aufträge gekommen: ein klimaneutraler Flughafen in China, ein Stadion in Amsterdam, für das mit Abraum aus einer südafrikanischen Diamantenmine Küstenland gewonnen worden war, eine Oper in Nowosibirsk, die durch Luftkissentechnik zum Schweben gebracht werden konnte, ein unterirdisches Bergbau-Museum im Ruhrgebiet. (Museen waren die Kathedralen unserer Zeit, verzweifelte Kommunalpolitiker aus heruntergekommenen Industriestädten, denen das Stadtmarketing im Nacken saß, setzten auf diese Karte, um ihre Städte in die Bordmagazine der großen Airlines zu bringen und Touristen anzulocken.) Vielleicht war «Himmels)s(turm» deshalb so erfolgreich, weil man den Auftraggebern das Gefühl gab, den Mainstream nicht verlassen zu müssen, um innovativ zu sein. Wer darüber die Nase rümpfte, sollte ruhig weiter davon träumen, einen Bauherrn zu finden, der über Geld *und* Geschmack verfügte, denn das war seit Ludwig XIV. nicht mehr oft der Fall gewesen. (Ludwig I. von Bayern hatte immerhin noch bei Leo von Klenze Stilkunde büffeln müssen.) Das neueste Projekt war ein Wettbewerbs-Entwurf für die Deutsche Botschaft in Mangana, der Hauptstadt von Urfustan, einer ehemaligen Sowjetrepublik, die 1991, während Boris Jelzin mal wieder einen Rausch ausschlief, ihre Unabhängigkeit erklärt hatte. Löb überwachte dieses Projekt persönlich, während er mit anderen Projekten kaum zu tun hatte, seine Mitarbeiter waren in der Lage, auch ohne ihn so zu arbeiten, daß das Ergebnis seine Handschrift trug, vielleicht verstanden sie das inzwischen sogar besser als er selbst. Oft gab allerdings die Tatsache, daß ihm beim Betrachten die Tränen kamen, den Ausschlag für die Befürwortung eines Entwurfs. Ein Botschaftsgebäude mußte hohen Sicherheitsanforderungen genügen, aber auch repräsentativ sein, wobei Zurückhaltung angebracht war, wenn Deutschland im Ausland auftrat, es konnte nie schaden, die traditionelle Formensprache der Region aufzugreifen. Deshalb sollte die Deutsche Botschaft in Mangana die Form einer Jurte bekommen, mit einer Fassade aus Sichtbeton. Auf Erdgeschoßhöhe würde man den Eindruck haben, vor der Berliner Mauer zu stehen, und es war Teil des Konzepts, daß jeder Passant sich dazu aufgefordert fühlen durfte, mit Hammer und Meißel Bröckchen aus der Wand herauszuklopfen, als Souvenir, dessen Echtheit sogar zertifiziert wurde. Holm Löb war stolz auf diese Idee, er nannte es «Reenactment-Architektur».

Im Keller von «Himmels)s(turm» war Otto nicht allein. Es gab eine ganze Reihe festangestellter Archivmitarbeiter, die seine Arbeit nach Kräften behinderten. Er erhielt falsche Auskünfte, bekam nicht die nötigen Unterlagen, mußte sich die Bedienungsanleitung des Kopiergeräts durchlesen, um den Toner zu wechseln, und niemand fand die Zeit, ihm das Ablage- und Dokumentationsmanagement zu erklären. Außerdem wurde er mittags nicht zum Italiener mitgenommen, er merkte es immer erst daran, daß plötzlich alle verschwunden waren. Weil er sich die Demütigung ersparen wollte, allein essen zu gehen, ernährte er sich von Müller-Milchreis und Studentenfutter. Nach drei Wochen hatte Otto kaum Fortschritte gemacht. Zu den Teams traute er sich nicht mehr hinauf, um niemanden daran zu erinnern, wie überflüssig er war. Wenn er jemandem begegnete, zog er schnell einen Aktenordner aus einem Regal und blätterte darin. Um sich wenigstens etwas für die verlorene Lebenszeit zu entschädigen, schmuggelte er abends in seiner Umhängetasche Skizzenblöcke, Fallbleistifte, Radiergummis und Tesafilm aus der Kammer mit Arbeitsmaterialien. Er hatte deswegen kein schlechtes Gewissen, für ihn handelte es sich um Mundraub, und Löb hatte ja selbst gesagt, daß die Zukunft für «Himmels)s(turm» papierlos sein sollte.

Nach so vielen Tagen ohne Sonnenlicht hatte Otto schon das Gefühl, Pigmente zu verlieren und sich in einen Grottenolm zu verwandeln. Sein Körper hatte kein Gefühl mehr für die Tageszeit, er war auf seine Uhr angewiesen, um einzuschätzen, wann es Zeit für seinen Milchreis war und wann er Feierabend machen durfte. Um 21:00 Uhr drückte er den Fahrstuhlknopf und wartete. Als sich die Fahrstuhltür öffnete, standen Löb und Branka Lazar vor ihm. Otto zuckte zusammen, seine Tasche war wieder prall mit Beute gefüllt, ein neues 15-Zoll-Edelstahl-Lineal ragte sogar ein Stückchen raus, wie die Lineale aus den Ranzen der Häschen in «Die Häschenschule».

«Überstunden?»

«Ich kann mich abends besser konzentrieren.»

«Seien Sie vorsichtig. Der Beruf frißt einen auf. Architekten sind einsam.»

«Ich habe ja keine Familie.»

«Dann suchen Sie sich eine Architektin, aber eine, die teamfähig ist», sagte Löb und zwinkerte ihm zu. Branka Lazar guckte genervt.

«Ich mach erst mal meinen Abschluß.»

«Haben Sie heute Abend etwas vor?»

«Ich wollte zur Schloßbaustelle.»

«Sie meinen die temporäre Schloßinstallation?»

«Ich müßte mir mal das Marx-Kenotaph ansehen.»

«Da hat uns die DDR ein Ei gelegt, nicht wahr?»

(Bei den Bauarbeiten an der neuen Version des Stadtschlosses war man auf Fundamente eines «revolutionären Pantheons» gestoßen, über deren Schicksal nun heftig debattiert wurde. Niemand hatte die Pläne der DDR-Führung aus den sechziger Jahren gekannt, die Leiche von Karl Marx exhumieren und hierher umbetten zu lassen.)

«Und weil man nicht wußte, ob man die Erlaubnis bekommt oder es einfach heimlich tut, durfte niemand davon erfahren, und jetzt hat sich der Denkmalschutz eingeschaltet. Die Schloßbaustelle läuft Ihnen also nicht weg. Kommen Sie lieber mit uns mit, wir haben was zu feiern, ich lade Sie ein.»

«Ich hab ziemlich viele Unterlagen zu schleppen.»

«Wir nehmen uns ein Velotaxi, klimaneutral und ‹fossil free›.»

Tatsächlich verschwand Löb, sobald sie auf der Straße standen, für ein paar Minuten und kam in einem silbernen, futuristisch wie rundgelutscht wirkenden Velotaxi zurück, dessen Fahrer braungebrannt von der Arbeit an der frischen Luft, durchtrainiert, vielleicht sogar ein bißchen asketisch und im Grunde genommen verwahrlost aussah, einer der letzten Intellektuellen, die sich in Berlin-Mitte noch halten konnten. Otto setzte sich neben Löb in den Rückraum, und sie fuhren los, Branka Lazar folgte ihnen auf ihrem asteroidblauen E-Bike mit handgenähten Ledergriffen. Der Velotaxifahrer begann auf sie einzureden, irgendwelche Geschichten über Marlene Dietrich. Löb ließ ihn einen Umweg fahren, um Otto die «MallOrca» zu zeigen, ein von «Himmels)s(turm» gebautes Einkaufszentrum, für das nach langen, scheinheiligen Debatten im Senat ein Stück des Tiergartens geopfert worden war. Löb erläuterte ihm ungefragt das aus Amerika stammende Konzept der Mall, die, da es dort keine Innenstädte gab und sich die Geschäfte an langgezogenen Strips befanden, ein europäisches Ambiente simulierten, das an die Passagen des 19. Jahrhunderts erinnerte. Stadtplanung war in Amerika (und inzwischen auch in Europa) Verkehrsplanung. Die Kunden gingen kaum noch zu Fuß und traten nicht mehr in Kontakt mit der Ware. In einer Mall konnten sie die Kleinteiligkeit der mittelalterlichen Stadt oder des orientalischen Basars erleben. Besonders in Regionen mit extremeren klimatischen Bedingungen als in Europa war dieser Gebäudetyp bei den Konsumenten beliebt, denn man war geschützt vor Hitze, Frost, Sand- und Schneestürmen sowie vor Entführungen. Otto war es peinlich, sich in einem Velotaxi fahren zu lassen wie in einer Sänfte, obwohl der Fahrer ja bezahlt werden würde, in diesem Fall würde das Trinkgeld den Fahrpreis sogar übertreffen. Der säuerliche Schweißgeruch, den der Mann bei der Arbeit verströmte, wirkte wie ein Anachronismus. Gleichzeitig war Otto klar, wie kleinbürgerlich seine Vorbehalte gegen die Inanspruchnahme solcher Dienstleistungen von Niedrigqualifizierten waren. Was war dagegen einzuwenden, wenn es wieder Schuhputzer, Kofferträger und Luftzufächler gab, solange sie angemessen bezahlt wurden? Mit dem Wechselgeld überreichte ihnen der Fahrer mehrere fotokopierte «Handzettel», wie er es nannte, Hinweise auf von ihm geleitete Achtsamkeits-Seminare. Aus Mitleid nahm Otto die Papiere an sich, ließ sie aber im nächsten Mülleimer verschwinden.

Die «Barrabas» war dafür bekannt, daß hier Absolventinnen osteuropäischer Ballettschulen arbeiteten, die nicht hinter dem Tresen standen, sondern in High Heels und Hot Pants darauf stolzierten und sich zum Gast herabbeugten, um die Bestellung entgegenzunehmen. Löb setzte sich an die Bar und forderte Otto auf, Branka Lazar seine Tasche zu überlassen, denn sie wußte, wo sich hier die Garderobe befand. Aber Otto lehnte ab, er sei da ein wenig eigen, und da er nun schon drei Wochen Arbeit investiert habe, wolle er kein Risiko eingehen und seine Papiere lieber bei sich behalten. «Sie machen uns neugierig», sagte Löb und klopfte auf Ottos Tasche. Er ließ sich von einer Tresenkraft die Schale mit Streichholzschachteln bringen und begann, daraus einen Turm zu errichten, um Otto die Gestalt des «Crystal Island» zu erklären, das Lord Norman Foster in Moskau bauen wollte: ein gigantisches, mit Turbinen klimatisiertes Zeltdach, die größte von Menschen gebaute Struktur der Welt, unter der Parks, Skipisten, Hotels, Einkaufszentren und Schulen Platz finden sollten. Seit der Ausschreibung zur Neubebauung von Ground Zero hatte sich ein weltweiter Trend zur Star-Architektur entwickelt, Gebäude von Foster, Gehry, Hadid und zwei Dutzend anderen Architekten waren für vom Schrumpfen bedrohte westliche Städte zu Wirtschaftsfaktoren geworden. Sie waren nur durch ihre äußere Gestalt interessant, das Innere war praktisch ein zweites Gebäude, um das sich die Stars nicht kümmerten. Es waren die neuen Monumente unserer Zeit, das Ornament war verteufelt und dafür die Form zum Ornament geworden. Dabei war es im Grunde gleichgültig, wie die Gebäude aussahen, Hauptsache, sie fielen auf und lockten Touristen an. In manchen Fällen hatten Hotels gebaut werden müssen, um die Besucher zu beherbergen, die die berühmten Gebäude sehen wollten. Die wenigen Star-Architekten genossen durch ihre Popularität völlige künstlerische Freiheit, paradoxerweise konnten sie sie aber gar nicht nutzen, weil jeder Auftraggeber von ihnen Gebäude in dem Stil erwartete, für den sie bekannt waren. Sie unterhielten in Dutzenden Städten auf der ganzen Welt Büros, arbeiteten an fünfzig Projekten gleichzeitig und waren ständig unterwegs, all das war nötig, um die gewaltigen Kosten zu decken, die ihre Büros und ihr Mitarbeiterstab aufwarfen.

«Sie sind so jung, alles liegt noch vor Ihnen, ich beneide Sie», sagte Löb, der vielleicht zehn Jahre älter war als Otto.

Otto empfand sich schon lange nicht mehr als jung, eigentlich schon seit seinem zwanzigsten Geburtstag, als er kein Teenager mehr war. Er überlegte, warum ihn dieser vielbeschäftigte Mann als Begleitung für einen seiner sicher seltenen freien Abende ausgewählt hatte.

«Ich verstehe zwar nicht, warum, aber Sie gefallen mir. Sie sind idealistisch, naiv, romantisch. Wenn Sie länger bei uns bleiben, werden Sie all das nicht mehr sein.»

«Aber vielleicht kann ich dann meine Miete bezahlen.»

«Schauen Sie mal.»

Löb überreichte Otto ein reich mit orientalisch anmutenden Ornamenten geschmücktes Schreiben. Es war laminiert und in mindestens fünf Schriftarten und Schriftgrößen gesetzt. Zunächst dachte Otto, es handele sich um die Speisekarte eines arabischen Imbisses. Die Sprache konnte Otto nicht zuordnen, aber Löb zeigte ihm, wie er das Schreiben halten mußte, das gar nicht laminiert war, sondern ein Linsenrasterbild mit Kippeffekt; wenn man es aus einem anderen Winkel betrachtete, erschien der Text auf Englisch.

«Raffiniert», sagte Otto.

Das Englisch war allerdings auch nicht leicht zu verstehen. Wenn er sich nicht täuschte, dann handelte es sich um eine Einladung nach Urfustan, zur Preisverleihung des Wettbewerbs für den Neubau der Deutschen Botschaft in Mangana, den «Himmels)s(turm», obwohl er offiziell noch lief, bereits gewonnen hatte.

«Wer hat denn den Wettbewerb ausgelobt? Müßte das nicht das Bundesamt für Bauwesen sein?»

«Wir sind doch alle froh, wenn uns Arbeit abgenommen wird. Sie werden das Land lieben.»

«Ich?»

«Oder wollen Sie mich nicht begleiten?»

«Nach Urfustan?»

«Sie haben doch keine Familie.»

«Und die Monographie?»

«Apropos, was haben Sie denn da für uns», sagte Löb und wollte Ottos Tasche öffnen.

«Ich hab Sie vorhin angelogen, das sind Bücher, ich pauke nachts für die Baurecht-Prüfung, Grundlagen des Abstandsflächenrechts.»

«Und ich dachte schon, Sie verstecken da ein Abhörgerät, weil Sie heimlich an meiner Biographie arbeiten ...»

Branka sagte: «Lassen Sie doch mal sehen. Baurecht, da werden Erinnerungen wach ... Das schöne Studentenleben.»

«Später», sagte Holm. «Erst mal müssen wir anstoßen. Was wollen Sie trinken?»

Otto hatte nun gleich zwei Gründe, auf die Toilette zu gehen, seinen verläßlich rebellierenden Darm und die Notwendigkeit, die gestohlenen Zeichenmaterialien verschwinden zu lassen. Welche war die richtige Tür? Aus den Piktogrammen wurde er nicht schlau. Das eine schien einen Mann in Frauenkleidung darzustellen und das andere eine Frau in Männerkleidung. Otto wartete, bis jemand einen der Räume verließ, dem er sein Geschlecht eindeutiger zuordnen konnte. Er suchte sich eine freie Kabine und riß sich die Hose runter. Anschließend stopfte er die Skizzenblöcke in den Papierkorb, versteckte darunter einen Klammeraffen und legte darüber eine Schicht von Papierhandtüchern, die er sorgfältig zusammenknüllte, damit ihre Verbrauchtheit echt wirkte.

Als er zurückkam, hatte Holm Löb seinen zweiten Campari Orange getrunken und war bester Laune.

«Wissen Sie, wie ich zur Architektur gekommen bin? In unserem Landkreis befand sich eine amerikanische Abhöranlage, eine Stahlkonstruktion, kühner als der Eiffelturm. Da bin ich mit dem Fahrrad hingefahren, sooft es ging. So etwas wollte ich bauen. Und das werde ich auch noch. Was wollen Sie bauen?»

«Einen Spielplatz.»

«Und wie soll der aussehen?»

«Das weiß ich noch nicht, das Projekt ist mir ein bißchen über den Kopf gewachsen. Aber er sollte die Wunden heilen, die die Erwachsenenwelt den Kindern zufügt. Im Idealfall würden ihn auch Erwachsene bevölkern, die hier Trost suchen.»

«Wundervoll, Sie sind ein Heiliger. Sie halten mich wahrscheinlich für zynisch. Aber ich war auch mal jung. Ich habe geglaubt, Gebäude könnten die Welt verändern. Wenn man täglich Gropius' Türdrücker berührt, trägt das mehr zur Charakterbildung bei als der wöchentliche Gottesdienst. Aber was ist, wenn man täglich einen häßlichen Türdrücker berührt? Für den von Gropius zahlen Sie mit Langschild gut und gerne hundertachtzig Euro. Und leider sind die Menschen ja schon verdorben, bevor sie überhaupt an eine Türklinke heranreichen. Sehen Sie sich mal die Spielzeugabteilungen der großen Kaufhäuser an und denken Sie daran, daß all die Kinder, die mit diesem abstoßenden Sondermüll gespielt haben, eines Tages wahlberechtigt sein werden. Und wenn Sie sie davor schützen wollen, werden Sie als elitär denunziert. Die Bauhausstudenten haben zu Weihnachten in Weimar vor dem Nationaltheater Stände aufgebaut und selbst gestaltetes Spielzeug an arme Kinder verschenkt. Mit welchem Ergebnis? Die halbe Stadt hat sie als Kommunisten beschimpft. Wußten Sie, daß Goldfinger nach Ernő Goldfinger benannt ist, weil Ian Fleming moderne Architektur haßte?»

«Dabei haben bei James Bond die Bösen immer den besten Geschmack.»

«Das ist das Drama mit der Demokratie.»

«Immerhin gibt es ja heute IKEA.»

«Und IKEA könnte ein deutsches Unternehmen sein, wenn die Nazis das Bauhaus nicht zerstört hätten! Dabei können wir von Glück sagen, daß Hitler sich gegen die Ästhetik der Moderne entschieden hat und für seinen Monumental-Klassizismus, sonst ständen wir heute ratlos vor modern und geschmackvoll gestalteten Nazi-Gebäuden, wie die Italiener vor dem architektonischen Erbe von Mussolini, das sich von dem, was überall als Moderne gefeiert wird, kaum unterscheidet. Die Nazis haben das Flachdach bekämpft, weil sie es für semitisch und undeutsch hielten. Und heute werden alle Plattenbauten in Ostdeutschland mit Giebelattrappen ausgestattet, aufgeklebte oder angemalte rote Dachziegel, wenn man nicht gleich Fachwerk auf die Fassade pinselt, so wird moderne Formensprache vergartenzwergt.»

«Aber bei Le Corbusier regnet es immer rein. Es gibt kein einziges Flachdach ohne Wasserschaden.»

«Na und? Schönheit hat eben ihren Preis. Und Schönheit ist kein Dekor, sondern hat eine moralische Qualität. Alberti war der Meinung, nur die Würde und Anmut der Form könne gefährliche Feinde veranlassen, ihren Zorn zu zügeln, und ein Werk vor der Gewalttätigkeit der Menschen schützen. Die Reaktionäre konnten sich beim Kampf gegen das Bauhaus aber auf das Handwerk verlassen. Die Handwerker hatten Angst, durch die industrielle Produktion ihre Arbeit zu verlieren. Was sagen Sie einem Dekorationsmaler, wenn an den von Ihnen entworfenen Gebäuden kein Dekor mehr vorgesehen ist?»

«Aber heute gibt es ja ein neues Barock des Häßlichen, Billigen, schlecht Kopierten, das von Asien aus die ganze Welt erobert.»

«Das ist zwar rassistisch, was Sie da sagen, aber Sie haben vollkommen recht. Man braucht Geld, um sich den Schund wenigstens in seinen eigenen vier Wänden vom Hals zu halten. Die industrielle Fertigung hat den Nippesgeschmack der Kleinbürger, in dem die Sehnsucht nach dem Stil der Adligen steckte, demokratisiert, heute kann sich jeder den Schrott leisten, den er nicht braucht. Dabei wollte das Bauhaus die Produkte nach ihrer Funktion erforschen und industriell und dadurch günstig herstellen lassen, so daß auch die ärmeren Schichten Zugang zu schönem und funktionalem Design hätten. Das war Aufklärung und ist gescheitert. Und der Ungeist betrifft nicht nur die Unterschicht. Wenn Sie mit einem Bauherrn über architektonische Ideen und Schönheit reden, wird er nur argwöhnen, daß Sie vorhaben, das Budget zu überziehen. Aber was wollen Sie auch von jemandem erwarten, der neun Etagen bauen, aber sich die Fensterputzanlage sparen will? *The details are not the details, they make the product.* Aber niemand bezahlt Sie für details, Sie können froh sein, wenn Sie den Bauherrn überzeugen können, ein paar Leitdetails machen zu dürfen. Und dann kommen die Verordnungen. Wissen Sie, wie viele DIN-Normen Sie nach der novellierten Bauverordnung in NRW für ein Einfamilienhaus beachten müssen? 200! Sie beschäftigen sich mehr mit Feuerschutztüren und Putzkonzepten als mit Proportionen. Unsere Städte werden immer häßlicher, und schuld daran sollen die Architekten sein, dabei müßte man die Architekten erst einmal in die Städte lassen. Große Architektur entsteht nur, wo die Macht gebündelt ist, denken Sie an Stalin und Mussolini oder an Victor Gruen, den Erfinder der Shopping Mall, der vom Schah von Persien beauftragt wurde, einen Masterplan für Teheran zu entwerfen. Im Grunde spricht es für unsere Demokratie, daß Deutschland nach dem Krieg so mittelmäßig gebaut hat. Architektur profitiert von Diktaturen, die demokratische Mehrheit wird sich in ästhetischen Fragen immer für das Mittelmaß entscheiden. Alles wird reglementiert und endlos diskutiert. Und wenn man glaubt, man hat es geschafft, kommt die Denkmalschutzbehörde mit Auflagen. Wissen Sie, warum Schinkels Bauakademie nicht wieder aufgebaut werden soll? Weil die Tatsache, daß sie im Krieg zerstört worden ist, inzwischen Denkmalwert besitzt, das hat die neue Leiterin der Denkmalschutzbehörde im «Tagesspiegel» geschrieben, Hansmann oder Handtmann heißt sie. Sie werden sehen, in Mangana, das ist etwas anderes als Bauen im Bestand. Da lösen sich Verspannungen, und Sie können wieder atmen.»

Beim Reden war Löb immer mehr in sich zusammengesackt. Schließlich war er eingeschlafen, mit dem Kopf auf Ottos Tasche. Branka Lazar rollte die Augen, sie schrieb eine SMS an Löbs Frau und stand auf. Otto zog vorsichtig seine Tasche unter Löbs Kopf hervor und legte ihn auf einem Stapel Servietten ab.

«Sie sind neu, Sie beeindruckt das noch», sagte Branka draußen zu ihm. «Ich kann das schon singen.»

«Darf ich Sie etwas fragen?»

«Eine seltsame Frage.»

«Warum sind Sie bei ‹Himmels)s(turm›?»

«Sie meinen, ich sollte lieber in der ‹Barrabas› arbeiten?»

«Nein, natürlich nicht.»

«Warum? Meinen Sie, ich wäre dafür nicht geeignet?»

«Doch, das wollte ich nicht gesagt haben.»

«Geben Sie sich keine Mühe. Sie sind ein Mann. Sie können nur verlieren.»

KAPITEL 5

Sie bogen auf eine sechsspurige Straße ein, an der sich seit der Zeit, als dieser Teil Berlins sich noch «Hauptstadt der DDR» nannte, kaum etwas verändert hatte. (Inzwischen gab es Bestrebungen, diese und andere Straßen im Zentrum zurückzubauen, um die Gegend zu «reurbanisieren», also Bauland für Apartment-Häuser zu schaffen, weil man nicht warten wollte, bis die Bewohner der umstehenden Plattenbauten, die über alte Mietverträge verfügten, endlich starben.) Otto wußte nicht, was Branka Lazar mit ihm vorhatte, dafür schien sie es umso besser zu wissen, und er empfand es als entlastend, sich ihrer Führung zu überlassen. Als Ersatz für Grünflächen waren auf dem Bürgersteig vor Jahrzehnten in Waschbetonkübeln Büsche gepflanzt worden, die inzwischen nach allen Seiten wucherten. Hier und da hatten Betonformsteinfassaden mit reizvollen, seriellen Ornamenten überlebt. Als Fußgänger waren hier praktisch nur noch Touristen anzutreffen, die froh waren, sich zwischen Fernsehturm und Brandenburger Tor nicht verlaufen zu können. Branka lebte in einem Punkthochhaus, zu dem von der Hauptstraße ein verwahrloster Durchgang führte, durch den man sich nur zu gehen traute, wenn man hier wohnte. An den Aushängen im Hausflur war zu erkennen, daß ein großer Teil der Bewohner offenbar Erstbezieher waren, es gab Einladungen zum russischen Teeabend, Vorträge über sozialpolitische Fragen, eine Unterschriftenliste zur Rettung einer Gedenktafel, die an einen ermordeten Antifaschisten erinnerte und die nach der energetischen Fassadensanierung und Anbringung von polystyrolhaltigem Wärmedämmmaterial verschwunden war, von dem noch niemand wußte, wie es in Zukunft recyclet werden sollte, ganz zu schweigen von Brandschutz, Schimmelgefahr und ästhetischem Desaster. Auf dem Treppenabsatz stand auf blankgebohnerten Fliesen ein Wald von üppigen Gummibäumen, und in eine Wand war ein Aquarium eingelassen, in dem tatsächlich Fische lebten, deren Vorfahren vielleicht noch aus dem Sozialismus stammten, als die Aquaristik ein beliebter Ersatz für Reisen in die Südsee gewesen war. Branka und Otto fuhren im nach Katzenurin riechenden Fahrstuhl in den zwanzigsten Stock und gingen einen langen Gang mit auffällig geschmacklos gemusterter Tapete entlang. Der PVC-Belag glänzte wie in einer Kaserne, vor den Türen lagen Fußabtreter wie Textilproben, die auf die Inneneinrichtung schließen ließen. Vor vielen Türen stand zudem ein karierter Einkaufstrolley, aus manchen guckte ein langer, rückenschonender Schuhlöffel. Branka schloß die Tür zu ihrer Wohnung auf, ließ Otto aber nicht hinein, weil sie erst aufräumen wollte. Er solle draußen warten und sich schon einmal die Schuhe ausziehen. Otto harrte fünf Minuten in Strümpfen vor der Tür aus. Er erinnerte sich, daß Branka ihm erzählt hatte, daß sie in Chandigarh am liebsten Le Corbusiers Scheiben geputzt hätte.

Die Wohnung hatte nur ein Zimmer zum Wohnen und Schlafen, einen kleinen Raum zum Arbeiten, ein Bad, eine vom Wohnzimmer abgeteilte Küchenecke und einen Abstellraum, den Branka zum Bügeln nutzte, merkwürdigerweise nahm es ihr nichts von ihrer Attraktivität, wenn Otto sie sich bei solchen Haushaltstätigkeiten vorstellte, bei ihr wirkte es eher, als halte sie gefährdete Kulturtechniken am Leben. Sie hätte sich auch eine geblümte Kittelschürze aus Dederon umbinden können, ohne dadurch weniger stilbewußt zu erscheinen. In der kleinen Wohnung fehlte es nicht an Raum, man genoß die bewußte Reduktion auf das Notwendige, durch den geschickt korrigierten Wohnungsschnitt (nichttragende Wände waren entfernt, auf Korridore war verzichtet worden) ging kein Platz verloren. Außerdem besaß Branka nichts Überflüssiges, selbst in der Küche waren Tassen und Teller, Gewürze und Kaffeebüchse in den Schubladen und Schränken verstaut, so daß man als Uneingeweihter lange nach jeder Kleinigkeit suchen mußte. Vor allem gab es keinen Tütenklumpen im Spülschrank, denn Plastiktüten wurden sauber gefaltet aufbewahrt. An den Wänden der Küche klebten wie ein Fenster in die Vergangenheit noch einige hellblau marmorierte DDR-Fliesen. Die Tapete war in allen Räumen entfernt worden, der nackte Beton mit unregelmäßigen Poren sah durch die kleinen Mängel auf eine japanisch-raffinierte Art vollkommen aus. Unter der Tapete waren Bleistiftbeschriftungen der Bauarbeiter, die das Haus errichtet hatten, zum Vorschein gekommen, die Branka natürlich nicht entfernt hatte. Ein kleines, gerahmtes Schwarzweißfoto zeigte die kleine Branka am Tag ihrer Einschulung, noch in Sarajevo, mit weißen Strumpfhosen, einem Rüschenkleid und einer riesigen Schleife im Haar. Ein Bücherregal hatte sie nicht, von ihren Büchern behielt sie nur die Schutzumschläge, den Rest ließ sie zum Verschenken in der U-Bahn liegen. Um den runden Tisch aus Beton saß man in rosafarbenen Polypropylen-Sitzschalen. Sonst gab es im Wohnzimmer nur ein Sideboard aus Esche, dessen Schubladen elegante Muldengriffe hatten und auf dem eine geriffelte, grüne DDR-Preßglasvase stand, eines der banalsten Objekte, die in diesem Staat hergestellt worden waren. In Gaststätten hatten, wie Otto aus alten Polizeiruf-110-Folgen wußte, meist verstaubte Kunstblumen darin gestanden, auf fleckigen Tischdecken neben einer klebrigen Flasche Worcester-Sauce, aber in Brankas Wohnung wirkte die billige Industrieware, befreit vom Kontext ihres Herkunftslands, wie eine ironische Einrichtungsidee, man fragte sich sofort, warum man nie darauf gekommen war, diesen Gegenstand schön zu finden. Überhaupt schien Branka die Macht zu besitzen, verfemten Objekten die Absolution zu erteilen, indem sie sie bei sich aufnahm. Sogar für den Blick aus dem Fenster galt das. Wer hätte gedacht, daß die Aussicht auf Ostberliner Hochhäuser so spektakulär sein konnte? Aus dieser Perspektive sah Berlin tatsächlich wie eine Großstadt aus. Otto bewunderte den Blick vom Balkon auf den Fernsehturm. Branka sagte, sie werde nie in eine Wohnung ziehen, aus der sie nicht nach einer Seite den Sonnenaufgang und nach der anderen den Sonnenuntergang sehen könne. In der Ferne blinkte auf einem Westberliner Hochhaus eine Werbung der Deutschen Bank. Branka hatte, als die Werbung einmal eine Weile defekt gewesen war und nicht geblinkt hatte, bei der Pressestelle der Deutschen Bank angerufen und sich darüber beschwert. Ihr sei übrigens aufgefallen, daß er beim Bestellen vorhin nicht «Bitte» gesagt habe, das solle er sich mal angewöhnen, außerdem könne es nie schaden, beim Betreten von Räumen zu lächeln.

Wieder im Zimmer, wollte Otto sich setzen, aber Branka sagte, sie sei müde, und forderte ihn auf, mit ihr gemeinsam das Bett auszuklappen, über dem ein auf Leinwand gedrucktes Porträt von Josip Tito mit Partisanen-Käppi hing. Branka war 1992 als Sechsjährige von ihren Eltern, die sie nie wiedergesehen hatte, aus dem belagerten Sarajevo zu Verwandten nach Deutschland geschickt worden. Otto war so aufgeregt, daß er sich entschuldigte und auf der Toilette verschwand. Er war einerseits erleichtert, keine Verschmutzungen vorzufinden, die sein Bild von Branka differenziert hätten, andererseits hatte er Angst, in dieser makellosen Sauberkeit selbst unbemerkt Spuren zu hinterlassen. Aus den in Shampoos, Duschbad und Lotionen vertretenen Obstsorten hätte man einen gesunden und schmackhaften Sommersalat mischen können, Joghurt für das Dressing war auch vorhanden. Otto stellte wieder einmal fest, daß Osteuropäer, sobald sie die Wahl hatten, besonders viellagiges Toilettenpapier bevorzugten. Er wusch sich die Hände und bemerkte mit Verwunderung, daß es nicht nur ein Stück Seife an einem Seifenmagnet gab, sondern auch ein Handtuch, über dem auf einem Plastikschild in geschwungener Schrift «Gäste» stand. Das Handtuch wirkte zwar sauber, aber er zog es trotzdem vor, seine Hände an einem der unbenutzten Handtücher aus dem Stapel abzustreifen.

Als er wieder ins Wohnzimmer kam, war das Bett frisch

bezogen, Branka lag schon unter ihrer Decke, auf seiner Seite lag auf einem Kopfkissen, wie im Hotel das Stück Begrüßungs-Schokolade, ein Kondom bereit. Aus der Anlage waren Klagegesänge in einem schleppenden Rhythmus zu hören, irgendetwas Slawisches. Er war so nervös, daß er sich einbildete, schon wieder auf die Toilette zu müssen, aber die Gelegenheit bekam er nicht mehr, denn Branka, die ihre Absatzschuhe noch an den Füßen hatte – sie behielt sie zu Hause stets an, um den kroatischen Fußballfan von unten zu ärgern –, drückte ihn auf die Matratze und setzte sich auf ihn, als wollte sie Adolf Loos widersprechen, der in «Ornament und Verbrechen» das Kreuz als erste künstlerische Tat bezeichnet hatte: «Ein horizontaler strich: das liegende weib. Ein vertikaler strich: der sie durchdringende mann.» Der vorzeitliche Künstler habe das Kreuz an die Wand geschmiert, «um seine überschüssigkeiten loszuwerden». Dazu hatte nun auch Otto die Gelegenheit.

Bald, nachdem er eingeschlafen war, wachte Otto vom Scheppern der Fahrstuhltür wieder auf, im Gebäude gab es offenbar einige Schallbrücken. Er konnte nicht mehr einschlafen, weil die bosnischen Klagegesänge ihn störten. Er ging barfuß auf den Balkon, der schon so früh im Jahr reich mit Pflanzen ausgestattet war, «Permakultur» hatte Branka gesagt. Von hier oben hatte man einen phantastischen Blick auf die Straße, die wie ein Fluß war, der sich sein Bett tief in einen Canyon gegraben hatte. Es wäre wirklich schade gewesen, diese erhabene Wirkung dem geplanten Rückbau auf das historische Straßenraster zu opfern. Die Hochhäuser dieses Viertels waren nach der Wende von Teilen der Berliner Presse, die gerne so taten, als sprächen sie für die Allgemeinheit, nach Kräften angefeindet worden, während wenige Meter weiter, jenseits der ehemaligen Grenze, Gebäude ganz ähnlichen Typs standen, was aber anscheinend niemanden störte. Inzwischen lebte hier eine spezielle Mischung von Bewohnern: übriggebliebene Rentner, ehemalige Privilegierte des Sozialismus, die nicht daran dachten, ihre durch langjährige Mietverträge gesicherte relativ günstige Miete zu opfern und umzuziehen, und Besitzer von durch Zusammenlegung mehrerer Wohnungen entstandenen, mehretagigen Eigentumswohnungen, die natürlich größtenteils aus dem Westen stammten. Branka Lazar gehörte zur Avantgarde der stilistisch anspruchsvollen, vorurteilsfreien kreativen Klasse, die die Qualitäten der DDR-Innenstadtplattenbauten zu einer Zeit entdeckt hatten, als auf Status bedachte Westdeutsche noch eine Sehnsucht nach den stuckverzierten Gründerzeitwohnungen in den ehemaligen Arbeitervierteln der Stadt umtrieb, wo man, wenn man ehrlich war, in besseren Mietskasernen lebte. Die Wände waren von der einst so begehrten Rauhfasertapete befreit und nicht tragende Wände entfernt worden, man besaß nur wenige, dafür aber klassische Plastik- oder Stahlrohrmöbel und schätzte die zentrale Lage (auch wenn man hier nirgends mehr ein Stück Butter oder ein Brot zu kaufen bekam). Spielend war den Wohnungen das Eintönig-Serielle, für das sie in den Medien und in den Vorurteilen vieler Westdeutscher standen, ausgetrieben worden, und darunter war die Architekturmoderne des 20. Jahrhunderts zum Vorschein gekommen. Otto betrat wieder das Zimmer, drehte die Musik vorsichtig leiser, schaltete sie schließlich aus, indem er den Netzstecker zog, und wartete auf den Schlaf.

Als Otto am Morgen aufwachte, hatte Branka schon in der Küchenecke das Frühstück vorbereitet. Sie forderte ihn auf, gemeinsam mit ihr das Bett zusammenzuklappen und aus dem Weg zu rollen, so wurde aus dem Schlaf- ein Wohnzimmer. Durch die Durchreiche mußte er ein Tablett mit Tassen und Tellern in Empfang nehmen und auf den Betontisch stellen. Sie sagte, sie freue sich jedesmal, wenn sie dieses praktische Einrichtungsdetail benutzen könne, über das auch die Küche in Alvar Aaltos Villa in Helsinki verfügte. Während Branka mit einer kupfernen Džezva Kaffee aufbrühte, setzte sich Otto an den Tisch, schmierte sich eine Stulle mit Butter und selbstgemachtem Johannisbeergelee und biß hinein. Das hätte er nicht tun sollen, denn Branka reagierte äußerst ungehalten, weil er mit dem Essen nicht auf sie gewartet hatte, sie nannte ihn unfaßbar unhöflich, typisch für einen Westdeutschen, wahrscheinlich sei er nie im Kindergarten gewesen und habe nicht gelernt, sich einzufügen, seine Mutter habe bestimmt ihre Arbeit aufgegeben, um nicht abstillen zu müssen. Er sah seinen Fehler sofort ein und entschuldigte sich, aber sie war nicht zu besänftigen. Sie meinte, es sei tragisch, daß alle Männer, mit denen sie sich einließ, über «verdeckte Mängel» verfügten, wie ein schlampig ausgeführter Bau. Otto starrte vor sich auf den Teller und schämte sich, aber gleichzeitig fragte er sich, ob sie nicht etwas übertrieb. Die Musik untermalte unverdrossen ihr Schweigen. Branka fuhr mit ihrer Morgenroutine fort, als sei nichts gewesen, und Otto wartete darauf, daß sie sich setzte, damit er weiterkauen konnte.

Sie sprachen über die Planung dieses Viertels, eines Vorzeigeprojekts des Wohnungsbauprogramms der DDR, dieser häßlichen Schwester der BRD. Branka hatte sich einen überlegen-zynischen Standpunkt zugelegt, der sie die Verlogenheit der Medien, die Dummheit der Entscheider und die Borniertheit der Öffentlichkeit ohne allzuviel Energieverluste durch negative Emotionen ertragen ließ. Das moderne Ostberliner Stadtzentrum war der Reaktion ein Dorn im Auge. Hier sollte so etwas wie die «historische Mitte Berlins» wiederhergestellt werden. «Die historische Mitte Berlins ist ein Bombentrichter», sagte Branka. In Wirklichkeit brauchte die verschuldete Stadt Argumente, Flächen zu Spottpreisen an Spekulanten zu verscherbeln, die ihrerseits freie Hand hatten, auf diesen Flächen gewinnbringend «Townhouses» für wenige Gutbetuchte zu bauen (im Maklerjargon hießen sie auch «Familienresidenz» oder «Wohlfühloase» für «Raumpioniere»). Das ästhetische Scheinargument war, daß die DDR mit den großen Freiflächen im Zentrum «sibirische Leere» geschaffen habe, Räume, in denen die Menschen vom eisigen Wind umweht wurden und keine demokratischen Impulse entwickeln konnten. (Seltsamerweise fiel niemandem die Ironie auf, wenn die sozialistische Stadtplanung kritisiert wurde, während dem Konzept der autogerechten Stadt, das das Gesicht zahlreicher westdeutscher Städte nach wie vor prägte, teilweise mehr Bausubstanz zum Opfer gefallen war als durch die Bomben im Krieg, ein Konzept, das eine Umsetzung der Pläne von Albert Speers Arbeitsstab für den Wiederaufbau bombenzerstörter Städte war, dessen Mitglieder ihre Karriere nicht selten als Baudezernent oder als Leiter von Stadtplanungsämtern in der Bundesrepublik fortgesetzt hatten.) Solche Gegenden mußten «entwickelt» werden, wobei außer acht gelassen wurde, daß dort bereits Menschen lebten oder sich, vor allem im Sommer, zu Tausenden aufhielten. Die Flächen, die ursprünglich gepflegt gewesen waren und bis in den Entwurf spezieller Metallstühle hinein von ausgebildeten Gestaltern und Gartenbauspezialisten stammten, waren frei zugänglicher, öffentlicher, nicht kommerzialisierter Raum im Zentrum einer Hauptstadt. Außerdem waren die Gebäude, die hier standen, stilistisch eine Ohrfeige für die SED-Funktionäre gewesen, die in der Regel aus der Provinz stammten und einen kleinbürgerlichen Stil bevorzugten, weshalb ja auch seit der Gründung des Staates immer wieder alles Weltoffene und Moderne angefeindet worden war, mit dem Argument, «unsere Werktätigen» wollten so etwas nicht.

Otto hörte Branka gebannt zu, er bewunderte sie für ihre Klugheit, Resolutheit und emotionale Abgeklärtheit. Branka machte seine Aufmerksamkeit dagegen mißtrauisch, er wolle doch nicht etwa ihre Gedanken klauen? Als karrierebewußte Frau hatte sie einen schweren Stand. Nicht nur in ihrem Hauptberuf als Bauingenieurin, sondern sogar, wenn sie auf einer Tagung zu einem Vortrag erschien – sie war ja nebenbei Junior-Professorin für Historische Baustoffkunde –, kam es immer wieder vor, daß sie gefragt wurde, wann denn ihr Chef komme. Man konnte sich einfach nicht vorstellen, daß es sich bei einer so jungen und attraktiven Frau um den Vortragenden selbst handeln sollte. Gestaltung sei immer politisch, auch dort, wo man es nicht erwarte. Die Frankfurter

Küche war in den zwanziger Jahren für die umfangreichen Siedlungsprojekte in Frankfurt/Main entwickelt worden, mit denen es gelungen war, mitten in der Wirtschaftskrise die Mieten in dieser Stadt zu senken. Auf der Grundlage von Bewegungsanalysen hatte man die Küche so gestaltet, daß alle für das Kochen und Waschen notwendigen Geräte und Möbel auf engstem Raum untergebracht werden konnten. An alles war gedacht worden: Die Schiebetüren der Schränke hatten Scheiben, damit man sah, was sich dahinter befand, die Schränke schlossen zum Boden hin ab, damit man darunter nicht fegen mußte, an der Wand war ein klappbares Bügelbrett angebracht, es gab Aluminium-Schütten für Lebensmittel- und Backzutaten, ein Abtropfgitter über der handgelöteten Metallspüle, und alle Flächen waren mit einem blauen Farbton versehen, weil diese Farbe Fliegen davon abhielt, sich daraufzusetzen. Der Raum war so klein, um Platz zu sparen, aber auch, weil man die Bewohner daran hindern wollte, wie sie es gewohnt waren, in der Küche zu schlafen, wo sich der Herd befand, was viele allerdings trotzdem taten. Die Küche sollte eine Werkstatt für die Frau sein, so funktional und praktisch, daß beim Kochen und Waschen keine Zeit verlorenging. Dadurch war die Frau aber nicht befreit, sondern isoliert worden. Wenn man die traditionelle Rollenverteilung ändern wollte, mußte man die Küchenwände einreißen und die Arbeit sichtbar machen, so daß das Kochen im Mittelpunkt des Familienlebens stand und nicht mehr als lästige Mühsal galt. Zudem war man bei den ergonomischen Messungen von Frauen ausgegangen, so daß die Standardhöhen, die heute immer noch galten, für Männer zu niedrig waren und diese sich beim Abwaschen mit Rückenschmerzen rausreden konnten. (Modulor, das von Le Corbusier entwickelte universelle Proportionssystem, das auf Grundlage mathematischer Berechnungen das menschliche Maß zurück in die Architektur holen sollte, ging dagegen ausschließlich von männlichen Standardmaßen aus.) Architektur könne Ehen zerrütten, sagte Branka. «In der Weimarer Zeit haben am Bauhaus junge Studentinnen freiwillig für Professoren und männliche Studenten vegetarisch gekocht. Sie durften zwar Architektur studieren, was für Frauen damals noch mit größten Schwierigkeiten verbunden war, aber wirklich gleichberechtigt waren sie nicht. Man steckte sie in die Weberei, und Gropius schmückte mit den Teppichen sein Büro. Womit nicht gesagt sein soll, daß Teppiche zu weben, nur weil es eine weiblich konnotierte Tätigkeit ist, eine weniger hoch einzuschätzende Leistung als das Entwerfen von Gebäuden ist! Die meisten Frauen wurden von Professoren oder Kommilitonen weggeheiratet, denen sie in Zukunft den Haushalt führen mußten. Poelzigs Frau ist noch in den sechziger Jahren aus Gruppenfotos geschnitten worden, obwohl sie viel mehr Anteil an seiner Arbeit hatte als bisher bekannt. Es hat sich nichts geändert, Architektur ist ein Magnet für Egozentriker, die darauf brennen, möglichst viel Fläche dieses Planeten unter Asphalt und Beton verschwinden zu lassen. Dabei ist Bauen in der Regel nur die teuerste Lösung für ein Problem. Es geht immer um Strukturen, nicht um Design.»

Während sie das sagte, näherte Branka sich Otto von hinten, er überlegte, ob er wieder einen Fehler gemacht hatte, vielleicht hatte er sein Buttermesser nicht sauber genug am Brot abgestrichen? Sie strich ihm mit ihren Händen durch das Haar und bot ihm an, ihm gleich jetzt den Kopf zu rasieren, das würde ihm wirklich besser stehen als dieser faule Kompromiß, er habe so einen schönen Hinterkopf. Otto weigerte sich, ihm komme das zu plötzlich. Er sagte, er habe sich diesen Beruf ausgesucht, weil er sich nach Schönheit sehne und den ästhetischen Zumutungen der Moderne so viele Stunden wie möglich am Tag entkommen wolle. Es würden einfach zu viele häßliche Dinge hergestellt, deren Qualität auch noch ständig abnehme. Branka sah ihn spöttisch an. «Seien Sie doch froh, daß die Qualität schlecht ist, Adolf Loos hat sich gegen die Vorstellungen des Werkbunds ausgesprochen, die Qualität der Produkte zu verbessern, weil schlechte Qualität wenigstens garantiere, daß die häßlichen Produkte irgendwann auch wieder verschwinden würden.» «Ich glaube, daß die Menschen sich nach einfacher, guter Gestaltung sehnen, aber sie merken es nicht, weil ihnen schon als Kind abgewöhnt wurde, auf ihre Sinneswahrnehmungen zu achten.» «Sie gehen von sich aus. Geschmack ist ein Mittel, Herrschaftsverhältnisse zu reproduzieren. Design ist kein Urlaub von der Realität, sondern politisch. Architektur genauso. Nehmen Sie diese geriffelte Blumenvase. In der DDR haben Professoren für Formgestaltung jahrelang ihren Beruf nicht ausüben dürfen, wenn es ihnen zur Unzeit eingefallen war, eine glatte, zylinderförmige Vase zu entwerfen. Dem Arbeiter mit seinen schweren, an Maschinen gewöhnten Händen würde sie aus den Fingern rutschen. Das haben wir hinter uns, werden Sie sagen. Aber woher kommen die Blumen, die heute in der Vase stehen? Aus Afrika, geschlossene Kühlkette bis zum Blumenladen in Deutschland, Pestizide und Wasserverbrauch bei den Herstellern. Sie haben so einen kurzen Hals, Sie würden besser ohne Kragen aussehen.»

Otto sah Branka mit immer größerer Bewunderung an. Sollte er sich vielleicht doch von ihr die Haare schneiden lassen? Aber unvermittelt schaute sie auf die Uhr und hatte es eilig, ihn zu verabschieden. Es sei ja noch nicht Wochenende, und sie müsse sich an ihren Arbeitsplan halten (der schon für das nächste halbe Jahr feststand). Sie forderte ihn praktisch auf zu gehen und schob ihn in den Flur, wo ihm erst jetzt eine Landkarte von Urfustan auffiel, auf dessen riesigem Gebiet nur wenige Städte eingezeichnet waren, die Grenzen verliefen teilweise hunderte Kilometer schnurgeradeaus. Otto wollte Branka einen Kuß geben, aber sie verschwand noch einmal in der Küche und kam mit dem Müllbeutel wieder. Wenn er schon runterfahre, könne er den gleich mitnehmen und in den Müllraum bringen. Übrigens würden Frauen es nicht mögen, wenn man ihnen «beim Küssen das Gesicht abschlecke», das könne sie ihm versichern. Im blauen Müllbeutel lag, farblich dazu passend, das von ihm benutzte Kondom.

KAPITEL 6

Nachts schreckte Otto immer wieder auf und sah ängstlich zum Wecker, ob er verschlafen hatte. Als der Wecker am Morgen tatsächlich klingelte, war er todmüde und fühlte sich wie erschlagen. Er hatte keinen Hunger, aß aber aus Sparsamkeit den Rest Bratkartoffeln vom Vortag, um ihn nicht verkommen zu lassen. Er wusch die Kaffeetasse ab, damit der Kaffeesatz in seiner Abwesenheit nicht wieder verschimmelte. Dann ging er noch einmal durch die Wohnung und betätigte mit dem großen Zeh die rotleuchtenden Schalter an allen Steckdosenleisten. Er mußte dazu seine Hausschuhe ausziehen, da er mit der harten Schuhsohle kein Gefühl für die Kippschalter hatte. Er schluckte vorsorglich zwei Tannacomp gegen Reisekrankheit und setzte sich aufs Bett, um zu überlegen, ob er irgend etwas einzupacken vergessen hatte. Sollte er einfach hierbleiben, ohne jemandem davon zu erzählen? Er könnte endlich den dicken Band über die Geschichte der Architekturtheorie lesen, den ihm sein Vater zum Studienbeginn geschenkt hatte und der im Regal neben Reyner Banhams Los-Angeles-Buch und den Memoiren von Julius Posener stand. Sich frei von Verpflichtungen und sozusagen inkognito in der Stadt aufzuhalten, zu lesen, spazierenzugehen, Gebäude zu besuchen, seine Gedanken zu ordnen, die Vorstellung war betörend. Aber er mußte Löb nach Mangana begleiten, sonst würde der sich einen anderen

Koordinator für das «Himmels)s(turm»-Buch suchen, was ihm Brigitte Baran sicher übelnehmen würde. Außerdem beneidete er doch immer andere, die von fernen Orten zurückkamen oder dahin aufbrachen, nur wenn es für ihn selbst konkret wurde, bereute er es, sich leichtfertig darauf eingelassen zu haben, und fand allerlei philosophische Gründe, warum das Reisen nur eine Flucht war, ein Vorwand, sich vor der inneren Reise zu drücken, die man unternehmen mußte, wenn man sich weiterentwickeln wollte. Er öffnete das neue Päckchen mit Unterhosen, das er sich zum Trost gegönnt hatte, und entschied sich für eines der drei Dekore. Er hatte im Laden lange gesucht, aber jedem Dreierpäckchen lag immer mindestens eine Unterhose bei, die so häßlich war, daß sie wie aus unverkäuflichen Restbeständen hineingeschmuggelt wirkte. Als er die Wohnung verließ, drehte er den Schlüssel zweimal im Schloß statt wie sonst nur einmal. Es war eigentlich unsinnig, weil das für Einbrecher sicher keine zusätzliche Hürde darstellte, aber er hatte das Gefühl, bei Abwesenheiten, die eine Übernachtung mit einschlossen, doppelt abschließen zu müssen.

Er sah in der S-Bahn mehrmals auf sein Flugticket, ob er wirklich zum Flughafen Schönefeld mußte und der Flug nicht etwa doch von Tegel ging. Eine Station vor Schönefeld, der Wagen hatte sich fast komplett geleert, kam ein übermüdeter Trinker auf ihn zugewankt und hielt ihm einen laminierten Ausweis mit einem Paßbild aus besseren Tagen vor die Nase. Otto zeigte ihm seine Fahrkarte, aber der Mann war nicht zufrieden damit, bis Schönefeld müsse man «ABC» lösen, «AB» reiche nur bis zur letzten Station vor Schönefeld. Otto mußte mit dem Mann aussteigen und ein «erhöhtes Beförderungsentgelt» bezahlen. «Ick mach die Regeln nich», sagte der Mann.

Für Flüge nach Mangana gab es einen eigenen Abfertigungsbereich, in dem man eine Sicherheitsbefragung durch Beamte aus Urfustan hinter sich bringen mußte. Als Otto sich der Sperre näherte, sah er, wie Holm Löb gerade, ohne sein Tempo zu drosseln, den Bereich durchschritt, er grüßte jovial und schüttelte sogar ein paar Hände, dann war er schon wieder verschwunden, ohne Otto bemerkt zu haben. Eine Frau mit glänzendem schwarzen Haar und dunklen Augen winkte Otto zu ihrem Stehpult. Er lächelte verlegen. «Warum lachen Sie?» fragte sie streng. Otto bemühte sich, keine Miene zu verziehen. «Wohin fliegen Sie?»

Das war eine eigenartige Frage, da man in diesem Bereich ausschließlich für Flüge nach Mangana abgefertigt wurde.

«Nach Mangana.»

«Warum wollen Sie unsere geliebte Hauptstadt besuchen?»

«Ich begleite meinen Chef.»

«Wer ist Ihr Chef?»

«Herr Dr. Löb von ‹Himmels)s(turm›, er war eben hier.»

«Waren Sie schon einmal in Urfustan?»

Otto überlegte kurz, ob er sich wirklich sicher war, dann sagte er: «Nein.»

«Was sind Sie von Beruf?»

«Ich bin Architekt. Wobei ich noch nicht zu Ende studiert habe.»

«Warum?»

«Ich weiß nicht, ich habe irgendwie so eine Scheu, Dinge abzuschließen.»

«Warum studieren Sie Architektur?»

«Ich interessiere mich für Spielplätze.»

«Was hat das mit Architektur zu tun?»

«Wollen Sie das wirklich wissen?»

«Warum hätte ich Sie sonst gefragt?»

«Dem Kapitalismus in seiner neoliberalen Gestalt ist es gelungen, den Menschen über das Dogma der Selbstoptimierung bis in die Freizeit hinein zu seinem eigenen Ausbeuter zu machen, und unter diesen Umständen bekommen das zwecklose Spiel, die vertrödelte Zeit, die unkalkulierbare Erfahrung, die Beschäftigung ohne pädagogischen Mehrwert einen geradezu utopischen Gehalt. Ich interessiere mich für die Frage, wie Spielplätze aussehen, die dafür den Raum bieten.»

«Und solche Spielplätze wollen Sie bauen?»

«Das ist die Frage. In einer idealen Gesellschaft braucht man vielleicht gar keine Spielplätze mehr. Beziehungsweise man baut nur noch Spielplätze. Das klingt jetzt vielleicht ein bißchen wirr.»

«Haben Sie Kinder?»

«Leider nein.»

«Wohin fliegen Sie?»

«Nach Mangana ...?»

«Sie wirken angespannt.»

Otto wollte etwas erwidern, eine gerade noch akzeptable, in der Tendenz aber sicher trotzdem chauvinistische Bemerkung über die irritierende Attraktivität der Beamtin, da erschien ihm Branka vor seinem geistigen Auge, und er hielt sich lieber zurück.

«Ich bin nur müde.»

«Haben Sie von irgendwem Geschenke angenommen?»

«Einen Bleistiftanspitzer von meiner Freundin.»

In Wirklichkeit hatte Otto sich Brankas granatenförmiges Manufactum-Gerät aus Messing heimlich als Talisman eingesteckt. Die Beamtin wollte den Bleistiftanspitzer sehen und reichte ihn durch eine Tür in der Pappwand an einen Mann mit weißen Handschuhen weiter.

«Wo ist Ihre Freundin?»

«Also eigentlich ist sie gar nicht meine Freundin. Da gibt es zu viele Sollbruchstellen, weil wir aus verschiedenen Kulturkreisen stammen.»

«Bitte antworten Sie nur auf meine Fragen. Führen Sie Perücken mit?»

«Nein.»

«Künstliche Wimpern oder Schnurrbärte?»

«Nein, warum?»

«Wie alle friedliebenden Nationen bekämpft Urfustan die globalen terroristischen Netzwerke.»

Der Mann mit den Handschuhen winkte die Beamtin herbei, sie tuschelten, dann verschwand sie mit ihm durch die Tür. Otto rechnete damit, durch versteckte Gucklöcher oder Trickscheiben beobachtet zu werden. Er bemühte sich um einen unschuldigen, aber trotzdem realistischen Gesichtsausdruck. Ausgerechnet jetzt kamen ihm in schneller Folge die unangebrachtesten Gedanken: Er zog die Beamtin durch die Papptür ins Dunkle und biß ihr die Knöpfe ihrer Bluse ab, er holte ein Spielzeuggewehr aus dem Koffer, drehte sich damit im Kreis und schoß eine Salve Dauerfeuer in die Menge, er fuhr mit einer scharfen Papierkante durch Holm Löbs Augäpfel. Diese Gedanken waren so aufdringlich, daß er sich schütteln mußte, um sie loszuwerden.

Die Beamtin erschien wieder und gab ihm seinen Bleistiftanspitzer zurück, dessen austauschbare Klinge entfernt worden war. Otto mußte ein Protokoll ausfüllen, um sie bei der Heimreise zurückzuerhalten. Dasselbe galt für sein Handy, auch das durfte er nicht mitnehmen, es würde für ihn aufbewahrt werden. Er bekam seinen Paß ausgehändigt und konnte sich in die Durchleuchtungsmaschine stellen und die Hände heben wie ein besiegter Aufständischer, wobei diesem vielleicht nicht von einer uniformierten Frau mit unbeteiligtem Blick der Reißverschluß seiner Hose geöffnet und wieder geschlossen wurde. Bei der Gepäckkontrolle wurde ihm seine Reiseapotheke abgenommen, bis auf die Flasche Meditonsin, die ihm seine Mutter geschickt hatte, weil er so oft erkältet war. Otto versetzte die Aussicht auf eine Woche ohne Durchfalltabletten in Panik.

Im Wartebereich traute sich Otto nicht, Holm Löb zu stören, der wie die meisten anderen Männer in der neuen «Beef!» las, die in einem Ständer kostenlos auslag, und suchte nach einem Platz ohne Sitznachbarn, den es aber nicht mehr gab, weil sich hier, solange das ging, jeder zwischen zwei leere Plätze setzte und links und rechts von sich Tasche und Jacke ablegte. Otto mußte also zwischen zwei Männern Platz nehmen und sie zunächst bitten, den Sitz zwischen ihnen von ihren Sachen freizuräumen. Der Mann rechts neben ihm schaute heimlich mit in Ottos Zeitung, so daß Otto sich nicht auf den Artikel über eine Demonstration von Gegnern der energetischen Sanierung konzentrieren konnte, die vor dem Roten Rathaus mit Schildern protestierten, auf denen: «Wacht auf, Verdämmte dieser Erde» stand. «Und? Steht was drin?» fragte Ottos Nachbar.

«In der Zeitung? Keine Ahnung, ich les mir nur die Todesanzeigen durch.»

Der Mann reichte ihm die Hand: «Dries.»

Otto wußte nicht, ob das ein Vor- oder ein Nachname war, und zögerte, ob er mit «Otto» oder mit «Kwant» antworten sollte.

«Angenehm, Otto Kwant. Fliegen Sie auch nach Mangana?»

«Die Frage habe ich heute schon mehrmals gehört.»

«Ja, stimmt, entschuldigen Sie. Also: Was machen Sie in Mangana?»

«Kennen Sie ‹Ärzte ohne Grenzen›?»

«Ja, natürlich. Sind Sie Arzt?»

«Ich arbeite für ‹Homöopathen ohne Grenzen›.»

«So etwas gibt es?»

«Und ob.»

«Und was machen Sie in Mangana?»

«Wir bilden Homöopathen aus. Der ‹Architekt des Vaterlands› hat das Gesundheitssystem reformiert. Die Schulmedizin hat dort ihre Privilegien eingebüßt.»

«Welcher Architekt?»

«Zültan Tantal, das Staatsoberhaupt, die Bürger nennen ihn ‹Architekt des Vaterlands›.»

«Aber es wird in Urfustan doch wohl Ärzte geben?»

«Es gibt noch welche, aber es werden keine neuen mehr ausgebildet. Hat Ihnen schon einmal ein Arzt helfen können? Also so, daß der langfristige Schaden den kurzfristigen Effekt nicht übertraf?»

«Ich gehe eigentlich nur einmal im Jahr zum Zahnarzt, den Zahnstein entfernen.»

«Anurie, Diurese, Dysurie, Hyposthenurie, Hypersthenurie, Ischuria paradoxa? Fällt Ihnen etwas auf?»

«Nein.»

«Das einzige, was Schulmedizin mit Bildung zu tun hat, sind die lateinische und die griechische Sprache.»

«Aber wir leben doch immer länger, dank der Fortschritte im medizinischen Bereich.»

«Ausscheidungen, Hautverfärbungen, Schweiß.»

«Wie bitte?»

«Ist das Sputum glasig, zäh, geballt, münzförmig, dünnflüssig, schleimig, schaumig, klumpig oder geschichtet? Riecht der Kot aromatisch, penetrant faulig, jauchig, aashaft, stechend sauer? Handelt es sich um Salbenstuhl, Butterstuhl, Lehmstuhl, Tonstuhl oder Pankreasstuhl? Ist der Durchfall wässrig-schleimig, reiswasserähnlich, erbsensuppenähnlich, schaumig, schafkotartig oder bleistiftartig? Sieht der Urin milchig, dunkelgelb, bierfarben mit Schüttelschaum, fleischwasserfarben, rotbraun, schmutzig, schwarz, zitronengelb oder grünlich aus? Wer in seinen Ausscheidungen lesen kann, braucht keinen Arzt mehr. Kinder sollten das schon in der Schule lernen.»

«Und deshalb sind Sie Homöopath geworden?»

«Sie wirken angespannt. Hier, nehmen Sie die.»

Dries öffnete ein Etui mit Glasröhrchen und schüttete sich aus drei dieser Röhrchen winzige, weiße Kügelchen in die Hand. Otto zögerte: «Was ist denn da drin?»

«Fragen Sie sich das auch bei Aspirin?»

Otto schluckte die hoffentlich harmlosen Glukose-Kügelchen hinunter und ärgerte sich gleichzeitig über seine übertriebene Höflichkeit.

Der Flug wurde aufgerufen, und sofort sprangen alle auf, um vorn in der Schlange zu stehen, obwohl das ganz sinnlos war, da das Flugzeug ja auf den Letzten in der Schlange warten würde. Außerdem trafen sich alle Reisenden im Flughafenbus wieder, aus dem der zuletzt Eingestiegene als erstes aussteigen konnte. Otto entschied sich für die mittlere Tür und wurde allmählich bis ganz nach hinten gedrängt. Sie warteten wenigstens eine Viertelstunde, bis eine Frau mit leicht nuttigem Outfit und einem übermäßig großen Rollkoffer, den sie nicht allein über den Tritt zu wuchten schaffte, außer Atem den Bus bestieg, sofort einen Fächer zückte und irgend jemandem über Handy ihre Position durchgab (Einheimischen wurde ihr Handy anscheinend nicht abgenommen).

Im Flugzeug liefen die Stewardessen von Urfu Air die beiden Gänge ab, um zu kontrollieren, ob alle ihre Sicherheitsgurte geschlossen hatten. Der Pilot, der am Gürtel einen großen Revolver trug, kontrollierte auch noch einmal. Die ältere Frau, die vor Otto saß, hatte ein Huhn im Schoß. Als der Pilot verschwunden war, öffnete der Mann rechts neben Otto heimlich wieder seinen Gurt. Er trug ein weißes Unterhemd und hatte Tattoos auf den Schultern und den sehnigen Unterarmen. Auf seinem Smartphone sah er sich Fotos von minderjährigen Asiatinnen mit operierten Brüsten an. Hinter Otto saß eine deutsche Familie. Das Kind hämmerte ständig gegen Ottos Rücklehne, weil es auf dem dort installierten, altersschwachen Touchscreen, der nur noch auf starken Druck reagierte, eine vereinfachte Version von Pacman spielte. Schließlich drehte sich Otto um und bat die Eltern des Kinds, dafür zu sorgen, daß es damit aufhörte. «Sie können doch nicht erwarten, daß er sechs Stunden stillsitzt», war die Antwort des Vaters.

Otto konzentrierte sich darauf, durch vorsichtiges Verlagern der Ellbogen mit seinen Nachbarn die Aufteilung ihrer gemeinsamen Armlehnen auszuhandeln, ohne daß es böses Blut gab. Am besten wäre es gewesen, die Grube am Kopf des Oberarmknochens zu nutzen, um den Ellbogen auf der Kante der Armlehne abzulegen, aber gerade dort befand sich ein empfindlicher Nerv. Otto stützte den Ellbogen so auf die Ellbogenhaut, daß die Spannkraft der Haut seinen Ellbogen am Weggleiten hinderte. Seine Fußspitzen waren etwas nach innen gerichtet, durch die Reibung der Sohlen mit dem Teppichboden blieben sie in dieser Position, und die Torsion der Beine führte dazu, daß die Oberschenkel genau parallel waren und als Ablage dienen konnten. Als sie die Reiseflughöhe erreicht hatten, ertönte das Signal, daß die Gurte geöffnet werden konnten. Mehrere Bildschirme senkten sich aus der Deckenverkleidung, es lief ein Film mit Gérard Depardieu und Pierre Richard, und, obwohl niemand Kopfhörer hatte, sahen alle interessiert zu. Manchmal gab es Sprünge in der Handlung, weil eine Szene zensiert worden war, und Otto rätselte, warum es die gestrichene Szene wohl getroffen hatte. Otto wandte sich seinem Spielplatz-Dossier zu, das er für seinen Entwurf im Fach Freiraumplanung zusammengestellt hatte. Spielplätze waren Nebenprodukte der industrialisierten Stadt des 20. Jahrhunderts gewesen. Erst die Enge der Wohnverhältnisse und die Tatsache, daß viele Arbeiterkinder (nach der Abschaffung der Kinderarbeit) tagsüber unbeaufsichtigt waren, machten Rückzugsorte notwendig. Spielumgebungen brauchten Elemente von starker existentieller Symbolik, Aussichtspunkte, Verstecke, Abkürzungen, Treffpunkte, Wege, die, wie ein Möbiusband, kein Ende hatten. Aber mußte man wirklich solche Räume gestalten? Waren das nicht nur Retuschen, wenn die Gesellschaft sich nicht mit veränderte? In Dänemark war mitten im Zweiten Weltkrieg, aber auch mitten in einer Wohnsiedlung, der weltweit erste Gerümpelspielplatz gebaut worden, Vorläufer aller Abenteuerspielplätze. Die Kinder kletterten einen selbstgezimmerten Holzturm hinauf, dessen Höhe und Statik dem heutigen Betrachter unverantwortlich erscheinen mußten. Dieselben Erwachsenen, die davon schwärmten, wie sie, unbeaufsichtigt von ihren überforderten oder im Krieg gebliebenen Eltern, in den Trümmerlandschaften der zerstörten Städte gespielt hatten, hätten ihren Kindern so eine Erfahrung nicht mehr zugetraut. Vor allem in den USA hatte die Angst vor gerichtlichen Klagen nach Unfällen Hersteller und Ämter seit den achtziger Jahren vorsichtig werden lassen, was das Bild der Spielplätze verändert hatte. Zu diesem Phänomen hatte Otto aber noch zu wenig Material, eine Recherchereise nach New York würde wohl unvermeidlich sein.

Er entfernte die Folie von einem eigens für Reisenotizen angeschafften Moleskine-Notizbuch im A5-Format, aber das Buch wirkte so unberührt und rein, das Papier leuchtete so seidig weiß, daß er es nicht über sich brachte, die erste Seite mit irgendeiner banalen Notiz zu entweihen. Er schrieb ein paar Probenotizen auf die Rückseite eines seiner Dossierpapiere:

«Rechts neben mir ein Chinese mit Tattoos.»

«Beamtin sehr attraktiv.»

«Berlin: Geschenk für Branka?»

Nein, die erste Zeile des Büchleins war eine zu prominente Stelle, dafür mußte ihm etwas Besseres einfallen, er ließ sie frei und begann vorläufig mit der zweiten Seite.

Der Mann neben ihm las jetzt eine chinesische Zeitung. Auf den Fotos sah man Donald Trump, das Volkswagen-Logo und eine Briefmarke mit der Elbphilharmonie. Ein Leitartikel begann mit den deutschen Worten: «Ach so!» Zwischen den pittoresken Schriftzeichen tauchte vertraute Interpunktion auf. Unter einer Überschrift mit Ausrufezeichen sah man ein Bild von einem Taschenrechner, auf dessen Display «Stromkosten» stand. Offenbar erschien diese Zeitung in Deutschland.

Otto blätterte den Prospekt für Dinge durch, die man steuerfrei an Bord kaufen konnte, und vermißte fast schmerzlich, als handle es sich um seine Potenz, jeden Kaufimpuls. Dann sah er sich im Bordmagazin die Europa- und die Weltkarte an. Wie groß Europa war, dieser Flickenteppich, aber im Weltmaßstab schrumpfte es zu einem unbedeutenden Klecks zusammen. Von und nach Mangana führten nur wenige Bögen, die für Flugverbindungen standen, es gab Direktflüge aus Moskau, Minsk, Pyöngyang, Ashgabat, Riad, Ibiza und Berlin. Er nahm sich einen russischen Reise-Sprachführer vor (Russisch wurde in Urfustan vor allem in den Städten nach wie vor gesprochen) und versuchte, sich das kyrillische Alphabet einzuprägen. Dann sah er ein bißchen Gérard Depardieu zu, der im postsowjetischen Raum hoch verehrt war und als eine Art inoffizieller Botschafter Frankreichs wahrgenommen wurde, obwohl er es in seinem Heimatland gar nicht mehr aushielt. Bald mußte Otto auf die Toilette und überlegte, ob er den Mann rechts neben sich aufscheuchen sollte, der inzwischen selig schlief, oder die blonde, füllige Frau links, die vom Personal eine Gurtverlängerung für ihren Bauch bekommen hatte. Sie starrte schweigend geradeaus und empfand dabei anscheinend keine Langeweile. Otto stieg auf seinen Sitz und machte einen großen Schritt, um über den Chinesen zu klettern, ohne ihn zu berühren. Die Urfus unter den Passagieren erkannte man daran, daß sie sich wegen der Hitze teilweise bis auf die Unterwäsche ausgezogen hatten. Die Toiletten waren besetzt, also ging Otto in den vorderen Flugzeugteil, durch den Business-Class-Bereich, zu den anderen Toiletten und zwinkerte Löb, der hier saß, verbindlich zu. Löb hatte sich ein aufblasbares Nackenkissen umgelegt, nippte an einem Glas Sekt und sah sich auf seinem iPad seinen eigenen TED-Talk über *Sustainable Building Design* an. Er wirkte entspannt und selbstsicher, ein Reiseprofi, immer umhüllt von einer schützenden Epidermis aus Komfort-Gadgets, zu denen auch sein Körper zählte.

Auf der Toilette sah sich Otto gezwungen, mit einem Papierhandtuch den Toilettenrand zu säubern, den der vorige Nutzer eingesprenkelt hatte, da der Verdacht sonst auf ihn gefallen wäre. Zurück vom Klo, war die Lage noch komplizierter geworden, weil der Tätowierte es sich mit dem Oberkörper auf Ottos Sitz bequem gemacht hatte und mit offenen Augen döste. Er machte keine Anstalten, den Platz wieder freizugeben, als Otto neben ihm auftauchte. Otto ging also weiter zur hinteren Toilette, die jetzt frei war. Um seinen erneuten Toilettenbesuch vor sich selbst zu legitimieren, versuchte er tatsächlich, noch einmal zu pinkeln, und nach einer Weile gelang es ihm auch, wobei er nicht wußte, ob er darüber froh oder beunruhigt sein sollte. An seinem Platz blieb ihm nichts anderes übrig, als den Tätowierten mit dem Finger anzutippen. Mit finsterer Miene richtete der Mann sich auf und begann, sich mit einer Stiftkappe die Fingernägel zu reinigen. Die Kappe stammte, wie Otto mit Befremden feststellte, von seinem Stift, den der Mann in seiner Abwesenheit aus Ottos Moleskine gezogen hatte. Als er die Maniküre beendet hatte, trommelte er mit dem Stift, ohne ihn wieder mit der Kappe zu verschließen, auf seinen Klapptisch. Otto hatte das Gefühl, der Stift sei dem Ersticken nah, aber er hatte nicht den Mut, ihn zurückzuverlangen, um ihn zu retten.

Otto, der es beim Fliegen vorzog, den ganzen Flug über angeschnallt zu bleiben, schloß wieder seinen Sicherheitsgurt.

«Meinen Sie, das hilft Ihnen, wenn uns eine Boden-Luft-Rakete trifft?», fragte ihn die blonde Frau zu seiner Linken, ohne ihn anzusehen. Otto studierte von der Seite ihr Gesicht, sie hatte weißen Kreidestaub am Hals.

«Ich schnalle mich immer an. Es geht, glaube ich, eher um Luftlöcher.»

«Sie verpassen etwas.»

«Was denn?»

«Das Leben, mein Lieber, diese aufregende Reise ins Ungewisse.»

Otto war es peinlich, daß er so ein Angsthase war und im Flugzeug den Sicherheitsgurt schloß, auch wenn das Fasten-Your-Seatbelts-Warnsignal neben den lästigen Luftdüsen längst verloschen war. Hatte die Frau recht? Aber immerhin flog er ja nach Urfustan, das hätte er sich vor kurzem auch noch nicht vorstellen können. So ganz ohne Risiko lebte er offenbar nicht. Trotzdem war er froh, daß die Frau nicht wußte, daß er bei Turbulenzen immer schnell in seine Schuhe schlüpfte, um bei einem Absturz nicht barfuß zu sein, weil er sich einbildete, das erhöhe seine Überlebenschancen.

«In Europa sterben die Männerberufe aus. Bergmann, Fleischer, Matrose. Das wird sich noch rächen. Sie rasieren sich trocken?»

«Ja, schon immer.»

«Wenn man sich nach der Naßrasur mit einem starken Rasierwasser die Haut abtupft, und es brennt wie Feuer, das ist erfrischend wie die Ohrfeige einer Frau.»

Otto mußte an Branka denken, die erste und einzige Frau, die ihm bis jetzt eine Ohrfeige gegeben hatte, wenn sie auch dadurch entschuldigt war, daß sie gerade einen Orgasmus hatte.

«Ich habe mich gar nicht vorgestellt», sagte er zu seiner Nachbarin. «Otto. Ich bin Architekt.»

«Ilona.»

«Und was sind Sie von Beruf?»

«Fühlen Sie mal.»

Ilona spannte ihren Bizeps an, und Otto mußte ihn mit den Fingern prüfen.

«Das kommt wohl nicht von Gartenarbeit.»

«Kugelstoßen.»

«Haben Sie in Mangana einen Wettkampf?»

«Ein Trainingslager. Ich muß mich fit halten. In Deutschland bin ich ja gesperrt.»

«Warum?»

«Ich hatte Symptome von Verfolgungswahn wegen der vielen unangekündigten Dopingkontrollen, deshalb habe ich Baldrianpräparate genommen, unerklärlicherweise enthielten sie anscheinend Substanzen, die auf der WADA-Verbotsliste stehen, aber damit müssen sich jetzt die Gerichte befassen.»

«Kann man denn in Urfustan trainieren?»

«Wie nirgends sonst. Da spritzt das Eisen. Ein Traum. Kugelstoßen ist in Urfustan Volkssport. Ich kann kaum auf die Straße gehen, ohne Autogramme geben zu müssen. Alle wichtigen Wettkämpfe werden live im Fernsehen übertragen und dazu noch viele Trainingseinheiten.»

«Was mich schon immer interessiert hat: Wer trägt Ihnen im Training eigentlich die Kugeln zurück?»

«Niemand, man stellt sich einfach gegenüber auf, danach wechselt man die Seiten.»

Das Essen kam, Otto entschied sich für «Chicken». Dazu wurde ein winziges Brötchen gereicht, das sich in einer wegen des geringeren Luftdrucks in der Kabine aufgeblähten Zellophanhülle befand. Ebenso dehnte sich leider auch die Luft in Ottos Darm aus, Otto mußte heftige Blähungen unterdrücken, er stotterte die Luft in kleinen Portionen heraus und hoffte, daß der Verdacht auf den Chinesen neben ihm fallen würde.

«Möchten Sie mein Hühnchen?», sagte Ilona. «Ich bin vegan, allerdings ausschließlich aus sportlichen Gründen.»

Sie spießte das Stück Hühnerbrust auf seine Plastikgabel und legte es auf Ottos Aluminium-Assiette. Als Nachtisch konnten sie aus einem Menü mit verschiedenen Sorbets wählen, die die Köpfe von Micky Maus, Majakowski, Che Guevara und Darth Vader darstellten. Otto entschied sich für ein Chucky-die-Mörderpuppe-Sorbet mit Apfelpiroggen-Geschmack.

Nach dem Essen hätte er gerne geschlafen, er überlegte, ob es unhöflich wirken würde, wenn er sich seine Ohrstöpsel in die Ohren schob, als hätte er kein Interesse an weiterer Konversation. Vorher galt es, sie unauffällig mit Spucke zu befeuchten. Der Tätowierte schnarchte und hatte seinen Kopf an Ottos Schulter gelegt. Ilona starrte wieder teilnahmslos geradeaus. Otto sah auf den Bildschirm, wo Gérard Depardieu seine Finger in die Nasenlöcher eines Mannes steckte, um seinen Kopf durch die Luke in einer Tür zu sich heranzuziehen.

II

KAPITEL 7

Eine Durchsage und die folgende allgemeine Unruhe kündigten die Landung an. Durch die Zeitverschiebung war in Mangana schon die Nacht angebrochen, während es in Berlin erst später Nachmittag war. Die Luft war angenehm mild, als Otto mit den anderen Reisenden einen Bus bestieg, der von einem altertümlichen, russischen Militärfahrzeug gezogen wurde, unter dessen Motor man, wenn er bei vierzig Grad Frost nicht ansprang, ein Feuer entfachen konnte. Die Fahrt bis zum Flughafengebäude dauerte eine Viertelstunde, denn, obwohl der letzte Flug einer Air-France-Concorde schon 2003 stattgefunden hatte, war der neue Flughafen von Mangana darauf ausgelegt, daß eine Concorde hier starten und landen konnte. Sie betraten das Flughafengebäude und stellten sich an der Paßkontrolle an. Otto entschied sich für eine Schlange, an der ein männlicher Beamter arbeitete, weil er einmal gehört hatte, daß Männer weniger gewissenhaft kontrollierten. Er beobachtete die einheimischen Reisenden, die das Ritual routiniert hinter sich brachten: Sie übergaben ihren Paß, traten unaufgefordert bis zu einer auf dem Boden markierten Linie zurück, blickten nach oben in eine Videokamera und ließen sich ihren Paß wieder überreichen. Otto konzentrierte sich darauf, jeden interpretierbaren Gesichtsausdruck aus seinen Zügen zu verbannen, aber er hatte das Gefühl, sein Gesicht würde sich gerade durch das Entspannen der Muskeln zu einer verdächtigen Grimasse verziehen. Durch den Schlitz in der Scheibe der Box, in der der Beamte saß, wehte ein kühler Luftstrom, als Otto ihm seinen Paß hinschieben wollte, der kaum durch die Öffnung paßte. Der Beamte zog daran, und Otto drückte von der anderen Seite. Der Beamte schüttelte tadelnd den Kopf und machte ein Geräusch mit der Zunge: «Tsstsstss ...» Dann blätterte er den Paß mehrmals von vorn und von hinten durch wie ein Daumenkino, hackte mit den Fingern einer Hand auf einer Tastatur herum und machte wieder: «Tsstsstss ... Otto Kwant.» Lächelnd fügte er auf Deutsch hinzu: «Deutschland über alles ...» Otto blickte nach oben in die Kamera, wie er es bei den anderen gesehen hatte, aber der Beamte zog eine Digitalkamera hervor und machte von Hand ein Bild von Otto und ein zweites von seiner Rückseite, für das Otto sich umdrehen mußte. Schließlich preßte er den Paß wieder durch den Schlitz und würdigte Otto keines Blickes mehr.

Am einzigen von zwei Dutzend Gepäckbändern, das in Betrieb war, sammelten sich alle wieder. Ilona, die keinen Koffer aufgegeben hatte, ging mit zwei schweren Sporttaschen zum Ausgang, als würde sie mit Kartoffelnetzen in den Händen den Supermarkt verlassen. Sie war zu beglückwünschen, denn die Öffnung des Gepäckbands spuckte zunächst nur unzählige, vollkommen mit braunem Paketband umwickelte Kartons aus, die einer aufgeregt schwatzenden chinesischen Reisegruppe gehörten. Da viele der Chinesen noch nicht durch die Paßkontrolle gekommen waren (offenbar fiel es den Beamten schwer, sie nach ihren Paßbildern zu identifizieren), war die Gepäckbandschleife bald ausgelastet mit Kartons, die vor den Wartenden im Kreis fuhren, ohne daß jemand sie herunternahm. Erst wenn ein Karton seinen Besitzer gefunden hatte, konnte ein neues Gepäckstück in die Lücke gespuckt werden, aber als das Gepäckband endlich fast leer war und sich trotzdem rumpelnd weiterbewegte – ein herrenloser Koffer drehte ein paar Extrarunden wie ein verwöhntes Kind auf einem Spielplatzkarussell –, war von Ottos und Löbs Gepäck immer noch nichts zu sehen. Sie mußten am Lost-&-Found-Schalter eine Verlustmeldung aufgeben, die mit einem Nadeldrucker ausgedruckt wurde, Otto fragte sich, seit wann er das vertraute Geräusch nicht mehr gehört hatte. Sie bekamen Waschtaschen mit Rasierschaum, einem Einwegrasierer, einem Kamm, einer Zahnbürste, einem Fläschchen «Sham Poo» und einem Kondom «Damage» mit Erdbeergeschmack ausgehändigt («Gives you more happy more power»). Dazu erhielt jeder von ihnen einen goldenen Trainingsanzug und eine Tüte Salzcracker.

Holm Löb wirkte trotzdem gut gelaunt und ausgeschlafen und strebte auf dem ihm offenbar schon vertrauten, kürzesten Weg dem Ausgang zu. Eine Tür öffnete sich, und es fühlte sich an, als beträten sie eine Kulisse mit einem aufwendigen Bühnenbild. Kein Angestellter einer Fluggesellschaft war nun mehr verantwortlich für ihr Wohlergehen, niemand würde sich darum bemühen, sie zu finden, wenn sie sich verspäteten, sie würden nicht mehr so häufig an Toiletten vorbeikommen, und die Leitsysteme, die ihnen halfen, sich zurechtzufinden, würden, wenn es sie überhaupt gab, weniger universell verständlich gestaltet sein. Das war aber kein Grund zur Beunruhigung, denn hinter einer Barriere erwartete sie eine Frau mit einem goldbestickten, roten Käppchen und dunklen, geflochtenen Zöpfen, deren tiefroter Seidenumhang mit Goldborte, unter dem sie eine bunte Seidenbluse trug, mit einem verblichenen Stoffbeutel über ihrer Schulter kontrastierte, auf dem auf Deutsch zu lesen stand: «Berliner Biermeile e. V.». Sie hielt ein Schild in der Hand: «Mangana Paradise Resort, Dr. Löb +1».

Löb schritt auf die Frau zu, umarmte sie und küßte sie auf den Mund.

«Herzlich Willkommen, Holm. Hatten Sie einen guten Flug?»

«Das schon, aber unser Gepäck ist anscheinend nicht mitgeflogen.»

«Das tut uns leid. Wir werden uns darum kümmern. Ist das Ihr Assistent?»

«Otto Kwant», stellte Otto sich vor und wollte der Frau die Hand geben, aber sie zog ihn zu sich heran und küßte ihn ebenfalls auf den Mund. Otto wurde rot. «Zarina Gamanbalanova, sehr erfreut», sagte sie. «Willkommen in unserer geliebten Hauptstadt Mangana. Ich bin Assistant General Manager des Mangana Paradise Resort, das stolz ist, Sie beherbergen zu dürfen. Haben Sie denn gar kein Gepäck? Ach, richtig, das ist ja vermißt. Hoffentlich hatten Sie nichts Wichtiges eingepackt?»

Zarina führte sie zum Schalter einer Wechselstube, der von einem Soldaten mit MPi bewacht wurde. Otto tauschte 100 Euro und bekam dafür mehrere dicke Bündel Geldscheine, die, weil es zu aufwendig gewesen wäre, sie zu zählen, abgewogen wurden. Münzen waren in Urfustan durch die Inflation so wertlos geworden, daß sich niemand mehr danach bückte. Sie wurden einfach zusammengekehrt, oft bekam man statt kleinerer Summen Wechselgeld Bonbons, Kaugummis oder Streichholzbriefchen ausgehändigt.

Sie bestiegen ein Taxi, einen weiß lackierten, alten Lada mit zahlreichen Steinschlagschäden in der Windschutzscheibe. Otto mußte sich neben den Fahrer setzen und seinen Sitz, soweit es ging, vorrücken, weil Löb Raum für seine Beine brauchte. Zarina diskutierte aufgeregt mit dem Fahrer, der schließlich durch die geöffnete Scheibe spuckte und mit lautem Quietschen losfuhr, das Tempo dann aber niedrig hielt. Im Schalthebelknauf leuchtete ein Mercedesstern. Eine Weile ging es mit Tempo fünfzig eine Straße entlang, mitten durch die Wüste. Richtung Osten hellte der Himmel schon auf, bald würde die Sonne sich zeigen, aber noch sah man den Mond. Otto war so müde, daß er sich einbildete, sie würden seine Sichel langsam umkurven. Die Luft roch nach Zitrone, am Rückspiegel baumelte ein Lufterfrischer in Form einer Kalaschnikow. Die Straße war von Jugendstillaternen beleuchtet, auf der linken Seite stand ein endloser Bauzaun, der als Werbefläche diente, wobei für viele Produkte dasselbe, offenbar sehr populäre Model warb, auf der rechten Seite begann hinter dem Bürgersteig die Wüste. Obwohl es hier sicher auch tagsüber keine Fußgänger gab, markierten alle fünfhundert Meter LED-Lichter im Asphalt einen Zebrastreifen. Am Horizont sah Otto die majestätische Silhouette einer Raketenstartrampe, die außer Betrieb sein mußte, wenn sie sich in solcher Nähe zu einer Stadt befand. Der Fahrer deutete darauf und sagte: «Russia! Sputnik! Super!»

Otto machte mit dem Daumen das internationale Zeichen für Anerkennung (das freilich in manchen Kulturen eine schwere Beleidigung darstellt) und sagte: «Yes, super.»

«Faschist?» fragte ihn der Mann und machte den Hitlergruß.

Otto wehrte ab. «No faschist ...»

«Molodjez!»

Otto übertrieb ein Gähnen, um das Gespräch frühzeitig im Keim zu ersticken, während Holm und Zarina auf der hinteren Sitzbank tuschelten und kicherten.

«Chinese no good!» sagte der Fahrer. Er löste die Hände vom Lenker, machte eine Geste, als mähe er eine Kompanie Soldaten mit dem Dauerfeuer seiner Kalaschnikow nieder, und hielt Otto die Handfläche hin, um abzuklatschen.

«Where you from?»

«Berlin, Germany.»

Der Mann tippte sich auf die Brust: «Soldat!»

«In Berlin?»

«Very close, Weimar.»

«Was it hard?»

«Super! Ogurzi like this ...» Er hielt seinen käftigen Unterarm in die Höhe.

«Ogurzi?»

«Gurke! Gut!»

Otto schloß die Augen, aber bei jedem Lenkmanöver schreckte er auf. Sein Unterbewußtes zwang ihn, aufmerksam zu bleiben, um jederzeit eingreifen und einen Unfall verhindern oder zumindest die Tür aufreißen und heraushechten zu können. Im Lichtkegel der Scheinwerfer erschien ein

Tier, vielleicht ein Hund oder ein Wüstenfuchs, der Fahrer fluchte, beschleunigte und hielt darauf zu. Das Tier konnte sich gerade noch retten.

Otto wachte davon auf, daß er keine Luft mehr bekam, der Fahrer hielt ihm grinsend die Nase zu. Sie waren angekommen, Löb und Zarina waren schon ausgestiegen. Otto folgte ihnen benommen, sie gingen auf eine runde Freitreppe aus Granit zu, die zu einem weißen Hotelportal mit viel zu groß dimensionierten ionischen Säulen gehörte. Seitlich gab es eine Rollstuhlrampe mit vergoldetem Geländer. Im Tympanon des Portals stand in goldenen, kursiven Comic-Sans-Buchstaben: «MANGANA PARADISE RESORT», darunter waren sechs Sterne angebracht. Aus den Wandnischen zwischen den Säulen schritten mehrere vergoldete Repliken des Doryphoros von Polyklet auf sie zu. Im weitläufigen Foyer, in dessen Mitte ein Freiluftschachspiel stand, warnte ein Hinweisschild vor einer großen Pfütze auf dem Marmorboden: «Take care of your slip». Unterhalb der Decke fielen Otto die Verunreinigungen unter den schlitzförmigen Wandöffnungen auf, moderne Deckendralldurchlässe für Mischlüftung im Komfortbereich bei geringen Turbulenzen gab es anscheinend nicht. Außer ihnen war kein Gast zu sehen. Das Klackern von Zarinas Absätzen hallte laut wider. In Wandvitrinen waren zwei Dutzend vergrößerte Modelle von Büchern ausgestellt, die der Architekt des Vaterlands geschrieben hatte. Auf dem Cover war er mal als Wandersmann, mal als Denker, dann als Musiker, schließlich als Familienvater und sogar einmal als Koch zu sehen (sein «Leitfaden gesunder und kulturvoller Ernährung» enthielt den Rat, zur Kräftigung der Zähne Knochen zu nagen). Eine verkleinerte Replik einer Skulptur aus der Präsidentenbibliothek (die mit ihrem Dach aus blauem Glas wie ein in den Himmel gerichtetes Auge aussah und in der man seine Werke kostenlos studieren durfte) zeigte ihn sitzend, mit einer Schriftrolle auf den Knien.

Über der Rezeption hingen zwei Reihen mit jeweils einem Dutzend Uhren, die die Uhrzeit in Hauptstädten rund um den Globus anzeigten, darunter seltsamerweise nicht nur Berlin, sondern auch Bonn. Otto unterschrieb ein Formular, das er nicht lesen konnte, und bekam eine Zimmerkarte mit einem handgroßen Anhänger überreicht, der entfernt an den Eiffelturm erinnerte. Der Rezeptionist schärfte ihm ein, die Karte auf keinen Fall zu verlieren. Zarina begleitete sie zum Fahrstuhl, der innen komplett verspiegelt war. Sie fuhren bis in die einundvierzigste Etage. Löbs und Ottos Zimmer lagen nebeneinander. Otto verabschiedete sich von Zarina, wünschte Löb eine gute Nacht, betrat sein Zimmer und suchte an der Wand den üblichen Schlitz für die Zimmerkarte. Ein gigantischer Plasmabildschirm leuchtete auf, darauf erschienen die Worte: «Welcome Mr. Kwant». Die Zimmerwände waren mit Blümchentapete beklebt, über dem Bett hing in einem Goldrahmen ein Bild der Petronas-Towers. Das Handtuch auf dem zwei Meter breiten Bett war in Form eines Kamels gefaltet. Die Klimaanlage unter dem Fenster dröhnte; Otto suchte einen Regler und hielt ein Stück vom Deckel in der Hand, das schon jemand anderes abgebrochen hatte, dem es hier auch zu laut gewesen war. Durchs Fenster blickte er auf eine endlose Landschaft von Hochhäusern, die in allen Farben blinkten und glitzerten. Die vertrauten Leuchtschriften auf den Dächern: KIA MOTORS, MICHELIN, NESTLÉ, SONY oder VOLKSWAGEN hatten für Otto etwas Beruhigendes. Er ging ins Bad und wusch sich das Gesicht. Der vergilbte «Starmix»-Fön war ein Produkt einer Firma aus Pforzheim. Als Otto wieder ins Zimmer gehen wollte, ließ sich die Tür nicht öffnen. Er rüttelte eine Weile am Griff und zog schließlich an der roten Alarmschnur. Es war heiß, weil der geschwungene, verchromte Handtuchheizkörper in Betrieb war und es auch hier keinen Regler gab. Endlich klopfte jemand an die Zimmertür, während Otto verzweifelt mit den Fäusten gegen die Tür des Badezimmers hämmerte und nach Hilfe rief. Der Angestellte kam ins Zimmer, schloß das Bad auf und erklärte Otto, daß er das Licht ausschalten müsse, damit die Tür sich öffne, eine Umweltschutzmaßnahme. Otto entschuldigte sich und legte sich aufs Bett.

Im Fernsehen lief die Aufzeichnung einer Parlamentssitzung. Der Präsident hielt eine Rede, er nuschelte mit leiser Stimme, so daß er kaum zu verstehen war, ab und zu sah er streng über die Gläser seiner Halbrand-Lesebrille hinweg ins Publikum. Sämtliche Parlamentarier waren aufgestanden und schrieben die Worte des Präsidenten in großen Notizbüchern mit. Otto hätte jetzt auch gern sein Moleskine eingeweiht, aber sein Stift war ausgetrocknet und der Bleistift, der auf der Schreibtischattrappe lag (deren Fläche viel zu klein zum Arbeiten war), brach nach ein paar Strichen ab, und Brankas Anspitzer hatte ja keine Klinge mehr. Otto widmete sich wieder dem Fernseher. Aus den englischen Untertiteln erfuhr er, daß der Präsident sich über die Neutralität Urfustans äußerte, die er als heilig bezeichnete. Er kritisierte die Militärinterventionen Rußlands auf dem Gebiet der ehemaligen sowjetischen Republiken. Der Präsident betonte die Wichtigkeit einer kontinuierlichen Entwicklung Urfustans, auch er sei nicht unsterblich, vielleicht sollte man sich doch einmal nach einem Nachfolger umsehen? Nachdem er das gesagt hatte, drängte sich ein Pulk von Ministern ums Stehpult, sie rangelten um das Mikrophon, jeder wollte als erster den Präsidenten anflehen, auf keinen Fall zurückzutreten. Otto tastete die Verkleidung des Fernsehers nach einem Ausschaltknopf ab, fand aber keinen. Wie bei einem Suchbild aus einer Rätselzeitschrift für Kinder folgte er mit den Augen dem Verlauf des Netzkabels, es führte aber direkt in die Wand. Auf Fernbedienungen erkannte man normalerweise an der abgegriffenen Beschriftung, welches der Ausschaltknopf war, aber hier waren schon sämtliche Beschriftungen verschwunden. Es hätte auch nichts genützt, denn in der Fernbedienung waren keine Batterien. Otto hängte ein Handtuch über den Bildschirm und öffnete die Minibar, in der alle Getränke vereist waren. Mit dem «Starmix»-Fön taute er eine Flasche Guavensaft so weit auf, daß er den Inhalt lutschen konnte, duschte und zog den goldenen Lost-&-Found-Trainingsanzug an, der ihm zu klein war. Eine Weile probierte er die verschiedenen Lichtschalter am Nachttisch aus, um die Kombination zu finden, bei der alle Lichter in Zimmer, Bad, Vorzimmer und Walk-in-Closet ausgingen. Am Ende brannte die Nachttischlampe immer noch. Er fand keinen Schalter und zog schließlich den Stecker aus der Wand, wobei er die Steckdose gleich mit herausriß. Er stopfte sie notdürftig zurück wie der Arzt die Organe bei einer Gebärmuttersenkung nach der Niederkunft. Er war gerade eingeschlafen, als das Telefon auf seinem Nachttisch klingelte. Otto hob den Hörer ab und meldete sich. Es knisterte in der Leitung:

«Ja?»

Otto sagte seinen Namen.

«Otto?» Es war Ottos Mutter.

«Mutter? Woher hast du denn die Nummer?»

«Otto? Bist du das? Ich kann dich nicht hören. Ist die Batterie alle?»

«Hallo?»

«Bei dir rauscht es so. Bist du auf der Baustelle?»

«Nein, ich bin doch mit Dr. Löb in ...»

«Wer spricht denn da? Otto? Ist das falsch verbunden?»

«Ich bin gerade angekommen in Mangana, und das Gepäck ist ...»

«Nein, das ist Otto, er ist auf der Baustelle, aber seine Batterie ist alle ... mit Otto spreche ich ... O-T-T-O!»

Im Hintergrund hörte er seinen Vater schimpfen, weil seine Mutter ihm sagen sollte, mit wem sie telefonierte.

«Du mußt Meditonsin nehmen, aber gleich, wenn die Erkältung losgeht. Und dir warme Halswickel machen.»

«Ich leg mal auf, vielleicht geht es danach», sagte Otto. Aber seine Mutter rief nicht wieder an, und er wußte nicht, wie er das Telefon freischalten konnte. Er schloß die Augen und versuchte, an Branka Lazar zu denken, wie sie unbekleidet auf ihm hockte, aber immer wieder drängten sich

Ilonas Züge dazwischen, und Otto bildete sich ein, Branka könne ihm das übelnehmen. Vor dem Fenster setzte sich im Abstand von wenigen Minuten eine Art Wasserfall in Gang, dessen Rauschen ihn lange wachhielt.

KAPITEL 8

Otto wachte vom Stöhnen einer Frau auf, dem ein dumpfes Geräusch folgte, als boxe jemand in ein Kissen. Er kam nur langsam zu sich und überlegte, wo er war. Einen Moment dachte er, er befinde sich in seinem alten Kinderzimmer, aber dorthin hätte der protzige Kristall-Deckenleuchter nicht gepaßt. Wie stand das Bett zum Fenster? Wo war die Tür? Mußte er zur Schule und hatte verschlafen? War er überhaupt allein im Raum? Nur allmählich konnte er sich orientieren, und ihm fiel ein, wie alt er war und womit er seine Zeit verbrachte. Er war schon so weit zu glauben, daß er sich das Stöhnen nur eingebildet hatte, da hörte er es wieder, gefolgt vom Aufprall. Otto setzte sich auf die Bettkante und wartete einen Moment, weil ihm schummrig von der Hitze wurde. Er ging zum Panorama-Fenster, das sich bis auf eine kleine, seitliche Luke nicht öffnen ließ, und schaute hinaus. Die Hochhäuser standen jetzt in der gleißenden Sonne wie übernächtigte Frühaufsteher. Den meisten konnte Otto aufs Dach schauen, eine Fläche, die offenbar so wenig zum Betrachten vorgesehen war wie ein kahler Männer-Hinterkopf. Baumaterial war dort liegengeblieben, Leitern, Schubkarren, Zementsäcke, Farbeimer. Fahrstuhl-Schachtköpfe und verschlungene Lüftungsanlagen erinnerten daran, daß ein Haus eine Maschine war und moderne Architektur sich lediglich mit einer wenige Zentimeter dicken Sichtblende für die dahinter verborgenen technischen Anlagen befaßte. Eine Plastiktüte schwebte vorbei wie eine Qualle im Meer. Das Geräusch, das Otto am Einschlafen gehindert hatte, stammte von einer großen Springbrunnenanlage auf dem Hotelvorplatz. Auf einer Terrasse, zwei Etagen unter ihm, stand auf einem giftgrünen Rasenstück Ilona, die gerade wieder eine Kugel gegen eine gepolsterte Wand wuchtete. Ein Hotelangestellter in Livree trug sie ihr zurück. Otto öffnete die Luke, sofort bildete sich ein so starker Luftzug, daß von der Zimmertür ein unangenehmes Pfeifen zu hören war.

Otto duschte lange mit «Sham Poo», nachdem er herausgefunden hatte, daß man die kubistische Armatur wie eine Pfeffermühle handhaben mußte. Die Zahnbürste war unbenutzbar, so hart war sie, sein Zahnfleisch blutete, er spülte sich gründlich den Mund aus und wartete, daß der rote Schaum im Ausguß verschwand, schließlich half er mit dem Finger nach, weil es ihm vor dem Reinigungspersonal peinlich gewesen wäre, Spuren zu hinterlassen. Er zog seine Sachen vom Vortag an und fuhr hinab zur Rezeption, um nach seinem Gepäck zu fragen, das aber noch nicht eingetroffen war. Dafür erhielt er einen Gutschein für einen Besuch des «Turms der Nationalen Wiedergeburt», einen Getränkebon für die Hotelbar, einen Hotelkugelschreiber (der ausgetrocknet war) und ein zerfleddertes, deutschsprachiges Exemplar von Paolo Coelhos «Der Alchimist», offenbar hatten es vor ihm schon andere Hotelgäste lesen dürfen, deren Gepäck abhanden gekommen war.

Löb saß schon im Frühstückssaal, aus dessen weißgekachelten Wänden Capodimonte-Porzellanblumen wuchsen. Die abgehängte Gewölbedecke war mit einer stümperhaften Kopie von Bouchers «Vier Jahreszeiten» bemalt. Auf einem Podest stand unter Plastikpalmen ein Flügel der Marke «Roter Oktober». Alle Stühle hatten, als hätte Christo sie verpackt, rosafarbene, bis zum Boden reichende Damast-Hussen mit großen Schleifen hinter der Lehne. Mehrere Flachbildschirme, auf denen ein Eishockeyspiel lief, sorgten dafür, daß man sich in keiner Blickrichtung langweilte.

In einem goldenen, filigran gearbeiteten Halter stand auf dem Tisch eine Packung abgelaufener H-Milch von Meggle bereit. Dazu gab es pappige Cornflakes aus einer Kristallkaraffe und eine steinharte Birne. Löb war schlecht gelaunt, er hatte Probleme mit der Verdauung und wollte es heute «ruhig angehen lassen» und den Vormittag über im Hotel bleiben. Während Otto aß, blätterte Löb Ottos Moleskine durch. Er riß eine Seite heraus und zerknüllte sie. Otto sah ihn fragend an. «Perspektivskizzen von Gebäuden sind in Urfustan verboten», sagte Löb. Otto hatte gestern Abend den Blick aus seinem Fenster zu skizzieren versucht.

Bei der für jeden Besucher obligatorischen Stadtrundfahrt, die an diesem Tag auf dem Programm stand, sollte Otto Löb vertreten. Löb kannte Mangana bereits. Er hatte hier diverse Bauten ausgeführt, eine Kopie der Villa Hammerschmidt für den Generaldirektor des staatlichen Aluminium-Konzerns hatte zu Folgeaufträgen geführt, Geschäftsleute in der Hauptstadt, aber vor allem in der Provinz, wollten dieselbe Villa haben, aber mit Sonderwünschen, wie aufwendigen Brunnenanlagen à la Fontana di Trevi oder einem gläsernen Kuppeldach.

Das Licht im Saal ging mehrmals hintereinander aus und wieder an, Otto und Löb blickten sich um und sahen, wie der Restaurantchef den Wandlichtschalter bediente, um ihnen und den anderen Gästen, die noch nicht aufgestanden waren, zu verstehen zu geben, daß die Frühstückszeit vorbei sei.

Löb ging auf sein Zimmer, und Otto erschien pünktlich am Treffpunkt in der Hotellobby. Die Wasserpfütze war ein Stück gewandert, vielleicht war es auch eine neue. Otto betrachtete die Juwelen und Brillanten, die man in einem Kiosk kaufen konnte, goldene Uhren mit Milanaise-Armband, eine achtspännige Pferdekutsche aus Silber, Schreibutensilien, allerdings kostete der billigste Bleistift mit platinierter Radiergummikappe und Bleistiftverlängerung mit integriertem Spitzer 290 Dollar. Zu seiner Überraschung erschien Zarina im Foyer, in High-Heels und einem bunten Seiden-Poncho. Sie war nicht nur Assistant General Manager des Hotels, sondern arbeitete auch für das Tourismusministerium. Wieder begrüßte sie ihn, indem sie ihn auf den Mund küßte.

«Haben Sie gut geschlafen?»

«Wie ein Baby.»

«Wie ein Baby?»

«Ja, sehr gut, ich habe sehr gut geschlafen.»

«Und das Frühstück?»

«Ich habe morgens keinen Appetit.»

«Wo ist Holm?»

«Ich glaube, ihm ist das Flugzeugessen nicht bekommen, er will heute Vormittag im Hotel bleiben.»

«Er muß Wodka mit Salz und Reis zu sich nehmen, das hilft bei Bauchschmerzen. Ich lasse ihm alles schicken.»

Sie bestiegen einen schwarzen Jeep, Otto wollte sich anschnallen, aber der Gurt war abgeschnitten. Der Fahrer lächelte spöttisch, ein Gurt sei doch nicht nötig, hieß das wohl, er habe gute Reflexe. Am Rückspiegel hing diesmal ein stark nach Zimt duftender Weihnachtsbaum. Otto mußte durch den Mund atmen, weil ihm der Geruch unangenehm war.

«Was wollen Sie sehen?» fragte Zarina.

Otto überlegte und sagte: «Die Altstadt.»

«Die Altstadt? Da gibt es nichts zu sehen.»

«Ach, ich finde eigentlich immer etwas Interessantes, besonders, wo es auf den ersten Blick nichts zu sehen gibt. Es geht eher um Intensitäten.»

«Ich würde sagen, wir fahren erst zum neuen Opernhaus, dann zur Urfustan-Mall, von dort ist es nicht weit zum Eishockeystadion. Dann sehen wir uns das Botschaftsviertel mit dem Skulpturengarten an. Anschließend können wir im ‹Deutschen Haus› zu Mittag essen. Am Nachmittag können Sie zwischen dem ‹Palast der jugendlichen Kreativität› und der Präsidentenbibliothek wählen.»

«Vielleicht könnten Sie noch einmal beim Flughafen anrufen wegen des Gepäcks.»

«Brauchen Sie irgendetwas?»

«Kontaktlinsenflüssigkeit. Und einen Stift, meiner ist mir ausgetrocknet.»

Otto hatte Kopfschmerzen, seine Kontaktlinsen brannten, er wäre froh gewesen, wenn er wenigstens die aussortierte Unterhose mit dem Ivan-Lendl-Dekor zur Verfügung gehabt hätte. Die Rundfahrt nahm kein Ende, er verlor schnell die Orientierung. Um nicht unhöflich zu erscheinen, fotografierte er alles, was ihm gezeigt wurde, so mußte er nicht genauer hinsehen. Die Stadt bestand praktisch nur aus Hochhaustürmen, zwischen denen sich endlose Grünflächen erstreckten, wobei man hier schon von Sukzessionsflächen sprechen konnte (mal progressiven und mal regressiven), da die Vegetation oftmals sich selbst überlassen war und manchmal sogar noch Kartoffeln wuchsen, die die vom Dorf stammenden Bauarbeiter hier angebaut hatten. An Raum herrschte kein Mangel, man hätte nicht unbedingt in die Höhe bauen müssen. Zu Fuß brauchte man sicher fünf Minuten von Gebäude zu Gebäude.

«Warum gibt es keine Balkons?»

«Wozu? Die Wohnungen sind groß genug, und selbst kleinere Apartments haben in der Regel eine Abstellkammer.»

Viele Gebäude befanden sich hinter einem mit Kameras gesicherten Zaun, und es wirkte so, als seien sie willkürlich auf dem Gelände abgestellt worden, sie leisteten keinen Beitrag zur Stadt. Das uniformierte Wachpersonal am Eingang sollte wohl vor allem den Status der Gebäude betonen. Jedes Hochhaus schien sich zwanghaft von seinen Nachbarn distanzieren zu wollen. Manche krönten neogotische Fialen, andere endeten in einer gläsernen Pyramide, die nachts von innen mit buntem Kaminflackern beleuchtet war. Ein zwanzigstöckiger Triumphbogen, der Büros der Staatsbank beherbergte und dessen Öffnung den Blick auf die Wüste umrahmte, markierte das südliche Ende einer Achse, an deren nördlichem Ende ein weißer Palast mit einem von baumhohen Säulen gestützten Vordach stand. («Wir haben die korinthischen Säulen aus den Klauen der Banken befreit und sie dem Volk zurückgegeben.») Das Gebäude wurde von einer sich drehenden gläsernen Weltkugel gekrönt, die in einem Ikosaeder-Gerüst zu schweben schien. Die massive Plumpheit des Entwurfs verwirrte Otto so, daß er den Blick kaum abwenden konnte. Es sah so aus, als hätte ein Kind mit Bauklötzern gespielt. (Obwohl das ungerecht gegenüber Fröbels kleinen Lehrmeistern war, mit denen schon Frank Lloyd Wright als Knabe sein Talent geschult hatte, um noch mit neunzig gerne damit zu spielen.)

«Sitzt dort der Präsident?»

«Sie meinen, der Architekt des Vaterlands? Nein, das ist die Hauptverwaltung der Verkehrspolizei.»

«Das scheint eine wichtige Institution zu sein.»

«Eigentlich müßten Sie das alles bei Nacht sehen», sagte Zarina. «Das Licht ist wunderschön. Vor allem am Fluß, wir haben jetzt nämlich auch einen Fluß.»

Die endlosen, leeren Flächen zwischen den Häusern waren zwar mit Blumenrabatten und Springbrunnen verschönt worden, aber Pflanzen wuchsen nur dort, wo das Wasser aus den Sprinkleranlagen hinreichte, so daß es wirkte, als versprühten diese nicht Wasser, sondern Farbe. Am Fuß eines kümmerlichen Bäumchens, das gar keinen Schatten warf, dösten mehrere Straßenarbeiter, während einer ihrer Kollegen mit einer Schaufel heißen Teer in einem Schlagloch verteilte. Auf der Verkehrsinsel einer stark befahrenen Kreuzung sprengte eine Herde Pferde aus glasfaserverstärktem Kunststoff im gestreckten Galopp davon, die Köpfe mit Lederkappen geschmückt, die mit Hörnern versehen waren. Breite Fahrradwege schlossen die Straße zum Bürgersteig hin ab, es fuhr allerdings niemand Fahrrad.

«Warum sieht man keine Spaziergänger?»

«Die meisten Einwohner unserer geliebten Hauptstadt Mangana sind wohlhabend und haben Autos. Es ist nicht wie früher.»

«Ich würde gerne die Altstadt sehen.»

«Das geht nicht.»

«Warum? Ist es gefährlich?»

«Es gibt bei uns keine Kriminalität. Aber Sie sollten dort trotzdem nicht spazieren.»

«Warum?»

«Weil es sinnlos ist.»

«Können wir einmal hinfahren?»

«Dann schaffen wir es aber nicht mehr zum Essen im ‹Deutschen Haus›.»

«Mir reicht ein Imbiß im Hotel.»

Sie fuhren über Autobahnschleifen, deren Leitplanken Blumentöpfe schmückten. Zahlreiche Trüppchen von Frauen in grünen Warnwesten kehrten die Straßen. Tatsächlich war die Stadt ungewöhnlich sauber. Unter den Geschäften fielen überraschend viele Ketten mit deutschem Namen auf, von denen Otto allerdings noch nie gehört hatte. Ein Businesscenter hieß «Haus Büro», ein Nagelstudio «Nagel Haus». Das «Beer Haus Bavaria» hatte eine Freitreppe mit abplatzenden Kacheln, zwei schwere, bereits verquollene Türen aus billigem Holz, neben denen zwei identische, goldene Schilder mit den Öffnungszeiten hingen und in die Bildschirme eingelassen waren. Den Giebel schmückte das Bild eines dicken

Mönchs mit Schlafmütze, der von Hopfenblättern umkränzt war, einen großen Humpen in der Hand und ein Fäßchen unter dem Arm hielt. Otto sah auch wieder das ihm bereits bekannte Fotomodel, das auf großen Plakaten für neue Apartment-Komplexe warb, die «Edelweiß» oder «München» hießen, oder für Waschmittel der Marke «Frau Schmidt».

«Sie sehen viel besser aus», sagte Otto.

Zarina sah ihn erschrocken an und hielt sich einen Finger vor den Mund.

An manchen Kreuzungen waren die Ampeln ausgefallen. Aus allen Richtungen fuhren Autos und Mopeds aufeinander zu, in der Mitte staute sich der Verkehr, und es war viel Fluchen und Hupen zu hören. Auch ihr Fahrer beteiligte sich am Protest, sein Auto war dafür mit mehreren verschieden tönenden Hupen nachgerüstet worden, dazu rief er aus dem Fenster. Aber es kam zu keinen Karambolagen, die Fahrzeuge vermischten sich wie zwei Schafherden und zogen danach blökend weiter.

Nachdem sie auf einer eleganten, stählernen Bogenbrücke den Fluß überquert hatten, auf dem große Seerosen aus Plastik schwammen, verließen sie die breite Hauptstraße, fuhren auf Nebenstraßen in ein Plattenbaugebiet und hielten an einem verbrannten Stück Rasen, über das Trampelpfade führten wie Striemen von Peitschenhieben. Die umstehenden Gebäude konnten nur sechzig Jahre alt sein, obwohl sie viel älter wirkten. (Aus der Zarenzeit, als das Land von Rußland erobert worden war, war in Mangana lediglich das Haus eines Kaufmanns übriggeblieben, in dem sich inzwischen ein Spielcasino befand.) An der Hauptstraße war die Vorderseite der Gebäude mit Ornamenten aus rosa Styropor beklebt worden, klassizistische Gesimse, Pilaster und Balustraden, Schmuckbänder mit folkloristischen Motiven, während man an der Rückseite noch das ursprüngliche, geometrische Kachelmuster sah. Die Häuser an den Nebenstraßen waren nie renoviert worden. Weil jeder Bewohner seinen Balkon (hier gab es noch welche) anders ausgebaut hatte, manche Balkone waren sogar mit über Stahlrohren verlegten Blechen vergrößert worden, sahen die Fassaden wie aufeinandergestapelte Schrebergartenlauben aus. Auf vielen Dächern waren in Eigeninitiative Einfamilienhäuser errichtet worden. Es gab auch Balkone, zwischen denen über Außentreppen eine Verbindung hergestellt worden war, teilweise verliefen diese diagonal über mehrere Stockwerke, so daß der Familienverband über ein Netzwerk von Trabantenwohnungen verfügte.

«Das ist die Altstadt?»

«Der Stadtteil heißt Superphosphatny. Hier haben früher die Arbeiter einer wichtigen Düngemittelfabrik gelebt.»

«Gibt es keine älteren Viertel?»

«Nein, zum Glück nicht. Wir hoffen, daß dieser Schandfleck bald verschwindet und die Menschen ein würdiges und modernes Zuhause bekommen.»

«Wer lebt denn hier?»

«Niemand, mit dem Sie zu tun haben möchten.»

Ein Mann transportierte auf einer Schubkarre große Wasserflaschen. Aus dem Kofferraum eines alten Ladas hingen die Köpfe toter Ziegen. Ein Shiguli mit abgetrenntem Dach diente als Eselskarren. Auf einem Schrotthaufen spielten

Kinder. Von weitem schien es Otto, als handle es sich um Raketentriebwerke.

Ottos Kopf dröhnte, er hatte immer noch Jetlag, und für heute war seine Aufnahmefähigkeit erschöpft, er konnte kaum noch die Augen offenhalten. Zarina war keine Anstrengung anzumerken. Sie steuerten auf einen Hügel zu, der über einem Parkgelände mit verschlungenen Pfaden lag. Zarina erklärte, daß die Pfade, Tümpel und Rasenflächen aus der Luft betrachtet einen Schmetterling darstellten, das Wappen von Urfustan. Der Hügel war künstlich aufgeschüttet worden, aus Abraum, der beim Ausbaggern des neuen Betts für den umgeleiteten und aufgestauten Fluß angefallen war. Der Park war ein Geschenk der Bevölkerung zum zehnjährigen Amtsjubiläum des Architekten des Vaterlands gewesen, die Arbeiten waren von Freiwilligen ausgeführt worden. Auf dem Hügel stand ein modernes Eishockeystadion, entworfen von Casta, Klonk & Demoulier, die im vorigen Jahr den Pritzker-Preis gewonnen hatten, es hatte die Form eines Pucks. Der Architekt des Vaterlands war ein großer Eishockeyfan und trainierte selbst jeden Tag mit der Nationalmannschaft. Da Eishockey im Gegensatz zu Kugelstoßen bei der immer noch halbnomadischen Bevölkerung von Urfustan keine Tradition hatte, waren die meisten Spieler aus Rußland eingebürgert worden. Die Liga bestand überhaupt nur aus dem Team der Armee und dem der Polizei, die sich das Stadion teilten. Der Architekt des Vaterlands war ein glühender Fan des Armeeteams, das jedes Jahr Meister wurde, weil die besten Spieler stets zu diesem Team wechseln mußten. Vor dem Stadion befand sich eine Skulpturengruppe mit einer Auswahl herausragender Persönlichkeiten der Weltgeschichte und Urfustans: Ein urfischer Boxer hielt einen Weltmeister-Gürtel vor sich in die Höhe, Christoph Kolumbus trug eines seiner Schiffe unter dem Arm, Josef Stalin, Ronald Reagan, Albert Einstein, eine Primaballerina, Juri Gagarin und ein Soldat der Roten Armee bildeten einen Reigen um ein Stück der Berliner Mauer, einer Dauerleihgabe der Ronald-Reagan-Presidential-Foundation aus Simi Valley in Kalifornien. Am Mauerstück rieselte Wasser aus einer Fontäne herab, und vor diesem Arrangement brannte eine ewige Flamme, die an die Opfer des Kampfs gegen den faschistischen Aggressor im Zweiten Weltkrieg erinnerte. Die ewige Flamme brannte allerdings nur am Wochenende, wie Zarina erklärte, wenn sich hier traditionell frischgetraute Paare einfanden, um Blumen abzulegen und sich fotografieren zu lassen. Vielleicht war das auch der Grund dafür, daß nicht nur Juri Gagarins Hand, sondern auch sein Schritt blank poliert war und golden leuchtete. Möglicherweise glaubten die Brautleute, indem sie den Kosmonauten dort berührten, ihren Kinderwunsch schneller erfüllen zu können. (In der Sowjetunion war die christliche Jenseitsverheißung durch die Hoffnung auf den Kommunismus ersetzt worden, der, wie von den Klassikern wissenschaftlich bewiesen, in naher Zukunft kommen würde. Je länger man aber auf ihn warten mußte, umso wichtiger war es, daß man wenigstens im Kosmos schon in die Zukunft reisen konnte. Technikeuphorie und metaphysische Bedürfnisse verbanden sich in einer Art kosmonautischer Ersatzreligion mit einem überall präsenten Bildprogramm, insbesondere der Dreifaltigkeit von Konstantin Ziolkowski, Sergei Koroljow und dem zwischen ihnen schwebenden Juri Gagarin, der sich wie Gottes Sohn für die Menschheit geopfert hatte.)

«Jetzt müssen Sie noch unser Wahrzeichen sehen», sagte Zarina, «den ‹Turm der Nationalen Wiedergeburt›. Es war das erste Gebäude in unserer geliebten Hauptstadt Mangana, danach wurde das Verteidigungsministerium gebaut. Der Turm ist so beliebt, daß Wohnungen mit Blick auf ihn automatisch 20% teurer sind.»

Sie hielten an einer gigantischen, mit Marmorplatten gepflasterten Freifläche, der Fahrer schob sich seine Dienstmütze in die Stirn und schickte sich an, ein Nickerchen zu machen. Zarina und Otto stiegen aus und gingen zu Fuß weiter. Es war unerträglich heiß, Otto hatte Durst, und sein Kopf dröhnte. Schatten spendeten nur junge japanische Blütenkirschen. Otto wunderte sich, daß Bäume hier überleben konnten, bis er sah, daß sie aus Kunststoff waren, deshalb blühten sie auch schon zu dieser Jahreszeit. Seltsamerweise wurden sie trotzdem gewässert. Ein Trupp Arbeiterinnen der Stadt entfernte mit bloßen Händen Grashalme aus den Ritzen zwischen den Marmorplatten, eine Frau war damit beschäftigt, Wasser aus einer Pfütze, das von einem falsch eingestellten Rasensprenger stammte, in einen Gully zu fegen. In der Mitte der Fläche stand ein Gebäude, das so sehr in der Sonne glänzte, daß man nicht gleich erkannte, worum es sich handelte. Der untere Teil erinnerte an den Eiffelturm, während die Spitze sich zu einer Rose öffnete, auf deren Blütenblättern Tautropfen funkelten. Otto erkannte seinen Zimmerkarten-Anhänger wieder. Dem Architekten des Vaterlands war die Idee für dieses Gebäude im Traum gekommen, und er hatte nach dem Aufwachen schnell eine Skizze angefertigt, die inzwischen im Nationalmuseum ausgestellt wurde. Wie alle Gebäude, die auf Ideen von Zültan Tantal beruhten, war es, schon bevor es überhaupt gebaut worden war, unter Denkmalschutz gestellt worden.

«Während Europa viele Irrwege gegangen ist und sich dabei verausgabt hat, konnte unser Volk seine Kräfte sammeln, die es für seine heutige Entwicklung nutzt. Wir schätzen die westliche Zivilisation und lernen täglich von ihr, ohne unsere Wurzeln zu verraten. Der ‹Turm der Nationalen Wiedergeburt› zeigt unseren Menschen den Weg in die Zukunft, er ist ein Beleg dafür, wie wißbegierig, neugierig und optimistisch unsere Nation ist.»

«Das soll keine Kritik sein, aber muß der Reichtum, der hier stellenweise zur Schau gestellt wird, auf Teile der Bevölkerung nicht als Provokation wirken?»

«Keineswegs, die freimütige Präsentation der Erfolge motiviert unsere Menschen, den Erfolgreichen nachzueifern, statt sich mit dem Erreichten zufriedenzugeben.»

Eine Freitreppe führte zum Turmsockel, dessen Türen sich aber wiederum etwas tiefer befanden. Man mußte eine Treppe hinabsteigen, wie in eine öffentliche Toilette. Man gelangte in eine Krypta mit Fahrstühlen, die Luft hier unten war sehr schlecht. Auf der Plattform herrschte überraschend viel Betrieb, die Besucher standen in einer langen Schlange, um ihre Hand in einen goldenen Abdruck der Hand des Architekten des Vaterlands zu legen, was Glück bringen sollte. Otto dachte an die Worte eines seiner Professoren:

«Wenn Sie nicht sicher sind, ob die Statik stimmt, immer an den Rand stellen ...»

Auf der Rückfahrt im Auto starrte Otto auf die staubige Scheibe und bemühte sich, nicht einzuschlafen, um nicht unhöflich zu wirken. Er bat darum, den Rest des Besichtigungsprogramms an einem anderen Tag nachzuholen, wenn sein Gepäck mit der Kontaktlinsenflüssigkeit eingetroffen wäre, und er verwies auf seinen Jetlag. Vor dem mit Luftballons geschmückten Eingang eines Supermarkts, der anscheinend gerade eröffnet wurde, tanzte jemand in einem Plüschhasenkostüm zu lauter Musik, die aus dem Inneren drang.

Beim Abschied sagte Zarina, daß sie Löb und ihn morgen um 8 Uhr abholen werde, sie würden im Bauministerium beim Rat für Kunst erwartet. Otto ging an die Rezeption, um noch einmal nach seinem Koffer zu fragen, der aber immer noch nicht geliefert worden war. Er klopfte an Löbs Tür, doch drinnen rührte sich nichts. Er wollte sich ein Bad einlassen, aber der Stöpsel war zu groß für den Ausguß. Otto schnitzte ihn mit einem Obstmesser aus dem Früchtekorb zurecht und freute sich, daß er sich zu helfen gewußt hatte. Er legte sich in die Badewanne und wusch sich die Haare mit «Sham Poo». An der Unterseite des Waschbeckens klebte noch das Etikett, vielleicht zum Beweis, daß das Becken wirklich neu war. Das Loch für das Abflußrohr war mit einem Hammer in die Kacheln geschlagen und nicht abgedichtet worden. Ein großes Problem für jeden, der in Urfustan bauen wollte, war es, qualifizierte Arbeiter zu finden. Löb mußte seinen Leuten immer erklären, daß sie mit ihren schmutzigen Stiefeln nicht über den Marmorboden der im Bau befindlichen Apartments laufen sollten, weil sie sich scheuten, auf die teure Abdeckfolie zu treten.

Der Fernseher war immer noch eingeschaltet, der Zimmerservice hatte das Handtuch wieder zum Kamel gefaltet, Otto hängte es zurück vor den Bildschirm. Dann zerrte er die schwere Tagesdecke mühsam aus den Ritzen des Bettkastens, wo sie ebenfalls wieder sorgfältig hineingestopft worden war. Der Stecker der Nachttischlampe war mit Paketband an der Steckdose befestigt worden. Otto suchte noch einmal nach einem Schalter und tastete den Lampenständer ab. Als er mit den Fingern gegen den Fuß der Lampe tippte, wurde das Licht schwächer, durch nochmaliges Tippen wurde es noch schwächer, und dann schaltete es sich ganz aus. Otto tippte eine Weile auf den Fuß der Nachttischlampe, um das praktische Funktionsprinzip zu erforschen, und löschte schließlich das Licht. Bei geschlossenen Augen sah er schwungvoll geformte, spiegelverglaste Hochhaustürme umeinander kreisen. Seine Finger rochen nach Zimt. Ihm fiel auf, daß er bei der Stadtrundfahrt keinen einzigen Spielplatz gesehen hatte, wenn man den Haufen Raketenschrott in Superphosphatny nicht mitrechnete. Morgen würde er sich bei Zarina danach erkundigen. Er zählte die Tage bis zum Rückflug und spielte mit dem Gedanken, bei «Himmels)s(turm» und «Augenschmaus» zu kündigen, zurück nach Kassel zu seinen Eltern zu ziehen, wo er zwar täglich Vorwürfen ausgesetzt, aber ökonomisch abgesichert wäre, so daß er eine Weile so intensiv wie möglich an seinem Entwurf im Fach Freiraumplanung arbeiten könnte. Er wurde plötzlich ganz ungeduldig, weil er spürte, daß er mit seinen Überlegungen zu Spielplatzutopien auf der richtigen Fährte war. Er sah, wie überall im Land Spielplätze des von ihm entwickelten Typs entstanden, keine vom Stadtraum abgetrennten Kinderreservate, sondern ein Netzwerk urbaner Rettungsinseln. Mit diesem Erfolg im Rücken würde er, statt sich als Berufsanfänger in einem Architekturbüro jahrelang mit Massenermittlungen, Putzplänen oder dem Nachtragsmanagement herumzuschlagen, ein eigenes Architekturbüro gründen, dessen Bestreben es nicht war, möglichst viel Fläche dieses Planeten unter Asphalt und Beton verschwinden zu lassen, sondern dem die soziale Verantwortung von Architektur bewußt war. Man konnte die Welt nur durch Schönheit retten, davon war Otto überzeugt. In guter Gestaltung steckten Intelligenz, Leidenschaft und Liebe, und wer sich in gut gestalteten Gebäuden aufhielt, wurde klüger, glücklicher, achtsamer und erfuhr den Magnetismus der Schönheit, dieser ewigen Quelle der Freude an den kleinsten Dingen. Aber dafür mußte man sehen lernen, also zunächst fühlen, was nur ging, wenn man in Kontakt mit sich trat, statt jede ursprüngliche Empfindung mit Kitsch zu betäuben. Den meisten Menschen fiel das schwer, weil Kindheit, Schule und Beruf sie zu seelischen Krüppeln machten. Wenn sie die Freiheiten hätten, die Diktatoren genossen, und über deren unbeschränkte finanzielle Mittel verfügten, würden mehr Menschen, als man glauben mochte, so bauen wie diese, uns durch ihren Hang zu bedrückendem Pomp unzurechnungsfähig erscheinenden, politischen Senkrechtstarter.

Otto hatte den ganzen Nachmittag auf dem Bett verbracht, war immer wieder eingeschlafen und kurz aufgewacht, ohne sich rühren zu können, als schlafe er gar nicht, sondern als befinde er sich im Wachkoma. Am Abend klingelte das Telefon. Mit größter Willenskraft zwang sich Otto abzuheben und hörte zunächst nur Rauschen, dann aber, ganz leise, die Stimme seines Vaters: «Er geht nicht ran.»

«Hast du die Batterien gewechselt?», rief seine Mutter im Hintergrund.

«Welche Batterien?»

«Du hast doch gesagt, du hast sie gewechselt?»

«Das war doch nicht beim Telefon.»

«Hallo?», rief Otto in den Hörer.

«Der schläft wahrscheinlich noch», sagte seine Mutter.

«Ich kann nichts verstehen, wenn du immer dazwischenredest.»

«Frag ihn mal nach seinem Abschluß.»

«Hallo? Hallo!!??», rief Otto, aber es antwortete niemand. Er legte auf und hob wieder ab, aber die Leitung war tot.

KAPITEL 9

Zwei Frauen waren ohne anzuklopfen in Ottos Zimmer gekommen, um aufzuräumen. Sie wechselten unter lautem Rascheln die Mülltüte im Papierkorb, in den er gar nichts geworfen hatte, sie schalteten die Klimaanlage an, so daß Otto ein kalter Luftstrom über die Stirn strich, und sie lasen seine Unterwäsche vom Boden auf, formten daraus ein Päckchen und legten es auf der unbenutzten Seite des Doppelbetts ab. Als eine der Frauen an Ottos Kopfende trat, tat er so, als schlafe er noch. Sie betrachtete ihn von nahem, er konnte ihr süßliches Veilchendeodorant riechen. Sie flüsterte der anderen etwas zu, beide kicherten leise. Dann kam die zweite aus dem Bad, hielt das Damage-Kondom aus Ottos Ersatzgepäck in der Hand und quietschte vor Vergnügen. Die andere bedeutete ihr durch Gesten, nicht so laut zu sein, konnte ihr Lachen aber selbst kaum unterdrücken. Nachdem sie die Plastikblumen in der Vase gegen einen anderen Strauß ausgetauscht und den Fernseher wieder vom Handtuch befreit hatten, verließen sie das Zimmer.

Im Frühstückssaal sah Otto sich vergebens nach Löb um, der wahrscheinlich schon gegessen hatte. Heute wurden eine Scheibe Toastbrot und ein Stück Wassermelone in der Größe und Form einer Eiskugel serviert. Dazu gab es Orangensaft, süß wie unverdünnter Sirup, für den wohl auch die Salatschüssel mit Eiswürfeln gedacht war. Auf den vielen Bildschirmen sah man eine Gruppe Männer in den gleichen goldenen Adidas-Trainingsanzügen mit silbernen Streifen wie ihn Otto am Flughafen bekommen hatte (und inzwischen auch trug), es waren die Nationalfarben Urfustans. Die Männer stiegen, angeführt vom Präsidenten, im Gänsemarsch eine endlos lange Treppe hinauf, die über viele Windungen und Plateaus durch eine kahle, nur durch Ziegenskulpturen aus vergoldeter Bronze belebte Berglandschaft führte. Die vielen Laternen sorgten offenbar nachts für Beleuchtung. (Es handelte sich um den «Pfad des gesunden Organismus», den alle Regierungsmitglieder Urfustans einmal in der Woche abwandern mußten. Zültan Tantal hatte das Gesundheitssystem weitgehend für überflüssig erklärt – an den meisten Krankheiten sei nur der westliche Lebensstil schuld, und man könne ihnen durch Sauerstoffkuren vorbeugen –, sich aber zum Ziel gesetzt, den Krebs auszurotten, und deshalb eine Kampagne gegen das Rauchen gestartet. Vor Regierungssitzungen prüfte er persönlich den Atem seiner Minister.) An einem langen Tisch am anderen Ende des Frühstückssaals saß ein Dutzend korpulenter Frauen, die ebenfalls Trainingsanzüge in Gold und Silber trugen und seltsamerweise das Privileg genossen, rauchen zu dürfen. Unter ihnen war Ilona, die Otto von weitem zuwinkte. Sie tätschelte sich grinsend die Wangen und verzog vor Schmerz das Gesicht. Otto lachte und machte die Daumen-hoch-Geste. Über den Stuhllehnen der Frauen, von denen manche wie Chinesinnen aussahen, andere wie Perserinnen, aber einige auch blondiert wie Ilona waren, hingen lederne Gewichthebergürtel. Otto beobachtete die Gruppe, während er sein trockenes Toastbrot kaute und mit Orangensirup runterspülte. Als ein kleiner, glatzköpfiger Mann mit Schnurrbart erschien – der Trainingsanzug wirkte an ihm eher wie eine nagelneue, frisch gebügelte Ausgehuniform –, und zweimal in die Hände klatschte, drückten die Frauen ihre Zigaretten aus, standen murrend auf und schnallten sich die Gürtel um. Jede legte sich eine Kugel in die Schlüsselbeingrube, und sie verließen gemeinsam den Saal. Auf ihrem Tisch hinterließen sie Berge von Hühnerknochen. Otto überlegte, heimlich hinüberzuhuschen, um sich etwas von den Knochen zu holen und abzunagen, solchen Hunger hatte er. Bisher hatte er sich ja fast ausschließlich von den Erdnüssen aus der Minibar ernährt, da er gestern leichtfertig auf das Essen im «Deutschen Haus» verzichtet hatte.

An der Rezeption erfuhr Otto, daß Löb gestern abend für mindestens eine Woche in die Hahnemann-Klinik gebracht worden sei, die sich in der alten Hauptstadt Kamenyi befand, fünfhundert Kilometer Luftlinie von Mangana entfernt. Heute würde kein Flug mehr gehen. Wenn Otto seinen Chef besuchen wollte, müßte er mit dem Zug fahren, was allerdings bis zu dreißig Stunden dauern konnte. Dafür war sein Gepäck aufgetaucht. Allerdings stellte sich heraus, daß es nicht sein Koffer war, sondern der von Löb. Otto bemühte sich nicht, den Irrtum aufzuklären. Er nahm Löbs Koffer an sich. Vielleicht konnte er sich bei Löb frische Unterwäsche ausborgen?

Auf dem Zimmer machte sich Otto daran, das Zahlenschloß zu öffnen, dafür mußte er nur mit den drei Rädchen systematisch alle möglichen Kombinationen ausprobieren.

Er fing bei «000» an, drehte das Schloß auf «001» und anschließend auf «002». Bei «999» öffnete sich das Schloß, und Otto nahm sich einen 2er-Pack weiße Feinripp-Sportslips von Schiesser aus dem Koffer. Die Burlington-Socken waren weich und anschmiegsam. Das wohlige Gefühl beim Überstreifen frisch gewaschener Socken ließ sich leider bei anderen Kleidungsstücken nicht in gleicher Weise erleben. Der Anzug im Koffer war Otto zu groß. Er hatte noch nie so ein edles Kleidungsstück am Körper gehabt. Löb würde Verständnis dafür haben, daß Otto sich bei ihm bedient hatte, er mußte ja in seiner Abwesenheit die Firma repräsentieren. Gut versteckt unter den gebügelten Hemden lag ein älteres Exemplar des «Playboy» mit Katarina Witt auf dem Titelblatt. Otto blätterte vor zur Fotostrecke, das «schönste Gesicht des Sozialismus» war kopfüber zu sehen, die berühmte Eiskunstläuferin machte in einer Südsee-Szenerie einen Handstand, eine Herausforderung für ihr Bindegewebe. Daß ihn das nicht erregte, war vielleicht ungerecht, aber die Vorstellung, daß Löb diese Bilder schon vor ihm betrachtet hatte, wirkte abkühlend.

Als Otto beim Gehen den Türknauf berührte, bekam er einen elektrischen Schlag, vielleicht lag es an Löbs Budapestern. Er schlenderte den Gang entlang zu den Fahrstühlen und übte auf der Fahrt nach unten im Spiegel einen geschäftstüchtigen, unerschütterlichen und unerbittlichen Gesichtsausdruck. Er hatte Angst vor dem Termin beim Rat für Kunst im Bauministerium. Hoffentlich würden sie nicht zu viele Fragen stellen, er durfte nicht versuchen, sie zu beantworten, er mußte nur Zeit gewinnen, bis Löb wieder einsatzfähig war. Er legte sich ein paar Sätze über «Himmels)-s(turm» zurecht, die er auf der Firmenwebsite gelesen hatte, vielleicht war es auch in der «brand eins» gewesen? Irgendetwas mit «Synergien nutzen», «Kreativpotentiale freisetzen», «flache Hierarchien», «Sustainability», «21. Jahrhundert». Am Ende ging es ja nur darum, das Bauvorhaben der Deutschen Botschaft absegnen zu lassen, die Betonjurte, in ihrer Gestalt eine Referenz an die kulturellen Wurzeln Urfustans, aber konstruktionstechnisch ein kühner Entwurf mit freiem Grundriß. (Wärmedämmung, Energieeffizienz, Ökobilanz, funktionelle Gesichtspunkte oder gar Zugeständnisse an gewerbliche Nutzer waren in Urfustan kein Grund, ästhetische Kompromisse einzugehen.)

In der Lobby stand Zarina, in einem bodenlangen Seidenkleid, das farblich an einen Vulkanausbruch erinnerte. Sie trug Lederstiefel, der Lack ihrer Finger- und Fußnägel hatte bisher immer zu ihrem Kleid gepaßt, und ihre Frisur war so gepflegt, daß man ihr hinterherlaufen wollte, um jedes Haar, sollte sie eines verlieren, einzeln vom Boden aufzulesen. Sie küßte ihn wieder auf den Mund, Otto wurde rot und dachte an die kopfüber stehende Katarina Witt.

Sie fuhren mit einem Dienstwagen ins Bauministerium, einem hellblauen Glasturm in Doppelhelix-Form an einer zwölfspurigen Straße, an der weiße Wohngebäude in einer Art Neo-Neo-Klassizismus standen. Die Wohnungsdecken mußten vier Meter hoch sein. Zarina zeigte ihm den Block, in dem die Mitarbeiter des Bauministeriums wohnten. Da keine Möglichkeit vorgesehen war, die Straße zu Fuß zu überqueren, mußten sie mit dem Auto zur Arbeit fahren, was im

Berufsverkehr eine Stunde dauern konnte. Im Atrium des Ministeriums passierten sie eine Sicherheitsschleuse. Es piepste, als Otto hindurchging, aber die beiden Wachmänner hoben nicht einmal den Blick. Zarina führte Otto in den ersten Stock, sie gab ihm einen Schutzhelm, setzte sich selbst auch einen auf und forderte ihn auf, sich in einer breiten Fahrstuhlkabine bäuchlings auf ein Polster zu legen. Die Kabine setzte sich horizontal in Bewegung, und durch ein Bodenfenster sahen sie auf eine Modell-Landschaft hinab, die sich etwa zwei Meter unter ihnen befand. Otto erkannte den «Turm der Nationalen Wiedergeburt», die Hauptverwaltung der Verkehrspolizei, das Eishockeystadion, den umgeleiteten Fluß. Es war ein Modell Manganas, allerdings waren wesentlich mehr Gebäude zu sehen, als es in Wirklichkeit gab.

«Das ist der Generalplan unserer geliebten Hauptstadt Mangana. Die Stadt ist vom Architekten des Vaterlands nach modernsten städtebaulichen Erkenntnissen wie ein lebendiger Organismus geplant worden. Die verschiedenen Ringe sind Jahrzehnte. Im Moment haben wir dreihunderttausend Einwohner, in naher Zukunft wird es das Zehnfache sein.»

Zarina erklärte Otto mit einem Laserpointer den Aufbau der Stadt, für deren neuen Teil mit den Regierungs- und Repräsentationsbauten erst vor zehn Jahren der Grundstein gelegt worden war. Wenn man genauer hinsah, erkannte man, daß die Modelle der Gebäude aufwendig gestaltet waren, die Fassaden, die Fenster, alles war detailgetreu nachgebildet. Auf Knopfdruck setzte sich sogar der Verkehr in Bewegung, und man hörte Motorengeräusche, Hupen, und, ganz leise, Stimmen von Fußgängern. Zarina hob mit einem

Greifarm das Dach eines Wohnhauses an, sogar im Inneren waren die Wohnungen liebevoll eingerichtet.

«Kann man überall das Dach hochheben?»

«Natürlich. Wir überlassen nichts dem Zufall und wollen genau studieren, was wir bauen.»

«Das ist viel Arbeit.»

«Das Modell verschlingt ein Viertel des Kulturetats unserer geliebten Hauptstadt, aber Sie sehen ja, daß es das wert ist.»

«Ist ein Viertel nicht ein bißchen viel?»

«Was kosten die Berliner Theater und Opernhäuser den Steuerzahler jährlich? Und wie viele Menschen gehen ins Theater? Das Verhältnis dürfte im Fall des Generalplans weit ausgewogener sein, jeder Bürger besucht ihn mindestens einmal im Jahr.»

Zarina manövrierte die Betrachterkabine über die Replik des Bauministeriums. Sie hob das Dach hoch und anschließend auch die oberen Stockwerke, bis ein Miniatur-Modell des Generalplans zum Vorschein kam. Dann wies Zarina Otto auf ein Stück Freigelände auf der Altstadtseite des Flusses hin, das aussah, als habe ein angepflocktes Schaf einen großen Kreis in seine Weidefläche gefressen, denn in der Häuserlandschaft klaffte eine sauber abgezirkelte Lücke. Zarina erklärte ihm, daß es sich um das Grundstück der neuen Deutschen Botschaft handelte. Die Bewohner des Viertels hätten sich darum beworben, daß die Deutsche Botschaft in ihrer Nachbarschaft errichtet wurde, sich von der Entscheidung geehrt gefühlt und in Feierabendschichten mit dem Abriß ihrer Häuser begonnen.

«Kommen Sie, Sie werden erwartet», sagte Zarina und führte Otto zum tatsächlichen Fahrstuhl. Sie fuhren ins oberste Stockwerk, wo sich der Konferenzsaal des Ministeriums befand. An einem langen Tisch saßen ein Dutzend Männer und sahen Otto finster und würdevoll an, Zarina nahm auf einem Stuhl neben Otto Platz. Otto war es unangenehm, so im Mittelpunkt zu stehen, ganz ähnlich hatte er sich immer seine Abschlußprüfung vorgestellt. Er betrachtete Zültan Tantals in Öl gemaltes Porträt über den Köpfen der Männer. Der Architekt des Vaterlands saß auf einem weißen Schimmel mit goldenem Zaumzeug, sogar die Hufe des Tiers waren golden lackiert. Er zeigte lächelnd mit dem Finger auf eine Seite von «Brockhaus' Universallexikon», das er in der Hand hielt (Band «Tyd – Vil»), wahrscheinlich hatte er den Artikel über «Urfustan» aufgeschlagen. Tantal trug ein weißes Husarenjäckchen, weiße, enge Reithosen, hohe Stiefel, eine weiße Pelzmütze, und auf seiner Schulter hatte sich eine weiße Taube niedergelassen.

Der Mann, der in der Mitte des Saals direkt unter dem Porträt saß, vielleicht der Vorsitzende des Rates, begrüßte Otto: «Herzlich willkommen, Dr. Löb.»

«Leider ist Dr. Löb erkrankt, mein Name ist Otto Kwant, ich vertrete Dr. Löb nur. Frau Gamanbalanova hat Ihnen das sicher mitgeteilt.»

«Sie wollen in unserer geliebten Hauptstadt Mangana bauen?»

«Das ist richtig. ‹Himmels)s(turm› schätzt sich glücklich, den Wettbewerb für den Bau der Deutschen Botschaft gewonnen zu haben.»

«Warum sind Sie Architekt geworden?»

Otto zögerte. Wie sollte er diese Frage beantworten? Plötzlich war er sich gar nicht mehr sicher.

«Dazu müßte ich Vitruv zitieren ...»

«Oder anders: Was ist Architektur?»

«Für mich? Für mich ist Architektur die höchste schöpferische Anstrengung, die Synthese aus Kunst, Wissenschaft und Handwerk. Der Mensch ist in die Welt geworfen. Nur indem er selbst entwirft, wird er souverän, das unterscheidet ihn vom Tier. Architektur ist Träumen in Stein.»

«Heißt es nicht: ‹Architektur ist steingewordene Musik›?»

«Architektur kann vieles sein.»

«Hoffentlich kein Rock 'n' Roll?»

«Nein, eher Bach.»

Der Kommissionsvorsitzende machte eine Notiz und reichte sie weiter, bis alle sie gelesen hatten.

«Wie gefällt Ihnen unsere geliebte Hauptstadt Mangana?»

«Ich bin noch nicht lange hier, aber was ich gesehen habe, beeindruckt mich tief.»

«Sie interessieren sich für Alt-Mangana?»

«Ich gehe auf Reisen immer zuerst in die Altstadt. Obwohl da die meisten Touristen sind. Denken Sie an Prag, der Altstadtring ist heute ein urbanes Inferno. Reisegruppen, die sich mit böhmischem Kristall aus China eindecken und auf dem Segway Kafkas Lebensstationen abfahren.»

«Was wollen Sie dann in unserer Altstadt?»

«Ich weiß nicht, es könnte ein Ausgangspunkt für Erkundungen sein. Die Altstadt liegt ja meist im Zentrum, und als

Fremder hält man sich gerne im Zentrum auf, weil man sich dort sicher fühlt.»

«In unserer geliebten Hauptstadt Mangana fühlt man sich überall sicher. Sowohl im Zentrum, das aus der Neustadt besteht, als auch in den älteren Stadtvierteln in der Peripherie.»

«Ich weiß, aber das ist für mich noch ungewohnt.»

«Ihr Entwurf ist für Teile unserer Bevölkerung eine Provokation.»

«Es ist gar nicht mein ...»

«Professor Tantal gefällt er außerordentlich.»

«Dem Architekten des Vaterlands?»

«Er will Sie sprechen.»

«Vielleicht warten wir, bis Dr. Löb ...»

«Sie erhalten die Baugenehmigung, allerdings müssen Sie den Entwurf überarbeiten. Die Deutsche Botschaft darf nicht aussehen wie ein brutalistisches Klohäuschen, das würde auf uns zurückfallen. Machen Sie sich Gedanken. Lassen Sie sich von unserer geliebten Hauptstadt Mangana inspirieren. Die Arbeiten können morgen beginnen, Sie bekommen ein eigenes Dorf.»

«Ein Dorf?»

«Und denken Sie daran: Sie operieren am offenen Herzen unserer geliebten Hauptstadt Mangana. Die Menschen hier haben großen Respekt vor der deutschen Ingenieurskunst. Familienoberhäupter werden zur Botschaft pilgern, um an den Fugen des Gebäudes ihre Wasserwaagen zu eichen.»

«Ich werde es Dr. Löb ausrichten, sobald er wieder genesen ist.»

Der Vorsitzende wickelte eine Tafel Schokolade aus und brach einzelne Stücke ab, die er an seine Beisitzer verteilte. Ein Stück blieb übrig, er reichte es Otto, biß aber vorher noch schnell die Hälfte ab. Otto zögerte, ob er die Schokolade ablehnen durfte, aber Zarina gab ihm einen kleinen Schubs, so daß Otto vortrat, sich das angebissene Schokoladenstück geben ließ, vor dem er sich ekelte, vorsichtig hielt er es in der Hand, um Löbs Anzug nicht zu beschmutzen. Er verneigte sich und wurde von Zarina am Ärmel weggezogen.

Draußen fragte Otto Zarina, wozu er ein Dorf bekommen sollte? Sie klärte ihn auf, daß für einen Bau dieser Größenordnung ein Dorf «befreit» würde (also in die Stadt umgesiedelt), um die nötigen Arbeitskräfte zu gewinnen. Die Männer arbeiteten tagsüber am Gebäude, während ihre Familien direkt neben der Baustelle wohnten. Das Modell habe sich bewährt.

«Aber braucht man nicht Facharbeiter?»

«Unsere Menschen lernen schnell.»

«Ein Hyparschalendach, das ist keine leichte Aufgabe, selbst für Fachleute, man braucht komplizierte Schalungen mit mehreren Balkenlagen, das muß alles von Hand gezimmert werden. Abgesehen davon, daß Holz in dieser Region eine Rarität sein dürfte. Und mit der Betonspritze zu arbeiten, ist eine Kunst für sich.»

«Sie werden sehen, Sie bekommen hochmotivierte Arbeiter. Ein Scheitern ist sowieso ausgeschlossen, sonst hätte man den Auftrag nicht Ihnen erteilt.»

«Es geht mich ja auch gar nichts an, ich begleite nur Dr. Löb.»

«Sie haben den Rat überzeugt, wer weiß, ob Holm das so gut gelungen wäre. Sie sollten es als Ehre und als Herausforderung auffassen.»

«Ich habe doch noch nicht mal mein Studium abgeschlossen.»

«Wann werden Sie aufhören, nach Ausreden zu suchen? Morgen fahren wir zur Residenz, der Architekt des Vaterlands ist neugierig geworden, er möchte Sie kennenlernen. Vielleicht dürfen Sie sogar am Eishockeytraining teilnehmen.»

«Ich kann überhaupt nicht Schlittschuh laufen.»

«Das lernen Sie schnell. Vielleicht nicht so gut wie Katarina Witt», fügte sie hinzu und zwinkerte verschwörerisch. «Ich kann Sie leider nicht zurück zum Hotel begleiten, ich muß einen Vortrag auf einer Bewußtseinsschulung halten, aber der Fahrer weiß Bescheid.»

Otto stieg in den Jeep und unterdrückte diesmal seinen Reflex, sich anzuschnallen. Er hielt das schmelzende Stück Schokolade in der Hand, sah müde aus dem Fenster und dachte nach. Warum sollte er für Löb die Kastanien aus dem Feuer holen? Sollte Löb doch sehen, wie er seinen Entwurf so anpaßte, daß die Botschaft nicht mehr wie ein Nomadenklo aussah. Ob er überhaupt rechtzeitig zum Rückflug aus dem Krankenhaus entlassen sein würde? Vielleicht sollte Otto gar nicht so lange warten, sondern einfach einen früheren Flug nehmen? Ohne Löb hatte seine Anwesenheit in dieser Stadt überhaupt keinen Sinn. Er könnte zumindest schon einmal versuchen, den Weg zum Flughafen zu erkunden. Vielleicht lohnte es sich auch, persönlich beim Lost-&-Found-

Schalter zu erscheinen. Der Fahrer lieferte Otto am Hotel ab. Otto betrat das Foyer, tat so, als warte er auf jemanden, sah mehrmals auf die Uhr und machte dann kehrt, um zur nächsten U-Bahn-Station zu laufen, die er allerdings erst nach einer halben Stunde fand, weil er das runde Eingangsgebäude für ein neoklassizistisches Theater oder Kino gehalten und auf der Suche nach dem Eingang zur U-Bahn den Platz mehrmals umrundet hatte (genau wie eine Gruppe buntgekleideter Radfahrer, die hier auf dem Rennrad trainierte). Die Rolltreppen führten weit ins Erdinnere. Otto hatte Gück, es stand gerade ein Zug im Bahnhof, er stieg ein und wartete ungeduldig, daß sich die Türen schlossen, erst dann war er sicher, nicht verfolgt zu werden. Er sah sich um, er war ganz allein im Wagen. Auf dem Plan des U-Bahn-Netzes suchte er nach dem Symbol, das international für «Flughafen» stand. Das Netz war dicht, aber gar nicht unübersichtlich, sondern eher überraschend symmetrisch und auf das Zentrum hin orientiert. Allerdings waren die meisten Linien noch im Bau und gestrichelt eingezeichnet, zufällig befand er sich auf einer Linie, an deren Endstation einer der drei Flughäfen lag. Da er nach der Mutter des Architekten des Vaterlands benannt war und die anderen nur Nummern trugen, mußte es wohl der größte sein. Es war angenehm kühl im Wagen, der Zug fuhr schnell und machte ungeheuren Lärm. An keiner Station stieg jemand ein, nur einmal trottete ein verlauster Straßenköter herein, setzte sich Otto gegenüber und stieg beim nächsten Halt wieder aus. Auf Plakatwänden sah man wieder das Model, das in Urfustan offenbar besonders erfolgreich war, diesmal warb es gemeinsam mit

Gérard Depardieu für die Mundddusche eines französischen Herstellers. Otto hätte sich auch gerne die Zähne geputzt, er prüfte mit der hohlen Hand seinen Atem. Es war ihm doppelt unangenehm, weil Zarina ihn immer küßte. Er sah sich um, ob er beobachtet wurde, aber er war ja allein im Wagen, mit dem Daumennagel kratzte er sich den Zahnpelz von den Zähnen. Als der Zug an einer Station hielt und längere Zeit stand, stieg Otto aus, um nachzusehen, ob sie schon am Flughafen waren. Kaum hatte er den Wagen verlassen, setzte sich der Zug in Bewegung und verschwand im Tunnel. Otto suchte nach einem Wegweiser mit dem Flughafen-Symbol, aber zunächst nahm ihn die künstlerische Ausgestaltung des Bahnhofs gefangen. Bis auf den Fußboden, der, grob geschätzt, aus fünf Sorten Marmor bestand, war jeder Fleck mit grellbunten Mosaiken geschmückt. Eine ganze Bildserie zeigte verschiedene Szenen aus Zültan Tantals Leben. Man sah ihn mit einem jungen Rehkitz, das sich an ihn schmiegte, während er es mit einem Fläschchen Milch fütterte, man sah ihn mit Gärtnerhut beim Rosenschneiden, bei der Arbeit auf einem Mähdrescher, man sah ihn, wie er als Schüler einen Streit auf dem Schulhof schlichtete, wie er in einem Labor im weißen Kittel mit Reagenzgläsern und Erlenmeyer-Kolben hantierte, man sah ihn nach dem Sprung von einem Schanzentisch durch die Luft segeln und mit einer Maurerkelle in der Hand auf den Betrachter zuschreiten, hinter ihm am Horizont eine Versammlung aller markanten Neubauten von Mangana. Otto ging durch eine Lichtschranke, die Rolltreppe setzte sich in Bewegung, so ungewöhnlich schnell, daß es Geschick erforderte draufzuspringen. Von unten sah man das Ende der

Treppe nicht, die Fahrzeit reichte für mehrere Werbebotschaften, die über Lautsprecher abgespielt wurden. Otto stellte Löbs Budapester ins Bürstenband am Boden, um sie polieren zu lassen. Nach fünf Minuten Fahrt war er oben angekommen und stolperte beim Aussteigen, solchen Schwung hatte er. Gebrechliche Fahrgäste, die die Rolltreppe bis hier oben gebracht hatte, mußten an den Stufen einer Marmortreppe verzweifeln, die von hier ins Freie führte. Als sich Ottos Augen an das gleißende Sonnenlicht gewöhnt hatten, sah er, daß er von Dünen umgeben war. Der Eingang zur U-Bahn-Station mit einem kleinen, gepflasterten Vorplatz befand sich mitten in der Wüste. Ein alter Mann mit traurigen Augen und sonnengegerbter, faltiger Gesichtshaut fegte mit einem Reisigbesen Sand vom Vorplatz, den der Wind aber sofort wieder zurückwehte. Der Mann beachtete Otto nicht. Otto machte einen Schritt in den Sand, als prüfe er die Festigkeit einer Eisdecke. Dann steckte er sich aus Verlegenheit das, was von der Schokolade übrig war, in den Mund. Er leckte sich die Finger sauber, nicht, weil die Schokolade ihm geschmeckt hätte, sondern um keine Flecken auf Löbs Anzug zu hinterlassen. Als so viel Zeit verstrichen war, daß es peinlicher gewesen wäre, noch länger zu bleiben als unverrichteter Dinge umzukehren, ging er die Marmorstufen wieder nach unten und fuhr die Rolltreppe hinab zum Bahnsteig, um bei erträglicheren Temperaturen auf den nächsten Zug zum Flughafen zu warten.

KAPITEL 10

Otto suchte einen Fahrplan, fand aber nirgends einen Aushang oder eine Anzeigetafel. Er setzte sich auf eine Marmorbank und wartete, das lächelnde Gesicht von Zültan Tantal beim Besuch eines Kindergartens im Blick. Die Kinder umringten ihren Präsidenten wie den Weihnachtsmann, und einige kletterten an ihm hoch, um nach seiner Mütze zu greifen. Otto merkte plötzlich, wie müde er war. Er schloß die Augen und versuchte, bei tröstlichen Gedanken an Gebäude, die er entwerfen wollte, wegzudämmern. Als er erwachte, war er immer noch allein auf dem Bahnsteig und spürte das heftige Verlangen, den Himmel zu sehen, weil ihn hier unten eine unangenehme Beklemmung überkam. Er fuhr noch einmal die Rolltreppe hoch, der Mann mit dem Reisigbesen hockte jetzt auf dem Vorplatz, nahm aber wieder keine Notiz von Otto. Diesmal sprach Otto ihn an: «I'm sorry ... Metro? Train? Airport? Mangana Center?» Der Mann wandte ihm sein Gesicht zu, blickte ihn traurig an, drehte sich wieder weg und spuckte aus. Otto holte einen Geldschein aus der Tasche hervor und zeigte auf den «Turm der Nationalen Wiedergeburt», der auf allen Banknoten zu sehen war. Wortlos steckte der Mann den Schein ein. Otto hockte sich neben ihn, aber er konnte gar nicht hocken, ohne sich anzulehnen, wie er feststellen mußte, und auch im Schneidersitz hielt er es nicht lange aus. Er legte sich auf den Rücken und betrachtete den Abendhimmel. Warum hieß es eigentlich Weltraum? Diese konturlose Unendlichkeit, die sich angeblich auch noch im Zustand der Expansion befand, war doch das Gegenteil eines «Raums», wie man ihn sich wünschte? Wie reizlos gegen den Raumplan von Adolf Loos! Weil er nicht schon wieder einschlafen wollte, rappelte sich Otto auf und verabschiedete sich von dem Mann, ohne eine Reaktion zu bekommen. Er fuhr wieder mit der Rolltreppe nach unten. Auf halber Strecke meinte er, das Geräusch eines einfahrenden Zugs zu hören. Er rannte die letzten Stufen hinunter, das Signal zum Schließen der Türen war schon erklungen, Otto schaffte es, im letzten Moment in den Zug zu springen, und ließ sich keuchend auf einen Sitz fallen. Diesmal war er nicht allein, zwei Männer, die mit im Wagen gesessen hatten, erhoben sich und kamen auf ihn zu. Sie hielten ihm ihre Ausweise mit Fotos hin, die jeden urfischen Mann mittleren Alters hätten zeigen können, so schlecht waren sie belichtet. Offenbar wollten sie Ottos Fahrkarte sehen. Otto durchsuchte pro forma die Taschen von Löbs Anzug, obwohl er ja wußte, daß er keine Fahrkarte gekauft hatte, daran hatte er überhaupt nicht gedacht. Er zuckte mit den Schultern und sagte: «Tourist.»

«Problem, problem, problem ...»

Sie deuteten auf ein kleines Piktogramm auf der Scheibe hinter Ottos Sitz, das eine schwangere Frau darstellte. Otto rutschte schnell einen Sitz weiter.

«Problem, problem, problem ...»

Otto mußte den Männern durch den leeren Zug bis in den vordersten Wagen folgen, von dem aus eine verschlossene

Tür in ein Dienstabteil führte. An einer Wand hing ein Bild von Zültan Tantal, der einen weißen Anzug trug und mit einem goldenen Golfschläger zum Abschlag ausholte. Die Männer setzten sich vor einen Überwachungsbildschirm, der auf vielen Einzelbildern eine Reihe leerer Wagen zeigte. Sie werkelten an der Rückseite des Bildschirms, und es erschien die unscharfe Übertragung eines Kugelstoßwettbewerbs. Otto erkannte Ilona, die sich weit vorbeugte, sich blitzschnell drehte, eine Kugel in den Himmel wuchtete, aber unzufrieden mit der Weite durch Tippen mit dem Fuß auf die Wurfkreisumrandung den Versuch ungültig machte. Der Zug raste durch die U-Bahn-Schächte, ohne an den Stationen zu halten. Die Männer nahmen keine Notiz mehr von Otto, die Fahrt dauerte schon länger als die Hinfahrt. Otto zeigte auf sich, machte mit Daumen und kleinem Finger die Telefonhörergeste und sagte: «Mangana Paradise Resort? Telefon? Ringring?» Einer der Männer stand auf und gab Otto, ohne den Blick vom Bildschirm abzuwenden, eine Ohrfeige. Panik stieg in Otto auf, als wäre etwas eingetreten, wovor er sich schon immer gefürchtet hatte. Er wollte seine Lage nicht noch weiter verschlechtern, aber vielleicht war er gerade dabei, die letzte Chance zu verpassen, überhaupt noch etwas zu erreichen? Neben Otto hing ein Telefonhörer an der Wand. Otto wartete einen günstigen Moment ab, dann griff er unauffällig nach dem Hörer und wählte hastig Zarinas Nummer. Sofort schritt einer der Männer ein und versuchte, ihm den Hörer zu entreißen. Weil Otto ihn nicht losließ, biß ihn der Mann in die Hand, bis Otto nachgab. Otto holte einen letzten Geldschein aus der Tasche und reichte ihn den Männern mit beiden Händen und einer Verbeugung. Er zitterte. Er zeigte auf das Telefon und fragte: «Telefon? Yes?»

Die Männer äfften ihn abwechselnd nach: «Telefon? Yes?» und amüsierten sich darüber.

Otto versuchte jetzt, das Gesicht aufzusetzen, das er morgens im Fahrstuhlspiegel geübt hatte. Er zeigte auf das Bild von Zültan Tantal und sagte: «My friend!» Er machte eine Geste, als würde er die beiden Männer erschießen: «Bumbum! My friend! Telefon! Now!»

«Suck my dick ...»

Einer der Männer nahm den Hörer in die Hand, holte damit aus, als würde er Otto damit den Schädel einschlagen wollen, stoppte aber kurz vorher. Otto hatte sich in Erwartung des Schlags zusammengekrümmt. Der Mann lachte und warf Otto den Hörer in den Schoß. Otto wählte noch einmal Zarinas Nummer und wartete ängstlich, ob sie abnehmen würde.

«Hallo?»

«Zarina? Ich bin es, Otto Kwant.»

«Herr Kwant, wo stecken Sie denn?»

«Ich weiß es nicht, in der U-Bahn. Die Strecke sollte zum Flughafen führen.»

«Sie sind in der U-Bahn?»

«Ja. Ich bin kontrolliert worden.»

«Ist es die grüne Linie?»

«Keine Ahnung.»

«Welche Farbe haben die Bahnsteige.»

«Grün.»

«Also die grüne Linie, geben Sie mir einen der Kontrolleure, am besten den Vorgesetzten.»

«Woran erkenne ich den?»

«Er sieht männlicher aus.»

Otto reichte das Telefon an einen der beiden weiter. Er entschied sich für den, der ihn noch nicht geschlagen hatte. Er hörte, wie Zarina mit dem Mann schimpfte, der ihr wütend widersprach. Schließlich bekam Otto den Hörer zurückgereicht.

«Ich warte am Tourismusministerium.»

«Wie komme ich dorthin?»

«Die Beamten werden Sie bringen.»

Die Fahrt dauerte noch lange, Otto starrte mit den Männern auf den Bildschirm, wo immer noch der Kugelstoßwettbewerb lief. Jedesmal, wenn Ilona gestoßen hatte, klopften sie Otto auf die Schulter: «Germany! Mercedes! Super!» Schließlich fuhr der Zug in eine hellerleuchtete Station ein und bremste scharf, Zarina stand genau vor der richtigen Tür, als sie hielten. Sie zählte ein paar Scheine ab und gab sie einem der Männer, der Otto dafür eine Fahrkarte aushändigte, nachdem er mit Kugelschreiber etwas darauf durchgestrichen und korrigiert hatte. Der Mann war aber noch nicht zufrieden, er wollte noch die Strafe dafür kassieren, daß Otto auf dem für Schwangere reservierten Platz gesessen hatte, sowie die Gebühr für das Telefongespräch. Zarina gab ihm einen weiteren Schein. Jetzt lächelte der Mann und reichte Otto die Hand.

Sie nahmen die Rolltreppe nach oben.

«Können wir nicht mit der U-Bahn fahren?», fragte Otto.

«Die Strecke ist erst vor kurzem eröffnet worden, es verkehrt nur ein Morgen- und ein Abendzug.»

«Das wußte ich nicht.»

«Was machen Sie überhaupt hier?»

«Ich wollte mir Meinhard von Gerkans Flughafen ansehen, aber da war nur Wüste.»

«Sie sind in die falsche Richtung gefahren. Was haben Sie sich überhaupt dabei gedacht? Die U-Bahn ist ein Staat im Staat, die Kontrolleure gehen nicht zimperlich mit Schwarzfahrern um. Es sind ja fast immer reiche Ausländer. Das Arrestsystem ist berüchtigt. Sie haben Glück gehabt.»

«Das kann doch dem Architekten des Vaterlands nicht entgangen sein.»

«Die U-Bahn-Verwaltung ist sehr mächtig.»

«Aber der Architekt hat doch alle Möglichkeiten, sich durchzusetzen.»

«Sie vergessen, daß wir in einer Demokratie leben. Wir sind hier nicht in Baristan.»

«Ich möchte nur noch schlafen.»

«Das wird nicht gehen. Der Architekt des Vaterlands erwartet Sie zum Frühstück.»

«Ist es denn schon Morgen?»

«Der Architekt des Vaterlands steht mit der Sonne auf, wie unsere Ahnen. Er ist ein sehr gebildeter Mann. Er hat viele Bücher gelesen und noch mehr geschrieben. Jeder im Land versucht, ihm nachzueifern. Sie dürfen sich glücklich schätzen über die Ehre dieser Einladung.»

«Ich bin sicher, Dr. Löb wäre begeistert über so eine Gelegenheit.»

«Dr. Löb wird morgen operiert.»

«Was hat er denn?»

«Vermutlich eine Blinddarmentzündung.»

KAPITEL 11

Die Residenz des Präsidenten lag auf einer künstlichen Insel des aufgestauten Flusses, zu der Besucher über eine Fußgängerbrücke gelangten, die so schmal war, daß man die Arme heben mußte, um sich nicht an den Betonmauern zu beiden Seiten die Hände aufzuschürfen. Nach dieser Herausforderung für klaustrophobisch veranlagte Menschen befand man sich auf der Insel, auf der zwischen kleineren Wirtschaftsgebäuden und Unterkünften für Wachpersonal ein schöner Backsteinbau im englischen Landhausstil herausstach, der umgeben von Beeten mit Wiesenblumen war. Das Gebäude stellte keine vertikale Machtdominante im Stadtbild dar, sondern fiel durch seine zurückhaltende Bescheidenheit auf (obwohl es natürlich mit dem baulichen Kontext der Region nichts zu tun hatte). Zültan Tantal hatte seine Residenz selbst entworfen und angeblich auch die Ausführung geleitet. Er war ja in der Sowjetunion Chefingenieur der Bauabteilung einer großen Kolchose gewesen, hatte aber nebenbei im Fernstudium Germanistik studiert. Zarina lieferte Otto an der Brücke ab und händigte ihm ein Bündel Scheine aus. Sie verabschiedete sich für heute und schärfte ihm ein, daß er zurück ein Taxi nehmen solle, auf keinen Fall wieder die U-Bahn. Otto klopfte an die Scheibe der Pförtnerloge, der Wachhabende musterte ihn, suchte eine Seite in einem Aktenordner mit Fotografien und verglich das Bild mit Otto.

Weil er noch Zweifel hatte, zeigte er Otto das Foto und fragte, ob es sich um ihn handele. Otto konnte das bejahen, denn auf dem Bild sah er sich im Flugzeug zwischen der geradeaus starrenden Ilona und dem mit dem Kopf an seiner Schulter lehnenden Chinesen sitzen. Der Wachhabende führte Otto durch das Gebäude zu Zültan Tantals Büro. Sie kamen an zahllosen Vitrinen mit Gegenständen von historischer Bedeutung und Geschenken vorbei, die der Architekt des Vaterlands von Staatsoberhäuptern verschiedener Länder, von seinen Bürgern und von befreundeten Geschäftsleuten erhalten hatte. Ein Tischtelefon aus Meißner Porzellan, mit goldenem Hörer, auf der Wählscheibe stand auf Deutsch: «112 Feuer – Notruf 110». (Auf einer Glückwunschkarte daneben hatte Gerhard Schröder geschrieben: «Meinem Freund Zültan zum 60. Geburtstag, Dein Gerhard».) Ein Schachbrett mit kunstvoll in Silber gearbeiteten Figuren, das Pferd war in diesem Fall ein Löwe und die Bauern mongolische Krieger. Der König ähnelte auffällig Zültan Tantal. (Daneben stand auf einer Tafel: «Wer einen Staat lenken will, sollte Schachspieler sein – Zültan Tantal».) Der Bic-Stift, mit dem Zültan Tantal die Verfassung Urfustans unterschrieben hatte. Eine durchsichtige mobile Wahlurne, die bei den ersten Präsidentenwahlen eingesetzt worden war. Daneben eine Packung eines Heilmittels gegen HIV, das in Urfustan entwickelt worden war. Otto sah eine Wachsfigur von Zültan Tantals erster Dorfschullehrerin in traditioneller Tracht, die stolz sein Zeugnis in der Hand hielt. Abgewetzte Boxhandschuhe hingen unter einem Jugendbild, das den damals noch sehr sehnigen Zültan Tantal Arm in Arm mit Freunden während der Pause eines

Boxtrainings zeigte. Vom Ölminister Saudi-Arabiens hatte Tantal ein goldenes Schreibtischset bekommen, das eine Oase darstellte: Der goldene Füller war als Palme gestaltet, für die Tinte gab es ein kleines Ölfaß, ein Goldnugget bildete ein Stück Felsgestein, das herausgenommen und betrachtet oder als Briefbeschwerer benutzt werden konnte. Schließlich gab es auch noch die inzwischen vergoldete Kugel zu sehen, mit der von einer urfischen Athletin bei den letzten Panasiatischen Stemm-, Wurf- und Schleuderfestspielen der neue Weltrekord im Kugelstoßen der Frauen aufgestellt worden war.

Die meisten Diktatoren der Welt hatten ihre prunkvollen Residenzen eingerichtet wie ein Pornokönig, bestenfalls aber wie den Set eines Hollywoodfilms aus den zwanziger Jahren. Meist kamen sie ja aus bescheidenen Verhältnissen, oft hatten sie sich in der Armee hochgedient (in Afrika nicht selten in der Armee der Kolonialmächte), bevor sie die Herrschaft an sich gerissen hatten und in der Folge in der Regel wahnsinnig geworden waren. Selbst die privaten Räume in ihren Häusern und Palästen sahen aus wie die Lobby von schon nach kurzer Zeit hoffnungslos altmodisch gewordenen Luxushotels. Der Wunsch, ihrer Herrschaft eine historische Legitimität zu verleihen, ließ sie denselben Stil bevorzugen, den Neureiche auf der ganzen Welt schätzten, denen jeder Sinn für Patina, Zurückhaltung und Noblesse abging. Oberflächen mußten glänzen, möglichst golden, Holz war grundsätzlich mit Klarlack überzogen, jede Fassade war mit Carrara-Marmor verkleidet worden. Alles mußte so auffällig und schrill sein, daß andere Diktatoren, die zu Besuch kamen und die den gleichen Geschmack hatten, neidisch wurden.

Otto hätte als Präsidentenbüro einen überdimensionierten, streng symmetrisch eingerichteten Raum erwartet, mit schwerem, meterlangem Schreibtisch, den ein nie benutztes, massives Onyx-Schreibset schmückte, weit entfernt von der Eingangstür, unter einem düster-bedrohlichen Öl-Porträt des Präsidenten – eine Einschüchterungs-Inszenierung, wie sie Mussolini und Hitler gefallen hatte (im von Speer geplanten Palast hätten Diplomaten vom Haupteingang bis zum Schreibtisch des Führers einen Fußmarsch von einem halben Kilometer zurücklegen müssen). Aber das Büro von Zültan Tantal war ein Raum, der schon dadurch klein wirkte, daß an seinen Wänden bis zur Decke Bücherregale standen; allerdings nicht gefüllt mit dekorativen, in Leder gebundenen Bänden der Encyclopedia Britannica, die nie aufgeschlagen wurden, sondern mit einem bunten Durcheinander von Büchern jeder Sorte, wie in einem Gelehrtenzimmer. Jeder Fleck des Raums war bedeckt von Bücherstapeln, Manuskripten, Karteikästen. Eine schmale Couch nutzte Tantal wohl zum Mittagsschlaf. In einer Vitrine lag eine Sammlung Maurerkellen. Der Fußboden war lange nicht von Styrodurresten für den Modellbau gereinigt worden, ein Heißdraht-Schneidegerät stand auf einem Beistelltisch. An der Wand über dem Schreibtisch hing ein Bild, das eine sommerliche Steppenlandschaft zeigte. Der Himmel war blau, das Gras grün, eine Pipeline lief schnurgerade bis zum Horizont. Erst auf den zweiten Blick bemerkte Otto, daß das Bild nicht mit Farben gemalt, sondern aus Schnipseln von Plastiktüten collagiert war. Otto nahm auf einem Stuhl Platz, den er vorher von DUPLO-Steinen freiräumen mußte. Überhaupt lag viel Spielzeug im Raum verteilt, Bauklötze, Matchboxautos, Stofftiere, Buntstifte, Luftballons. Unter dem Schreibtisch war eine stattliche Murmelbahn zusammengesetzt worden. Gerne hätte Otto die Gelegenheit genutzt und in Zültan Tantals Papieren geblättert, aber gerade, als er den Mut dazu gefaßt hatte, wurde die Tür aufgestoßen und ein fülliger Mann in blauer Bauarbeiter-Latzhose eilte auf ihn zu und sagte: «Dr. Kwant! Bleiben Sie sitzen.»

Zültan Tantal war viel kleiner, als es auf seinen vielen Porträts den Anschein hatte, vor allem hatte er in Wirklichkeit graue und keine schwarzen Haare, aber sein optimistisches Lächeln war keine Erfindung der Künstler gewesen. Überraschend und nicht gerade respekteinflößend war seine hohe, kehlige Stimme.

«Ich freue mich, Sie endlich kennenzulernen, den Sohn von Nepomuk Kwant, eines meiner Idole.»

«Die Freude ist ganz meinerseits, aber ich bin leider nicht promoviert.»

«Sie vergessen, wo Sie sind. Im Vergleich zum Bildungsstand unserer Bürger sind alle Deutschen Universal-Gelehrte. Wie gefällt Ihnen unsere geliebte Hauptstadt Mangana?»

«Ich bin sehr beeindruckt. Ich habe so etwas noch nie gesehen.»

«Ist das ironisch gemeint?»

«Nein, ganz ehrlich. Hier kann man wenigstens noch bauen.»

«Sie sind ein höflicher Mensch, aber sie brauchen mir nichts vorzumachen. Ich kann mir nicht vorstellen, daß unsere Architektur Sie anspricht. Ich habe auch meine Probleme damit, aber die Bevölkerung erwartet von mir ein bestimmtes Auftreten. Als Staatsoberhaupt und als Mann muß ich Stärke und Entschlossenheit ausstrahlen, Bescheidenheit würde als Schwäche ausgelegt. Was meinen Sie, wie lästig mir das ist? Aber ich bringe dieses Opfer, denn es geht um den Frieden im Land, als Voraussetzung unserer weiteren Entwicklung. Bei der Gestaltung meiner Residenz habe ich mir allerdings, wie Sie sicher bemerkt haben, erlaubt, meinen Neigungen zu folgen. Es ist der einzige Luxus, den ich mir leiste, wenigstens bei mir zu Hause auf Luxus zu verzichten. Das Britische Imperium wurde von einem georgianischen Stadthaus aus regiert.»

«Es ist beeindruckend, wie schnell Mangana wächst.»

«Und das ist erst der Anfang. Ganz Urfustan ist eine Baustelle. Ihre Kollegen stehen bei uns Schlange. Sie erkennen ihre Gebäude daran, daß sie gerne auf die traditionelle urfische Formensprache zurückgreifen, während unsere einheimischen Architekten sich krampfhaft davon distanzieren. Ich weiß nicht, wie oft schon jemand das Holzgerüst unserer Jurten als schattenspendendes Fassadenelement aus Beton nachbauen wollte. Darf ich Ihnen in aller Bescheidenheit mein neues Buch über die Geschichte der Idealstadt schenken? Die Vertriebsabteilung von Daimler-Benz hat freundlicherweise die deutsche Übersetzung anfertigen lassen, um sich für die gute Zusammenarbeit zu bedanken.»

«Vielen Dank, das lese ich gerne.»

«Es geht doch immer um die ideale Stadt, nicht wahr?»

«Die Frage ist, was man darunter versteht. Das kann schnell schiefgehen. Soweit ich mich erinnere, hatte Ledoux für seine Idealstadt ein Bordell in Gestalt eines Phallus vorgesehen.»

«Das Oikema, großartig! Die Symbolarchitektur der Französischen Revolution hat ihren Nachfolger im amerikanischen burgerförmigen Burgerrestaurant gefunden. Aber wenn Sie unser neues Finanzministerium aus der Luft betrachten könnten, würden Sie sehen, daß es ebenfalls den Schwung eines Dollarzeichens hat. Das soll unserem Staatshaushalt Glück bringen und den Menschen sagen: Hier wird mit euren Steuern gut gewirtschaftet.»

«Letztlich ist jede Kirche ein auf seinen Zweck verweisendes Burgerrestaurant, weil sie mit ihrem Grundriß das Kreuz symbolisiert.»

«Sie ahnen gar nicht, wie ich es genieße, mit einem Kollegen Ihres Formats zu diskutieren! Ich hoffe, der Rat für Kunst hat Sie nicht zu sehr belästigt. Das sind Männer von Gestern. Aber wir leben in einer Demokratie, wir sind hier nicht in Baristan.»

«Wir hatten einen schöpferischen Gedankenaustausch.»

«Lassen Sie uns keine Zeit verschwenden, ich bin gespannt auf Ihre Ideen. Die Deutsche Botschaft wird der spektakulärste Botschaftsbau östlich des Urals werden.»

«Dazu kann ich mich gar nicht äußern, das ist ein Projekt von ‹Himmels)s(turm›, ich bin nur als Assistent von Dr. Löb mitgereist.»

«Sie sind bescheiden, das gefällt mir. Und es spricht für Sie, daß Sie loyal zu Ihrem Vorgänger sind. Ein Zeichen von Souveränität.»

«Er ist nicht mein Vorgänger.»

«Ich habe lange genug in Europa gelebt, um für Zwischentöne sensibel zu sein.»

«Sie haben in Europa gelebt?»

«Ich war fünf Jahre Russischlehrer in Eisenhüttenstadt. Die schönste Stadt Deutschlands, wenn Sie mich fragen. Leider wurde nach dem politischen Umbruch viel von der Substanz zerstört, irgendetwas läuft in Ihrem Wirtschaftssystem falsch. Wir konnten einige Gebäude rechtzeitig kaufen und bei uns wiedererrichten lassen, was sich auch aus ökologischen Gründen empfiehlt, Stichwort graue Energie. Haben Sie schon gefrühstückt? Nein? Kommen Sie, ich muß mich leider heute um meinen Sohn kümmern, meine Frau leidet periodisch unter depressiven Verstimmungen. Gefällt Ihnen das Bild? Es ist von meiner Frau, sie benutzt dafür Plastiktüten, die Steppe ist voll davon.»

Durch eine Flügeltür betraten sie einen Raum, in dessen Mitte ein runder Eßtisch stand, an dem Otto Platz nahm. Ein Junge von vielleicht vier Jahren saß ihm gegenüber. Der Junge hatte einen Fuß auf den Tisch gelegt, wippte mit dem Stuhl und machte ununterbrochen Geräusche, eine Art gelangweilten Singsang, dessen Lautstärke zunahm, wenn Tantal oder Otto etwas sagten. Zültan Tantal wandte sich dem Jungen zu, anscheinend hatte dieser noch nichts gefrühstückt. Er hielt ihm Obst vor die Nase, ein Marmeladenbrot, eine Schüssel mit Joghurt, aber der Junge drehte jedesmal das Gesicht weg und zog angewiderte Grimassen. Schließlich nahm er ein Stück Ananas in den Mund, spuckte es aber sofort wieder aus und warf es quer über den Tisch in Ottos

Richtung, Otto konnte es gerade noch auffangen, bevor es ihm auf die Hose fiel. Er nahm eine Serviette und ließ das Ananasstück unauffällig darin verschwinden. Der Junge bekam einen Wutanfall und verlangte seine Ananas zurück. Zültan Tantal wurde laut, aber der Junge schrie noch lauter, sprang auf, hüpfte von einem Bein auf das andere und warf sich schließlich tobend auf den Boden.

«Es tut mir leid, mein Sohn Adil macht infolge einer überstandenen Grippe einen Entwicklungsschub durch. Ich hoffe, es stört Sie nicht zu sehr. In Deutschland sind die Kinder sicher besser erzogen. Haben Sie Kinder?»

«Nein, leider nicht.»

«Warum?»

«Ich weiß nicht, der Beruf fordert Opfer.»

«Kinder sind Tyrannen.»

«Das Gras wächst nicht schneller, wenn man daran zieht.»

«Das haben Sie gut gesagt. Sie sind ein kluger Mann.»

«Ganz und gar nicht, aber ich gebe mir Mühe.»

«Die Deutschen sind bescheiden, fleißig und korrekt, wir bewundern Ihre Nation und schätzen uns glücklich, auch eine deutsche Minderheit im Land zu haben.»

«Sind die nicht in den Neunzigern alle nach Deutschland ausgewandert?»

«Viele, leider, aber nicht alle. Und selbst in den Dörfern, die verlassen wurden, wird die deutsche Kultur weiter gepflegt. Die jungen Urfus halten sie liebevoll am Leben und führen deutsche Volkstänze auf, wenn die ehemaligen Bewohner ihre alte Heimat besuchen. Greifen Sie doch zu, oder hätten Sie lieber Weißwürste zum Frühstück?»

Tatsächlich war Otto hungrig. Er versuchte, die runde Glasplatte, auf der das Essen lag, zu drehen, um an die Früchte und den Joghurt zu kommen, aber Adil hielt die Platte fest. Otto beugte sich über den Tisch und nahm sich eine Weintraube. Adil beschwerte sich lauthals, Zültan Tantal herrschte ihn an, Adil machte das Geräusch eines Tigers nach, zeigte seine «Krallen» und schmollte.

Zültan Tantal lachte: «Wenn unsere Bürger wüßten, was für einen Tyrannen sie als meinen Nachfolger wählen werden, würden sie vielleicht auch nach Deutschland auswandern.»

«Das gibt sich. Besser er zeigt seine Gefühle, als wenn er sie in sich hineinfrißt. Wenn er keine Angst vor Ihnen hat, haben Sie bei der Erziehung bisher alles richtig gemacht. Man sollte Kinder nicht auf ein wünschenswertes soziales Verhalten hin dressieren, sondern es ihnen vorleben. Alles andere hat sowieso keinen Sinn.»

«Sie reden wie ein Diplomat.»

«Kurzfristiger Gehorsam ist durch Einschüchterung und Druck zu erreichen, das führt aber langfristig nicht zum Erfolg.»

Adil, der sich in der Nase bohrte, stand auf, ging um den Tisch und schmierte Otto einen Popel an den Arm.

«Ich glaube, er mag Sie, auch wenn es vielleicht nicht den Anschein hat.»

«Keine Sorge, ich kann das einordnen.»

«Es ist so ein Vergnügen für mich, mit einem Kollegen zu sprechen. Das fehlt mir ungeheuer. Bei uns im Land wird ja noch nicht lange gebaut.»

«Es tut sich aber doch einiges.»

«Aber ich muß alles selber machen.»

«Man muß lernen zu delegieren.»

«An wen denn? Wir sind eine junge Nation, wir bilden erst seit fünfzig Jahren Architekten aus. Seit Generationen sind die meisten Menschen mit Hochschulabschluß entweder ins Exil gegangen oder umgebracht worden. Sie wissen gar nicht, wie allein ich mich manchmal fühle. Ich möchte mich über Le Corbusiers Leidenschaft für Getreidesilos und Maschinen unterhalten, über die Architekten der Französischen Revolution, utopisches Bauen, Idealstädte, über Robert Venturis Gedanken zur Architektur von Las Vegas. Ich möchte fachsimpeln. Aber mit wem? Meine Frau interessiert sich leider überhaupt nicht für das alles.»

«Sie haben Robert Venturi gelesen? Das ist für mich der Leibhaftige. Obwohl er theoretisch in allem recht hat, schnürt mir seine postmoderne Ästhetik vor Häßlichkeit die Luft ab.»

«Weil Sie im Ghetto des guten Geschmacks befangen sind, wie Venturi sagen würde. Die Moderne war in ihrem Anspruch, universale, funktionale Lösungen bereitzustellen, bedrückend freud- und humorlos und letztlich totalitär. Peter Behrens hätte am liebsten nicht nur Briefbeschwerer und Sofakissen, sondern auch die Garderobe der Damen, die in den von ihm entworfenen Häusern wohnen sollten, gestaltet.»

«Wenn man den ästhetischen Anspruch der Moderne aufgibt, bekommt man das, was in Ostdeutschland nach der Wende gebaut worden ist, gewissenlose Renditearchitektur. Gebäude, die in ihrem mangelnden Gestaltungswillen an

Notbauten aus der Zeit nach dem Zweiten Weltkrieg erinnern, die den Städten ihr Gesicht nehmen und die Menschen heimatlos und unglücklich machen, auch wenn sie es nicht darauf zurückführen, sondern die Ursache für ihre Entwurzelung bei den Politikern oder in irgendeiner finanziellen Benachteiligung suchen. Dabei ist Geldmangel der beste Denkmalschutz.»

Adil wippte jetzt mit dem Bein und schlug rhythmisch gegen den Tisch, dazu machte er wieder seinen Singsang, so laut, daß man sich gerade noch unterhalten konnte. Bei Gesprächspausen verstummte er. Wenn wieder gesprochen wurde, nahm er den Gesang wieder auf.

«Sie verallgemeinern Ihre eigenen, letztlich auch nur ererbten Geschmacksvorstellungen. Wenn Sie die Menschen entscheiden lassen, kommen keine Gebäude von Le Corbusier oder Mies van der Rohe heraus, bzw. die Bewohner schmücken sie mit Details für das Gemüt aus, um es darin auszuhalten.»

«Architektur hat eine erzieherische Funktion, Architekten sind Aufklärer.»

«In Ihnen steckt ein kleiner Tyrann, Herr Kwant. Man merkt, daß Sie im Deutschen noch an der Großschreibung festhalten. Die haben wir abgeschafft, um den Untertanengeist zu bekämpfen.»

«Ehrlich gesagt, ist Urfustan international nicht gerade als Wiege der Demokratie bekannt.»

«Aber hoffentlich als Oase des Friedens. In allen unseren Nachbarländern, die es mit der Demokratisierung überstürzt haben, herrscht Bürgerkrieg. Denken Sie an Baristan.

Wir sind uns unserer Verantwortung als Zentrum Europas bewußt.»

«Ich bin Architekt, ich denke in Gebäuden.»

«Und dann sehen Sie nicht, daß wir heute schon mehr Demokratie wagen als jedes westliche Land? Gerade ästhetisch? Wenn Gebäude, so schön sie auch sein mögen, sich von ihrem Kontext distanzieren, können sie nicht demokratisch genannt werden. Context matters. Die Postmoderne, die das verstanden hat, ist nicht doktrinär, sondern ironisch und verspielt. Und damit greift sie europäische Traditionen auf. Sehen Sie sich Renaissance-Fassaden an, ein lustvolles, unbeschwertes Spiel mit schlecht verstandenen antiken Vorbildern. Klassisch oder postmodern?»

«Geschmack ist nun mal nicht jedem gegeben. Man sollte seine ästhetische Selbstdarstellung Spezialisten anvertrauen, sonst macht man sich nur lächerlich.»

«Geschmack war immer ein Herrschaftsinstrument und kann erstickend wirken. Im Kitsch steckt womöglich mehr Vitalität und Freiheit.»

«Ich glaube, Kitsch ist eine perfide Marktstrategie des Kapitalismus, der aus dem menschlichen Bedürfnis nach Schönheit, Heimat und Wärme Profit schlägt, indem er es durch konsumierbare Simulakren aus Massenproduktion befriedigt.»

«Wollen Sie den Menschen vorschreiben, was sie schön finden und kaufen sollen?»

«Ich glaube nicht, daß sie wirklich wissen, was sie wollen. Dazu müßten sie Selbstempathie entwickeln, das läßt die Konsumgesellschaft aber nicht zu.»

«Wenn ich höre, wie wenig Sie den Menschen vertrauen, bekomme ich Zweifel, ob wir gut daran tun, Ihrem demokratischen Gesellschaftsmodell so blind nachzueifern. Apropos, Sie wundern sich bestimmt, warum ich Sie kennenlernen wollte?»

«Die Deutsche Botschaft?»

«Damit ist ein Sohn von Nepomuk Kwant offensichtlich unterfordert. Nein, ich habe etwas Besseres für Sie. Mein Lieblingsprojekt, mein Vermächtnis, ich will mein Volk nach meinem Tod, der ja leider unvermeidlich sein wird, nicht seinem Schicksal überlassen. Deshalb möchte ich ihm einen ‹Palast der Demokratie› schenken.»

«Das könnte Dr. Löb interessieren.»

«Warum sprechen Sie nicht offen mit mir? Warum beleidigen Sie mich durch Ihr Mißtrauen?»

«Ich spreche doch offen.»

«Wir wissen längst, welche Rolle Sie bei ‹Himmels)s(turm› spielen. Es war klug von Ihnen, sich im Hintergrund zu halten, aber wir sind auch nicht dumm.»

»‹Himmels)s(turm› ist Holm Löb.»

«Und wo ist Ihr Herr Löb?»

«Er ist im Krankenhaus, ein Magen-Darm-Infekt, der sich zur Blinddarmentzündung ausgewachsen hat, soweit ich weiß.»

«Ich interessiere mich nicht für Schwächlinge. Deshalb spreche ich mit Ihnen. Ich kann mir vorstellen, daß Sie Ihre Zweifel haben, weil Sie unser Land nicht für demokratisch halten. Ich gebe zu, daß in unserer Entwicklung bis heute die Wirtschaft Vorrang hatte.»

«Sie müßten sich vielleicht darauf einstellen, daß die Idee eines ‹Palasts der Demokratie›, der von Menschen gebaut wird, die gar keine demokratischen Grundrechte besitzen, im Ausland nicht von jedem verstanden würde.»

«Das ist nur eine Frage der Zeit. Das perikleische Athen gilt als Wiege demokratischer Ideale und wurde von Sklaven errichtet.»

Otto überlegte, wie er vorgehen sollte. Wenn er darauf bestand, bei «Himmels)s(turm» nichts zu sagen zu haben, machte er Zültan Tantal nur wütend. Und wenn er das Spiel mitspielte? Zumindest konnte er Zeit gewinnen, bis Löb wieder auftauchte. Und was für eine freudige Überraschung, wenn er ihm dann den Auftrag für einen «Palast der Demokratie» in Mangana präsentieren könnte!

«Ich muß das trotzdem erst mit Dr. Löb besprechen, ich will ihn nicht verärgern, ein guter Chef gibt seinen Mitarbeitern das Gefühl, für ihre Anregungen offen zu sein.»

«Ich bin sicher, daß Sie das regeln können. Also sind wir uns einig? Sie bauen für mich? Sie haben völlige Freiheit, denn Sie werden mich nicht enttäuschen. Wann kann ich mir die ersten Entwürfe ansehen?»

«In einem Monat, würde ich sagen.»

«Ich würde sagen, in einer Woche. Unsere Nation hat viele Jahrhunderte vertrödelt, wir können es kaum erwarten, diesen Rückstand aufzuholen.»

Im Gehen drehte sich Otto noch einmal um. Adil hielt einen Becher umklammert, in den er zerkaute, in Saft eingeweichte Pastete spuckte, während sein Vater versuchte, ihm den Becher wegzunehmen. Als Otto die Tür öffnete, kam ihm

Adil hinterhergerannt und versuchte, ihn an der Jacke festzuhalten. Er zeigte aufgeregt auf einen Bauklötzerturm und bettelte, offenbar sollte Otto mit ihm spielen. Otto versuchte freundlich, ihn abzuschütteln, aber Adil zog mit aller Kraft an seiner Jacke. Otto ließ die Jacke von seinen Schultern gleiten, Adil fiel auf den Rücken und weinte. Otto schloß schnell die Tür hinter sich und eilte, da er den Wachhabenden, der ihn hergeführt hatte, nirgends sah, den Flur hinunter, der mit Gipsabgüssen antiker Plastiken geschmückt war. Er hatte sich den Weg zum Foyer nicht gemerkt und öffnete auf Verdacht die große Tür am Ende eines Gangs, aber zu seinem Schrecken befand er sich in einem Zimmer, das offenbar einem Mädchen gehörte, denn Rosa war hier so vorherrschend, daß einem die Augen schmerzten. Eine ganze Herde Plüsch- und Plastikeinhörner lieferte sich auf dem Boden ein Wettrennen. Ein Regal voller Barbie-Puppen sah ihn erwartungsvoll an. Mitten im Raum stand eine Harfe. Die Wand schmückte ein Poster von Cristiano Ronaldo, der sich nach dem Torerfolg das Trikot heruntergerissen hatte, über sich selbst jubelte und vom Gesicht bis zu den Zehen jeden seiner Muskeln anspannte. Auf seiner Brust hatte er einen großen Lippenstiftabdruck. Vor dem Poster stand eine junge Frau und kämmte sich. Als Otto zur Tür hereingeplatzt war, hatte sie sich umgedreht und ihn neugierig angesehen. Das Gesicht erkannte Otto sofort: Es war das Model, das in der Stadt für so viele verschiedene Produkte Werbung machte. Otto wollte die Tür wieder schließen, aber die junge Frau fragte: «Sind Sie der neue Französischlehrer?»

«Nein, ich heiße Otto Kwant und bin Architekt.»

«Aus Deutschland?»

«Ja.»

«Ich liebe Deutschland! Ich habe in München Deutsch gelernt, am Goethe-Institut. Bei uns lernen Mädchen eigentlich nur Französisch, um ihre natürliche Anmut zu fördern. Deutsch ist eine strenge Sprache, die den Jungen vorbehalten ist, die wiederum nicht Französisch lernen dürfen, um auszuschließen, daß sie homosexuell werden, wie die Männer in Europa.»

«Aber in Frankreich sprechen Jungen doch auch Französisch?»

«Ja, die armen Mütter ...»

«Ich muß jetzt gehen.»

«Dann schreie ich.»

Otto zögerte, den Raum zu verlassen.

«Erzählen Sie mir von Deutschland.»

«Da gibt's nicht viel zu sagen: quadratisch, praktisch, gut.»

«Finden Sie die Frauen dort schöner?»

«Ich bin verheiratet.»

«Ich finde die deutschen Frauen ungepflegt.»

«Das scheint mir zu hart formuliert.»

«Wie heißt Ihre Frau?»

«Branka.»

«Bestimmt hat sie einen dicken Hintern.»

«Liebe macht blind.»

«Ich heiße Yasmina. Gefällt Ihnen mein Hintern?»

Yasmina drehte ihm das Gesäß zu und klopfte sich mit der Hand darauf.

«Ich muß jetzt gehen.»

«Dann schreie ich!»

Otto überlegte fieberhaft, wie er hier verschwinden konnte.

«Kann Branka das auch?» Yasmina machte auf dem ovalen Bett, das auf einem Podest stand und einen Baldachin aus lachsfarbener Schlüpferseide hatte, einen Kopfstand, und ihr Flatterkleid fiel herunter, so daß ihre fülligen Beine in weißen Leggings zu sehen waren. Schon wieder eine umgedrehte Frau, dachte Otto.

Yasmina machte einen Purzelbaum, sprang auf die Beine und hüpfte auf dem Bett wie auf einem Trampolin: «Wenn mein Vater erfährt, daß Sie in meinem Zimmer waren, steckt er Sie in die Quecksilberbergwerke.»

«Wenn Sie mir den Weg zum Ausgang zeigen, erzähle ich Ihnen von Deutschland.»

Yasmina zog ein Handy aus ihrer Leggings und machte ein Foto von Otto. Otto überlegte, ob er ihr das Handy entreißen sollte, aber Yasmina machte Anstalten, sich auf ihn zu stürzen, und er schlüpfte lieber schnell durch die Tür und lehnte sich von außen dagegen. Sie rüttelte an der Klinke und schaffte es, die Tür einen Spalt weit zu öffnen und eine Hand durchzustecken. Weil Otto ihre Hand nicht einklemmen wollte, gab er die Tür frei, Yasmina fiel ihm in die Arme, und er schob das Mädchen wie ein Sumoringer zurück ins Zimmer und schubste sie auf ihr Bett. Bevor sie sich aufrappeln konnte, sprang er aus dem Zimmer, stemmte sich wieder gegen die Tür und zog mit dem Fuß eine Replik des «Denkers» von Rodin heran, der sich zwischen die Venus von Milo und den Diskophoros verirrt hatte. Der Kopf paßte genau unter die Klinke, so daß sich die Tür nicht mehr öffnen ließ. Otto rannte den Gang zurück, den er gekommen war, kam am Speisezimmer und am Büro von Zültan Tantal vorbei (er hatte sein Buch über die Idealstadt vergessen, sollte er noch einmal klopfen?), fand schließlich das Foyer und verließ schwer atmend das Gebäude. Heute noch würde er zum Flughafen fahren, diesmal in die richtige Richtung und im Besitz einer Fahrkarte, und den nächsten Flug nach Hause nehmen.

KAPITEL 12

Otto war schon eine Stunde durch die Mittagshitze gelaufen, ohne ein einziges Taxi entdeckt zu haben. Es schien in dieser Stadt, bis auf alte russische Militär-LKWs und klapprige Ladas, in die sich Großfamilien vom Land gequetscht hatten, nur weiße Chevrolets zu geben. (Als Geburtstagsgeschenk für den Architekten des Vaterlands, dessen Lieblingsfarbe Weiß war, eine Farbe, die als glückbringend galt, hatte das Parlament ein Gesetz verabschiedet, das die Einfuhr von Autos in anderer Farbe verbot. Autos, die nicht weiß waren, stammten aus der Zeit vor diesem Gesetz und durften nur gefahren werden, wenn der Besitzer eine spezielle Steuer bezahlte, die das erhöhte Risiko für die Allgemeinheit kompensierte.) Otto entschied sich für einen Umweg, weil er in der Ferne das Ritz-Carlton-Hotel von Bjarke Ingels erkannte, dessen Fassade vollständig aus Legosteinen bestand (auf das Dach seines Kopenhagener Müllheizkraftwerks hatte er eine Skipiste gebaut und zudem dafür gesorgt, daß der Schornstein weiße Rauchringe ausstieß). Vielleicht könnte ihm das Personal an der Rezeption ein Taxi rufen? Es fühlte sich seltsam an, mit so wenig anderen Fußgängern den breiten Bürgersteig zu teilen. Außer ihm waren eigentlich nur Frauen mit Kinderwagen von Ferrari und BMW zu sehen. Die Kinder waren trotz der Hitze dick in Wollkleidung gewickelt, und bisher hatte Otto noch keines schreien gehört. An den

Ampeln fiel Otto dadurch als Fremder auf, daß er nicht wie die anderen Fußgänger abseits der Straße im Schatten eines Gebäudes oder von Plastikweinlaub auf das Grünzeichen wartete. Vor der Sonne hatten die Menschen hier offenbar Respekt. Einmal sah Otto drei Frauen nebeneinander gehen und sich gemeinsam ein Seidentuch über die Köpfe halten, wie es Frauen in nördlicher gelegenen Regionen bei Regen mit einer Plastiktüte machen würden. Ein ausgedehntes System von Springbrunnenanlagen, besonders beliebt waren wasserspuckende Adler, sollte wohl das Mikroklima verbessern, aber es war trotzdem viel zu heiß, um sich draußen aufzuhalten. Die Angestellten der Stadt, die den Boden nach Müll absuchten, es waren ausschließlich Frauen, hatten sich die Gesichter mit weißen Tüchern verhüllt und trugen Handschuhe, die bis über den Ellbogen gingen, und Mützen mit großen Sonnenschirmen. Die einen schnitten mit Sicheln das Gras, andere harkten es zu Häufchen zusammen, und immer zwei luden die Häufchen auf Militärplanen und trugen sie, die Plane zwischen sich gespannt haltend, zu einem alten Traktor mit Anhänger, auf dem der Fahrer bei laufendem Motor saß und döste. Vor dem Ritz Carlton standen keine Taxis. Gerade hielt eine weiße Limousine in der Einfahrt, ein Portier öffnete die Autotür und half einem dicken Mann im Anzug und mit Sonnenbrille aus dem Sitz, indem er mit aller Kraft an seinen Armen zog. Otto fürchtete, daß es ungewöhnlich wirken könnte, wenn er das Hotel zu Fuß ansteuerte und nicht im Auto, er vermied es deshalb, den roten Teppich zu betreten. Er wollte gerade die schwere Eingangstür aufziehen und im Foyer nach der Rezeption suchen, als sich ihm ein junger Portier in den Weg stellte und höflich fragte, was er wünsche? Otto sagte, daß er ein Taxi benötige, und der Portier fragte, in welche Richtung er denn fahren wolle? Otto zeigte in die Richtung, in der er sein Hotel vermutete. Der Portier sagte, dann stände er auf der falschen Straßenseite, aber Otto meinte, das sei ihm egal, der Fahrer könne ja irgendwo wenden oder einen Umweg fahren. Der Portier sah ihn erst ungläubig an, forderte ihn dann aber auf, ihm zu folgen. An der Straße hob er die Hand, und das erste Auto hielt. Er beugte sich zur geöffneten Scheibe des Fahrers herab, verhandelte kurz und sagte zu Otto: «Sie können einsteigen, der Fahrer weiß Bescheid.»

«Vielen Dank! Ich wußte nicht, wie die Taxis hier aussehen.»

«Bei uns nimmt fast jeder Fahrgäste mit. Mehr als tausend Taler sollten Sie für die Strecke nicht zahlen.»

«Das ist aber wenig.»

«Man bezahlt für das Benzin, und das ist in Urfustan so billig wie nirgends auf der Welt. Für Salz zahlen wir gar nichts, das verdanken wir dem Architekten des Vaterlands. Was kostet Salz in Deutschland?»

«Das weiß ich gar nicht, ich habe lange kein Salz gekauft.»

«Wenn Sie noch einmal Hilfe brauchen, zögern Sie nicht, mich zu fragen. Sie finden mich immer hier.»

«Danke, das ist sehr freundlich. Woher können Sie so gut Englisch?»

«Ich lese viel.»

«Sind Sie Student?»

«Nein, ich bin Schriftsteller.»

«Tatsächlich? Was schreiben Sie?»

«Kriminalromane.»

«Ich denke, in Urfustan gibt es kein Verbrechen?» Otto lächelte, die Bemerkung war als Scherz gemeint.

«Meine Romane spielen in Italien, dort agiert die Mafia, eine mächtige Verbrecherorganisation, die auch Einfluß auf die Politik ausübt.»

«Waren Sie schon einmal in Italien?»

«Nein, das wäre mir viel zu gefährlich, außerdem arbeite ich tagsüber im Hotel und schreibe nachts. Aber meine Eltern haben meine Vorstellungskraft früh geschult, indem sie einzelne Seiten aus den Büchern entfernt haben, die ich geschenkt bekam.»

«Kann man denn hier vom Schreiben leben?»

«Schwer, aber das will ich auch gar nicht, ich möchte nicht vom Erfolg meiner Bücher abhängig sein. Mein Geld will ich als Geschäftsmann verdienen. Ich habe vor, eine ‹Akademie für intellektuelle Entwicklung› zu gründen. Ich habe eine Methode entwickelt, schneller zu lesen.»

«Ich bin beeindruckt, viel Glück damit.»

Otto stieg in das Auto ein und bemerkte erst jetzt, daß auch auf dem Beifahrersitz ein Mann saß. Fahrer und Beifahrer rauchten, das Auto stank nach Zigarettenqualm. Das Lenkrad hatte einen Überzug im Leopardenlook, auf den Schaltknüppel war ein Dildo montiert. Otto sagte: «Bitte zum Mangana Paradise Resort.» Der Fahrer kratzte sich nachdenklich am Kopf und sagte: «Das ist weit. Zweitausend Taler.»

«Das kann nicht sein, es kostet höchstens tausend.»

«Tausendfünfhundert. Es ist sehr weit. Man braucht viel Benzin.»

Otto war es unangenehm, sich gegen die Dreistigkeit des Fahrers wehren zu müssen, schon weil der Betrag, um den es ging, so lächerlich gering war. Es kostete ihn weniger Kraft, einfach zu tun, als merke er nicht, daß er ausgenommen wurde.

«Gut, meinetwegen tausendfünfhundert.»

Der Motor wollte nicht gleich anspringen, der Mann nahm eine rote Spielzeuggießkanne aus Plastik, stieg aus, hob die Motorhaube hoch, die nicht richtig geschlossen war, füllte aus der Gießkanne Wasser in eine Öffnung, preßte die Motorhaube mit aller Kraft zu, bis das Schloß einrastete, und schwang sich wieder auf seinen Sitz. Der Motor startete, der Fahrer nahm das laminierte Porträt des Präsidenten, das auf der Armatur stand, in die Hände und küßte es zärtlich. Dann raste er los, aber schon an der nächsten Ampel mußte er scharf bremsen.

Er drehte sich wieder zu Otto und grinste: «Woher kommst du?»

«Aus Deutschland.»

«Urlaub?»

«Sozusagen, ja.»

«Gefällt dir Mangana?»

«Natürlich.»

«Und unsere Mädchen?»

«Die sind sehr hübsch.»

Der Mann lachte und streichelte seinen Schaltknüppel-Dildo. «Hübsche Mädchen, hä?»

Der Beifahrer sagte: «Meine Schwester lebt auch in Deutschland.»

«Wo denn?»

«In ... wie hieß das gleich ...?»

«Deine Schwester lebt in Deutschland?» fragte der Fahrer.

«Natürlich, in ‹Schweinstadt›.»

Der Fahrer lachte und sagte immer wieder «Schweinstadt». An einer Ampel steuerte er das Auto, soweit es ging, ohne die Autos links und rechts zu touchieren, wie einen Keil in den Raum zwischen den beiden Fahrzeugschlangen. Als der Fahrer des Wagens zu ihrer Linken seinen ungeduldigen Nachbarn bemerkte, schaute er ungläubig zu ihnen herüber und schüttelte den Kopf, als enttäusche ihn dieses rüpelhafte Verhalten eines seiner Mitbürger. Ottos Fahrer ließ den Motor aufheulen, aber die Ampel hatte noch nicht umgeschaltet, und es blieb zunächst bei dieser Geste unterdrückter Leidenschaft. Der Fahrer zog ein altmodisches Handy aus der Tasche und reichte es dem Beifahrer, der jemanden anrief und dabei im Rückspiegel Otto beobachtete.

«In Mangana gibt es viele Diebe», sagte der Fahrer. «Hast du keine Angst?»

«Nein», sagte Otto. «Bis jetzt bin ich nur ehrlichen Menschen begegnet.»

«Was kostet ein gebrauchter Mercedes in Deutschland?»

«Das weiß ich nicht, ich fahre meistens Fahrrad.»

«Und was kostet eine Makarow? Ich kann dir eine besorgen. Falls du Dieben begegnest.»

Er öffnete das Handschuhfach, nahm eine Pistole in die Hand und ließ sie auf der Handfläche hüpfen, als prüfe er ihr

Gewicht. Otto überlegte, ob er die Gelegenheit nutzen sollte, um rauszuspringen und wegzurennen. Wenn sie erst auf weniger befahrenen Straßen wären, würde ihre Geschwindigkeit zu groß sein. Aber vielleicht war er auch zu ängstlich, und es gab keinen Grund zur Beunruhigung? Vielleicht machten die beiden sich nur einen Spaß daraus, ihn einzuschüchtern, und er sollte ihnen nicht den Gefallen tun, sich etwas anmerken zu lassen? Weil fast alle Straßen Einbahnstraßen waren, mußten sie weite Umwege fahren, und Otto verlor die Orientierung, zumal es keine Straßenschilder gab. Ab und zu sah er den «Turm der Nationalen Wiedergeburt» am Ende einer Straßenflucht, aber sie schienen sich von ihm zu entfernen. Immer wieder mußten sie im Stau warten, und Otto sah gelangweilt aus dem Fenster, als habe er solche Situationen schon oft erlebt und alles unter Kontrolle. Schließlich hielten sie an einer Nomad-Oil-Tankstelle. Der Fahrer, der bisher immer gegrinst hatte, drehte sich zu Otto und sagte ungeduldig und als sei der Spaß jetzt vorbei: «Los, zweitausend Taler, für Benzin.» Otto wagte nicht zu widersprechen und kramte in seiner Hosentasche nach Geld. Der Haufen zerknitterter Banknoten, die er von Zarina bekommen hatte, fiel heraus. Er bemühte sich, die vielen Scheine hinter der Rücklehne zu verbergen, während er die Tausender raussuchte, das Geld war ihm immer noch nicht vertraut. Weil er die Summe nicht passend hatte, gab ihm der Fahrer einen Kaugummistreifen als Wechselgeld, den er vorher in der Mitte durchgerissen hatte. Ein rauchender Serviceangestellter betankte den Wagen, während sie ihm von innen zusahen. Aus dem Wagen, der an der Tanksäule neben ihnen stand, schauten die Insassen zu ihnen herüber. Wunderten sie sich, mit wem er sich hier eingelassen hatte? Oder hielten sie ihn selbst für einen Ganoven? Konnte er in ihren Blicken lesen, was ihm blühte? Oder waren es Komplizen seiner Chauffeure, die sich schon darauf freuten, die Beute mit ihnen zu teilen? Vielleicht waren sie es, mit denen der Beifahrer vorhin telefoniert hatte? Sollte er schnell aus dem Wagen springen und wegrennen? Aber er wußte gar nicht, wo er war. Das nächste Mal würde er genauer hinsehen, zu wem er ins Auto stieg. Der Serviceangestellte wollte sein Geld, aber der Fahrer bedeutete ihm, noch die Scheiben zu putzen. Der Angestellte nahm einen Fensterwischer aus einem Wassereimer, der Griff löste sich, das Schaumgummiteil fiel auf den Boden, er befestigte es umständlich wieder am Griff und tunkte es noch einmal in den Wassereimer, aber es paßte nicht hinein, er mußte es quer halten, damit der Schaumgummi Wasser aufsaugen konnte. Dann schwang er den tropfenden Wischer zur Scheibe und reinigte sie, ohne daß sie sauberer wurde, die Schlieren waren innen. Trotzdem bestand der Fahrer darauf, daß er auch die Scheibenwischer hochklappte, um darunter zu putzen.

Der Fahrer ließ den Motor aufheulen und raste los.

«In Mangana gibt es viele Diebe.»

«Bei uns gibt es auch Diebe.»

«Brauchst du eine Frau?»

«Nein, danke.»

«Bist du schwul?»

«Nein, ich hab nur keine Zeit.»

«In Urfustan gibt es keine Schwulen. Hier sind die Männer

stark.» Er ballte seine Faust und spannte seinen sehnigen Unterarm an.

«Ich weiß, das habe ich bemerkt.»

«Wenn du wieder ein Taxi brauchst, ruf mich an.»

«Mache ich.»

«Ich geb dir meine Nummer. Schreib sie dir auf.»

«Ich hab keinen Stift.»

Der Fahrer stieß seinen Beifahrer an, murmelte etwas, und der Beifahrer kramte aus dem Handschuhfach einen goldenen Füllfederhalter hervor, den er Otto reichte. Weil Otto auch keinen Zettel hatte, schrieb er sich die Telefonnummer des Fahrers auf die Hand. Der Beifahrer kontrollierte anschließend, ob Otto die Zahlen richtig verstanden hatte, dann ließ er sich den Füllfederhalter zurückgeben. Otto hätte ihn gern behalten, um endlich wieder einen Stift zu haben, aber er wagte nicht zu fragen, was er kosten würde.

Sie fuhren in einen schlecht beleuchteten Tunnel ohne Standstreifen. An einer Abzweigung öffnete sich eine Schranke, und es folgte ein Tunnelstück, in dem sie keinem anderen Auto mehr begegneten. War das die Tiefgarage des Hotels? Der Fahrer machte eine Vollbremsung, das Auto hielt am Ende der Sackgasse direkt vor einer Metalltür.

«Geht es da zum Mangana Paradise Resort?»

«Raus.»

Bis jetzt war Otto nur ausgenommen worden, auch wenn es sich aufgrund des günstigen Wechselkurses lediglich um ein paar Euro handelte, schlimmer war vielleicht das, was sie noch mit ihm vorhatten. Er versuchte, so zu tun, als hielte er das alles für normal, um nicht zuzugeben, wie beunruhigt er war, was sie vielleicht noch angestachelt hätte. Spätestens, wenn er die Makarow an der Schläfe spürte, würde es schwerfallen, den Eindruck zu vermitteln, er habe alles unter Kontrolle. Er stieg aus. Der Fahrer machte ihm Zeichen, Otto sollte die Motorhaube schließen, die sich wieder geöffnet hatte. Mit aller Kraft stützte sich Otto auf das schmutzige Blech. Der Fahrer legte den Rückwärtsgang ein, und das Auto raste davon. Otto suchte zum wiederholten Mal in Holm Löbs Anzughose nach einem Taschentuch, fand aber immer noch keines. Er wischte sich die öligen Hände am Asphalt ab, sie blieben aber schmutzig. Über der Tür hing eine Kamera, die seinen Bewegungen mit einem schnarrenden Geräusch folgte. Otto beugte den Oberkörper nach links und nach rechts, um den Scratch-Rhythmus von Herbie Hancocks «Rockit» zu erzeugen. Dann murmelte er: «Sesam öffne dich.» Die Schiebetür rollte langsam auf. Von innen wehte Otto ein kühler Lufthauch an, der sich so angenehm und erfrischend anfühlte, daß Otto ohne zu zögern hineinging.

KAPITEL 13

Die Tür schloß sich automatisch hinter Otto, und er konnte im Dunkeln nicht erkennen, wo er war. Er versuchte, möglichst leise zu atmen und auf Geräusche zu achten. Weil nichts zu hören war, tastete er die Wand neben der Tür nach einem Lichtschalter ab. Obwohl er keinen fand, leuchteten Neonröhren flackernd auf und Otto sah, daß er sich in einem kahlen, weißen Korridor befand. Die Eingangstür hinter ihm besaß weder Knauf noch Klinke. Otto murmelte noch einmal: «Sesam öffne dich», aber diesmal funktionierte der Spruch nicht. Unter den gegebenen Umständen wirkte die Klinke der Tür am anderen Ende des Gangs wie eine Einladung, sein Glück zu versuchen. Otto ging langsam den Korridor hinunter, legte seine Hand auf die Klinke und wartete auf den Entschluß, sie zu drücken, als aus einem Lautsprecher eine freundliche Frauenstimme zu hören war: «Die Tür ist nicht verschlossen, Dr. Kwant.»

«Ich bin leider nicht promoviert.»

«Sie können jetzt reinkommen.»

«Und wenn ich nicht will?»

«Warum wären Sie dann hier?»

«Ich weiß ja gar nicht, wo ich bin.»

«Vielleicht wollen Sie es erfahren?»

«Natürlich, aber bevor ich reinkomme.»

«Im Moment stehen Sie in einem kahlen, unschön beleuchteten Gang. Es kann nur besser werden.»

Otto öffnete die Tür und betrat einen halbrunden, fensterlosen, etwas zu niedrigen Raum, der vollständig mit einem schweren, beigefarbenen Teppich ausgelegt war. Die Wände waren mit Damastvorhängen geschmückt, die seitlich gerafft waren, um den Blick auf eine Reihe amateurhaft gemalter Ölbilder mit Szenen aus dem Leben nordamerikanischer Indianerstämme freizugeben. Eine Bodenstanduhr aus Palisander tickte auffällig laut. Die Mitte des Raums füllte ein massiver Eichenholz-Schreibtisch, dessen grüne Fläche bis auf eine Sammlung von Bohrturm-Modellen leer war. Wie hatte man dieses Möbelstück hierher transportiert? Der Schreibtisch war offensichtlich zu groß für die Türen, jedenfalls für die, die Otto sehen konnte. Vielleicht gab es noch einen versteckten Eingang? Die Rückwand des Schreibtischs war mit aufwendigen, möglicherweise allegorischen Schnitzereien verziert, in der Mitte hatte ein Adler seine Flügel aufgespannt und hielt einen Büffelkopf in den Krallen. Auf dem dunklen Ledersessel hinter dem Schreibtisch saß ein Mann, der die Füße auf den Tisch gelegt hatte, ohne sich die Mühe zu machen, seine Schuhe auszuziehen. Er blätterte in einer Akte, auf deren Rückseite «Dr. Otto Kwant» stand.

«Bitte setzen Sie sich doch. Kann ich Ihnen etwas zu trinken anbieten? Eine Coca Cola? Zögern Sie nicht, in Urfustan bekommen Sie sonst nur Pepsi.»

«Ich habe eigentlich nie einen Unterschied feststellen können.»

«Der Geschmack von Coca Cola ist geschmeidiger, er entwickelt sich stufenweise und klingt länger nach. Wenn man größere Mengen trinken will, ist das angenehmer. Pepsi ist dafür im ersten Moment intensiver und enthält außerdem etwas weniger Salz.»

«Und warum gibt es in Urfustan nur Pepsi?»

«Das hat historische Gründe. Man hielt hier früher Coca Cola für eine Droge, die GI's verabreicht wurde, damit sie noch gewissenloser Vietnamesen abschlachten konnten. Das ist absurd, weil Pepsi mehr Koffein enthält.»

«Darf ich fragen, mit wem ich spreche und wo ich mich befinde?»

«Natürlich, entschuldigen Sie bitte, Kasey Ksinczyk, Kulturattaché der Botschaft der Vereinigten Staaten von Amerika in Mangana. Ich hoffe, Sie haben gut hergefunden.»

«Ich war eigentlich unterwegs in mein Hotel.»

«Es freut mich, daß Sie sich die Zeit genommen haben, trotzdem bei uns vorbeizuschauen.»

«Warum haben Sie mich entführt?»

«Wir haben Sie nicht entführt, Sie können jederzeit gehen. Ich würde mich allerdings freuen, wenn ich Sie vorher zu einem Gedankenaustausch einladen könnte.»

«Ich wäre sicher auch freiwillig gekommen.»

«Sie sind doch freiwillig gekommen. Niemand hat Sie gezwungen, die Eingangstür zu benutzen.»

«Die Frage ist, ob ich auch wieder gehen kann.»

«Wie gesagt, jederzeit, aber vielleicht trinken Sie erst einmal eine Coca Cola, und wir unterhalten uns über Ihre Pläne.»

Eine Mitarbeiterin erschien, sie lächelte, zwinkerte Otto verschwörerisch zu und machte eine Kopfbewegung in Richtung Tür. Sie wollte wohl zu verstehen geben, daß sie es gewesen war, die eben über die Lautsprecheranlage mit Otto gesprochen hatte. Auf einem Tablett servierte sie eine Flasche Coca Cola mit zwei Gläsern und Strohhalmen. Sie goß etwas Cola aus der Flasche in ein Glas und reichte es Otto, dann wartete sie, daß er sich für einen der beiden Strohhalme entschied, den roten oder den rosafarbenen. Otto zögerte, weil aus seiner Entscheidung sicher Rückschlüsse gezogen würden, die zu neuen Verwicklungen führen konnten. Er nahm schließlich den roten Strohhalm, der rosafarbene blieb für den Kulturattaché, der ebenfalls ein Glas Cola bekam. Sie tranken beide einen Schluck. Da Otto dringend auf die Toilette mußte, nippte er nur an seiner Cola. Durch die Gasbläschen, die sich am Strohhalm absetzten, wurde der Halm emporgehoben, und da das Glas nicht lang genug war, wäre er rausgefallen, deshalb hielt Otto den Strohhalm mit den Fingern fest.

Kasey Ksinczyk hielt sein Glas wie einen Cognacschwenker und sog kennerhaft den Duft ein.

«Merken Sie? Rosinen und ein Hauch Vanille.»

«Sie wollten über meine Pläne sprechen. Welche Pläne?»

«Lassen Sie es mich ohne Umschweife aussprechen, Sie haben das Ohr des Architekten des Vaterlands. Das ist erstaunlich für die kurze Zeit, die Sie erst hier sind.» Ksinczyk blätterte im Aktenordner und hob die Augenbrauen. «So erstaunlich, daß wir es uns nicht erklären können. Offenbar leisten Ihre Dienste gute Arbeit, was ungewöhnlich ist bei den Europäern. Vielleicht profitieren sie noch von alten Kontakten aus der Zeit vor dem Zusammenbruch. Auf jeden Fall war ich immer dafür, die Kräfte der freien Welt zu bündeln.

Es wäre in unser aller Interesse, wenn Sie mit uns kooperieren würden.»

«Ich denke, Sie überschätzen meine Rolle. Ich bin Architekt und soll in Mangana einen ‹Palast der Demokratie› bauen.»

«Ich will Ihnen nicht zu nahe treten, aber warum sollte man einem Berufsanfänger so ein wichtiges Projekt übertragen?»

«Es ist alles ein großes Mißverständnis, aber ich traue mir die Aufgabe durchaus zu. Schlimmer als die meisten anderen Gebäude hier kann es eigentlich nicht werden. Die sehen aus, als sei beim 3D-Rendering der Computer abgestürzt.»

«Offenbar sieht Zültan Tantal mehr in Ihnen, als für andere auf den ersten Blick zu erkennen ist. Wir wüßten gerne, was.»

«Wir haben über Architektur diskutiert, das ist auch alles, was mich interessiert. Wobei ich vor allem über Spielplätze arbeite. Auf diesem Gebiet war Amerika übrigens einmal führend. Aber das Risiko, bei Unfällen verklagt zu werden, hat Designer und Behörden ängstlich werden lassen.»

«Möchten Sie noch eine Coca Cola?»

«Vielleicht lieber ein Glas Wasser? Ich vertrage nicht so viel Koffein.» Otto wollte eigentlich gar nichts mehr trinken, sondern auf die Toilette gehen, aber er traute sich nicht, höflich abzulehnen.

«Mit Kohlensäure?»

«Lieber nicht, davon muß ich aufstoßen.»

«Eis?»

«Nein, danke, schlecht für den Magen.»

«Ein Stück Zitrone?»

«Nein, auch nicht, schlecht für die Zähne.»

Die Mitarbeiterin brachte ihm wenig später auf einem Tablett eine Flasche stilles Wasser. Sie kippte vorsichtig den Rest Cola aus Ottos Glas zurück in die Flasche und goß ihm Wasser ins Glas.

«Sind Sie sicher, daß Sie überhaupt mit Tantal gesprochen haben? Er hat jede Menge Doppelgänger, die in seinen Residenzen ein Parallelleben führen, um potentielle Attentäter zu verwirren.»

«Sind Sie denn sicher, daß ich kein Doppelgänger bin?»

«Dann müßten Sie sich weniger Gedanken um Ihre Sicherheit machen.»

«Auch Doppelgänger haben Gefühle.»

«Was bieten Ihnen die Kollegen? Wir zahlen das Dreifache.»

«Welche Kollegen? Meinen Sie Dr. Löb?»

«VERARSCHEN SIE MICH NICHT, SIE AMATEUR!»

Der Kulturattaché räusperte sich.

«Entschuldigung, ich stehe im Moment etwas neben mir. Mir fehlt das Tageslicht.»

«Das tut mir leid.»

«Das glaube ich nicht. Nennen Sie mir bitte Ihren Preis.»

«Wofür denn?»

«Tantal wird nicht ewig leben, was danach kommt, weiß keiner. Denken Sie an Tito. Urfustan ist bekanntlich neutral und deshalb geopolitisch von größter Bedeutung. Die Neue Seidenstraße. Rußland und China schlafen nicht. Es geht um die Zukunft unserer Kinder.»

«Ich habe gar keine Kinder.»

«Sie denken wohl, Sie sind schlauer als wir?»

«Ich sage Ihnen doch, ich weiß überhaupt nicht, was Sie von mir wollen. Ich hasse dieses Land, ich habe die ganze Zeit Magenkrämpfe und Durchfall, ich warte seit Tagen auf mein Gepäck, die Architektur ist pompös und geschmacklos, wenn mein Chef endlich wieder auftaucht, fliege ich zurück und komme nie wieder.»

«Sie fliegen zurück? Das steht hier gar nicht.»

Ksinczyk blätterte die Akte durch.

«Könnten Sie mich jetzt bitte gehen lassen? Ich bin Architekt und kein Geheimagent. Ich diene der Schönheit, und das ohne jede Bezahlung.»

«Sie sind gut, das muß man zugeben. Aber wir können Sie natürlich nicht schalten und walten lassen. Wir haben auch unsere Interessen. Das sind zwar auch Ihre, aber unsere noch mehr.»

«Ich müßte mich dringend hinlegen, ich habe seit gestern kaum geschlafen.»

«Sollen wir Ihnen einen Kasten Coca Cola aufs Hotelzimmer schicken lassen?»

«Meinetwegen, wenn Ihnen das so wichtig ist.»

«Schlafen Sie sich aus und kommen Sie wieder, wenn Sie es sich überlegt haben.»

«Wie finde ich denn hierher?»

«Hat unser Fahrer Ihnen keine Telefonnummer gegeben?»

Die Mitarbeiterin begleitete Otto durch eine zweite Tür hinaus und führte ihn einen Gang hinunter. Der Kulturattaché kam ihnen hinterhergerannt: «Sie haben Ihre Cola vergessen!» Er überreichte Otto die halbvolle Flasche, allerdings steckte der rosafarbene Strohhalm drin, den anderen hielt Otto noch in der Hand.

Sie gingen zum Fahrstuhl. Es gab nur einen Pfeil nach oben, den die Mitarbeiterin für Otto drückte. «Die Botschaft befindet sich vollständig unter der Erde. Die Sicherheitsstandards für diese Region sind noch einmal verschärft worden», erklärte sie. «Sie müssen meinen Mann entschuldigen, er hat Heimweh, das ist geradezu tragisch in seinem Beruf. Haben Ihnen seine Bilder gefallen? Schade, daß Sie nichts dazu gesagt haben, er hätte sich sehr gefreut.»

Die Anzeige zählte von 0 bis –5 herunter, dann öffnete sich die Fahrstuhltür. Otto stieg ein, Frau Ksinczyk beugte sich nach innen, hielt eine Magnetkarte an eine Fläche und drückte auf die «0». Bevor die Tür sich schloß, sagte sie: «Den Strohhalm können Sie mir geben.» Otto reichte ihr seinen Strohhalm, aber die Tür war schneller, der Strohhalm klemmte im Türspalt, und der Fahrstuhl fuhr nicht los. Millimeterweise wurde das Strohhalmende auf Ottos Seite kürzer, weil von draußen daran gezogen wurde. Erst als es ganz verschwunden war, ruckte der Fahrstuhl an und fuhr langsam bis zur nullten Etage. Doch als diese erreicht war, öffnete sich nicht die Tür, sondern über Ottos Kopf schob sich eine Klappe auf und der Fahrstuhl, der in Wirklichkeit eine Hebebühne war, fuhr langsam höher. Otto erschien auf der Straßenebene, wie Don Giovanni bei der Rückkehr von seiner Höllenfahrt. Er befand sich in der Mitte eines kreisrunden, mit Marmorplatten gepflasterten Platzes von ungefähr zweihundert Metern Durchmesser. Der Platz war direkt in ein Wohngebiet der Altstadt geschnitten worden, wie es auch für die Deutsche Botschaft geplant war. Man sah an den Fassaden die Reste von Gebäudeteilen, die für den runden Grundriß des Platzes hatten weichen müssen. Die gewonnene Fläche war unbebaut geblieben. Auf der goldenen Bodenplatte der Hebebühne las Otto:

BOTSCHAFT DER VEREINIGTEN STAATEN VON AMERIKA
BITTE DIE GEÄNDERTEN ÖFFNUNGSZEITEN BEACHTEN
HIER KEIN EINGANG

Otto hatte Durst und mußte dringend auf die Toilette, er hätte in der Botschaft gehen sollen, aber es hatte sich nicht ergeben, danach zu fragen. Der Weg über den Platz bis zu den nächsten Gebäuden würde in der Hitze einige Minuten dauern, bis zu seinem Hotel konnte es eine Stunde sein. Auf dem menschenleeren Platz gab es kein Objekt, in dessen Schutz er sich hätte erleichtern können, schon gar keinen Baum. Er hatte immer noch die Colaflasche in der Hand. Wenn er den Rest austrank, um anschließend in die Flasche zu pinkeln, gewann er zumindest Zeit, bis er womöglich noch dringender auf die Toilette müßte. Allerdings ekelte er sich vor Ksinczyks zerkautem Strohhalm. Da er davon ausging, beobachtet zu werden, konnte er sich nur unauffällig die Flasche in die Hose schieben und sie mit der in der Hosentasche steckenden Hand festhalten. Immer wieder blickte er sich um, aber wer sich ihm auch nähern sollte, er hätte fünf Minuten gebraucht, um bei ihm anzukommen. Trotzdem mußte Otto quälend lange warten, bis seine schüchterne Blase sich entspannte. Er stellte die nun wieder volle Colaflasche neben die Hebebühne und ging ein paar

Schritte, kehrte dann aber um und nahm die Flasche mit. In ganz Mangana war ja kein Müll auf der Straße zu sehen. Sicher gab es hohe Strafen. Otto machte sich auf den Weg zu seinem Hotel. Ein Taxi würde er so bald nicht mehr nehmen.

KAPITEL 14

Während er in die Innenstadt ging, vertrieb sich Otto die Zeit damit, darüber nachzudenken, wie ein «Palast der Demokratie» aussehen müßte. Er glaubte zwar nicht, daß Zültan Tantal sein Angebot ernst gemeint hatte, wahrscheinlich hatte er nur Ottos Reaktion testen wollen, und selbst wenn Tantal ihn tatsächlich so überschätzte, würde Löb das Projekt natürlich selbst übernehmen, sobald er zurück wäre, was den Vorteil hätte, daß Otto sich nicht mit Kasey Ksinczyk auseinandersetzen müßte. (Vielleicht hielt Tantal auch gar nichts von ihm, und er wollte ihn nur engagieren, um sicherzustellen, daß der Palast möglichst kläglich ausfiel, was den demokratischen Gedanken bei der abergläubischen Bevölkerung von Urfustan noch stärker in Verruf gebracht hätte.) Den Gefallen zu scheitern würde Otto ihm aber nicht tun, die Aufgabe reizte ihn durchaus, und er gab sich angenehmen Träumereien hin, sozusagen einer «Leistungsphase 0», die in der HOAI, der Honorarordnung für Architekten und Ingenieure, wenn es gerecht zugegangen wäre, noch vor der Grundlagenermittlung hätte kommen müssen. Der Alltag des Architekten bestand aus dem Überwinden von Widerständen in der Planungsphase, den Auseinandersetzungen mit Bauherren, die Architekten lediglich für einen unnötigen Kostenfaktor hielten, und dem gleichmütigen Ertragen der Anfeindungen von Seiten der Zeitgenossen, wenn ein Gebäude einmal stand. Denn die Öffentlichkeit zog Wiederholungen des Vertrauten bzw. am besten sogar Rückschritte in eine phantasierte Vergangenheit einer zeitgemäßen Formensprache vor. Der Eiffelturm hatte noch zwanzig Jahre nach seiner Errichtung als Schandfleck gegolten. Nur wenn man träumte, war man als Architekt frei. Wie müßte ein «Palast der Demokratie» aussehen, der auf jede Überwältigungsrhetorik verzichtete und durch Transparenz und Raumerfahrung auf subversive Art für eine offene Gesellschaft warb? Ein Gebäude, das soziales Denken förderte und Menschen dazu verführte, ihre persönlichen Interessen dem Gemeinwohl unterzuordnen, ohne daß sie sich in ihren individuellen Freiheiten beschnitten fühlen mußten? Wenn ein Gebäude eine so starke Wirkung auf die Menschen hätte, konnte es dann demokratisch genannt werden? Oder mußte man nicht von einer besonders subtilen Form von Manipulation sprechen? In Mangana, wo an der Ressource Raum keine Knappheit herrschte, weil die Stadt, solange die Erdgasvorkommen nicht erschöpft waren, noch für Jahrzehnte in alle Richtungen wachsen konnte, hatte man gewaltige Wolkenkratzer gebaut. Unrentable Statussymbole reckten sich wie einsame Klippen in die Höhe, um vom Ausland gesehen zu werden oder um im Inland vom wirtschaftlichen Erfolg oder dem Einfluß einzelner zu künden. Aus ihnen sprach das Geltungsbedürfnis des provinziellen Emporkömmlings. Das Wissen um die feinen Unterschiede, mit dem das Bürgertum in Europa traditionell seine Hegemonie legitimiert hatte, spielte hier keine Rolle, man liebte den groben Unterschied. Details und Nuancen wurde keine Aufmerksamkeit geschenkt, die Gebäude wirkten nur aus der Entfernung, von nahem hatte man den Eindruck, als sei man vom Maßstab 1:100 direkt zu 1:5 gesprungen, ohne den Entwurf durchzuarbeiten. Es hatte hier offenbar noch nie einen Fassadeningenieur gegeben. Hochwertiger Sandstein war ungenau zugeschnitten und mangelhaft montiert worden, die Ornamente waren keine Steinmetzarbeiten, sondern gelasert, die Kombination von vergoldetem oder blauem Glas und Marmor wirkte aufdringlich, klassische Säulenordnungen wurden willkürlich mit Blendsäulen und Portalen kombiniert, die so falsch proportioniert waren, daß James Stirling seine Freude gehabt hätte (häufig sah man auch Kapitelle ein paar Zentimeter über ihren Säulen schweben oder ganz ohne Säule die Fassade beleben). Neo-Renaissance-Elemente stritten sich mit Erkern, Risaliten und Kuppeln um die Aufmerksamkeit des überforderten Betrachters. Es gab Überbietungen des Stalinschen Barock in Gestalt pyramidenförmiger Wohntürme, zu deren terrassenartigen Vorplätzen Freitreppen führten, denen schon bald nach der Fertigstellung die ersten Steine ausgefallen waren, so daß sie wie übereinandergestapelte Klaviaturen automatischer Pianos aussahen, die gerade eine Klavierversion des «Hummelflugs» spielten. Überall sah man, daß bei der Ausführung gepfuscht worden war. Die Holzbohlen der massiven Bänke in den Parks waren erst nach der Montage lasiert worden, wobei man den Stein einfach mit überstrichen hatte, verchromte Handläufe waren von Geisterhand verbogen worden und rosteten durch, verschlungene Entlüftungsanlagen bliesen einem dröhnend Dünste ins Gesicht, sobald man die

Gebäude nicht von ihrer Schauseite betrachtete. (Ob ein Gebäude fertiggestellt war, wurde in Mangana von den Behörden bestimmt, auch wenn die Bauarbeiten nach ihrem offiziellen Ende noch lange weitergingen. Manchmal war keinem klar, ob man noch baute oder schon reparierte.) Die axiale Straßenordnung mit Regierungsgebäuden im Fluchtpunkt war die simpelste Übersetzung von Herrschaftsanspruch in Städtebau und ein Relikt feudaler Residenzstädte (wie es Otto aus seiner Heimatstadt Kassel vertraut war). Das Bett Ludwigs des XIV. in Versailles befand sich genau am Kreuzungspunkt der beiden wichtigsten Fernstraßen Frankreichs. Ein orthogonales Raster suggerierte einen rational begründeten Machtanspruch. Auf der Hauptachse Manganas hätte man sich immer unter den Augen des Architekten des Vaterlands befunden, wenn er vom Balkon aus ein gutes Fernglas benutzt hätte. Die Römer hatten ihre Städte und Militärlager nach diesem Prinzip errichtet, in einer religiösen Zeremonie hatte der Augur, am Nabel der geplanten Ansiedlung stehend, den Raum in vier Quadranten geteilt und den Schnittpunkt der beiden Hauptachsen, Decumanus und Cardo, festgelegt. Der Nachteil an so einer Straßenführung war, daß Winde ungehindert in die Stadt einfallen konnten, daher hatte man um Mangana mehrere Ringe von Bäumen gepflanzt. (Natürlich hatte Zültan Tantal den ersten Baum gepflanzt, ein beliebtes Fotomotiv zeigte ihn, wie er mit dem Spaten ein Loch aushob, wobei er mit den Füßen auf einem Teppich stand.) Zudem wirkte eine Stadt durch ungebrochene Sichtachsen kleiner. In den Idealstädten des 17. Jahrhunderts hatte man die Symmetrie deshalb stellenweise aufgegeben, Sichtachsen durch Häuserfassaden versperrt und auch an Sackgassen gedacht, bei deren Betreten der Feind schwanken und mißtrauisch zögern, oder, wenn er so kühn war auszuharren, vernichtet werden sollte. Städtebau war damals Festungsbau gewesen. In Mangana konnte sich niemand verirren, schon weil es keine Rolle spielte, wo man sich befand, denn die Gebäude waren in ihrer zwanghaften Originalität austauschbar und hatten keinen Bezug zu ihrem baulichen Kontext. Auch Alt-Mangana war in der Sowjetunion auf dem Reißbrett geplant worden, von deutschen Architekten, die hier Ende der zwanziger Jahre zur Zeit der Weltwirtschaftskrise Arbeit gefunden hatten und möglichst schnell und kostengünstig Wohnraum für die Arbeiter der neuen Industrieanlagen schaffen sollten, die bis dahin in Erdhütten und Baracken gehaust hatten. Der junge Staat hatte Prioritäten gesetzt und erst die Fabriken bauen lassen (von amerikanischen Spezialisten), bevor an Wohnraum zu denken gewesen war. Die Parteiführung hatte nicht gezögert, eine ganze Generation einer glücklichen Zukunft zu opfern. Die städtebaulichen Ideen stammten aus Europa, dort hatte man die Lehren aus der katastrophalen Entwicklung der Industriezentren gezogen, wo Bodenspekulation zu unerträglichen Wohnverhältnissen für die einfachen Menschen geführt hatte. Die neuen Städte sollten in Zeilenbauweise errichtet werden, ohne Hinterhöfe und verschattete Fenster, Licht, Luft und Raum sollten kein Privileg mehr sein, Arbeit und Wohnen sollten getrennt werden, man glaubte ernsthaft an die Idee von Trabantenstädten, die durch Verkehrsadern mit dem Zentrum verbunden sein sollten. In der

Praxis hatten aus Kostengründen aber oftmals die Geometrie der Baukräne mit ihren Schwenkarmen und die optimierte Gleisführung der Taktstraßen die Anordnung der Häuser mitbestimmt. Wegen des vielen Grüns zwischen den Gebäuden hatte man den Eindruck, sich auf der Suche nach einem Zentrum ständig durch suburbane Zonen zu bewegen. Doch auch hier waren Rückzugsräume entstanden; zugewucherte Hofbereiche, wo zusammengezimmerte Bänke vor mit Blech überdachten Hauseingängen zum Sitzen einluden. Das Kachelmuster der Portale war individuell gestaltet, so daß kleine Kinder sich orientieren konnten. In den unteren Etagen hatten Bewohner Teile ihrer Wohnungen zu Geschäften oder Friseursalons umgebaut, sie hatten die Wand durchbrochen und als Zugang Metalltreppen angebracht. Noch versteckter lebte man in den großen Laubenkolonien an den Rändern der Stadt, wo aus Hütten Häuschen geworden waren, je nach Familienzuwachs und vorhandenem Material. Es gab hier keine Straßennamen oder Hausnummern, die Häuser unterschieden sich aber alle voneinander; wer hier lebte, fand sich zurecht. Nur Besucher mußten sich verirren und blieben kaum unbemerkt, insbesondere, wenn sie mit dem Auto unterwegs waren, da sie dann auf den Sandwegen Staubwolken aufwirbelten. Die Materialien, die die Stadt ausschied, wurden, bevor sie auf wilden Müllkippen in der Natur landeten, in diesen Zonen noch einmal nach Brauchbarkeit geprüft, und das meiste davon war brauchbar, wenn man sich nur geschickt anstellte und geübt darin war, seine Phantasie zu bemühen. Dort, wo der «Palast der Demokratie» errichtet werden sollte, standen noch letzte

Datschen, deren Bewohner mit der Begründung, daß Zugangswege für die Feuerwehr geschaffen werden sollten, bereits aufgefordert worden waren, ihre Häuser zu räumen. Wer zu alt war oder keinen anderen Ort hatte, blieb und hoffte, den Beginn der Bauarbeiten nicht mehr zu erleben. Man machte sich gar nicht die Mühe, die Menschen mit Polizeigewalt zu vertreiben. Eines Tages rückten schwere Baumaschinen an, Bagger hoben Gruben aus, Rammpfähle für die Pfahlgründung wurden in den Boden getrieben, Tag und Nacht brummten Generatoren und rotierten Zementmischer. Wer dann noch nicht verschwunden war, mußte um sein Leben fürchten. Niemand hätte gegen diese Vorgänge protestiert, Politik war Schicksal, wie Naturkatastrophen, wie gute oder schlechte Ernten. Ehrliche Menschen nahmen an diesem schmutzigen Geschäft, das in einem rückständigen Land der einzige Weg war, schnell zu Geld zu kommen, nicht teil. Das hieß aber auch, daß man sich außerhalb seiner Privatsphäre für nichts verantwortlich fühlte. Es wäre einem auch nicht gut bekommen. Man war froh, wenn an der Spitze ein starker Mann stand, der nicht ausschließlich im eigenen Interesse wirtschaftete, wie es Oligarchen taten, sondern auch etwas für die Bevölkerung abfallen ließ. Die Vorstellung, daß es allen nutzen sollte, wenn Entscheidungen von einer immer wechselnden Mehrheit getroffen wurden, war den Menschen hier fremd. Es war besser, die Macht in den Händen eines einzelnen konzentriert zu wissen, vor allem, wenn man es mit seiner Person gut getroffen hatte. Auf Freiheit konnte man verzichten, wenn damit auch die Freiheit der Verbrecherwelt und die Willkür der Behörden gemeint war.

Wie mußte ein «Palast der Demokratie» in einer Stadt wie Mangana aussehen? Je länger Otto darüber nachdachte, umso anspruchsvoller schien ihm die Aufgabe. War es nicht selbstherrlich, ein Gebäude zu bauen, das sich vom städtebaulichen Kontext distanzierte, nur weil man ihn ablehnte? Mit welchem Recht lehnte er ihn denn ab? Vielleicht war das, was er im neuen Zentrum Manganas sah, gar nicht geschmacklos, sondern Ausdruck einer fast schon anarchischen Freiheit (wenn auch der eines einzelnen)? Ottos Begriff von Schönheit, die Freude an Patina, Gebrauchsspuren, Maß und Harmonie, war nur der Begriff einer sehr kleinen Schicht, die sich damit von der ahnungslosen Mehrheit abgrenzte. Es gab keinen Austausch zwischen denen, die Sinn für Schönheit hatten, und denen, die Nuancen kaltließen. Otto hatte sich immer wie selbstverständlich auf der richtigen Seite gefühlt. Vielleicht hatte Tantal recht, wenn er ihn an Robert Venturi erinnerte und aufforderte, das «Ghetto des guten Geschmacks» zu verlassen, da der größte Teil der Menschheit nicht in den Schöpfungen berühmter Architekten lebte, sondern in von niemandem und allen gebauten Slums oder in seriellen Wohnvierteln an der Stadtperipherie, wo sich die Menschen nicht gegen die Ideen der Architekten wehren konnten. Die plumpe Symbolik der vom Architekten des Vaterlands entworfenen Gebäude hatte durchaus ihren Schauwert, man konnte den Blick nicht abwenden. Wäre es nicht langweilig, wenn hier gebaut würde wie in Europa? Es war nicht abzustreiten, daß in Mangana etwas Einzigartiges entstanden war, wenn es auch aufdringlich war und keine Rücksicht auf den menschlichen Maßstab genommen wurde.

Eine große Sehnsucht nach Ordnung, Stabilität und Übersicht sprach aus der Anlage der Stadt. Das mußte man respektieren, wenn man wußte, in welchem jahrhundertelangen Chaos diese Region durch die verschiedensten Eroberungszüge asiatischer Horden oder blutrünstiger, dabei aber oft erstaunlich kunstinteressierter Tyrannen immer wieder versunken war, die meist die Zerstörung sämtlicher wichtiger Bauten bedeutet hatten und den Mord an großen Teilen der Bevölkerung oder auch nur an allen Männern, deren Hemden Knöpfe besaßen.

Ein «Palast der Demokratie» durfte sich nicht der Formensprache absolutistischer Repräsentationsbauten bedienen. Denkmuster von Unter- und Überordnung waren der Architektur eingeschrieben in Mitteln wie der Kolossalordnung, in der autoritativen Wirkung hoher Sockel, in der groben Steinquaderung, die zum Betrachten aus der Distanz zwang. Schon Symmetrie nötigte dem Betrachter einen Standpunkt auf, eine rhythmische, unsymmetrische Balance ließ ihm die Freiheit, seine Perspektive auf das Gebäude selbst zu wählen. Tragend und Getragen, Schmückend und Geschmückt, Oben und Unten, ja selbst Zentrum und Peripherie, diese Gegensätze mußten aufgelöst werden. Es war schon bedenklich, den Palast in der Hauptstadt zu errichten, ja, ihn nur einmal zu errichten, er müßte an vielen Orten gleichzeitig stehen, um deutlich zu machen, daß jeder Teil einer Gesellschaft wichtig für das Ganze war. Eine Demokratie lebte von den Menschen und ihren vielfältigen, intensiven und bereichernden Beziehungen. Der Palast mußte die Besucher dazu verführen, einander zu begegnen, sich zuzuhören und probeweise den Standpunkt des anderen einzunehmen.

Otto war müde, er hatte die Nacht kaum geschlafen, und das Nachdenken strengte ihn zusätzlich an. Er hatte sich eingebildet, in Richtung Zentrum zu laufen. Die achtspurige Straße, auf der wenig Verkehr herrschte, war an Kreuzungen zur Hochstraße geworden, von majestätischen Neubaublocks gesäumt, deren Giebelflächen teilweise noch ihren ursprünglichen Schmuck behalten hatten, auch wenn hier und da nachträglich Fenster eingebaut worden waren, so daß die lebensfrohen Blumenbilder aus bunten Majolika-Kacheln gelitten hatten. Vielleicht war er in die falsche Richtung gegangen und wieder in Superphosphatny gelandet? Eine Gruppe Bauarbeiter wartete auf den Bus, jeder hatte seine Schaufel geschultert. Kinder in Schuluniformen waren auf dem Heimweg. Der Kleinhandel fand an Kiosken statt oder einfach an einer Ecke des Bürgersteigs, wo mit westlichen Achtziger-Jahre-Stars bedruckte Schulhefte, Blumen und chinesisches Billigspielzeug zum Verkauf angeboten wurden. Eine ganze Kolonie batteriebetriebener Plüschtiere rannte in einem kleinen Gehege unermüdlich gegen die Umzäunung. Otto blätterte in einer fotokopierten A5-Version des großen PONS-Wörterbuchs Urfisch-Deutsch/Deutsch-Urfisch, die umgerechnet zehn Cent kostete. Eine alte Frau stand hinter einer Personenwaage und hoffte, daß sich jemand für ein paar Taler wiegen lassen würde. Auf den von der Sonne verbrannten Rasenflächen suchten Schafe und Ziegen zwischen Gerüsten zum Wäschetrocknen nach einem grünen Halm. Weil er bunt angestrichene, alte Spielplatzgeräte entdeckt hatte, wagte sich Otto in einen Innenhof, der von vier Wohnblöcken gebildet wurde. Durch die Plattenbaufront von der Hauptstraße abgeschirmt, war hier ein halb öffentlicher, halb privater Raum entstanden, der sicher auch wegen der kleinen Wohnungen bei gutem Wetter gerne genutzt wurde, um sich dort aufzuhalten. Eine in ein Loch im Asphalt gerammte Druckluftflasche diente als Poller, der die Zufahrt versperrte. Die meisten Balkons wurden als Abstellraum genutzt, wodurch ein Bild malerischer Unordnung entstand, das den Betrachter gefangennahm, wie die Auslagen auf einem Trödelmarkt. Manche Bewohner hatten ihre Fenster mit hölzernen Fensterläden ausgestattet, vielleicht, weil es sich dann anfühlte, als lebten sie in einem Gartenhaus. Klimaanlagen waren eine Errungenschaft aus jüngerer Zeit, sie hingen überall an den Fassaden, teilweise mit einem kleinen Regendach aus Plastikziegeln. Riesige Parabolantennen waren wie sonnenhungrige Blumenblüten auf einen Punkt am Himmel gerichtet und verdeckten die Fenster der Wohnungen. Fernwärmeleitungen kreuzten scheinbar planlos die Bürgersteige, die Dehnungsbögen wurden zum Aufhängen von Teppichen, für Schaukeln und Hängematten oder zum Balancieren genutzt. Bordsteinkanten und Beeteinfassungen waren weiß getüncht. Männer, die wegen der Hitze ihre Unterhemden hochgezogen und ihren dicken, behaarten Bauch entblößt hatten, umstanden einen Lada und berieten den Besitzer, der dabei war, den Motor zu reparieren. Eine Gruppe Rentner saß im Vorgarten eines Plattenbaus, der mit einem Dach aus Weinranken zu einer Veranda ausgebaut worden war. In einer Garagenwand gab es eine kleine Luke, über die man ein Fladenbrot genagelt hatte, davor standen in einer Schlange Frauen nach Brot an. Otto überlegte, ob er noch einmal zurückgehen sollte, um der Frau mit der Personenwaage Geld zu geben. Ein Ball wurde auf die Straße geworfen, Mutter und Söhne kamen aus der Haustür gesprungen und liefen ihm nach. Ein Junge schwang einen Vorschlaghammer über dem Kopf und schlug damit auf einen am Boden liegenden Traktorschlauch ein, während seine beiden Freunde mit Autoreifen auf dem Rücken Liegestütze machten, danach wechselten sie sich ab. Ein Mädchen stand vor einem der Häuser, legte den Kopf in den Nacken und rief einer Freundin im achten Stock etwas zu. Das erste Mal, seit er in Mangana war, fiel die Anspannung von Otto ab, und er hatte keine Angst. Er fürchtete zwar, als Eindringling wahrgenommen zu werden, aber niemand nahm von ihm Notiz. Der Spielplatz, der ihn interessiert hatte, stammte noch aus sowjetischer Zeit, was schon daran zu erkennen war, daß er von einem raketenförmigen Klettergerüst aus mehrfach überlackiertem Stahlrohr dominiert wurde und daß die Spielgeräte sich auch zur Körperertüchtigung und für Turnübungen geeignet hätten. Der Sandkasten hatte ein Sonnendach, was hier im Sommer auch nötig war. Das Grün der Büsche und Bäume wucherte ungehindert, so daß man sich wie im Urwald fühlte, es war ein ideales Terrain zum Versteckspielen. Otto nahm auf einer wackligen Holzbank Platz, neben einem Jungen, der mit einem Taschenmesser einen Stock anspitzte und begehrliche Blicke auf Ottos Colaflasche warf. Es war schön, den Kindern zuzusehen, deren Gesichter noch nicht vom Leben gezeichnet waren. Otto beobachtete die

Kinder beim Klettern auf den verbogenen Geräten mit schadhaften oder fehlenden Planken und abgebrochenen Streben. Sie stellten sich geschickt an und verletzten sich nicht, weil sie wußten, welche Stellen sich zum Festhalten eigneten und welche rostig waren, wo eine Schraube herausragte und wo die Rutschfläche eine Lücke hatte. (Seltsamerweise stieg das Gefühl der Bedrohung mit der Sicherheit, die eine Gesellschaft bot; Sicherheitsdesign produzierte Unsicherheitsgefühle. Studien belegten, daß bei höheren Sicherheitsstandards mehr Spielplatzunfälle passierten, weil die Kinder verlernten, Risiken einzuschätzen. Spielplatzunfälle waren eher eine Folge von Langeweile als unsicherer Geräte.) Zwei Jungen balancierten mit den Händen in den Hosentaschen auf einem losen Betonquader der Sandkastenumfassung und wippten vor und zurück, so daß der Quader wackelte und sie die Bewegung durch ständige Verlagerung ihres Schwerpunkts ausgleichen mußten. Sie waren in ein Gespräch vertieft, es bereitete ihnen Vergnügen, gleichzeitig ihr Gleichgewichtsgefühl zu trainieren. Otto war nervös, weil er Angst hatte, schon an seinem ersten großen Auftrag zu scheitern. Was hätte Le Corbusier, der Stile abgelehnt, aber doch so unverwechselbar gebaut hatte, ihm geraten? Alvar Aalto? Oscar Niemeyer? Mies van der Rohe? Und schließlich, was hätte Nepomuk Kwant gesagt? Was für ein Triumph, wenn er ihm zu Hause vom überraschenden Erfolg seiner Reise berichten könnte, einem Palastneubau, für den er den Zuschlag bekommen hatte, und das ohne Studienabschluß! Wenn er nur die Müdigkeit abschütteln könnte! Sollte er ein paar Minuten schlafen? Wenigstens die Augen schließen? Vielleicht würde er ja, wie Zültan Tantal, von einem Gebäude träumen, um es nach dem Aufwachen rasch auf einer Serviette zu skizzieren. Er legte sich auf die Bank und schloß die Augen. Da blickte der Junge neben ihm auf seine Armbanduhr, klappte sein Taschenmesser zusammen, steckte es in die Hosentasche und sagte: «Let's go!»

KAPITEL 15

Eine ausrangierte Fluggasttreppe, die an die Fassade eines heruntergekommenen Fünfgeschossers geschoben worden war, diente als Zugang zum dritten Stock. Die in die durchbrochene Wand eingebaute Tür aus braun gestrichenem Stahl hätte in Deutschland anstandslos die Anforderungen der Feuerwiderstandsklasse F180 erfüllt. Der Junge klopfte an eine staubige Luke neben der Tür. Wenig später wurden innen die drei Türschlösser geöffnet, die aus verschiedenen Jahrzehnten zu stammen schienen. Otto betrat eine Wohnung, in der es nach Hackfleisch, Knoblauch, gerösteten Zwiebeln, Raumspray, Veilchenparfüm und scharfem Reinigungsmittel roch. Der Junge übergab ihn einer älteren Frau mit buntem Kopftuch, ausgeleierten Tigerleggings und ausgetretenen Plüschpantoffeln, die ihm, nach beiden Seiten schwankend, vorausging, eine Pendelbewegung, die die mangelnde Unterstützung durch die im Alter geschwächte Hüftmuskulatur ausglich. Sie fluchte bei jedem Schritt leise vor sich hin. Auf dem mit Wachstuch bespannten Küchentisch lagen eine Rätselzeitschrift und eine Lesebrille, ein voller Aschenbecher stand neben einer Porzellantasse mit Rosendekor, deren Henkel abgebrochen war. Auf der Küchenbank thronte wie ein schweigsames Familienmitglied ein großer Plüschbär mit den olympischen Ringen als Gürtelschnalle. Die weiteren Räume waren praktisch leer. Offenbar saß man auf Kissen am Boden und nutzte als Schlafgelegenheit Matratzen, die tagsüber eingerollt wurden. Der PVC-Fußboden hatte ein Blumenmuster, auf dem im Laufe der Jahre schon Trampelpfade entstanden waren. Die Heizkörper, die auf zurechtgebogenen, in die Wand eingelassenen Bewehrungsstahlstummeln hingen, wurden offenbar nie vom Staub befreit und stattdessen immer wieder hellblau überstrichen. Die Wand im Flur war mit einer Relieftapete mit Backsteinoptik beklebt. Im Bad hingen Klobrillen am mit Kohle betriebenen Badeofen, die, wie Kaffeebecher bei Starbucks, mit Vornamen beschriftet waren. Der kleine, überdachte Balkon war mit Busfenstern zur Veranda ausgebaut worden und stand voll mit ausrangierten Haushaltsgeräten, Autoteilen und Holzresten. Mehrere Kaninchenställe stapelten sich hier, außerdem hörte man ein Huhn gackern. Otto wurde durch eine mit einem Perlenvorhang versehene Tür, deren Türsturz mit Gipsplatten zu einem Rundbogen ausgebaut war, in einen leeren Raum geführt, der wohl als Wohnzimmer diente, was man am Fernseher erkannte. Auf dem Boden stand ein einsamer Gummibaum, und die Wand war bis in Schulterhöhe mit einer Tapete verziert, die ein goldenes Rautenmuster hatte. In der Mitte des Raums lag auf einem Läufer in Gestalt einer vergrößerten Dollarnote eine goldene Sitzrolle. Von hier hatte Otto beste Sicht auf den riesigen Flachbildschirm, auf dem gerade ein lokaler Musiksender lief, mit einer Zusammenstellung von Modern-Talking-Videoclips. Allerdings war der Ton ausgeschaltet. Der Sänger war das Gesicht der Band, während sich das Mastermind an der Gitarre siegesgewiß lächelnd im Hintergrund hielt. Beide standen in einem rosafarbenen Lichtspot im Wüstensand und wurden von Nebelschwaden umweht, harrten aber tapfer aus. Otto betrachtete die weichgezeichneten Aufnahmen des bundesdeutschen Pop-Duetts und versuchte, einen rationalen Kern in der surreal wirkenden Inszenierung auszumachen. Er kam aber damit nicht weit, denn jetzt öffnete sich die Tür, und drei Männer betraten den Raum, ihre Gesichter waren hinter selbstgebastelten Masken verborgen, jeweils ein mit einem Gummi am Kopf befestigtes Blatt Papier, in das Löcher für Augen und Mund geschnitten waren. Einer hatte auch noch Nase und Stoppelbart skizziert. Sie setzten sich Otto gegenüber. Jeder stellte ein Holzkästchen vor sich auf den Boden. Der Bärtige, der in der Mitte Platz genommen hatte, ergriff das Wort: «Es tut mir leid, daß wir auf diese Weise Bekanntschaft machen, es ließ sich nicht anders einrichten. Wenn ich mich vorstellen darf, ich bin Ministerpräsident Akulin, von der Inneren Exilregierung Urfustans, und das sind meine Stellvertreter, Innenminister Ruslan und Außenminister Topol. Wir haben Sie zu uns eingeladen, weil wir Sie für ein Projekt gewinnen wollen, das für uns von großer Bedeutung ist. Möchten Sie einen Tee?»

Es dauerte einen Moment, bis die ältere Frau in den ausgeleierten Leggings erschien und, wieder leise fluchend, auf einem silbernen Tablett Teegläser servierte. Die Gläser waren randvoll, aber der Tee war so heiß, daß Otto nichts abtrinken konnte. Er stellte sein Glas auf den Boden und wischte mit dem kleinen Finger unauffällig ein paar Tropfen weg, die er verschüttet hatte.

«Wie gefällt Ihnen unsere geliebte Hauptstadt Mangana?»

«Für einen Architekten ist es ein faszinierender Ort.»

«Sie müssen unbedingt die alte Hauptstadt Kamenyi besuchen, das Paris Zentralasiens. Zültan Tantal lag Kamenyi zu nahe an der Grenze zu Baristan. Unsere geliebte Hauptstadt Mangana ist dagegen provinziell.»

«Provinz ist dort, wo man nicht zu schätzen weiß, was man hat.»

«Sie müssen nicht höflich sein. Wir verfolgen die westlichen Medien und wissen, wie man in Europa lebt und baut.»

«Es gibt vielleicht etwas zu viele Plastikblumen hier.»

«Mögen Sie keine Blumen?»

«Doch, nur nicht aus Plastik.»

«Es ist aber sehr praktisch, man muß sie nicht gießen, und die Blumen blühen zu jeder Jahreszeit. Es gibt sogar Blumen, die nachts leuchten und Musik spielen.»

«Aber sie duften nicht.»

«Natürlich duften sie.»

«Aber Bienen gehen leer aus.»

«Was interessieren Sie unsere Bienen?»

«Es gibt immer weniger Insekten auf der Welt.»

«Worauf wollen Sie hinaus?»

«Das muß ich wohl eher Sie fragen.»

Otto versuchte, dem Mann in die Augen zu sehen, obwohl er sie nicht sehen konnte, aber sein Blick wurde magisch vom Bildschirm über dem Kopf seines Gegenübers angezogen, auf dem immer geheimnisvollere Bilder der beiden ungleichen Männer zu sehen waren, die Herz und Hirn des in

Osteuropa erfolgreichsten westlichen Pop-Exports der achtziger Jahre gewesen waren, dessen Popularität allerdings auch nur noch dort ungebrochen war. Otto überlegte, welcher Song gerade lief, und handelte sich damit ein ganzes Medley als Ohrwurm ein.

«Sie hatten das zweifelhafte Vergnügen, Zültan Tantal kennenzulernen, der im Begriff ist, unser Land zu verraten. Unsere inneren und äußeren Feinde warten nur darauf, Urfustan unter sich aufzuteilen.»

«Ich verstehe nicht viel von Politik, ich bin Architekt.»

«Architektur ist Politik, das sollten Sie in Urfustan gelernt haben.»

«Ich habe auch noch nicht zu Ende studiert.»

«Und doch haben Sie die Macht, etwas zu bewegen, wenn Sie den Auftrag für den ‹Palast der Demokratie› annehmen.»

«Ich glaube nicht, daß ich dabei allzuviel künstlerische Freiheit genießen würde.»

«Tantal hält große Stücke auf Sie.»

«Wie kommen Sie darauf?»

«Es ist unsere staatsbürgerliche Pflicht, uns zu informieren. Haben Sie schon Ideen für das Gebäude?»

«Nein, ich komme hier ja nicht zum Arbeiten.»

Ministerpräsident Akulin öffnete das Holzkästchen, das vor ihm stand. Es enthielt ein Wattekissen, auf dem ein zylindrischer Behälter aus Edelstahl lag. Er nahm ihn heraus und rollte ihn auf dem Boden zu Otto.

«Können Sie sich vorstellen, was das ist?»

«Ich würde sagen, ein Kassiber, vielleicht eine Zeitkapsel für einen Grundstein.»

«So ist es, aber dieser Kassiber enthält keine Botschaft an die Zukunft, sondern den Willen des Volkes in seiner konzentriertesten Form.»

Otto wollte den Zylinder aufschrauben.

«Das sollten Sie nicht tun.» Ministerpräsident Akulin machte eine Geste, und Otto rollte den Zylinder wieder zu ihm zurück.

«Die einzige Art, wie ein ‹Palast der Demokratie› dem Volk von Urfustan nützen könnte, wäre, indem er sich in eine Waffe im Kampf für die Freiheit verwandelt.»

«Ich bin ganz gegen Gewalt.»

«Es wäre Notwehr.»

«Ich bin nicht nur gegen Gewalt, ich bin auch ein Feigling.»

«Unsere Bitte auszuschlagen, dürfte wesentlich mehr Mut erfordern, als ihr nachzukommen. Alles, was wir von Ihnen erwarten, ist, daß Sie dem Architekten des Vaterlands bei der Grundsteinlegung zum ‹Palast der Demokratie› diesen Kassiber mit einer Botschaft von seinem Volk überreichen. Es wird Zeit, daß er uns wieder zuhört.»

«Ich bin nicht Architekt geworden, um Dinge zu zerstören, sondern um Dinge zu schaffen.»

«Destruktion ist nur die Konsequenz eines unbändigen Schaffensdrangs. Le Corbusier wollte Paris planieren und das Zentrum durch monotone Wolkenkratzer ersetzen.»

«Le Corbusier hatte auch nicht zu Ende studiert.»

«Mohamed Atta schon. Architektur.»

«Ich diene der Schönheit.»

«Das hat Atta auch getan, indem er das symbolische Potential moderner Architektur entfesselt hat.»

«Ich weiß nicht, was Yamasaki dazu gesagt hätte, daß nach Pruitt-Igoe schon wieder ein Gebäude von ihm so medienwirksam gesprengt worden ist. Zu seinem Glück war er ja schon tot.»

«Geben Sie zu, wenn Sie könnten, würden Sie 99% der Gebäude, die Sie sehen, verschwinden lassen.»

«Ja, aber nicht die Menschen darin.»

«Das haben wir auch nicht vor.»

«Was ist, wenn ich mich weigere?»

Ministerpräsident Akulin nickte Außenminister Topol zu, der das vor ihm stehende Holzkästchen in die Hand nahm und es Otto reichte. Otto öffnete den Deckel, sah hinein und mußte die Schachtel schnell wieder schließen, weil ihm schlecht wurde. Auf einem roten Samtkissen lag ein abgeschnittener Finger.

«Ich nehme an, Ihr Mentor Dr. Löb ist Ihnen nicht gleichgültig?»

«Warum?»

«Er schickt Ihnen diese Botschaft. Es kommt jetzt ganz darauf an, welche Schlüsse Sie daraus ziehen und ob dieser, nennen wir es ‹Briefwechsel›, fortgesetzt wird.»

Innenminister Ruslan öffnete sein Kästchen, das ebenfalls ein Samtkissen enthielt, allerdings lag kein Finger darauf.

«Wer sagt mir, daß das wirklich Löbs Finger ist?»

Ministerpräsident Akulin überreichte Otto einen Briefumschlag mit einem Schreiben. Otto las: «Hiermit bestätige ich, Dr. Holm Löb, daß es sich beim vorliegenden Körperteil um den kleinen Finger meiner linken Hand handelt.» Otto erkannte die Unterschrift.

Otto war wie gelähmt vor Angst, er wußte nicht, was er tun sollte. Wenn er einwilligte, mitzuhelfen, daß eine Zeitbombe im Grundstein des «Palastes der Demokratie» versenkt wurde, erwartete ihn mit Sicherheit die Todesstrafe. Es war nicht unwahrscheinlich, daß er unter Beobachtung der Behörden stand. Vielleicht war das hier sogar eine Falle, und eine «Innere Exilregierung Urfustans» existierte überhaupt nicht? Aber wenn er sich weigerte, würden diese Männer vielleicht damit fortfahren, Löbs Finger zu amputieren, wobei ja zunächst noch seine Antwort ausstand, und das dritte Kästchen konnte nur dafür vorgesehen sein. Er mußte Zeit gewinnen.

«Herr Kwant, es tut uns sehr leid, daß wir Sie so überfallen mußten. In der Politik ist man manchmal zu ungewöhnlichen Maßnahmen gezwungen. Machen Sie sich bewußt, daß Sie das Privileg genießen, einen wichtigen Beitrag zur Befreiung unseres Volkes leisten zu dürfen. Ein Platz in unseren Geschichtsbüchern wäre Ihnen sicher. Wobei wir diese natürlich zunächst gründlich überarbeiten müssen.»

«Darauf lege ich gar keinen Wert, ich möchte nur, daß Sie die Finger von Dr. Löb lassen.» Otto kam die Formulierung ungeschickt vor, aber die Minister merkten nichts.

«Dann seien Sie ein Mann und tun Sie Ihre Pflicht.»

«Ich würde mir das gerne noch einen Tag überlegen.»

«Sie müssen lernen, sich zu entscheiden, sonst kommen Sie nicht durchs Leben.»

«Das war schon immer mein Problem.»

«Wir melden uns morgen wieder bei Ihnen.»

«Kann ich jetzt gehen?»

«Eine Bitte hätte ich noch.»

«Ja?»

«Würde es Ihnen etwas ausmachen, den Inhalt Ihrer Colaflasche mit uns zu teilen?»

«Sie können gerne alles haben.»

«Nein, das kann ich nicht annehmen. Sie wissen nicht, wie wertvoll Coca Cola in Urfustan ist, wir haben ja nur Pepsi.»

Otto reichte Ministerpräsident Akulin die Flasche. Akulin nahm einen Schluck und reichte die Flasche weiter an seine Stellvertreter. Innenminister Ruslan trank ungeniert den Rest aus, obwohl Außenminister Topol schon erwartungsvoll die Hand nach der Flasche ausgestreckt hatte. Topols Stellung in der Inneren Exilregierung schien nicht die beste zu sein. Vielleicht war er einer dieser Außenminister, die eigentlich zu intellektuell und zu gemäßigt für das Regime waren, das sie im Ausland repräsentieren mußten. Ruslan flüsterte seinem Ministerpräsidenten etwas zu.

Akulin sagte: «Innenminister Ruslan ist zu stolz, Sie zu fragen, ob er die leere Flasche für seinen Sohn behalten darf, der eine Kollektion von Colaflaschen besitzt.»

«Aber natürlich», sagte Otto. «Ich kann ihm auch noch mehr schicken.»

Ruslan flüsterte seinem Ministerpräsidenten wieder etwas zu.

«Noch lieber wären ihm Dosen.»

«Kein Problem, ich bräuchte allerdings eine Adresse.»

«Schicken Sie einfach alles an den ‹Zirkel junger Kybernetiker› im ‹Palast der jugendlichen Kreativität›.»

Die ältere Frau – war sie die Mutter eines der Politiker?

Oder waren die drei vielleicht sogar Brüder? – begleitete Otto zur Tür. Er ging die Fluggasttreppe hinunter und vermißte fast einen Abschiedsbonbon oder ein Schokoladenherz. Inzwischen war es Nachmittag geworden, die Frühlingssonne tauchte das Viertel in ein mildes Licht. Vom Rand einer asphaltierten Fläche aus sah Otto zwei Jungen zu, die Inlineskates fuhren. Sie besaßen nur ein Paar, deshalb hatten sie sich die Schuhe geteilt, jeder fuhr einbeinig und holte mit dem anderen Bein Schwung, wie auf einem Roller. Als sie sahen, daß Otto sie beobachtete, nahmen sie eine Gangsta-Rapper-Pose für ihn ein und riefen ihm, als er sich auf den Weg machte, hinterher: «Hello Mister! Suck my dick!»

KAPITEL 16

Otto war nun entschlossen, gar nicht mehr zum Hotel zurückzukehren, sondern direkt mit der U-Bahn zum Flughafen zu fahren, um dieses Land so schnell wie möglich zu verlassen, als er ein junges Paar, das sich eine Tüte Pommes frites teilte, aus der automatischen Tür eines mit poliertem Granit verkleideten Gebäudes treten sah, das er auf den ersten Blick für ein Geschäftshaus oder eine Bank gehalten und nicht weiter beachtet hätte. Der Bürgersteig davor war zur Straße hin mit massiven Betonelementen, die von Kindern mit Schmetterlingen, Blumen und Marienkäfern bunt bemalt worden waren, gegen Fahrzeugbomben gesichert. Der Geruch der fettigen Pommes löste bei Otto eine Appetitattacke aus. Bisher hatte er sich in Mangana nur von Kartoffelchips, Keksen und 7-Days-Mini-Croissants aus kleinen Kiosken ernährt (die damit warben, daß sie achtundvierzig Stunden am Tag geöffnet hatten), weil er nirgends in den Straßen Restaurants oder Imbisse entdeckt hatte. Die Pommes-Tüte des Pärchens war noch voll, der Stand konnte also nicht weit sein. Am Flughafen würde es sicher nur überteuerte, durchweichte Thunfischsandwichs geben. Otto trat durch die Tür, die sich auch für ihn automatisch öffnete. Zu seiner Überraschung fand er sich in einer grell beleuchteten, fast menschenleeren Mall wieder. Zwei Sicherheitsbeamte mit Knopf im Ohr strafften ihre Haltung, als sie ihn sahen, Otto tat so, als sei es ihm gleichgültig aufzufallen, weil er ein reines Gewissen hatte. Die Mall hätte überall auf der Welt stehen können, dieselben Geschäfte mit Dingen, die ihn noch nie interessiert hatten: häßliche Handtaschen, panzerfeste Rollkoffer, albern geschnittene Maßanzüge, aufdringlich-geschmackloser Glitzerschmuck, quietschbunte Hello-Kitty-Luftballons, alles wirkte bekannt, aber trotzdem nicht vertraut. Schließlich fiel Otto auf, daß die Typographie der Markennamen zwar dem gewohnten Stil global verbreiteter Logos nachgeahmt war, er aber keinen davon kannte. Otto erinnerte sich an Löbs Bemerkungen über den Erfolg der Mall in autogerecht geplanten Städten. In Mangana waren seit der Unabhängigkeit des Landes zahlreiche Malls gebaut worden, die bei der Bevölkerung sehr beliebt waren, weil man hier Schutz vor Hitze und Witterung fand und so etwas wie das Herz der Stadt. Nachdem man die Stadt der Zukunft als Ansammlung von Solitärbauten, zwischen denen man sich im Auto bewegte, interpretiert hatte, so daß einen nicht mehr Gerüche durch offene Türen lockten und man wie im engen Basar in Kontakt mit der Ware trat, die von Verkäufern angepriesen wurde, sondern im Auto von großen Werbetafeln angesprochen wurde, teilweise von ganzen Hochhausfassaden, die sich nachts in Bildschirme verwandelten, befriedigte die Mall das nostalgische Bedürfnis danach, mit vielen Menschen auf engem Raum zu sein, von der Außenwelt wie durch eine Stadtmauer geschützt, beim Flanieren zwischen den Auslagen kleiner Händler. Junge Mädchen in Hostessen-Uniformen lockten die wenigen Kunden mit großen, bedruckten Schaumgummifingern in die Richtung verschiedener Geschäfte. Otto hätte die Gelegenheit gern genutzt, endlich einen Stift zu kaufen, aber auf keiner der Etagen konnte er beim Rundgang ein Schreibwarengeschäft entdecken. Wo versorgten sich bloß die Mitglieder des Parlaments, die so fleißig Zültan Tantals Reden mitschrieben? (Auch bei seinen anderen Auftritten in der Öffentlichkeit folgten Tantal stets mehrere Mitarbeiter, die seine Äußerungen in Notizbüchern festhielten, als sei er ein randvoll mit Weisheit gefülltes Behältnis, von dessen Inhalt bei jedem Schritt etwas überzuschwappen und für immer verlorenzugehen drohte.) In der obersten Etage fuhren Kinder in Fahrzeugkapseln, die das Geländer als Schiene nutzten, über dem Abgrund im Kreis. Andere hatten sich vor einem sprechenden Plastikbaum versammelt und redeten aufgeregt auf ihn ein. Diese Etage war einigermaßen belebt, über das ganze Rund waren Schnellrestaurants verteilt, die halbe Welt war in einer Leistungsschau vertreten, von Japan über Indien bis Mexiko. Es gab sogar ein deutsches Restaurant («Deutsch Haus Okö»), dessen Außenbereich von Europaletten abgegrenzt war. Das umgedeutete Ready-made-Material von der Straße stand in westlichen Citys für ökologische Überzeugungen, mit seiner bewußt unveredelten Recycling-Anmutung wurden Räume markiert, in denen man sich vom Kapitalismus distanzierte und ein Überschuß an menschlicher Wärme die Beziehung zum Kunden grundierte, die kein geschäftliches Kalkül trübte. Wer hier arbeitete, tat das nicht für Geld, sondern aus Freude an der Begegnung und aus bürgerschaftlichem Engagement (so wie andere auf öffentlichen Rasenflächen Komposthaufen anlegten). Die Bastel-Ästhetik, die durch ihre sympathisch-unperfekte Anmutung den modernen, unter Erfolgsdruck leidenden Menschen tröstete und ihm das Gefühl gab, als Konsument Teil eines kreativen Projekts zu sein, war aber längst selbst zum Werbemittel geworden. Europaletten-Außenmöblierung (ob als Podest für Caféhausmöbel vom Trödel oder als mit Küchenkräutern bepflanzte Absperrung) sollte Kunden anlocken, die gerne ihr Leben geändert hätten, dabei aber nur bis zu einem gelegentlichen Fairtrade Coffee to go kamen. Eigentlich hatte Otto das Bedürfnis, sein Heimweh mit etwas Vertrautem zu bekämpfen, er wollte seine Verdauung nicht mit Experimenten überfordern. Allerdings meldete sich sein touristisches Pflichtgefühl und verlangte von ihm, auch bei dieser Gelegenheit Neuland zu betreten. Er hielt es vor Hunger kaum noch aus. Er war schon zweimal unentschlossen die ganze Runde gegangen, immer vorbei am aus Plastikfeldsteinen gemauerten Eingangstor einer Spielewelt «Happylon». Hier stand den Kindern jede Art blinkender, piepsender und wakkelnder Fahrzeuge mit bunten Bildschirmen und zu einem begeisterten Grinsen verzerrten Gesichtern zur Verfügung, während ihre Väter an Schießständen mit Laserpistolen islamistische Terroristen niedermähten oder sich an einem Bruce-Lee-Automaten um einen Rekordpunch bemühten. Die Stühle und Tische, zwischen denen Reinigungskräfte ständig den Boden wischten – immer paarweise, einer wischte, der andere wedelte mit einem Stück Pappkarton die Fläche trocken –, gehörten nicht zu einem bestimmten Restaurant, sondern man suchte sich einfach irgendwo einen Platz. Die Mitte des Saals bildete eine Eislaufbahn, auf der sich, bis auf einen Mann, der versonnen seine Runden drehte, nur Kinder amüsierten. Diejenigen, die sich noch nicht so sicher auf Schlittschuhen fühlten, hielten sich an Kunststoffpinguinen auf Skiern fest, die am Kopf Griffe hatten. Bei der Entscheidung für ein Restaurant mußte Otto verschiedene Faktoren abwägen. Die Schlange sollte nicht zu lang sein, aber auch nicht zu kurz, weil das darauf hindeuten könnte, daß das Essen unattraktiv war, wobei das vielleicht nur Einheimische und nicht für ihn gelten mußte, es konnte natürlich auch am Preis liegen. Schließlich stellte sich Otto bei «McDoner», einem Restaurant mit urfischer Küche an, obwohl es hier keine Schlange gab. Otto erinnerte sich, daß Branka gesagt hatte, sie würde immer das Gericht auf der Karte bestellen, das nach dem Restaurant selbst benannt war. Wenn sie doch hier wäre! Die ganze Reise wäre anders verlaufen, sie hätte ihm spielend jeden Ärger vom Hals gehalten und sich nicht in Kalamitäten verstricken lassen! Er zeigte auf ein Gericht, das auf einem der Fotos an der Wand abgebildet war und ihm besonders landestypisch erschien. Das Fleisch sah saftig und auf den Punkt gegart aus, der Reisbrei, der angeblich von Alexander dem Großen erfunden worden war, um seine Soldaten auf einfache Art zu ernähren, und für den es, obwohl er nur aus vier, fünf Zutaten bestand, tausend Rezepte geben sollte, wirkte bekömmlich.

«Kombo?» fragte die Angestellte.

Otto zuckte mit den Achseln. Die Angestellte versuchte gar nicht erst, sich ihm verständlich zu machen, sondern tippte etwas in einen Tischtaschenrechner ein und drehte ihn zu

Otto, so daß er das Display mit dem Betrag sehen konnte. Die Angestellte spreizte die Finger und bewegte ihre Hände vor und zurück, um die Zahl zu verdoppeln. «Twenty minutes?» fragte Otto. Sie nickte. Otto bereute seine Entscheidung sofort, es war ihm aber auch zu peinlich, sie zurückzunehmen. Hinter den Verkäufern ließ eine Luke, durch die das Essen gereicht wurde, einen Blick in die Küche zu, in der eine ältere Frau schwitzend mit riesigen Pfannen hantierte, es war noch keine Herdplatte für Ottos Essen frei. Otto überlegte, ob er doch die kurze Reise zu den Antipoden auf der kulinarischen Weltkarte antreten und gegenüber bei «King Burger» essen sollte. Danach würde der Hunger sicher noch für das hier bestellte Essen ausreichen, das dann vielleicht fertig wäre. Das nächste Problem kündigte sich schon an: Er mußte einen freien Tisch finden, es waren zwar nicht viele besetzt, aber überall standen Berge von Tabletts mit Essensresten und Abfall. Man brachte hier sein Tablett nicht selbst zurück, da man noch nicht lange genug die Befreiung von der Leibeigenschaft genoß, um Servicepersonal gegenüber Mitgefühl zu empfinden oder ihm wenigstens aus Höflichkeit Arbeit abzunehmen. Im Gegenteil, mit der entrichteten Summe erwarb man auch das Recht, andere zu demütigen. Urfische Popmusik kam aus den Lautsprechern, die Lautstärke war stark erhöht, um die schlechte Akustik auszugleichen, es klang wie eine nie endende Variation des immer gleichen Lieds, aber auch diese Radikalkur half nicht gegen Ottos Modern-Talking-Ohrwurm. Die Musik mischte sich mit dem Geschrei der Kinder und dem Gebläse der Klimaanlage, die nicht gegen die Sonne ankam, die das Gebäude durch das halb transparente, von Vogelkot verschmutzte Kunststoffdach aufheizte. Otto hatte das Gefühl, ohnmächtig zu werden, wenn er nicht sofort etwas zu sich nahm. Am Tisch einer Großfamilie gab es noch einen freien Stuhl, auf den er sich setzte, ohne beachtet zu werden. Die Großeltern stammten offenbar vom Dorf, die Frau trug ein buntes Seidenkleid und Pantoffeln, der Mann einen abgetragenen Anzug und ein bunt besticktes Käppchen. Sie betrachteten lächelnd und eingeschüchtert die Errungenschaften der Zivilisation, das Essen, das von anderen zubereitet wurde, die Plastikspielzeuge, die die Kinder mit dem Menü geschenkt bekamen, die Essensreste, die – ein Statussymbol – stehengelassen oder weggeworfen wurden. Die Enkelkinder waren wie westliche Kinder-Popstars gekleidet, und das Baby, vielleicht schon ein Urenkel, starrte auf ein iPhone, das in einer Halterung am Kinderwagen vor seinem Gesicht schwebte und auf dem ein Transformers-Film lief. Otto guckte müde und unglücklich zu Boden und überlegte, wie groß seine Chancen waren, am Flughafen ein Ticket zu ergattern. Von Deutschland aus ließe sich sicher mehr für Löb tun als von hier. Ein bißchen Schadenfreude konnte er sich nicht verhehlen, obwohl das mit dem Finger sicher zu weit ging. Sollte die Innere Exilregierung ihren Kampf doch ohne ihn führen! Er war gegen Gewalt, und das betraf auch «Gewalt gegen Sachen». Ein Gebäude zu errichten und gleichzeitig an seiner Sprengung mitzuwirken, wäre für einen westlichen Konzeptkünstler sicher ein reizvoller Gedanke gewesen, aber es war nicht das, was er sich unter seinem ersten großen Auftrag vorgestellt hatte. Wenigstens die bei moderner Architektur üblichen zwanzig bis dreißig Jahre sollten seinem Erstling schon vergönnt sein.

Eine Reinigungskraft wischte unter seinem Tisch, Otto hob die Füße, um dem Mann die Arbeit zu erleichtern. Er setzte sie nicht wieder ab, weil der Boden jetzt feucht war und er mit seinen Sohlen keinen Abdruck hinterlassen wollte.

«Sie schätzen die urfische Küche?» sagte der Mann.

«Nein, ich habe nur Hunger.»

«Ausländern bekommt unser Essen manchmal nicht.»

«Jetzt habe ich aber schon bestellt.»

«Soll ich Ihnen etwas anderes bestellen?»

«Ich hätte, ehrlich gesagt, ganz gerne meine Ruhe.»

«Keine Sorge, ich will Sie nicht lange belästigen. Ich bin der Außendienstleiter der Abteilung, die in unserer Organisation für Ihre Betreuung zuständig ist.»

«Welche Organisation?»

«Das wollen Sie nicht wissen, und ich dürfte es Ihnen auch nicht sagen.»

«Haben wir uns heute nicht schon einmal unterhalten?»

«Nein, da irren Sie sich, Sie hatten ein Gespräch über Politik, wir verfolgen rein wirtschaftliche Interessen.»

«Und was habe ich damit zu tun?»

«Sie sind leitender Architekt des ‹Palastes der Demokratie›, eines Bauvorhabens, das ein gewisses Volumen überschreitet. Das heißt, Sie sind gebäudesteuerpflichtig, und ich möchte mit Ihnen über die Zahlungsmodalitäten sprechen.»

«Sind Sie von der Steuerbehörde?»

«Nein, eine Steuerbehörde existiert in Urfustan nur auf

dem Papier, bei uns werden bestimmte Verwaltungsaufgaben aus Effizienzgründen auf unkompliziert-informelle Weise an private Institutionen ausgelagert.»

«Also sind Sie mit der Steuereintreibung beauftragt?»

«So einfach ist das nicht, es ist eine Grauzone. Sagen wir, wenn Sie Ihre Steuer an uns entrichten, halten wir Ihnen in Zukunft den Rücken frei, damit Sie ungestört arbeiten können. Sie werden beim Bau ganz andere Probleme bekommen, da werden Sie froh sein, diese Sorge los zu sein, glauben Sie mir.»

«Aber wer erhebt denn jetzt die Steuer, wenn die Behörden dazu nicht in der Lage sind?»

«Darüber müssen Sie sich nicht den Kopf zerbrechen, es bleibt dieselbe Steuer.»

«Und warum muß ich überhaupt eine Gebäudesteuer bezahlen? Es ist doch gar nicht mein Gebäude.»

«Sie müssen diese Steuer nicht bezahlen, aber das würde Ihre Lage erheblich verkomplizieren.»

«Inwiefern?»

«Ich verstehe schon, daß Ihr Beruf ein Tummelplatz für Egomanen ist und man über Leichen gehen muß, wenn man Großes im Sinn hat. Die künstlerische Freiheit würden wir natürlich nie antasten, aber auch bei uns gibt es Gesetze.»

«Was für Leichen?»

«Es ist vollkommen legitim, sich eines Konkurrenten zu entledigen, wir begrüßen so ein konsequentes Geschäftsgebaren, aber es ist dennoch nicht ganz legal, auch nicht in Urfustan. Wir können Ihnen aber helfen, diese Angelegenheit in Ordnung zu bringen. Allerdings wirft das Kosten auf, das werden Sie einsehen. Wir sind nicht die Heilsarmee.»

«Ich habe mich keines Konkurrenten entledigt.»

«Aber Sie profitieren offensichtlich am meisten von seiner Abwesenheit und machen sich dadurch verdächtig.»

«Was wollen Sie denn von mir?»

«Zehn Prozent der Bausumme sind das Übliche.»

«Woher soll ich so viel Geld nehmen?»

«So, wie jeder Bauherr hier, seien Sie kreativ, Sie könnten bei den Human Resources ansetzen. Materialeinsparungen bieten sich auch an, das ist nebenbei immer gut für die Energiebilanz und für den Klimaschutz. Ich sage ja, wir möchten über die Zahlungsmodalitäten sprechen, wir bestehen nicht auf Bargeld. Meinen Sie, unsere geliebte Hauptstadt Mangana würde so schnell wachsen, wenn nur die Regierung bauen würde? Ein großer Teil der Gebäude, die Sie hier bewundern, verdankt sich Steuern, die wir stellvertretend für das Volk erheben und sofort wieder reinvestieren. Das System hat sich bewährt. Aber ich will Sie nicht beim Essen stören, ich glaube, Ihre Nummer wird aufgerufen. Warten Sie, ich hole Ihnen Ihr Tablett.»

Der Mann ging zum Schalter und kam mit einem Tablett wieder, auf dem ein Teller mit einem verkohlten Fleischspieß und matschigem Reis stand, daneben lagen zwei Ketchup-Tütchen. Er stellte das Tablett vor Otto ab, ging noch einmal zum Schalter und zog zwei Servietten aus einem Spender.

«Finden Sie es nicht pathetisch, nur weil Sie sich in Urfustan aufhalten, solch einen Fraß zu bestellen?»

«Auf dem Bild sah es besser aus.»

«Kein Urfu würde so etwas essen.»

«Ich bin nicht sehr anspruchsvoll.»

«Dann wünsche ich Ihnen guten Appetit. Sie können jetzt Ihre Füße absetzen, der Boden müßte in der Zwischenzeit getrocknet sein.»

Der Mann zog sich mit eleganten Bewegungen seines Mops zurück, als verwische er seine eigenen Spuren. An der Rolltreppe angekommen, übergab er den Mop einem der Sicherheitsbeamten, winkte noch einmal und fuhr nach unten. Otto kostete lustlos von seinem Essen, das, obwohl seine Zubereitung so lange gedauert hatte, schon kalt geworden war. Die Großfamilie, die Kinder in der Spielewelt, die Kassierer hinter den Tresen der Imbißketten, die Reinigungskräfte, Modern Talking, ja selbst die Klofrauen, alle anderen Menschen schienen ihm ein beneidenswert sorgloses Leben zu führen. Wenn er wieder in Deutschland wäre, würde er sich eine möglichst langweilige Routinetätigkeit suchen, mit bescheidenen Zielen, ohne Überraschungen, gerade das Richtige für ein Leben, so friedlich und still wie ein Bergsee. Vielleicht sollte er zur Friedhofsverwaltung gehen und die Standfestigkeit von Grabsteinen testen.

KAPITEL 17

Offenbar konnte in dieser Stadt jeder, der Wert darauf legte, jederzeit in Erfahrung bringen, wo Otto sich aufhielt. Wenn er es unbemerkt zum Flughafen schaffen wollte, mußte er eventuelle Verfolger abschütteln. Otto verließ die Mall nicht sofort, sondern kaufte sich in einem Sportgeschäft das goldfarbene Trikot und die ebenfalls goldfarbenen Hosen der urfischen Fußballnationalmannschaft. Für Geld und Dokumente kaufte er einen Bauchgurt mit Tasche. Die Stadt war so regelmäßig gerastert, daß es im Freien kaum Schlupfwinkel gab, Obdachlose wären hier nicht zu beneiden gewesen, aber die gab es ja gar nicht, man sah nicht einmal Bettler. Eine Ausnahme bildete der große Park unter dem Eishockeystadion, in dem sich schmale Kieswege um Grünflächen, Gebüsch und kleine Seen schlängelten. Was auf den Betrachter planlos wirkte, bildete, wie Otto von Zarina wußte, aus der Luft gesehen die Umrisse und die Flügelmusterung des Wappentiers von Urfustan nach, eines Schmetterlings, der nach einem alten Mythos vor Urzeiten in einen Sturm geraten war und seitdem von den Urfus überall auf der Welt gesucht wurde. Erst, wenn sie ihn gefunden hatten, durften sie auf Dauer seßhaft werden. Die schmalen Wege wurden kaum benutzt, der Park war meist menschenleer, er lag zu weit vom Zentrum entfernt, und die Bäume waren noch zu niedrig, um Schatten zu spenden. Dennoch gab es auch hier breite Radwege. Die Bäume und der Rasen wurden von Sprinkleranlagen gewässert, einige Bäume standen in einer Pfütze, die meisten sahen kümmerlicher aus als ihre Stützpfähle. Das Geräusch des rieselnden Wassers steigerte Ottos Drang, auf die Toilette zu gehen, aber in den Rasenflächen steckten zahlreiche Verbotsschilder, die davor warnten, das Grün zu betreten, die Strafe betrug 31 815 Taler. Auf welche Berechnungen ging so eine Zahl zurück? Otto hatte den Park betreten, um den Weg abzukürzen und unbemerkt zum Rainbow-Tower zu kommen, einem ikonischen Wohnturm von Foster + Partners, der, wie der Name schon ahnen ließ, die Form eines Regenbogens hatte. Aber die Wege, von denen Otto hoffte, daß sie aus dem Park hinausführten, verliefen in unerwarteten Schleifen, und so geriet Otto nur immer tiefer in das Gestrüpp. Weil er es nicht mehr aushielt, stellte er sich hinter einen Busch und erleichterte sich an einem verdorrten Tannenbäumchen. Als bewege er sich über ein Minenfeld, ging er anschließend mit möglichst großen Schritten zum Kiesweg zurück und vergewisserte sich, daß ihn niemand gesehen hatte. Er beschloß, sich bis zum Sonnenuntergang in diesem Park aufzuhalten. Er konnte die Zeit nutzen, um sich zu orientieren, und dann im Schutz der Dunkelheit den Rainbow-Tower erreichen. Nicht mehr abgelenkt von seiner schmerzenden Blase, gelang es ihm, sich so weit zu konzentrieren, daß er mit einer Vorstellung von einem Schmetterling im Kopf systematisch nach einem Ausgang suchte. Als ihm das gelungen war, versteckte er sich im Gebüsch und versuchte zu schlafen, aber Ameisen und starker Uringeruch hinderten ihn lange daran. Als er schließlich doch eingeschlafen war, weckte ihn nicht wie gewohnt seine innere Uhr, sondern die Sprinkleranlage, die sich in der Dämmerung automatisch in Betrieb setzte. Otto verließ den Park und ging auf die imposante, bogenförmige Struktur zu, deren Enden durch eine trickreiche Kombination innovativer Oberflächenmaterialien von weitem fast unsichtbar waren. In der Kühle des Abends bevölkerten Menschen die großen Freiflächen zwischen den immer noch stark befahrenen Straßen. Die Bäume und Laternen waren mit blinkenden Lichterketten geschmückt, über Arkaden mit Plastikweinlaub wanderten Lichtbögen in wechselnden Farben. Es gab Hecken aus Kunststoff, die aussahen wie beschnittener Buchsbaum und einen Pianisten am Flügel, eine Elefantenfamilie oder einen Formel-1-Boliden darstellten. Väter steuerten mit Fernbedienungen Plastikautos vor sich her, in denen ihre Kinder saßen, junge Männer ließen mit Kameras ausgestattete Quadrocopter durch die Luft fliegen, von einem Automaten wurden Seifenblasen ausgespuckt, die nicht platzten, wenn sie den Boden berührten, sondern erst, wenn die Kinder sie vor Freude kreischend zertraten. Gruppen von älteren Frauen gingen eingehakt wie eine Menschenkette zwischen den Wundern der modernen Zeit spazieren und kauten dabei grinsend Sonnenblumenkerne, wobei sie Zahnreihen entblößten, die fast nur noch aus Goldzähnen bestanden. Sie trugen bunte Kleider, Pantoffeln und Wollsocken. Junge Frauen ließen sich von Freundinnen in eleganten Posen vor Rabatten mit Plastikblumen fotografieren, oder sie fuhren mit ihren Verehrern zur Probe in einer Hochzeitskutsche einmal um den Platz. Reinigungstrupps suchten den Boden nach Müll ab, den andere Reinigungstrupps übersehen hatten. Weitere Putzkräfte schlenderten durch die Menge und polierten hier und da Handläufe und Marmorflächen nach, als handle es sich um ihre Wohnzimmereinrichtung. Im Abstand von wenigen Metern standen Edelstahl-Papierkörbe mit Öffnungen zum Trennen von Müll, die nicht wie ungeliebte Stadtmöbel, sondern wie Statussymbole wirkten (die Bauweise war aber die gleiche wie in sowjetischen Zeiten geblieben, die Behälter schwebten an einer beidseitigen Aufhängung und konnten zum Leeren gekippt werden). Von nahem machte die Substanz des Rainbow-Towers keinen guten Eindruck. Im Erdgeschoß befanden sich Büros von Immobilienmaklern, Versicherungen, eine Bank, ein Geschäft für Hochzeitskleider und Autovermietungen. Den Eingang für die Bewohner des Turms fand Otto nicht gleich, zunächst übersah er ihn, weil es sich um eine schlichte, wenig repräsentative Glastür handelte, deren Scheibe noch dazu mit Hausmitteilungen und amtlichen Schreiben beklebt war. Der große, xeroskopierte Hinweis: «AUSGANG!!!» hielt niemanden davon ab, durch diese Tür das Gebäude zu betreten. Im Inneren des Gebäudes befand sich eine Art Passage, die auf zwei Etagen Schönheitssalons, Änderungsschneidereien, einen Blumenladen, eine Apotheke, eine Fahrschule, ein Reisebüro, mehrere Lebensmittelgeschäfte und nicht weniger als drei Pfandleihen beherbergte. Auf dem Boden klebte ein Wirrwarr beschrifteter Pfeile, die den Weg zu den verschiedenen Geschäften wiesen. Die Luft war muffig und abgestanden. Den Zugang zum Fahrstuhltrakt und zum Treppenhaus bewachte eine ältere Frau in einer Pförtnerloge voller Gummibäume. Strickend verfolgte sie auf einem tragbaren Fernsehgerät eine Ballettaufführung. Ein symmetrisches Paar geschwungener Treppen führte eine Etage höher zu den Eingängen ins Treppenhaus. Otto schloß sich einer Mutter mit Kinderwagen an, die gerade an der Pförtnerloge vorbeiging, verzückt betrachtete er das Baby im Wagen, das unter einer dicken Wollmütze schwitzte und schon Ohrringe trug. Er drückte den oberen Fahrstuhlknopf, der Eisenbeschlag war nicht lotrecht angebracht worden, zudem zeigte der Pfeil des unteren Knopfs ebenfalls nach oben. Otto lächelte der Frau zu und drehte den Plastikaufsatz mit dem Pfeil wieder in die richtige Richtung. Als der Fahrstuhl kam, stieg Otto nicht ein, sondern schlug sich mit der flachen Hand an die Stirn, als hätte er etwas Wichtiges vergessen, ging rasch eine der Freitreppen nach oben und öffnete die Tür zum Treppenhaus, die klemmte, weil sie sich verzogen hatte und anscheinend selten benutzt wurde. Die Treppenstufen führten stetig wie ein Bergpfad nach oben. Wegen der schwachen Beleuchtung konnte man das Ende des Wegs nicht sehen. Otto durfte nicht zu schnell gehen, er mußte sich seine Kräfte einteilen, weil er nicht einschätzen konnte, wie anstrengend der Aufstieg sein würde. Es mußten ungefähr hundert Stockwerke sein, zweitausend Stufen, das Ulmer Münster hatte siebenhundertachtundsechzig, die war er einmal zu Fuß gegangen. Langsam und bedächtig stieg er, gewohnheitsmäßig die Stufen zählend, Stockwerk für Stockwerk höher. Hier und da standen Bierbüchsen mit ausgedrückten Zigaretten auf einem Treppenabsatz, obwohl auf jeder Etage Hinweise angebracht waren: «Strafe fürs Rauchen: 21 210 Taler. Strafe für wiederholtes Rauchen: 106 050 Taler». Er hörte die Fahrstühle in den Schächten und den dumpfen Klang von Stimmen. Manchmal klebte ein Zettel an der Wand: «Kaufe Wohnung in diesem Komplex». Je höher er kam, desto öfter mußte er ausruhen. Nach etwa einer halben Stunde war er auf der obersten Ebene angekommen und konnte durch die schmutzigen Scheiben auf die Stadt hinuntersehen. Drei individuell gestaltete Wohnungstüren (in nachträglich ergänztes Mauerwerk eingefaßt, dick gepolstert und in Hammerschlagoptik) sollten die Eingänge zu den Hotels «Sky House Mangana», «Hotel Elite» und «PanoraMangana» sein. Der Abstieg auf der anderen Seite des Regenbogens war zwar weniger anstrengend für Herz und Lunge, aber dafür taten Otto bald die Knie weh, und er mußte zwischenzeitlich rückwärts gehen. Ganz durchgeschwitzt kam er unten an, trocknete sich mit Löbs Hemd den Oberkörper ab, stopfte es in einen mit einem Fahrradschloß gesicherten Stromkasten, dessen Klappe aufgebogen worden war, zog auch die Hose aus und statt dessen Sporthemd und Sporthose an. Seinen Paß und sein Geld verstaute er in der Bauchgurttasche. Er stieg nicht bis zum Erdgeschoß hinunter, sondern öffnete im ersten Stock eine Tür, die auf ein riesiges, leeres Parkdeck führte. Hier befand sich zwischen Batterien von Mülltonnen und großen, vergitterten Luftschächten, die wie Dampfschiffschornsteine aussahen, ein Spielplatz mit alten Stahlrohrgeräten, die von irgendwo hierhergebracht worden waren. Vielleicht stammten sie aus dem «befreiten» Dorf, dessen Bewohner das Gebäude errichtet hatten. Ein Sandkasten, wieder mit Sonnendach, eine Wippe, eine verbogene Rutsche. Die Geräte waren mit bunten Blumen und Mustern bemalt und wirkten dadurch noch verlorener am Fuß der imposanten Regenbogenstruktur. Otto stieg eine eiserne Wendeltreppe hinab, die zur Straßenebene führte. Ein Taxi wagte er nicht mehr zu nehmen, auch kein privates, die Busse waren für Touristen unbrauchbar, da es nirgends Fahrpläne gab und die Haltestellen nicht markiert waren. Nur Einheimische wußten, wo sie sich befanden, vielleicht waren es dieselben Stellen, an denen Karawanen schon vor dem Bau der Stadt gerastet hatten. Von der U-Bahn wollte er lieber Abstand nehmen, zu Fuß würde er eine Stunde für die fünf Kilometer bis zum Flughafen brauchen. Wenn er den Weg joggend zurücklegte, würde er immerhin doppelt so schnell sein, und niemand würde bei seinem Aufzug vermuten, daß er vorhatte, abzureisen. Der Weg war leicht zu finden, er mußte nur der breiten Ausfallstraße hinter dem Rainbow-Tower folgen, die schnurgerade aus der Stadt zum Flughafen führte, am «Bogen der Neutralität» vorbei, der doppelt so groß war wie der Arc de Triomphe, aber, wie eine Plakette informierte, angeblich in nur drei Monaten gebaut worden war (Löb: «Kriterien aus dem Projektmanagement stehen für Qualität ...») und eine beliebte Herausforderung für ambitionierte Autofahrer war, die ihn in einem mehrspurigen Kreisverkehr umkurven durften.

Am Flughafen ging Otto auf die Toilette und wusch sich Gesicht und Hände. Er stellte sich am Urfu-Air-Schalter an. Ein Poster zeigte eine Hand mit Geldscheinen und eine zweite Hand, die nicht zugriff, sondern die Gabe entschlossen verweigerte, ein Aufruf zur Bekämpfung der Korruption, verbunden mit der Androhung einer fünfzehnjährigen Gefängnisstrafe, man sollte sich bei einer Hotline melden, wenn einem etwas Verdächtiges aufgefallen war. Außerdem wurden die Angestellten daran erinnert, wie unhöflich es war, seine Kunden nicht zu siezen und vor ihnen private Telefongespräche zu führen. Der nächste internationale Flug ging nach Moskau, von dort würde Otto schon weiterkommen. Er hatte kein Gepäck aufzugeben. Es blieben noch drei Stunden, die er auf der Toilette verbrachte, um niemandem zu begegnen. Immer wieder wurde an der Tür seiner Kabine gerüttelt, obwohl sie verschlossen war. Über der Kloschüssel erinnerte ein Aufkleber daran, daß man sich auf die Klobrille setzen und nicht hocken sollte. Neben dem Jackenhaken, der mit einer Schraube in der gekachelten Wand befestigt und offenbar schon mehrmals abgefallen war, wies ein kleiner, laminierter Zettel mit einem Pfeil nach unten auf die maximale Tragelast von einem Kilogramm hin.

An der Paßkontrolle mußte Otto seinen Ausweis aus der Schutzhülle nehmen. Mit steigendem Puls wartete er, ob ihm dieses eine Mal im Leben noch die Absolution erteilt würde? Erleichtert hörte er das beglückende Stanzgeräusch des Stempelgeräts. Auch bei der Gepäckkontrolle, beim Boarding und beim Einsteigen ins Flugzeug mußte er Paß und Bordkarte vorzeigen, aber er bekam seine Dokumente jedesmal umstandslos zurückgereicht und durfte sich schließlich auf einen Fensterplatz im Flugzeug setzen. Nach dem Abheben konnte Otto die charakteristische Form des Flughafengebäudes bewundern, das aus der Luft wie ein Adler mit ausgebreiteten Schwingen aussah, dann, als das Flugzeug seitlich wegkippte, um langsam die Richtung zu wechseln, tauchten in der Tiefe die Lichter von Mangana auf. Otto orientierte sich am Straßenraster, erkannte den Fluß, den «Turm der Nationalen Wiedergeburt», das in den Himmel gerichtete Auge der Präsidentenbibliothek, und für einen Moment hatte er den Eindruck, sämtliche Lichter der Stadt seien durch eine geschickte Regie so geschaltet, daß sie, aus der Luft betrachtet, die Züge von Zültan Tantals lächelndem Gesicht bildeten. Als das Flugzeug die Reiseflughöhe erreicht hatte, meldete sich der Pilot mit angenehm souveräner Stimme zu Wort, ein Mann, der seinen Platz im Leben gefunden hatte und selbst den Absturz seiner Maschine mit professioneller Fassung hinnehmen würde. Otto verstand zwar nichts, aber es klang beruhigend, wie die tröstlichen Worte seines Vaters, wenn Otto auf dem Spielplatz hingefallen war und sich die Knie aufgeschürft hatte. Otto lehnte sich zurück und versuchte zu schlafen, wachte aber immer wieder auf, weil er mit dem Kopf nach vorne kippte. Aber er war zu erschöpft, um sich eine bequemere Position zu suchen, und seine Rücklehne ließ sich nicht verstellen. Dennoch kam Otto erst durch die Unruhe, die die Ankündigung der Landung bei den Reisenden auslöste, wieder vollständig zu Bewußtsein. Kaum daß die Räder der Maschine den Boden berührt hatten, sprangen die meisten Fluggäste auf, zerrten ihr Gepäck aus den Fächern und warteten mit eingezogenen Köpfen ungeduldig darauf, daß die Ausgänge freigegeben wurden. Weil alle standen, blockierten sie sich gegenseitig, und das Gedränge löste sich nur langsam auf. Otto war zu müde, um auf den Weg zu achten und trottete gefälschten Louis-Vuitton-Rollkoffern hinterher durch Gänge, in denen man sich zum Glück nicht verlaufen konnte. Die Gepäckbänder konnte er diesmal ignorieren. Die Paßkontrolle war nicht besetzt, man ging einfach durch, unausgesprochen betrachtete Rußland Urfustan immer noch als Teil seines Staatsgebiets. Otto trat durch eine Tür, die sich automatisch öffnete, und befand sich in einer Ankunftshalle, wo sich Familienangehörige der Fluggäste drängten, Taxifahrer in Adidas-Trainingshosen und spitzen Lederhalbschuhen und mit gefälschten Ray-Ban-Aviator-Sonnenbrillen, die hofften, einen ortsfremden Reisenden übertölpeln zu können, Chauffeure großer Hotelketten, deren Namen auch in Krisenregionen Geborgenheit versprachen (iPads ersetzten teilweise schon die gewohnten Zettel mit den in großen Lettern geschriebenen Namen der Auserwählten, die so glücklich waren, abgeholt zu werden). Otto mußte im logistisch sicher ausgeklügelten, auf den Fremden aber chaotisch wirkenden Durcheinander des Flughafens, der wie alle Flughäfen ein für Menschen unwirtliches Habitat war, erst nach Orientierungspunkten suchen. Weil er es eilig hatte, den Schalterbereich zu finden, wollte er schnell am Pulk der am Ausgang Wartenden vorbeigehen, wobei er sein Ticket aus der Tasche zog, um noch einmal nachzulesen, wie der Ankunftsflughafen hieß und wo in Moskau er sich eigentlich befand, als sich ihm zwei uniformierte Männer in den Weg stellten, die einen handgeschriebenen Zettel hochhielten: «OTTO KWANT». Otto blieb stehen und wollte instinktiv wieder zurück durch die Tür gehen, aber nicht nur wegen der Reisenden, die ihm nachdrängten, sondern auch, weil zwei weitere Männer in Uniform ihm von hinten den Weg versperrten, gelang ihm das nicht. Erst jetzt fiel ihm das Schmetterlingswappen am Ärmel der Beamten auf. Er schaute sich noch einmal um, und wie wenn man sich in einer Stadt verlaufen hat und nach langem Umherwandern stehenbleibt, nach einem Hinweis darauf sucht, wo man sich befindet, und plötzlich nicht nur feststellt, daß man an diesem Punkt schon einmal gewesen, sondern daß man sogar von hier losgegangen ist und den Platz, aus einer anderen Richtung kommend, nur nicht gleich wiedererkannt hatte, fügten sich die Einzelheiten des Raums schlagartig zu einem vertrauten Bild, und Otto stellte fest, daß er sich in der Ankunftshalle des Flughafens von Mangana befand.

KAPITEL 18

Otto hatte sich in seiner Phantasie oft ausgemalt, wie sich ein Gefängnisaufenthalt anfühlen müßte, und im Grunde nichts Beängstigendes dabei empfinden können, in einer Zelle ein stilles und produktives Mönchsleben zu führen und durch die Einschränkung seiner Bewegungsfreiheit vielleicht sogar zu einer größeren inneren Freiheit zu gelangen. Er würde sich gewissenhaft und geduldig durch Bücher arbeiten, die er sonst nie zu lesen geschafft hätte, «Auf der Suche nach der verlorenen Zeit», «Leben und Ansichten von Tristram Shandy», «Don Quijote» und vielleicht sogar den zweiten, unveröffentlichten Teil des «Mann ohne Eigenschaften», oder endlich so umfangreiche Sachbücher wie Sigfried Giedions «Die Herrschaft der Mechanisierung» studieren. Frei von beruflichen Pflichten, könnte er auch etwas tiefer schürfen und philosophische Studien betreiben, mit Kant müßte er sonst sicher bis zur Rente warten, und dann wäre es vielleicht zu spät, noch von den gewonnenen Erkenntnissen zu profitieren. Daneben könnte er systematisch Sprachen lernen, bei guter Führung durfte man sicher einen Weltempfänger nutzen, dann könnte er ausländische Sender hören und sich mit Wörterbüchern den für das Verständnis nötigen Wortschatz erarbeiten. Statt zu reisen, könnte er meditieren und Ordnung in seine seit der Kindheit durcheinandergeratenen Gedanken bringen, ohne sich um Kleidung, Essen, Termine, Freunde,

Umzüge, Reisepläne, Rechnungen, die Steuererklärung, Initiativbewerbungen, Ausweisverlängerungen, Arztbesuche oder lästige Familienangelegenheiten kümmern zu müssen. Unter so idealen Bedingungen würde er vielleicht sogar endlich sein Studium abschließen und, unbeeinflußt von der Sucht nach Anerkennung und Erfolg, Gebäude entwerfen, die nicht unter dem Mangel leiden würden, gebaut werden zu müssen. Morgens und abends würde er schwedische Gymnastik betreiben, seine Muskeln dehnen, Liegestütze machen, auf dem Boden und rückwärts an der Pritsche, Klimmzüge am Fenstergitter, Yoga praktizieren, bis hinauf zu den schwersten Asanas, dem «verletzten Pfau» oder dem «Zerstörer des Universums». Er hatte nie verstanden, warum es eine Verschärfung der Strafe darstellen sollte, in einer Einzelzelle untergebracht zu sein, bei touristischen Gruppenreisen oder im Krankenhaus mußte man für ein Einzelzimmer doch sogar Aufschlag zahlen oder privat versichert sein! Mit einem Mitbewohner hatte Otto in seiner Phantasie allerdings nie zu tun gehabt und vor allem mit keinem, der einem in die Hand spuckte, wenn man sie ihm zur Begrüßung reichte. Insofern war die Realität ernüchternd, auf die er jetzt stieß, wenn man davon bei einem Gefängnisaufenthalt überhaupt sprechen konnte. Es gab nur eine Pritsche, von der aus Otto ein Mann mit unförmiger Statur und dunklen Augenringen anstarrte, seit Otto den Fehler gemacht hatte, sich ihm höflich vorstellen zu wollen. Er mußte an Brankas These denken: «Architektur kann Ehen zerrütten.» Hier gab es tatsächlich wenig Möglichkeiten, sich Freiräume zu lassen, um dadurch wieder mehr Freude am Zusammensein zu entwickeln. Otto stand lange unschlüssig neben der Zellentür und wagte kaum, sich zu rühren, als hoffe er, der Mann würde seine Anwesenheit wieder vergessen. Erst als dieser sich zur Wand wälzte und gleichmäßig zu atmen begann, setzte Otto sich vorsichtig auf einen der beiden im Boden verankerten Stahlhocker. Vom Ordnen seiner Gedanken konnte keine Rede sein, in seinem Kopf jagten wirre Bilder durcheinander, er geriet in zielloses Grübeln, und sein Herz klopfte. Um sich zu beruhigen, überlegte er, welches Wort er in den meisten Sprachen konnte, und kam zu dem Ergebnis, daß es sich um «Hund» handelte. Er ging in Gedanken durch, wie viele Hauptstädte er schon gesehen hatte. Wenn er die, in denen er nur zwischengelandet war, nicht mitzählte, fiel das Ergebnis kümmerlich aus. Er versuchte, ausgehend vom heutigen Tag, in der Zeit rückwärts zu wandern und sich für jeden Tag an wenigstens eine Begebenheit zu erinnern. Aber er konnte sich nicht lange konzentrieren, weil ihn die Frage nicht losließ, wie er hier gelandet war und was er tun konnte, um diesen Ort wieder zu verlassen oder seinen Aufenthalt wenigstens erträglich zu gestalten. Ottos Zellengenosse lag schwer wie ein Kartoffelsack auf der Pritsche. Ästhetisch hinkte der menschliche Körper der modernen Architektur meilenweit hinterher. Der Mann war überall behaart, nur der Kopf war kahlgeschoren (wie inzwischen auch Ottos Kopf, Branka hätte ihre Freude gehabt). Am Hals drangen Haarbüschel aus dem fleckigen, grauen Hemd. An seinen Unterarmen waren ihm enorm knollige Muskelstränge gewachsen. Die Fliegen, die auf seiner Haut spazierten, schien er überhaupt nicht zu spüren. Vielleicht sollte Otto in den ersten Nächten, bis sie sich besser kennengelernt hätten, lieber auf dem Boden schlafen? Oder war es so gedacht, daß man die Pritsche versetzt belegte und jeder die Füße des anderen im Gesicht hatte? Er könnte dem Mann mit der Freundlichkeit und Unvoreingenommenheit eines Seelsorgers begegnen, in der Hoffnung, mit der Zeit sein Zutrauen zu gewinnen. Wenn sie sich gegenseitig helfen würden, ihre Sprachen zu lernen, könnten sie die Zeit sinnvoll nutzen, aber ob der Mann überhaupt sprechen konnte? Die urfische Sprache galt manchen Sprachwissenschaftlern als entfernte Verwandte des Baskischen, das in Europa ein Inseldasein führte, dort in Wahrheit aber schon länger als die indoeuropäischen Sprachen beheimatet und vielleicht sogar einmal über große Teile des Kontinents verbreitet gewesen war. Otto hatte zwar kein Wörterbuch, aber er könnte sich, vorausgesetzt, der Mann ließe sich darauf ein, durch gezieltes Fragen («Was ist das?») systematisch ein urfisches Glossar erarbeiten. Mit der Hand verscheuchte Otto eine Fliege, die vor ihm auf dem Tisch gelandet war. Mit einem Satz sprang der Mann auf, packte Otto am Schlafittchen und preßte ihn gegen die Wand. Otto war starr vor Schreck. Der Mann ließ ihn fallen und warf sich wieder auf die Pritsche. Die Fliege, vielleicht war es auch eine andere, setzte sich auf Ottos Arm, es kitzelte, aber er wagte nicht, sie von dort zu vertreiben, da der Mann ihn mißtrauisch beobachtete. Auf einem Regalbrett am Kopfende der Pritsche stand eine Tupperdose, auf der ein Pflaster klebte, das mit «Ursus» beschriftet war. Vielleicht war das sein Name? Um Ursus nicht noch mehr gegen sich aufzubringen, verbrachte Otto die Nacht auf dem Hocker. Durch das Gitter fiel ein fahler Lichtschein, dessen Wanderung Otto beobachtete, bis er eine Zeitlang das Bild von Zültan Tantal beleuchtete, der in Camouflage-Montur, den Kopf von einer runden Anglermütze vor der Sonne geschützt, bis zum Bauch in einem malerisch gelegenen Bergsee stand und nachdenklich die bunte Pose betrachtete, die vor ihm schwamm. Aus Sicherheitsgründen war das Bild hinter Plexiglas in die Mauer eingelassen. Jemand hatte Schwänze in die Oberfläche geritzt, die in Mund, Hintern, Ohren und Nase von Tantal steckten, auch die Angel war zu einem Schwanz umgearbeitet worden, ein Schwarm Schwänze umschwamm den verängstigten Schwanz am Haken. Otto hatte den Kopf auf die Arme gelegt, um zu schlafen, aber ständig weckten ihn Geräusche, deren Ursache er sich nicht erklären konnte und von denen das Gebäude widerhallte. Einmal tastete Ursus nach seiner Tupperdose, aus der es nach vergammeltem Thunfisch roch. Ursus sog den Duft gierig ein. Otto bemerkte durch die halb geöffneten Augen, wie Ursus an seinem Unterleib manipulierte. Dann öffnete er eine Streichholzschachtel und holte mit vorsichtigem Griff eine Fliege heraus, die er sich in den Harnkanal drückte. Er nahm sein absurd großes Glied in den Würgegriff, als wollte er es abreißen, um sich seiner endgültig zu entledigen. Sein mißvergnügtes Grummeln ging allmählich in leise gehauchte Fieptöne über, die schneller wurden und in einen langgezogenen Falsett-Klagelaut mündeten. Als er verstummt war, wischte er sich mit seinem Hemd den Bauch ab und drehte sich zur Wand. Die ganze Zelle roch nach Thunfisch, und Otto bekam, wie er angeekelt feststellen mußte, Hunger.

KAPITEL 19

Die Morgensonne heizte den Raum in kürzester Zeit auf, an Schlaf war für Otto nicht mehr zu denken. Das Fenster ging über die ganze Wandfläche und bot einen herrlichen Ausblick, leider nur auf unbebautes Ödland, das sich bis zum Horizont erstreckte, verdorrtes Buschwerk, Sand, Steine und Berge von Müll, offenbar befand sich das Gefängnis am Stadtrand. Eine Heuschrecke landete auf der Fensterscheibe und blieb dort für die nächsten Stunden sitzen, so daß Otto ihren häßlichen Bauch betrachten konnte. Ursus war noch nicht aufgewacht, oder zumindest hatte er die Augen geschlossen. Otto wagte nicht, sich zu rühren, um ihn nicht wieder zu verärgern. Ob es so etwas wie ein Frühstück geben würde? Aber als die Gittertür geöffnet wurde, bekam er nichts zu essen, sondern der Wärter, ein vom Leben gebeugter Mann, beorderte Otto aus der Zelle. Otto ging ihm voraus und versuchte, wie beim Zahnarzt oder beim Friseur, alle von ihm gewünschten Bewegungen zu erahnen, um Anweisungen zuvorzukommen. Das Personal sollte von Anfang an sehen, daß er ein Gefangener war, der vorhatte, sich durch gute Führung auszuzeichnen und den man irgendwann mit der Verwaltung der Gefängnisbibliothek oder mit ähnlich privilegierten Diensten betreuen konnte.

Das Gebäude war alt, die Substanz verrottete nicht etwa malerisch, sondern abstoßend und wohl auch endgültig.

Hitze, Frost und Feuchtigkeit hatten den Beton, der von schlechter Qualität war, stellenweise schon völlig zersetzt und die Armierungseisen freigelegt, vermooste Teerpappe hing schlaff vom Fenstergesims, aus elegant geschwungenen, weit auskragenden Vordächern wuchsen Bäumchen. Sämtliche Fensterrahmen waren verfault, die einen Fenster ließen sich nicht mehr öffnen und die anderen nicht mehr schließen. Die ersten drei Etagen hatten aufgegeben werden müssen und standen leer. Auf dem Innenhof, wo in zerbeulten Mülltonnen Küchenreste verrotteten, spielte der Wind vielleicht schon seit Jahren mit einer Plastikflasche, die ratternd über den schadhaften Asphalt rollte. Trotzdem war dem Bau noch seine ursprüngliche Gestaltung anzusehen. Der Baukörper war aus geometrischen Grundformen komponiert worden, elegante Fensterbänder gliederten die Fassade, und unter der überall von den Wänden abblätternden Farbe konnte ein geübtes Auge das ursprüngliche Farbkonzept erahnen, das vor langer Zeit unter einem aschefarbenen Anstrich verschwunden war. Die Zellen lagen an endlosen Gängen, die durch schmale Säulen gegliedert waren, über jeder Zellentür stand eine offenbar von einem ausgebildeten Schriftmaler fachkundig von Hand geschriebene Nummer. Es handelte sich bei diesem Gefängnisbau um eines der wenigen in Urfustan noch existierenden Beispiele konstruktivistischer Architektur der zwanziger Jahre, einer Strömung, die in der Euphorie und Experimentierfreude der ersten Jahre nach der Russischen Revolution in der Sowjetunion stark diskutiert worden war, bevor Stalin dieser Interpretation einer Architektur für den Kommunismus mit seiner deprimierenden Hochzeitskutschen-Ästhetik ein Ende gesetzt hatte. Der Bau stammte von Moische Mondstein, einem jüdischen Kommunisten, der später wegen Sabotage angeklagt worden war, eine genauere Begründung für seine Verhaftung hatte er nie erfahren. Nach der Umwandlung des Gebäudes in ein Gefängnis hatte er bis zu seiner Erschießung zu dessen ersten Insassen gezählt. Der Internationale Rat für Denkmalpflege bemühte sich schon seit längerem vergeblich darum, die Behörden Urfustans dazu zu bewegen, das Gebäude unter Denkmalschutz zu stellen oder es wenigstens notdürftig baulich zu sichern (immerhin hatte man eine Gedenktafel für Mondstein an seiner Zelle anbringen lassen können). Die Konstruktivisten hatten im Einklang mit der kommunistischen Lehre die bürgerliche Kleinfamilie auflösen und das Privatleben vergesellschaften wollen. Deshalb sollte es in den neuen Kommunehäusern Gemeinschaftsküchen geben (was Baukosten sparte) sowie, in einem Zusatzblock, der durch einen Gang mit dem Hauptgebäude verbunden war, Sportsaal, Waschhaus, Bibliothek und Kindergarten. (Im Grunde war die Umnutzung des Gebäudes als Gefängnis, dessen Insassen ja eine Extremform von vergesellschafteter Lebensweise pflegten, nur konsequent.) Einige Ökonomen und Architekten, die sogenannten Desurbanisten, gingen in den zwanziger Jahren sogar so weit, Städte als Relikt des Kapitalismus zu betrachten, und glaubten an eine durch die Industrialisierung der Landwirtschaft und die neuen Möglichkeiten des Verkehrs vorangetriebene Aufhebung des Widerspruchs zwischen Stadt und Land im Kommunismus, wie Marx, Engels und Lenin sie vorausgesagt hatten. Die Bevölkerung sollte in Zukunft gleichmäßig über das Land verteilt leben, in Städten, die sich über hunderte Kilometer an Überlandstraßen erstreckten und deren Zentrum nicht mehr ein Kreml, sondern ein Kombinat sein würde. (Unter anderen Vorzeichen sollte es in den USA nach dem Krieg durch die explosionsartige Suburbanisierung infolge der Kommerzialisierung des Fertighausbaus und der Erfolge der Autoindustrie tatsächlich zu etwas Ähnlichem kommen.) Eine Klausur in Sainte-Marie de La Tourette, Le Corbusiers Betonkloster bei Lyon, hätte für Otto zwar größere Priorität gehabt, aber es war durchaus ein Trost, so ein seltenes Beispiel einer in der Sprache der Architektur formulierten gesellschaftlichen Utopie von innen zu sehen und es sogar zu bewohnen, denn Architektur mußte man körperlich erfahren. Man konnte lange über die Entstehung der griechischen Säulenordnungen philosophieren; solange man nicht selbst in der Mittagshitze zur Akropolis hinaufgestiegen war, um mit seinen Händen über den Marmor zu streichen, blieb man ein Gymnasiast, der von erotischen Abenteuern mit berühmten Frauen träumt. Otto wurde durch einen gläsernen Verbindungsgang (dessen Scheiben allerdings inzwischen durch Sperrholzplatten ersetzt worden waren) in ein Nebengebäude geführt, wo er einen kahlen, mit Neonröhren beleuchteten Raum betrat, den ehemaligen Sportsaal des Kommunehauses, am Boden waren noch Spielfeldmarkierungen zu sehen. Er mußte sich auf einen Hocker setzen, seine Budapester ausziehen, die man ihm gelassen hatte (wie auch sein goldenes Sportzeug), und seine Füße in Soldaten-Walenki stecken, schwere Filzstiefel, deren Sohle am Boden verschraubt war.

Der Wärter bückte sich stöhnend und band die Stiefelschäfte mit einer Doppelschleife zu, dann setzte er sich hinter Otto und widmete sich einem zerlesenen Exemplar derselben Rätselzeitschrift, die Otto schon in der Küche der Inneren Exilregierung Urfustans gesehen hatte. Links und rechts von Otto saßen andere Gefangene, deren Füße ebenfalls in stationären Filzstiefeln steckten. Nach einem Moment der Stille öffnete sich eine Tür, und eine Reihe Besucher trat ein, die meisten, wie Otto vermutete, Ehefrauen der Gefangenen, die sich für ihre Männer frisch frisiert und neu eingekleidet hatten. Als eine der letzten betrat Zarina den Raum. Otto konnte sein Glück kaum fassen. Er war erleichtert, sie hier zu sehen, vor allem war er froh, daß man draußen von seiner mißlichen Lage überhaupt Kenntnis bekommen hatte, vielleicht könnte Zarina die Deutsche Botschaft kontaktieren und helfen, das Mißverständnis aufzuklären, das zu seiner Verhaftung geführt hatte.

«Es tut mir leid, daß wir uns unter so unschönen Umständen wiederbegegnen», sagte Zarina.

«Wo bin ich denn hier?»

«In der Staatlichen Bewußtseinsschule. Ich hoffe, Sie konnten sich schon etwas einleben.»

«Es ist eigentlich nicht zum Aushalten, ich habe kaum geschlafen.»

«Das ist normal, Ihr Körper reagiert auf die Umstellung. Was haben Sie sich nur dabei gedacht?»

«Wobei?»

«Im Präsidentenpark den Rasen zu betreten. Würden Sie das in Deutschland auch machen? Es gibt doch zahlreiche

Verbotsschilder mit instruktiven Grafiken für Sprachunkundige. Ist Ihnen überhaupt bewußt, was es für Kosten aufwirft, unserer Bevölkerung unter den bei uns herrschenden klimatischen Bedingungen Grünanlagen zur Verfügung zu stellen?»

«Deshalb bin ich hier?»

«Wir haben aus den Fehlern von Pruitt-Igoe gelernt und verfolgen eine Zero-Tolerance-Politik, um negative Erscheinungen, vor denen man in Ihren westlichen Städten kapituliert hat, im Keim zu ersticken.»

«Ich hatte es nicht mehr ausgehalten, und es gab keine öffentliche Toilette.»

«Wenn das alle machen würden, würde es hier irgendwann wie in Amsterdam aussehen, die gesamte Innenstadt voller Engländer, die betrunken in die Rabatten pinkeln.»

«Wie hoch ist denn die Strafe?»

«Sie wären mit einer Geldstrafe davongekommen, aber schlimmer wiegt diese schreckliche Holzkiste auf Ihrem Hotelzimmer.»

«Welche Holzkiste?»

«Ich möchte nicht darüber sprechen, ich bin sehr enttäuscht von Ihnen, Otto, ich hatte Sie für einen Ästheten gehalten.»

«Egal, wovon Sie sprechen, ich habe damit nichts zu tun.»

«Ich bin gekommen, um Ihnen Ihren persönlichen Besitz auszuhändigen, Sie können sich beim deutschen Botschafter bedanken, der sich für Sie eingesetzt hat, das ist wirklich ein Privileg. Ihr Heft mit frauenverachtenden Fotos darf ich Ihnen allerdings nicht übergeben.»

Sie reichte ihm ihren Stoffbeutel mit dem Aufdruck «Berliner Biermeile e. V.», Otto warf einen Blick hinein, der Beutel enthielt lediglich das Exemplar von «Der Alchimist», das er im Hotel geborgt bekommen hatte.

«Das Buch gehört mir gar nicht.»

«Umso dankbarer sollten Sie sein, daß Sie es behalten dürfen.»

«Und was passiert jetzt mit mir?»

«Sie müssen sich in Geduld üben.»

«Wird es eine Verhandlung geben?»

«Glauben Sie, das wäre gut?»

«Das weiß ich nicht.»

«Im Moment sollten Sie nicht noch mehr Staub aufwirbeln. Sie haben sich durch Ihr arrogantes Auftreten im Rat für Kunst keine Freunde gemacht. Sie können froh sein, daß Sie nicht in Einzelhaft gekommen sind, das haben Sie Zültan Tantal zu verdanken, der große Stücke auf Sie hält, aber auch er kann sich nicht über die Justiz hinwegsetzen, wir sind hier schließlich nicht in Baristan. Außerdem hat es ihn enttäuscht, daß Sie sein Vertrauen ausgenutzt haben, um sich an seine Tochter heranzumachen. Mich übrigens auch.»

«Was ist denn nun meine Strafe?»

«Nennen wir es lieber Denkpause.»

«Wie lange soll die dauern?»

«Ich bin kein Jurist.»

«Ich habe doch überhaupt nichts gemacht!»

«Begreifen Sie es als Chance.»

«Ich halte das keinen Tag länger aus mit diesem Ungeheuer auf der Zelle.»

«Man wächst an seinen Aufgaben. Es hätte Sie schlimmer treffen können, wenn Sie bei den Gewalttätern gelandet wären.»

«Was hat er denn getan, wenn er kein Gewalttäter ist?»

«Er hat gegen unsere Gesetze verstoßen, die wir lieben, weil sie uns schützen.»

«Hat er seine Frau verspeist?»

«Nein, er hat Blindschach gespielt.»

«Ist das denn verboten?»

«Ja, natürlich. Das Verbot stammt noch aus der Sowjetunion, Mediziner hatten damals beobachtet, daß die unmenschliche Konzentrationsleistung beim Blindschach, insbesondere, wenn man mehrere Partien simultan spielt, schwere Gehirnschäden verursachen kann. Es ist nicht auszuschließen, daß es bei Ihrem Mitschüler nicht schon zu spät war. Ich muß jetzt leider gehen, ich wünsche Ihnen, daß Sie von nun an aus allem, was Ihnen bei uns widerfährt, die richtigen Schlüsse für Ihr weiteres Leben ziehen, ob Sie es nun hier verbringen oder an einem anderen Ort.»

Als Zarina gegangen war, befreite der Beamte Ottos Füße aus den verschwitzten Filzstiefeln und führte ihn zurück in seine Zelle, wo er Ursus in ungewöhnlicher Haltung vorfand. Dieser umklammerte mit beiden Händen einen Gitterstab und balancierte seinen gestreckten Körper waagerecht in der Luft. Ungefähr eine Minute lang hielt er so aus, dann machte er mit anderen Übungen weiter, einarmige Liegestütze auf Daumen und Zeigefinger, Klimmzüge an einem Mauervorsprung, mit jedem Finger einzeln, Handstand mit Beugen der Arme und In-die-Hände-klatschen, Hängeübungen am Handtuch. Ursus forderte ihn auf, es ihm gleichzutun, aber Otto hatte keine Lust. Er sah ihm traurig zu und blätterte in «Der Alchimist». Vielleicht würde er so bald kein anderes Buch bekommen, er mußte es sich einteilen wie Süßigkeiten. Das Exemplar enthielt zahlreiche Anstreichungen: *Erst die Möglichkeit, einen Traum zu verwirklichen, macht unser Leben lebenswert.* Dem konnte man schlecht widersprechen. *Und Träume sind die Sprache Gottes.* Galt das für alle Träume? Hitler hatte doch sicher sein Leben lang intensiv von der Weltherrschaft geträumt. *Wenn du aus tiefster Seele etwas willst, dann wurde dieser Wunsch aus der Weltenseele geboren.* In einer Vorbemerkung stand, daß dieses Buch anfänglich ein Mißerfolg gewesen war, der Autor aber inzwischen weltweit über zweihundert Millionen Bücher verkauft hatte. *Wenn du etwas ganz fest willst, dann wird das gesamte Universum dazu beitragen, daß du es auch erreichst.* Otto überlegte, wann er zuletzt im Leben etwas aus tiefster Seele ganz fest gewollt hatte. Hatte er für «Augenschmaus» arbeiten wollen? Für «Himmels)s(turm»? Hatte er nach Mangana fliegen wollen? Wann hatte das begonnen, daß in seinem Leben lauter Dinge gegen seinen Willen geschahen? Wollte er das Gefängnis verlassen? Oder kam dieser Wunsch noch nicht *aus tiefster Seele*? Sonst würde *das gesamte Universum* doch dazu beitragen, daß er freikäme? Er versuchte weiterzulesen, aber er verlor immer wieder den Faden. Er konnte sich nicht auf die Handlung konzentrieren – etwas mit einem spanischen Schafhirten, der seine Schafe verkaufte und zu den ägyptischen Pyramiden reisen wollte, um nach einem Schatz zu suchen, von dessen Existenz ihm ein als Bettler verkleideter König berichtet hatte – und blieb immer wieder bei denselben Sätzen hängen, wie ein kaputter Reißverschluß. Wobei sich dadurch ein überraschender Effekt einstellte. Vielleicht war er überreizt, oder er verlor allmählich den Verstand, aber manche der schlichten Sätze, die auf den ersten Blick wie Durchhalteparolen aus einem Management-Ratgeber klangen, veränderten, wenn er sie auf der Suche nach einem Sinn zu oft gelesen hatte, wie ein Kippbild ihre Gestalt und kamen ihm dann für Momente wie einfache und dadurch umso tiefere Wahrheiten vor.

In der Nacht wurde Ursus wieder unruhig, öffnete die Tupperdose und suchte in seiner Streichholzschachtel nach einer neuen Fliege. Anscheinend fand er keine, denn er gab einen unterdrückten Klagelaut von sich und murmelte wütend vor sich hin, es klang wie Verwünschungen. Eine Weile blieb es still, dann erhob sich seine schwere Gestalt von der Pritsche und wankte auf Otto zu, der wieder am Tisch im Sitzen geschlafen hatte. Ursus' Hände konnten durch das lange Eigengewichts-Training fest wie Schraubstöcke zupacken, seine Finger hätten Dübel in die Wand drücken können. Er griff nach Ottos Oberarm und zerrte Otto hinter sich her zur Pritsche. Otto suchte fieberhaft die Wand ab und entdeckte eine Fliege auf Zültan Tantals Bild, die er mit der freien Hand einfing und zitternd Ursus präsentierte. Zum Glück fühlten sich Fliegen bei ihnen in der Zelle wohl, sicher auch, weil Ursus sich nie wusch. Ursus' Aufmerksamkeit wandte sich dem Insekt zu, und nachdem er sich von seinen Überschüssigkeiten befreit, sich notdürftig den Bauch gereinigt und zur Wand gedreht hatte, nutzte Otto, der vom nächtelangen Sitzen inzwischen unerträgliche Gliederschmerzen hatte und fast ohnmächtig vor Müdigkeit war, die Gunst der Stunde und legte sich neben Ursus auf die Pritsche, den Kopf an seinem Fußende. Halb hing er in der Luft, um möglichst viel Sicherheitsabstand zu lassen. Außerdem wickelte er sich wie eine Raupe in einen Lakenkokon, in Bayern ein altes Hausmittel gegen Vergewaltigungen durch fensterlnde Bauernburschen. Ursus brummte mißfällig, rückte aber etwas zur Seite, und Otto, der den lang entbehrten Komfort genoß wie ein warmes Bad, schlief ein, während wie aus weiter Ferne das Rattern der Schlagstöcke des Wachpersonals in sein Bewußtsein drang, die gegen die Gitterstäbe schlugen wie die Feder eines Glücksrads.

KAPITEL 20

«Es gibt eine Sprache, die jenseits der Worte steht», dachte er. «Das konnte ich früher schon mit den Schafen erleben und jetzt auch mit den Menschen.» So eine Sprache hatten Ursus und Otto für sich auch nach Wochen noch nicht gefunden. Otto hatte in der Zeit den «Alchimisten» mehrmals gelesen, während Ursus viele Stunden am Tag mit Eigengewichts-Übungen beschäftigt war. Wenn es zum Mittag Fisch gab, dessen aphrodisierendem Duft Ursus unrettbar verfallen war, überließ Otto ihm seine Portion, und Ursus tat sie zu den anderen Resten in der Tupperdose. Otto wußte, daß er wenigstens eine Fliege am Tag fangen mußte, wenn er sich Ursus' nachts heftig aufwallende Männlichkeit vom Leib halten wollte. Manchmal trödelte Otto bei der Fliegenjagd und hatte dann in der Dämmerung höchste Eile. Dieses Spiel mit dem Feuer war aber auch ein unterhaltsamer Reiz, und bisher hatte er es immer geschafft, Ursus rechtzeitig beliefern zu können. Otto konnte nicht begreifen, wie man bei ihrer nährstoffarmen Kost so einen massigen Körper behalten konnte. Alle Gerichte waren auf der Grundlage von Fischmehl zubereitet und exakt anhand der diätetischen Werte bemessen, die der Architekt des Vaterlands in seinem «Leitfaden gesunder und kulturvoller Ernährung» auf wissenschaftlicher Grundlage ermittelt hatte. Otto näherte sich schon seinem Idealgewicht aus Jugendzeiten. Sehnsüchtig

dachte er an das urfische Gericht im Kaufhaus zurück, das er verschmäht hatte und das ihm in der Erinnerung immer verlockender erschien. Wenigstens den Ketchup hätte er zutschen sollen. Abends las er Ursus laut aus «Der Alchimist» vor, weil Ursus dann manchmal einschlief und Otto sich neben ihm ins Laken rollen konnte. Außer zu trainieren und von der Pritsche aus Otto anzustarren, tat Ursus tagsüber nichts. Otto entwarf im Kopf ein Bildungsprogramm für seinen Zellengenossen, mit dem er ihn aus seinem triebgesteuerten Zustand befreien könnte. Man konnte mit Malen beginnen, was jedem Kind ursprünglich Freude bereitet, bevor es sich zu vergleichen beginnt und durch Kritik entmutigt oder durch Lob davon abgebracht wird, aus innerer Motivation zu handeln, statt aus dem Wunsch, anderen zu gefallen. Vielleicht könnten sie ihre Zelle neu anstreichen? Wenn sie die Farben klug auswählten, würde der Raum dadurch größer wirken. Die Erlaubnis könnten sie bei der Gefängnisleitung beantragen. Es gab für solche Zwecke einen Briefkasten für Beschwerden und Anregungen. Warum nicht singen? Jedem machte das Freude, viele hatten es nur nie bemerkt. Er könnte Ursus ein deutsches Volkslied beibringen, das sie zweistimmig singen könnten, und später vielleicht etwas aus der «Winterreise». Sie konnten auch Theater spielen, kleine Sketche über die absurden Seiten ihres Alltags. Wenn man es nicht überstürzte, wäre eines Tages sogar an tänzerischen Ausdruck zu denken. (Beim Erwachsenwerden lernen wir leider, unsere Emotionen von den Bewegungen unseres Körpers zu trennen.) Faktenwissen konnte warten, zunächst sollte das Spielerische dominieren und die natürliche Neugier zu ihrem Recht kommen. Die höchste Entwicklungsstufe wären natürlich Selbstreflexion, Ironie und Triebkontrolle. Aber das hatte seinen Preis, das wußte Otto, Tiere brauchten keine Psychoanalyse, am gesündesten ist die Amöbe. Er war sich gar nicht sicher, ob er Ursus einen Gefallen tat, wenn er ihn in seiner Entwicklung förderte, er mußte zugeben, daß die Langeweile Ursus viel weniger auszumachen schien als ihm. Im Grunde war Ursus für diesen Ort die angepaßtere Lebensform, er hätte seine Tage draußen sicher kaum anders verbracht, und möglicherweise würde er von seiner Haft sogar profitieren, wenn es ihm wie dem Faultier erging, das in Gefangenschaft doppelt so alt wurde wie in freier Wildbahn. Mit Ursus' Talent, stundenlang bewegungslos dazusitzen und zu dösen, konnte Otto nicht mithalten, er langweilte sich fürchterlich, und er vermißte die Beschäftigung mit Architektur. Immer noch dachte er über den «Palast der Demokratie» nach und verglich im Kopf verschiedene Entwürfe miteinander. Wenn er einen genialen Einfall hätte und ihn über Zarina Zültan Tantal zuspielen konnte? Vielleicht könnte er ihn als Kollegen ansprechen und so begeistern, daß er auf Gnade hoffen dürfte? (Natürlich mußte der Entwurf trotzdem subversiv sein, ein Gebäude, das sich durch seine Struktur jedem Mißbrauch durch die Mächtigen entzog, das die Mächtigen allein durch seine Ausstrahlung zum demokratischen Gedanken bekehrte.)

An einem Tag hatte Otto die Fliegenjagd wieder einmal auf die leichte Schulter genommen, es dämmerte schon, und er hatte noch keine Beute gemacht, weil er lange in «Der Alchimist» gelesen hatte. Vielleicht lag es an der Jahreszeit, vielleicht waren aber auch die Insassen der Nachbarzellen schneller gewesen, aber es befand sich keine Fliege im Raum. Um Zeit zu gewinnen, tat Otto so, als verfolge er eine Fliege, die an den Wänden ständig ihren Platz wechselte, aber lange konnte er Ursus nicht täuschen. Als sich Otto zu unvorsichtig der Pritsche näherte, kam Bewegung in Ursus' massigen Körper. Er packte Ottos Arm, zog ihn zu sich heran und sah ihn aus blutunterlaufenen Augen gierig an. Otto wand sich verzweifelt, um sich aus der Umklammerung zu befreien, aber wohin hätte er fliehen können? Ursus setzte sich Otto auf den Schoß und schnappte mit den Lippen nach seinem Gesicht, schwefliger Atem entwich der ungepflegten Mundhöhle mit ihren vom gezuckerten Tee zu schwarzen Stummeln zurückgefaulten Zähnen. Es roch nach modrigen Pilzen und saurer Milch, dazu kam der Geruch von kaltem Schweiß, Otto mußte sich übergeben, so plötzlich, daß er sich nicht rechtzeitig wegdrehen konnte. Ursus lockerte aufjaulend seinen Griff, um sich die Augen auszuwischen. Diesen Moment nutzte Otto, um zur Gittertür zu stürzen und hustend um Hilfe zu rufen. Vielleicht würde sich einer der Wärter seiner erbarmen. Ursus kam auf ihn zugewankt, Otto preßte sich mit dem Rücken gegen das Gitter, faßte mit der Hand hindurch, rüttelte an der Klinke und stolperte rückwärts, weil die Tür sich öffnete. Offiziell begriffen die Schüler der Staatlichen Bewußtseinsschule von Urfustan ihre Ausbildungszeit als großzügig von der Gesellschaft gewährte Chance, an ihren charakterlichen Mängeln zu arbeiten. Im Grunde war es ein Privileg, sich hier auf Staatskosten aufzuhalten, da man in den Schülern noch Potential für das Gemeinwesen sah. Das Schließsystem diente deshalb nicht dazu, ihre Flucht zu verhindern, sondern sollte sie vor Übergriffen der verständlicherweise gegen sie aufgebrachten Bevölkerung schützen. Allerdings hatte das Gebäude mit den Jahren auch in dieser Hinsicht gelitten. Durch ihr Gewicht hatten sich manche Türen im Rahmen verzogen, zwischen Riegel und Schließblech hatte sich ein so großer Abstand gebildet, daß man die Türen auch in verschlossenem Zustand aufdrücken konnte. Otto trat über die Schwelle, Ursus wollte ihn packen und zurückziehen, aber er scheute sich offensichtlich, ohne Erlaubnis den ihm vertrauten Raum zu verlassen. Seine Augen füllten sich mit Tränen. Otto kamen Zweifel, ob er nicht einen Fehler machte, wenn er jetzt ging. Vielleicht würde er sich noch einmal nach dieser Zelle zurücksehnen? *Lerne die Zeichen zu erkennen und folge ihnen*, sagte der Alchimist. An der Wand des Flurs saß eine Fliege, sie war schon ganz staubig, und es war Otto ein leichtes, sie mit geübtem Griff einzufangen. Er legte sie Ursus in die schwere, geöffnete Hand, auf deren Fläche die Fliege ein paar Schritte machte und immer wieder die Richtung wechselte, als fürchte sie herunterzufallen. Ursus schloß die Hand und trottete mit hängendem Kopf zu seiner Pritsche zurück. Leise machte sich Otto auf den Weg. Er lief ans Ende des Gangs auf eine Tür zu, die anderen Gefangenen unterbrachen ihre gymnastischen Übungen und sahen ihm ungläubig aus ihren Zellen nach. Otto wollte die Siemens-Überwachungskamera über der vergitterten Tür zur Seite drehen, aber sie brach ab, offenbar war sie schon länger nicht mehr in Betrieb. Er öffnete die Tür, indem er sie wieder leicht anhob, und ging im Treppenhaus auf ausgetretenen Stufen bis ins Parterre hinab, wo er sich durch ein halb geöffnetes Fenster zwängen konnte. Er befand sich im Innenhof des Gebäudes, hinter den überquellenden Mülltonnen. Er ging unter dem Verbindungsgang zwischen Gefangenentrakt und Funktionsgebäude hindurch auf die Straße, desorientiert und leicht benommen, voller Staunen über das eigentlich doch selbstverständliche, aber plötzlich wieder als berauschend empfundene Vorhandensein der Welt, wie beim Verlassen eines Kinosaals. Als eine «Straße der Besten» war neben dem Eingang eine Reihe Porträts von Vertretern des Gefängnispersonals und von vorbildlichen Insassen aufgestellt, und Otto war fast ein wenig enttäuscht, weil sein Porträt fehlte. Aber vielleicht war er einfach noch nicht lange genug hier gewesen. Das Gefängnis war ein Solitär auf einem unbebauten Gelände, durch das eine nagelneue, aber offenbar noch nicht für den Verkehr freigegebene Straße führte, so breit und endlos, daß man die Erdkrümmung zu sehen meinte. Die Arbeiten am Bürgersteig zu beiden Seiten der Straße waren noch im Gange, die Pflastersteine lagen zu Häufchen aufgetürmt wie Bauklötzer. An den Zebrastreifen war an ein taktiles Bodenleitsystem aus Rillenplatten gedacht worden, das Blinden helfen sollte, den Weg zu finden, und so weit das Auge reichte, hingen alle zwanzig Meter orangefarbene Mülleimer an verzinkten Stahlpfosten. Die Arbeiter hatten bei ihren Pausen leere, zertretene Pepsidosen hinterlassen, Otto probierte gierig, ob sich in einer noch ein Rest befand. Links und rechts der Straße standen hohe Bauzäune, die mit bedruckten Planen geschmückt waren, blauer Himmel mit

Wölkchen, eine saftige Wiese und ein Wald von Windrädern. Anhand des Sonnenstands überlegte Otto, in welcher Richtung sich das Zentrum von Mangana befand, und schlug die entgegengesetzte Richtung ein. Er folgte der Straße immer geradeaus, zwischenzeitlich färbte sich der Himmel in seinem Rücken schwarz, und Windböen wirbelten Sandwolken auf, aber Regen blieb aus. Als er einen Schwarm Krähen am Himmel über einem Punkt kreisen sah, schaute er durch einen Spalt im Bauzaun und erblickte einen großen Tümpel. Im Schlamm eingetrocknete Kettenspuren deuteten darauf hin, daß hier Bulldozer gefahren waren. Vielleicht hatten sie eine Datschensiedlung niedergewalzt, um Platz für Apartmenttürme zu schaffen, die Stadt wuchs ja in alle Richtungen. Der Tümpel konnte eine Baugrube sein, die sich mit der Zeit mit Regen- und Grundwasser gefüllt hatte. Eine einzelne Hütte war stehengeblieben, obwohl es aussah, als sei sie aus den Überresten abgerissener Hütten errichtet worden, die Wände waren aus Blech, das Dach aus Wellasbest. Otto war müde, er hatte großen Hunger. Er zwängte sich wie ein Hund unter dem Bauzaun durch, wobei er fast steckenblieb, und näherte sich der Hütte. Er ging einmal um das Gebäude, dann klopfte er an die Tür, zuckte zurück und stieß einen Schrei aus: Er hatte einen elektrischen Schlag bekommen. Weil auch nach seinem Schrei von innen kein Geräusch zu hören war, stieß er mit dem Fuß die Tür auf, die nur angelehnt war, und trat zögernd ein. Es gab nur einen einzigen, niedrigen Raum, mit einem Tisch in der Mitte, auf dem auf einer Wachsdecke schmutziges Blechgeschirr stand. Otto durchsuchte die Kochecke und fand eine Tüte chinesische

Fertignudeln, die er, da er kein Feuer machen konnte, aus der Packung knabberte. Er legte sich auf die Pritsche, über der ein Foto einer Brigade bärtiger Bauarbeiter hing, die vor einem riesigen Metallrohr posierten, einige Arbeiter hatten sich darauf gestellt wie auf ein erlegtes Stück Großwild. Ihre zerlumpte Arbeitskleidung, die schmutzigen, unrasierten Gesichter und die individuellen Kopfbedeckungen gaben ihnen das Aussehen einer Sträflingskolonne. Auf einem zweiten Bild sah man dieselben Männer mit einem Nuckel im Mund als Baby oder mit einem Tutu als Ballerina verkleidet zu Paaren aufgestellt bei einer Art Tanzvergnügen in einer niedrigen Baracke, eine Frau war nicht zu entdecken. Über den Bildern hing ein runder Orden aus vergoldetem Blech, auf dem «Дружба Freundschaft» stand. Otto nahm noch das Rascheln hunderter Kakerlaken wahr, die hinter der losen Tapete ungeduldig darauf warteten, ungestört vom Eindringling auf Nahrungssuche gehen zu können, dann fielen ihm die Augen zu. Als er sie wieder aufschlug, saß ein Mann mit Schnurrbart und langen, fettigen Haaren neben ihm, der ihm eine Hand aufs Knie gelegt hatte und in der anderen eine Zigarette hielt. Er reichte ihm ein großes Wasserglas, aus dem Otto trank, wobei er die Hälfte wieder aushustete, weil es sich bei der Flüssigkeit um hochprozentigen Schnaps handelte. In einer Tüte zu Füßen des Manns zappelte etwas. Der Mann rieb sich den Bauch und sah Otto fragend an, Otto machte ihm die Geste nach und nickte.

Der Mann suchte aus seiner Tüte zwei Fische heraus, schlug ihnen mit einem Dreißig-Millimeter-Schraubenschlüssel auf den Kopf, schnitt den Fischen längs den Bauch auf und weidete sie aus. Das Blut und die Eingeweide sammelte er in einer Blechschüssel und stellte sie der Katze hin, die inzwischen erschienen war. Er machte sich daran, die beiden Fische auf einem Spirituskocher zu braten. Mit dem Wischblatt eines ausgedienten Autoscheibenwischers strich er über die Wachsdecke und fegte Zigarettenkippen, Brotkrümel, Gräten und Kakerlaken vom Tisch, wobei er die Schnaps- und Kaffeelachen gleichmäßig verteilte. Otto bekam in einer Pfanne einen gebratenen Fisch gereicht, kaute gierig und sammelte sich die Gräten aus dem Mund. Er zeigte auf die Fotos an der Wand, den Orden, den Wimpel mit der goldenen Schrift «Wir kämpfen um den Titel Kollektiv der sozialistischen Arbeit» und fragte: «Sprechen Sie deutsch?»

Der Mann aß schweigend seinen Fisch. Zwischen zwei Bissen zog er an seiner filterlosen Zigarette. Als Aschenbecher diente ihm die Miniatur eines Rohrsegments, auf der mit weißen Druckbuchstaben stand: «UNSRE BARRIKADE IST DIE TRASSE».

«Ich weiß nicht, wer Sie sind, aber ich danke Ihnen für den Fisch. Ich hatte ganz vergessen, daß man Fisch auch essen kann.»

Der Mann schob ihm ein Glas mit Schnaps hin.

«Danke, ich hätte lieber Wasser. Sie sprechen doch deutsch?»

Der Mann zog an seiner Zigarette und schwieg.

«Ich bin in ziemlichen Schwierigkeiten. Ich muß den Weg zur Grenze finden. Vielleicht können Sie mir helfen.»

Der Mann steckte sich mit einem Schneidbrenner eine neue Zigarette an. Dann sagte er mürrisch: «Ost oder West?»

Otto war froh, daß der Mann sein Schweigen gebrochen hatte. Aber er verstand die Frage nicht.

«Ich denke, ich versuche es im Süden. Bis dort ist der Weg zur Grenze am kürzesten.»

«Woher du bist? Osten oder Westen?»

«Ich stamme ursprünglich aus Kassel, lebe in Köln und arbeite in Berlin, aber das sollte so viele Jahre nach dem Mauerfall doch keine Rolle mehr spielen.»

«Du kannst hier nicht überleben.»

«Deshalb will ich ja weg.»

«Kannst du schweißen?»

«Nein.»

«Kannst du einen Sattelschlepper durch den Schlamm lenken?»

«Nein, wozu?»

«Bei vierzig Grad minus mit bloßen Händen einen Waggon Zementsäcke entladen?»

«Nein.»

«Da trennt sich die Spreu vom Weizen.»

«Ich bin Architekt.»

«Hast du überhaupt schon mal gefickt?»

«Was hat das damit zu tun?»

«Lackschuh ...»

«Ich versteh kein Wort.»

«Ich hab nicht drei Jahre im Wald über der Stange geschissen, damit ihr euch alles unter den Nagel reißt.»

«Wer denn ‹wir› und was überhaupt?»

«Die Trasse.»

«Sind Sie Bauarbeiter?»

«Ich bin Achim, der Karpatenbär.»

«Ich heiße Otto Kwant. Könnte ich heute nacht hier schlafen?»

«Die Nachtschicht schläft im Bett von der Tagschicht. So ist das bei uns an der Trasse.»

«Ich weiß leider gar nicht, wovon Sie sprechen.»

«Ich halt die Stellung.»

«Für wen?»

«Wir hatten immer zwei Zinksärge da, für Unfallopfer. Ich hab gesehen, wie ein Mann von einem Raketenschlepper zerquetscht wurde, der kam mit Rohren beladen am Hang ins Rutschen, weil der Boden aufgeweicht war, es gab ja meistens keine Verschalungen. Wenn die Russen rennen, mußt du auch rennen, merk dir das. Ich hab meinen besten Kumpel brennen sehen, als die Erdölleitung kaputt war und wir Strohballen in die Bäche geschmissen und angezündet haben, damit nicht alles ins Meer fließt. Die hätten uns umgebracht. Wir haben die Maschinen bei vierzig Grad minus Tag und Nacht laufen lassen, weil sie sonst eingefroren wären, statt Diesel Gelee im Tank. In den Dörfern dachten sie, wir sind Sträflinge. Und bis heute gab es keine Havarie auf unserem Abschnitt.»

«Wer ist das?» Otto zeigte auf ein Bild an der Wand, eine Frau mit drei Kindern in einem Strandkorb am Meer. Achim sah ihn zornig an, dann verzog sich sein Gesicht zu einer Grimasse, er verbarg es in seinen Händen und schluchzte. Otto war dieser sentimentale Ausbruch unangenehm. Als Achim sich beruhigt hatte, goß er sich noch ein Glas Schnaps ein.

«Danke für den Fisch.»

«Quatsch nicht, trink.»

«Der Schnaps ist mir zu stark, wieviel Prozent hat der?»

«Bei uns wird nach Breitengrad getrunken.»

«Kann ich Ihnen irgendwie helfen?»

«Mir? Ein Lackschuh?»

«Wenn Sie mir Ihre Adresse aufschreiben, vielleicht kann ich mich nach meiner Rückkehr in Berlin nach einer Stelle auf dem Bau umhören. Bei uns herrscht Fachkräftemangel.»

«Nimm die Pritsche. Ich halt die Stellung.»

Er ging raus in die Nacht, und Otto legte sich wieder auf die Pritsche und versuchte einzuschlafen, ohne die Blechwand zu berühren, um nicht wieder einen Schlag zu bekommen.

KAPITEL 21

Otto wachte vom verzweifelten Zappeln der Fische in Achims Plastiktüte auf. Draußen war es schon hell. Achim saß am Tisch und rauchte.

«Bis heute keine Havarie auf unserem Abschnitt.»

«Auf welchem Abschnitt?»

«Aber ich weiß, wo es eine geben könnte.»

«Kann man sich hier irgendwo waschen?»

«Acetylen und Sauerstoff, im richtigen Mischungsverhältnis, in einer Mülltüte.»

«Ich bräuchte eher etwas Wasser.»

Achim zeigte mit dem Finger zur Tür.

«Sie meinen den Tümpel?»

«Du bist hier nicht in Bad Elster.»

«Es könnte ja sein, daß Sie eine Waschgelegenheit haben.»

«Wir haben in einer Baggerschaufel gebadet.»

«In welche Richtung geht es zur Grenze?»

«Du kannst hier nicht überleben.»

«Ich will aber überleben, und deshalb muß ich zur Grenze.»

«Ich halt die Stellung. Sag das deinen Leuten.»

«Kann ich vielleicht für unterwegs noch einen Fisch haben?»

Achim nahm einen Fisch aus der Tüte und warf ihn Otto zu, dem das Tier aus den Händen glitt. Er versuchte, ihn am

Boden zu greifen, aber es gelang ihm erst, als er ihn in Zeitungspapier wickelte. Er überlegte, womit er das Geschenk erwidern konnte, und reichte Achim den «Alchimisten». Er brauchte das Buch nicht mehr, weil er es längst auswendig konnte.

Achim sagte: «Wird da wenigstens gefickt?»

«Nein, es geht um die Weltenseele und darum, die Zeichen richtig zu deuten.»

«Wieso habt ihr uns besiegt? Das ergibt keinen Sinn.»

Achim wärmte zum Frühstück eine Fleischkonserve auf, die schon lange kein Etikett mehr hatte, über das Fleisch streute er Zwiebelwürfel. Praktisch mit jedem Satz versuchte Otto, das Thema zu wechseln, aber Achim kam immer wieder auf seine Verachtung für den Westen zurück, den Otto für ihn verkörperte. Otto hatte keine Lust, sich von jemandem beschimpfen zu lassen, der aus einem Land stammte, dessen einziges Bauwerk von internationaler Bedeutung eine Mauer war. Er nahm sich vor, nie so zu werden, es war wichtig, nicht nur seine Karriere im Blick zu haben, sondern auch Zeit in sein Privatleben zu investieren und rechtzeitig eine Frau zu finden, Frauen waren ein wirksames Korrektiv gegen den männlichen Hang zu Selbstmitleid und Einsiedlertum.

Otto bedankte sich für das Essen und wollte sich auf den Weg machen, aber Achim hielt ihn am Arm fest, er wollte ihm noch etwas zeigen und tat geheimnisvoll. Wieder strich er mit dem Wischblatt über die Tischdecke, polierte sie diesmal aber gründlich mit einem schmutzigen Handtuch und legte einen Stapel Bierdeckel vom «VEB Getränkekombinat

Neubrandenburg», die er in einer Keksdose aufbewahrte, zu einem akkurat abgezirkelten Quadrat aus.

«Gleich kriegste 'n Ooge.»

«Sollen das Memorykarten sein?»

«Vor dir sitzt der Champ.»

«Ist das selbst gebastelt?»

«Marke Eigenbau. Wir hatten auch Monopoly, aber das haben die Jungs mitgenommen.»

«Ich dachte, Monopoly war im Osten verboten?»

«Einem Schweißer kann keiner was verbieten. Du bist der Jüngste, du fängst an.»

Otto drehte wahllos zwei Bierdeckel um. Auf der Vorderseite kamen in Schwarzweiß abfotografierte Aktbilder zum Vorschein, die auf die Pappdeckel geklebt worden waren. Eine Frau mit weißer, halb geöffneter Bluse in einem Kornfeld und eine mit dicker Hornbrille in einem Rattan-Sessel vor einem Bücherregal. Die üppige Schambehaarung der Frauen ließ die Vermutung aufkommen, daß es sich um Amateuraufnahmen aus dem Fetischbereich handelte, aber dagegen sprach ihre künstlerische Qualität.

«Meine Zarten.»

Achim machte weiter und deckte zwei andere Frauen auf, eine langhaarige, nackte Studentin, die mit melancholischem Blick in der Balkonecke eines Ostberliner Neubaublocks kauerte, und eine Art Unterstufenlehrerin mit Dauerwelle, die ihren Natural-beauty-Körper im ovalen Wandspiegel mit Korbrahmen betrachtete. Achim freute sich über jedes neue Motiv und sagte: «Die leg ich flach.»

«Haben Sie die selbst abfotografiert?», fragte Otto.

«Aus dem ‹Magazin›. Die Sammlung ist Gold wert, dafür kannst du ein Moped eintauschen. Ist Fakt.»

«Früher vielleicht. Es sind ja jetzt nicht mehr die aktuellsten Motive.»

«Quatsch, damit bist du überall der King. Oder bist du schwul?»

Otto wollte nicht so grausam sein, Achim von der Erfindung des Internets zu erzählen, aber andererseits hatte er den Ehrgeiz zu gewinnen, weil Achim ihn dauernd provozierte. Deshalb konzentrierte sich Otto und deckte, wenn er mit der ersten Karte kein Glück gehabt hatte und das Bild noch nicht aufgedeckt worden war, als zweites keine neue Karte auf, sondern, um Achim keine Hilfestellung zu geben, immer wieder dieselbe, die sie beide schon kannten. Als Achim Ottos Spielweise durchschaute, beschwerte er sich, das sei «Schmu».

«Nein, es ist einfach nur logisch, das ist die sinnvollste Strategie.»

«Für Feiglinge vielleicht.»

«Hauptsache, ich gewinne.»

Obwohl Otto die Frauen zum ersten Mal sah und noch nicht ohne weiteres unterscheiden konnte, hatte er am Ende der Partie, als sie ihre Stapel nebeneinander stellten, ein Pärchen mehr gesammelt als Achim.

«So macht ihr es immer mit uns», sagte Achim. «Aber jetzt kommt die Revanche.»

«So gerne ich weiterspielen würde, aber ich müßte mich allmählich auf den Weg machen, sonst komme ich in die größte Mittagshitze.»

«Dann verpiß dich doch», sagte Achim.

«Trotzdem noch einmal danke für den Fisch.»

«Du kannst hier nicht überleben.»

Bevor Otto wieder unter dem Baustellenzaun durchkroch, drehte er sich noch einmal um. Achims Hütte stand leicht erhöht auf einem Hügel im Morgennebel. Auf der Rückseite sah man, daß sie von Baumaschinen umlagert war, die den Boden umgewälzt hatten und jetzt ausruhen durften. Einmal erwacht, würden sie keine Rücksicht nehmen und Achims Hütte einfach überrollen, vielleicht würden sie sie nicht einmal bemerken. Otto überlegte, ob ihm das, wovor er auf der Flucht war, mehr Angst machte, oder das, worauf er sich zubewegte. Noch konnte er umkehren und zurück in seine Zelle gehen, Ursus würde sich freuen, und die Wärter würden vielleicht ein Auge zudrücken. Das Gefühl, jemandem etwas zu bedeuten, dem in seinem Leben von seinen Mitmenschen sicher nie viel Gutes widerfahren war, ließ Otto zögern. Er könnte Ursus den Fisch mitbringen und ihm eine junge, besonders nervöse Fliege fangen, davon gab es hier draußen reichlich. Aber er spürte zum ersten Mal im Leben mit Gewißheit, daß es besser war, die Vergangenheit ruhen zu lassen und sich dem zu stellen, was vor ihm lag. Es war zu früh, zu resignieren oder schon jetzt nur noch für andere zu leben. Er hatte noch nichts von der Welt gesehen und noch kein eigenes Gebäude errichtet. Es war höchste Zeit, weniger bescheiden zu sein und einen Platz in der Welt für sich einzufordern, der ihm angemessen war. Branka würde ihn noch auf Knien anbetteln, für ihn arbeiten zu dürfen.

Nach einer Stunde näherte er sich so etwas wie einem

Flughafengebäude, das sich im Bau befand, jedenfalls war es noch nicht in Betrieb, und von weitem war kein Mensch zu sehen. Aber als er näher kam, hörte er eine Lautsprecheransage hallen. Eine Frauenstimme gab offenbar Lande- und Abflugzeiten durch, denn er verstand einzelne Städtenamen, und der leiernde Duktus der Stimme unterschied sich nicht von ähnlichen Ansagen in Deutschland. Das Gebäude stand auf gewaltigen, schwarz gestrichenen Betonpfeilern, zwischen denen es schattig und kühl war. Otto fuhr auf Rolltreppen mehrere Ebenen nach oben bis zu einer Wartehalle, allerdings nicht der eines Flughafens, sondern eines Bahnhofs. Auf der Anzeigetafel waren für heute kaum ein Dutzend Züge verzeichnet, und es waren nur Inlandszüge. Die Halle war funktional und geschmackvoll gestaltet, es war auffallend sauber, ein Dutzend Fahrkartenschalter waren besetzt. Man war bestens gerüstet für den Ansturm von Reisenden, mit dem man in irgendeiner Zukunft rechnete, die Zeiten, als man in diesem Land tagelang in stickigen, nach Knoblauch, Hackfleischpiroggen, verschwitzten Lumpen und scharfem Reinigungsmittel stinkenden Wartehallen zwischen Schmutzpfützen campieren mußte, um eines der begehrten Zugtickets zu ergattern, waren offenbar vorbei. Otto hatte aber kein Geld, und er konnte auch nicht versuchen schwarzzufahren, da vor dem Betreten der Bahnsteige die Ausweise kontrolliert wurden. Otto suchte eine Toilette, trank gierig aus dem Wasserhahn und wusch sich das Gesicht. Er zog den Müllbeutel aus einem Abfalleimer für Papierhandtücher, füllte ihn mit Wasser und tat den Fisch hinein, der langsam wieder zum Leben erwachte. Draußen bemühte sich Otto, seinen Bewegungen eine Selbstverständlichkeit zu verleihen, als sei er davon überzeugt, daß sein Aufzug ganz normal war. Kein erwachsener Mann trug in Urfustan kurze Hosen, nicht einmal bei größter Hitze, nur Homosexuelle hätten das getan, und die gab es ja nicht. Otto schaute den Sicherheitsleuten, von denen auffällig viele patrouillierten, kurz in die Augen und sah gelangweilt wieder weg, als beeindrucke ihn ihre Präsenz nicht. Als ihn jemand von hinten ansprach, erschrak Otto, drehte sich um und sah einem Uniformierten ins Gesicht. Der Mann zeigte auf Ottos Tüte, aus der es tröpfelte. Otto bedankte sich für den Hinweis und machte eine wegwerfende Geste, daß das Tröpfeln ihn nicht störe und er sowieso nach draußen gehen wolle. Er griff die Tüte so, daß er die Stelle mit dem Loch in den Fingern hielt. Der Uniformierte grinste und hob den Daumen, weil Otto das Dress der urfischen Fußballnationalmannschaft trug. Von der Terrasse der obersten der drei Ebenen des Bahnhofs konnte Otto am Horizont die Skyline von Mangana sehen. Die Hauptstadt Urfustans sollte in den nächsten Jahren wie ein Organismus weiterwachsen. Die urfischen Frauen wetteiferten darum, möglichst viele Kinder zu bekommen, und wurden dafür mit Medaillen belohnt, die sie stolz um den Hals trugen. (Bei ihren Großmüttern waren es allerdings noch doppelt so viele Kinder gewesen.) Aber noch lag zwischen Bahnhof und den ersten Gebäuden der Stadt endloses, unbebautes Gelände mit Baustellentümpeln, aus denen man Frösche quaken hörte und an denen Angler saßen. Hier und da wurde aber schon Rollrasen verlegt. Weit in der Ferne funkelte ein komplett verglaster, an einen Bergkristall erinnernder Monolith von Apartmenttürmen, der aussah, als habe Bruno Taut seinen Traum doch noch verwirklichen können, die Gipfel der Alpen mit Kristallstrukturen zu überbauen und das Gebirge in einen bunten Glaspalast zu verwandeln, in dessen Spitzen sich vielfach das Licht von Scheinwerfern brach. Otto mußte husten, weil neben ihm eine alte Frau erschienen war, die in einem Räuchergefäß wilde Steppenraute mit halluzinogener Wirkung schwenkte und ihm die Hand hinhielt, weil er sie für dieses glückbringende Ritual bezahlen sollte.

Otto fuhr wieder nach unten und ging unter dem Gebäude durch, an den schwarzen Betonpfeilern vorbei. Auf der Rückseite des Bahnhofs mündete die achtpurige Straße in einen vollkommen leeren Parkplatz, so riesig, als sollten hier die Autos aller Besucher des Superbowl Platz finden. Der Asphalt war einladend eben und unbefleckt, es roch nach Teer. In einem eleganten Bogen, von Säulen gestützt, führte eine Zufahrtsstraße auf eine der oberen Ebenen des Bahnhofs. Hinter dem Parkplatz war die Stadt zu Ende, von hier an kam nur noch Ödland. Otto fand im Graben ein paar schwere Bauarbeiterschuhe, zog sie an und warf seine Budapester weg. Ein Schritt über die Bordsteinkante, dann war er in der Wildnis. Hinter sich hörte er eine Zugansage hallen, vielleicht rief man ihn zurück, aber er tat, als höre er nichts.

Er schlug den Weg nach Süden ein, denn in dieser Richtung waren es bis zur Grenze nur fünfhundert Kilometer, unter normalen Umständen zu Fuß eine zweiwöchige Wanderung. Etwas Wasser hatte er dabei, sonst konnte er nur auf die Gastfreundschaft von Hirtenfamilien hoffen. Wenn er sich an den Strommasten orientierte, würde er vielleicht auf Siedlungen treffen. Er lief lange, ohne sich eine Pause zu gönnen und ohne sich umzudrehen, bis er in der Ebene ein Gebäude aufragen sah. Aber erst, als er es schon fast erreicht hatte, erkannte er den Ausgang der U-Bahn-Station wieder, an der er schon einmal ausgestiegen war. Der Mann mit dem Besen stand immer noch dort und reinigte den Absatz von Sand, der ständig vom Wind herangeweht wurde. Als Otto ohne stehenzubleiben an ihm vorüberging, fing der Mann laut zu schimpfen an, aber Otto ging einfach weiter. Der Mann warf seinen Besen wie einen Speer nach Otto und verfehlte ihn nur knapp. Otto bückte sich und nahm den Besen an sich, um ihn als Wanderstock zu benutzen. Der Mann schimpfte nun noch lauter, aber Otto schenkte ihm keine Beachtung. Er mußte seine Kräfte für den Weg aufsparen, der vor ihm lag. *Niemand muß das Unbekannte fürchten, weil jeder Mensch das erreichen kann, was er will und was er braucht.* Hoffentlich war das, was er wollte, wirklich das, was er brauchte.

III

KAPITEL 22

Als die sowjetische Führung in den fünfziger Jahren des zwanzigsten Jahrhunderts eine Kampagne zur Eroberung von Neuland ausrief, mit dem Ziel, die Steppengebiete Zentralasiens landwirtschaftlich zu erschließen, folgten junge Menschen, viele davon Studenten und Absolventen der Universitäten, zu Tausenden dem Ruf der Partei und beteiligten sich voller Enthusiasmus am Aufbau von Sowchosen, Forschungseinrichtungen und an der Gründung ganzer Städte. Riesige landwirtschaftliche Betriebe entstanden, deren Wirtschaftsgebäude Hunderte Kilometer auseinanderlagen, so daß man zwischen Unterkunft und Einsatzort auf dem Feld lange, strapaziöse Fahrten über sandige Straßen auf den Ladeflächen schaukelnder LKWs hinter sich bringen mußte. Traktoren steuerten tagelang auf den Horizont zu und zogen mit dem Pflug eine erste Furche in unberührtes Steppenland. Abends traf man sich in Zeltlagern und Barackensiedlungen. Irgendeiner hatte immer eine Gitarre dabei, dieses Instrument, das unter Stalin nicht mehr produziert worden war, weil es für «kleinbürgerliche Zigeunerromantik» stand. Man sang die Werke der «Barden» genannten Liedermacher, die nach Stalins Tod populär geworden waren, auch wenn sie nie eine Schallplatte veröffentlichen oder ein offiziell genehmigtes Konzert geben durften. Man tanzte und lachte und glaubte daran, dazu beizutragen, daß schon die nächste Generation den Kommunismus erleben würde. In Alt-Mangana lebten immer noch Pioniere dieses landwirtschaftlichen Eroberungszuges, die im Glauben an die Zukunft ihre Jugend geopfert und dabei lediglich eine ökologische Katastrophe verursacht hatten, die vergleichbar war mit dem Abholzen der tropischen Regenwälder. Das tiefe Pflügen des Steppenlands mit Streichblechpflügen hatte die Grasnarbe zerstört und die Erosion der Humusschicht noch beschleunig, die wegen der hier ständig wehenden Winde ohnehin ein Problem war. Die hohe Verdunstung führte zur Versalzung der oberen Bodenschichten, und durch die Trokkenheit kam es zu regelrechten Staubstürmen. Weil die Erträge gering blieben, hatte die Regierung den Einsatz von chemischem Dünger intensivieren lassen (Superphosphatny war für die Arbeiter einer neuen Düngemittelfabrik gebaut worden, die inzwischen natürlich arbeitslos waren) und, um den Mangel an Niederschlägen auszugleichen, Bewässerungskanäle graben lassen und sogar darüber nachgedacht, Flüsse umzuleiten, die in den Gebirgsketten im Süden entsprangen und nach Tausenden Kilometern ins Eismeer mündeten. Große Gebiete der Steppe, in denen seit Urzeiten wilde Antilopen, Pferde, Kamele und Esel geweidet hatten, Lebensgrundlage von Nomaden, waren zerstört worden. Dazu kamen von Atomwaffentests radioaktiv verseuchte Zonen und Ortschaften, die man auf keiner Karte gefunden hätte, weil hier streng geheime Forschungen mit hochansteckenden Viren und Bakterien durchgeführt worden waren. Nach dem Ende der Sowjetunion und dem Wegfall der staatlichen Subventionen war die Landwirtschaft zusammengebrochen.

Wer konnte, verließ diesen Landstrich, die Flächen verödeten und würden Jahrzehnte brauchen, um wieder einen naturnahen Zustand zu erreichen. (Inzwischen wurde die Tierwelt weiter dezimiert, denn auf männliche Antilopen, deren Hörnern die chinesische Medizin eine fiebersenkende Wirkung zuschrieb, wurde gnadenlos Jagd gemacht.) Durch solch eine Landschaft bewegte sich Otto mit seinem Wanderstockbesen, endloses, flaches, salziges Ödland, in dem Tamarisken, Salzkraut und schwarzer Saxaul wuchsen, von hier holten die Besenbinder, die an den Straßenkreuzungen der Städte ihre Ware anboten, ihr Material. Hunderte schwarze Käfer eilten auf langen, für den sandigen Untergrund geeigneten Beinen über die Dünen und verschwanden in Löchern am Wurzelansatz der Sträucher. Manchmal rannte eine Zieselmaus durch Ottos Blickfeld, erstarrte und blieb so lange bewegungslos mit wie zum Gebet gefalteten Pfötchen aufrecht sitzen, bis Otto sich ihr zu sehr genähert hatte und sie, von Angst gepeinigt, davonraste und kopfüber in ein Loch stürzte.

Otto wollte immer geradeaus in Richtung Grenze gehen, vielleicht konnte er dort nachts einen Durchschlupf finden. Auf diese Möglichkeit konzentrierten sich seine Hoffnungen. Er war zu schwach und apathisch, um sich Gedanken über seinen Proviant zu machen, es würde sich schon eine Lösung finden. Bald umkreiste ihn eine Wolke von Bremsen, so daß er immer wieder anhalten mußte, um abzuwarten, daß die Bremsen sich setzten und er so viele wie möglich erschlagen konnte. Wie es in den Weltmeeren große Müllstrudel gibt, so bildeten sich in der Steppe Wirbel aus Plastiktüten, deren

Material sich erst nach zwanzig Jahren zersetzen würde (während eine Wegwerfwindel mehrere hundert Jahre überstand). Otto baute sich aus seinem Besen und aus Tüten einen Sonnenschirm. Weil die Sonne ihn trotzdem blendete und die flache Landschaft kaum Abwechslung bot, starrte er die meiste Zeit auf seine Füße und stellte sich vor, er sei mit den Eltern an der Nordsee und lege die kurze Strecke vom Strandkorb zum Wasser zurück. Er hatte Angst, ohne es zu merken im Kreis zu gehen, und bemühte sich, mit beiden Beinen gleich große Schritte zu machen.

Die Bremsenstiche bildeten schmerzhafte Schwellungen, deshalb befestigte Otto Plastiktüten an seiner Sporthose, um die Beine zu bedecken. Auch das Wasser und den Fisch konnte er in eine stabilere Tüte umfüllen. Mit Glück würde er eine Siedlung finden, in der er den Fisch gegen etwas anderes zu Essen eintauschen konnte. Vielleicht konnte er auch arbeiten, Kühe hüten, Unkraut jäten oder Müll einsammeln und sich als Gegenleistung an die Grenze fahren lassen? Manchmal kreuzte er eine Sandpiste, aber er wagte nicht, sie zu benutzen, lieber ging er querfeldein. Von den viel zu großen Bauarbeiterschuhen bekam er Blasen. Seine Pausen wurden immer länger, aber er erholte sich kaum. Am Nachmittag schlief er und hatte beim Aufwachen das Gefühl, sich nicht mehr aufrichten zu können, er öffnete nur halb die Augen und dämmerte vor sich hin. Es roch intensiv nach Wermut, wilder Zwiebel und Oregano. Als sein Bewußtsein sich mühsam gegen die Lethargie des Körpers durchgesetzt hatte, erblickte er im Gegenlicht die Silhouette eines Dinosauriers, der auf ihn zukam, ein Brontosaurus, vielleicht auch ein Diplodocus, bei einem Brachiosaurus wären die Vorderbeine länger als die Hinterbeine gewesen. Die Ähnlichkeit war verblüffend, auch wenn es sich dann doch nur um ein Kamel handelte, das vielleicht von Ottos Wasservorrat angelockt worden war. Otto träufelte dem Tier etwas Wasser über die Nüstern. Das Kamel, das für seinen störrischen und verdrießlichen Charakter verschrien war – vielleicht nur die verständliche Konsequenz aus jahrtausendelangen Mißhandlungen durch die Menschen –, setzte sich auf den Bauch, die Beine mit den abgeknickten Knien, an denen sich Hornhaut gebildet hatte, sahen überraschend zerbrechlich aus, als könnten sie diesen Körper niemals tragen. Otto kletterte auf den warmen Rücken des Tiers, das sich schwankend aufrichtete und lostrottete, während Otto sich am Hals festhielt. Vielleicht würde das Tier ihn zu Menschen bringen? Aber das war im Moment gar nicht von Bedeutung, Otto genoß einfach das Glück, nicht laufen zu müssen und getragen zu werden, wie zuletzt als Kind von seinen Eltern, wenn er krank und zu schwach war, um auf die Toilette zu gehen.

Verkohlter Müll, Farbtöpfe, Autoteile, Scherben, ein Bürostuhl, umgeben von Dutzenden zerschlagenen Schnaps- und Bierflaschen, als hätte hier ein Trinker seine letzten Wochen abseits der Menschen verbracht, eine Schuhsohle, Plastiktüten, Backsteinbrocken, vertrocknete Exkremente, der Grind, den menschliche Ansiedlungen überall auf der Welt produzierten. Otto ließ sich vorsichtig vom Kamel heruntergleiten, das allein in Richtung der Häuser weitertrottete, während Otto sich im Gebüsch versteckt hielt. Die Wege im

Ort, der vor ihm lag, waren nach dem Hippodamischen Schema rechtwinklig gerastert. Die Holzhäuser wirkten zwar ärmlich, manche hatten Welldächer aus Faserzement, andere waren mit Blechplatten gedeckt, aber die Fensterrahmen waren bunt gestrichen, vor jedem Zaun stand eine schiefe Bank, und daneben wuchsen Blumen in Behältern aus zurechtgeschnittenen Traktorreifen. Die Dachrinnen hatten meterlange, von Holzpfählen gestützte Ausläufer, über die das Wasser bis in den Straßengraben abgeleitet wurde. Vor manchen Häusern verrosteten Autowracks, in denen Kinder spielten. Otto hörte eine Kirchenglocke läuten, das Geräusch klang heimatlich und machte ihn traurig, er hätte nie gedacht, daß es ihm einmal etwas bedeuten könnte. Das Kamel hatte sich einer Herde von Schweinen, Schafen, Kühen und Eseln angeschlossen, die die Straße in einer Staubwolke kreuzte. Die Tiere wurden von einem Mann beaufsichtigt, der auf einem Pferd ritt und auf dem Rücken eine rosa Schultasche trug. Ab und zu sonderte sich ein Tier ab und trat durch ein Hoftor.

War es leichtsinnig, die Deckung aufzugeben? Otto war viel zu entkräftet, um länger über diese Frage nachzudenken. Er wankte die sehr breite, ungepflasterte Dorfstraße entlang, die rechts und links in einen Grasstreifen überging. Alte Frauen mit bunten Kopftüchern sahen ihm von ihren Bänken hinterher, grinsten mit zahnlosen Mündern und lachten über seinen Aufzug. Auf einem Straßenschild stand «Goethestraße». Vor einer Verkaufsstelle für Lebensmittel, einem unverputzten Ziegelbau, an dessen Giebel mit Steinen die Jahreszahl «1986» geschrieben stand, war an zwei Pfosten ein Brett befestigt. Mit großen Buchstaben war dort auf Deutsch, Russisch und Urfisch zu lesen: «WIR LIEBEN UNSER DORF». Mehrere Männer mit roten, geschwollenen Gesichtern hatten sich hier versammelt und ließen eine mit Bier gefüllte Einkaufstüte kreisen, die sie über den Kopf hoben, um daraus zu trinken.

Das Zentrum des Dorfs bildeten eine Schule und ein Kindergarten. Um diese Gebäude war ein Spielplatz errichtet worden. Die Geräte bestanden aus Holzresten und Sperrmüll, es gab kleine Lokomotiven, Raddampfer, Rennautos. Mit einfachsten Mitteln waren kubistisch anmutende Tiere entstanden: Giraffen, Kamele, Schlangen. Ein Virtuose der Autoreifenschnitzkunst hatte Schwäne, Bären, Hasen, Vögel und Blumen gestaltet. Übereinandergestapelte, gelb gestrichene Autoreifen stellten Bienenkörbe dar. Die Blüte einer aus zerschnittenen, bunt bemalten Plastikflaschen gebastelten Sonnenblume drehte sich im Wind. Jeder Gegenstand strahlte Phantasie und Liebe aus. Konnte ein Spielplatz schöner sein? Mußte so nicht Ottos Entwurf im Fach Freiraumplanung aussehen? Aber in Deutschland würde man es zynisch finden, wenn er von der Poesie eines aus Müll gebauten Spielplatzes schwärmte.

Im Vorgarten eines Hauses stand zwischen Gemüsebeeten ein aufblasbares Kinderplanschbecken. Otto wollte eigentlich nur das Gesicht ins Wasser tauchen, aber er ließ sich vornüber ins Becken fallen. Der Fisch entwischte aus seiner Tüte. Um nicht zu ertrinken, drehte Otto sich auf den Rücken. Er sah in den wolkenlosen Himmel, wendete hin und wieder den Kopf zur Seite und ließ Wasser in seinen Mund rieseln.

So blieb er liegen und schloß die Augen. Als er sie wieder öffnete, umstanden ihn blonde Kinder im Trikot der deutschen Fußballnationalmannschaft und ein Mann mit einer Axt in der Hand. Otto richtete sich auf und sagte: «Ich hatte Durst. Es ist sehr heiß.» Er ließ sich wieder hinabsinken.

Der Mann reichte Otto die Hand und zog ihn aus dem Planschbecken. Otto zeigte auf den Fisch.

«Mein Fisch.»

«Fesch?»

«Könnte ich den bei Ihnen braten?»

«Sie du ut Dietschlaund?»

«Deutschland?»

«Sie du een Laundsmoun?»

«Ich habe großen Hunger auf Fisch.»

«Habe du wout utfreten?»

«Ich verstehe nicht, könnte ich bitte irgendwo den Fisch braten?»

«Wuahan gohne do?»

«Ich könnte dafür Unkraut jäten oder Kühe hüten.»

«Wir sie jastfrendlech. Kohme du nena, benne hus ete en drentje gaunz maklich.»

«Haben Sie ‹gastfreundlich› gesagt?»

Der Mann freute sich, daß Otto ihn verstanden hatte, und schüttelte ihm die Hand. «Walter.» Otto sagte: «Otto», und der Mann lächelte: «Otto ut Dietschlaund!»

«Dietschlaund», wiederholte Otto.

«Hematlaund!»

«Hematlaund.»

Otto folgte dem Mann ins Haus, er mußte sich bücken, um

sich nicht am niedrigen Türsturz den Kopf zu stoßen. Die Stube war eng und dunkel. Von der Decke hing eine nackte Glühbirne und beleuchtete einen Tisch, den eine Wachsdecke und zusätzlich das Kunststoffimitat einer Stickdecke zierten. An der Wand stand ein altes, mit ausgeblichenem Samt gepolstertes Sofa, über dessen hoher Lehne ein gerahmter Kunstdruck der Sixtinischen Madonna hing. An vielen Stellen platzte die Farbe von der Wand, in Bodennähe gab es großflächige Ausblühungen. Otto bekam ein Glas mit Obstschnaps vorgesetzt und mußte mit Walter anstoßen. Walter zeigte auf den alten Röhrenfernseher, auf dem eine Vase mit Plastikblumen und ein Schüsselchen mit Kastanien standen (die die Strahlung absorbieren sollten, wie Otto später erfuhr). Aus zwei Tüchern war für den Bildschirm ein Theatervorhang genäht worden, Walter zog ihn feierlich zur Seite, sagte mit sichtlichem Stolz «Glotzkauste» und streichelte den Bildschirm. Er tippte auf den Nordmende-Schriftzug: «Dietschlaund ...» Auf einem schweren Buffetschrank standen mit Abziehbildern dekorierte Sammeltassen, dazu eine ungeöffnete Dose DAB-Pils, eine Packung Kaffee Hag, eine Dose Bac-Frisch-Deo und eine Flasche Asbach Uralt neben ihrem Originalkarton. Es sah nicht so aus, als würden diese Schätze je benutzt werden, sie dienten nur zur Dekoration. Walter goß Otto noch ein Glas Schnaps ein, aber Otto lehnte dankend ab, er wollte lieber seinen Fisch essen. «Fresche Fesch!» Walter klatschte einmal in die Hände, aus einem Nebenraum, vielleicht der Küche, kam eine Frau mit Schürze.

«Otto ut Dietschlaund», sagte der Mann zu seiner Frau. Otto bestätigte: «Dietschlaund.»

Die Frau seufzte: «Glomskop.» Sie ließ sich aber von Otto den Fisch übergeben und verschwand damit in der Küche.

Walter schaltete den «Maklichmocka» an, einen Deckenventilator, der sich erst drehte, nachdem Walter den Rotor ein paar Runden mit der Hand angeschoben hatte.

«Maklich?» fragte er, und Otto nickte, er traute sich nicht, darauf hinzuweisen, daß seine Kleidung klitschnaß war.

Aus dem Samowar schenkte Walter Wasser für Tee ein. Ottos Hand zitterte beim Trinken, er verbrannte sich die Zunge.

Walter freute sich über eine Idee, die ihm kam, er nahm eine Papptafel von der Wand, eine Bundesligastecktabelle der Saison 1986/1987, die kleinen rauten-, kreis- oder schildförmigen Pappembleme der Vereine waren gewissenhaft auf die grünen Treppenstufen des Klassements verteilt worden. Weil inzwischen einige Vereine aus der ersten Liga verschwunden und neue dazugekommen waren, gab es ein paar selbst gebastelte Embleme. Walter forderte Otto auf, ihm die Mannschaft zu zeigen, der er die Daumen hielt. Otto hatte keine Ahnung von Fußball, es war ein ihm völlig gleichgültiges Gebiet menschlichen Strebens. Er hatte nie verstanden, warum man nicht nachts ins Stadion kam, um, wenn einem das so wichtig war, den Ball ins Tor zu legen, ohne von gewaltbereiten Gegenspielern daran gehindert zu werden. Er zeigte auf Bayern München, weil er wußte, daß dieser Verein bei vielen Deutschen beliebt war, hatte dort nicht Sepp Müller gespielt? Walter freute sich, hielt Otto die Hand zum Einschlagen hin und sagte: «Bayern München! Champions League!»

Die Frau stieß die Tür auf und trug einen Teller mit Essen zum Tisch. Walter zeigte auf den Teller und erklärte: «Jemies, Itschke, Zeple, Fesch.» Walter griff in ein Kristallschälchen und streute eine Art Milchpulver über das Essen. Otto sah ihn fragend an, und Walter sagte: «Heelmeddel!» und deutete auf seinen erstaunlich definierten Bizeps. Otto aß alles auf und bekam noch einen Teller Nachschlag. Noch nie war ihm aufgefallen, wie anstrengend es war, sich im Sitzen aufrecht zu halten. Er trank aus Höflichkeit ein weiteres Glas Schnaps, dann stand der Boden auf und schlug ihm mit voller Kraft ins Gesicht.

KAPITEL 23

Von draußen war Schweinegrunzen zu hören. Otto lag in einem Eisenbett unter einer schweren, frisch bezogenen Daunendecke und hatte einen Schlafanzug mit zu kurzen Ärmeln an. Ein braunes Pelzwesen mit orangefarbenem Gesicht, großen Ohren und Kulleraugen steckte in der Spalte zwischen Bett und Wand und schien, seinem Blick nach zu urteilen, die Hoffnung zu haben, daß er es in den Arm nehmen und trösten würde. An den Wänden des Zimmers hingen Poster von Gewichthebern mit aufgeblasenen Backen, die Hantel am Hals, oder im Ausfallschritt mit der sich unter der Last gefährlich durchbiegenden Stange über dem Kopf. Otto las die Namen der Sportler, die ihm nichts sagten: Rudolf Pljukfelder, David Rigert, Wassili Alexejew. Ottos Sachen lagen sorgfältig zusammengefaltet auf einem Hocker neben dem Bett. Er konnte sich nicht erinnern, den Schlafanzug angezogen zu haben. Die Schweine grunzten und quiekten, sie wurden anscheinend gerade gefüttert und stürzten sich gierig auf Kartoffelschalen und verdorbenes Gemüse. Über einem Waschtischchen hingen ein Autorückspiegel und ein Leinentuch an der Wand, mit einem eingestickten Spruch:

ES LIEGT EIN GANZ BESONDRER ZAUBER
IN DEM KLEINEN WÖRTCHEN SAUBER

Otto stand auf und zog sich seine frisch gewaschenen und gebügelten Sportsachen an. Er ging leise durchs Haus, dessen Räume alle ebenerdig lagen. Die Decke war so niedrig, daß er bei jedem Schritt über eine Schwelle unwillkürlich den Kopf einzog. Er öffnete auf der Suche nach der Toilette vorsichtig einige Türen und trat schließlich in den Hof, wo Walter mit einer verbeulten Schüssel in der Hand aus dem Schweinestall kam. Es roch säuerlich nach Mist. Ein Hund stürzte aus seinem Häuschen, sprang geifernd auf Otto zu und wurde von seiner Halskette umgerissen. Otto machte einen Schritt zurück und wäre fast auf ein Küken getreten. Der schlammige Boden war durch eingelassene Holzbohlen befestigt. Es gab eine Sitzecke mit einem Lehmofen, hier wurde im Sommer gekocht, wenn es im Haus zu heiß war, ohne daß man es «Open living» nannte. Auf den ersten Blick konnte Otto keinen Gegenstand entdecken, der nicht schlammverkrustet, verbogen oder verrostet war. Walter erriet, was Otto suchte, und zog ihn am Handgelenk zu einer Holzhütte, deren Tür offenstand. Es war das Plumpsklo, in dem Mücken und Fliegen sich am Geruch berauschten. Otto entschied sich für das mittlere von drei Löchern und gab acht, daß er sich bei seinem Geschäft über der Grube, deren Flüssigkeitsspiegel sich nicht sehr tief befand, nicht vollspritzte.

In der Küche bekam Otto von Walters Frau einen Teller Kuttelsuppe vorgesetzt. Sie verscheuchte ein paar Fliegen von einem Schälchen mit Sahne, schaufelte Otto einen großen Klecks in seine Suppe und bestreute wieder alles mit weißem Pulver, das sie einem schwarzen Tönnchen entnahm, auf dem «Combat Powder» stand. Otto aß gewissenhaft, aber obwohl er ausgehungert war, mußte er sich bei jedem Löffel überwinden. Am Boden des Blechtellers erschien zur Belohnung ein grüßender Jungpionier.

Walter sah Otto beim Essen zu und murmelte lächelnd: «Otto ut Dietschlaund … Hematlaund …»

Otto lächelte ebenfalls, weil er sich nicht anmerken lassen wollte, daß ihm das Essen nicht schmeckte. Er ließ Zeigefinger und Mittelfinger über die Tischdecke wandern, zeigte auf sich und sagte: «Dietschlaund?»

Walter hob die Hand und winkte ab, das bedeutete: «Weit, weit weg». Er ließ seine Hand durch die Luft segeln: «Loftscheff …»

Otto rieb Daumen und Zeigefinger aneinander und schüttelte den Kopf. Er sagte: «Ich muß nur über die Grenze. Von da kann ich die Bahn nehmen.»

Walter kratzte sich am Kopf: «Iesabohn?»

«Iesabohn …» wiederholte Otto. «Tufftuff …»

Walter lachte und entblößte dabei alle seine Goldzähne. «Tufftuff!»

«Grenze? Wo?»

«Wua?»

Walter winkte wieder ab, auch die Grenze war weit, weit weg … Er zuckte die Achseln, lächelte entschuldigend, kratzte sich am Kopf, goß einen Schnaps ein, reichte Otto das Glas und sagte: «Morje, morje …»

«Kann ich denn erst einmal bei Ihnen bleiben?»

Walter stand auf, stellte sich vor Otto, der das als Aufforderung auffaßte, ebenfalls aufzustehen. Walter umarmte ihn und küßte ihm unter Tränen die Wangen, als hätte er seit Jahren auf seine Ankunft gewartet.

Das Autowrack vor dem Haus, das Otto gestern gesehen hatte (die «Stinkjdroschkje»), wurde in Wirklichkeit noch benutzt. Sie fuhren damit auf staubigen Wegen über Felder, denen auch der Laie ansah, daß die Ernte dürftig ausfallen würde. Walter wollte Otto sein Feld zeigen. In dieser Gegend – wobei sich der Begriff «Gegend» in so einem riesigen Land zwangsläufig auf ein kaum zu überblickendes Areal bezog – gab es mehrere Dörfer mit Rußlanddeutschen, die im Krieg von Stalin hierher deportiert worden waren. Walter erzählte Otto gestenreich die Geschichte seiner Familie. Seine Eltern waren noch kein Paar gewesen, als man sie mit Viehwaggons auf einer Fahrt, die mehrere Wochen dauerte, hierher verschleppt hatte, wobei sie teilweise tagelang auf einem Abstellgleis in den Feldern gestanden hatten, ohne den Waggon verlassen zu dürfen. Bis auf Kinder und Greise waren alle Bewohner ihres Dorfs abgeholt worden. Seine Familie und viele Gäste hatten gerade beim Leichenschmaus für seinen Großvater gesessen (aus der Kirchenglocke wurden später Rubel geprägt). Die Festgesellschaft hatte eine Stunde bekommen, um zu packen. Was sie zufällig in den Taschen gehabt hatten, hatte sich oftmals als nützlicher für das Überleben in der Steppe erwiesen als das, woran sie in der Eile und Aufregung gedacht hatten. Der Grund für ihre Deportation war der Angriff Hitlers auf die Sowjetunion gewesen. Alle Deutschen im Land standen plötzlich unter Verdacht, für den Aggressor zu spionieren. In Wirklichkeit benutzte Stalin diesen Vorwand nur, um an ein Heer von Arbeitssklaven zu kommen, denn sie mußten jahrelang schwere Arbeiten in Steinbrüchen, Bergwerken und beim

Ausheben von Bewässerungskanälen verrichten. Die Hälfte von ihnen überlebte den ersten Winter nicht, in dem sie nachts an ihren Bettgestellen festfroren, Matratzen gab es nicht. Die Toten konnten sie erst im Frühjahr bestatten, weil der Boden hart wie Stein war. Eine der schlimmsten Strafen war es, den jungen Bäumchen, die sie pflanzten, tagsüber mit dem eigenen Körper Schatten spenden zu müssen. Manchmal lief ihnen ein verirrtes Schaf zu, das Nomaden gehörte, die durch die Steppe zogen und deren Hunde sie mehr fürchteten als Wölfe. Walter war hier geboren worden. Nach dem Ende der Verbannungszeit hätten seine Eltern nicht wieder in ihren Heimatort gedurft. Deshalb waren sie hier geblieben und hatten als Lehrer gearbeitet. Die Eltern mancher Kinder, die sie unterrichteten, waren ehemalige Aufseher, die sich nach der Schließung des Lagers ebenfalls hier niedergelassen hatten. Otto wollte wissen, wo Walters Sohn war, in dessen Bett er schlief. Walter lächelte fast entschuldigend und sagte, Heinrich sei tot.

Jedem, dem sie am Nachmittag im Ort begegneten, stellte Walter «Otto aus Dietschlaund» vor. Die einen rezitierten spontan Gedichte von Heine, andere stimmten zu seinen Ehren ein Volkslied an. Ein Nachbar regte im Scherz an, Otto könne doch Hilda zu ihrem runden Geburtstag beglückwünschen. Die Idee erschien Walter gar nicht so dumm. Hilda hatte in diesem Jahr ihren hundertsten Geburtstag gefeiert und war sehr enttäuscht gewesen, daß sie aus diesem Anlaß der deutsche Regierungschef nicht besucht hatte, sie hatte in den letzten Jahren nur noch darauf hingelebt. Otto könnte doch diese Rolle für Hilda spielen, ihr Blumen überreichen und mit ihr Kaffee trinken. Sie war zu verwirrt, um einen Unterschied zu bemerken. Es nutzte nichts, daß Otto sich sträubte. Er wurde in den Konfirmationsanzug von Walters Sohn gesteckt. Das halbe Dorf begleitete Otto zu der baufälligen Hütte, die Hildas Tod nicht lange überleben würde. Weil Hilda glaubte, der deutsche Regierungschef sei immer noch Adolf Hitler («Dee Beesewecht», wie Walter sagte), bekam Otto mit Holzkohle ein Schnurrbärtchen gemalt, bevor ihn die Menge durch Hildas Tür schob. Die meisten mußten von draußen zusehen, weil in der Hütte nicht genug Platz für so eine große Schar Gratulanten war. Hilda saß in einem Schaukelstuhl und sah Otto durch dicke Brillengläser an. Die zerbrochenen Bügel waren mit Heftpflaster geklebt worden.

Walter sagte: «Leewe Hilda, tjetje mol, wea di besietje kohme, dee Herr Hitler.»

«Een bet lot!», sagte Hilda.

«He haft vehl Oabeit en wehnech Tiet», sagte Walter.

Otto wollte die Sache schnell hinter sich bringen und sagte: «Liebe Hilda, im Namen des deutschen Volkes gratuliere ich dir recht herzlich zu deinem hundertsten Geburtstag.»

«Glomskop.»

«Ich wünsche dir, daß du weiterhin so fröhlich und gesund bleibst, denn Gesundheit ist das Allerwichtigste im Leben. Soll der Graufgrowa ruhig noch ein wenig warten.»

«Wea sei dee Pracher? Welle du mien Jeld stehle?»

Walter redete Hilda zu: «Hilda, frehe du di nech? Dee Herr Hitler kohme von Dietschlaund tou diene Jeburtsdach.»

«Wuarom sei du sou denn? Tjenne diene Frau nech koake?»

«Dee Herr Hitler sei nech befriet, Hilda.»

«Nech befriet? Sei de een lostich Schniegjelfritz?» Sie spuckte vor Otto aus.

«Nee, sei Fru es doch aul begrowe.»

«Oame Deibel. Du mott doch wout ete.»

«Danke, ich bin nicht hungrig», sagte Otto, der zumindest das letzte verstanden hatte.

«Bobble nech, hia hast een Boumworscht.»

«Baumwurst? Ich bin doch Vegetarier.»

Hilda fragte Walter, ob mit Herrn Hitlers «Verstauntkausten» etwas nicht stimme? Aber Walter erklärte ihr, daß Herr Hitler nur schüchtern sei. Sie zog eine Schublade auf und wühlte darin. Zwischen abgelaufenen Medikamenten, schmutzigen Kämmen, benutzten Taschentüchern und einzelnen Socken kramte sie etwas Längliches, Schwarzes hervor und reichte es Otto. Es war eine vollkommen vergammelte Banane. Otto entfernte die Schale und schob sich die matschige Frucht in den Mund.

Auf einer Anrichte stand ein altes Hochzeitsfoto in Schwarzweiß, eine bildschöne, junge Frau neben einem drahtigen Bräutigam. Die Frau sah ängstlich aus, als ahne sie, was für ein entbehrungsreiches Leben vor ihr lag, obwohl auch schon ihr bisheriges Leben ihre Züge verhärtet hatte. Beide schienen ihre Arbeit für die Aufnahme nur ungern unterbrochen zu haben. Ungeduld und Verunsicherung sprachen aus ihren Blicken, sie wußten nicht, wohin mit ihren Händen, wenn sie gerade nichts anzupacken hatten. Otto blickte abwechselnd zu Hilda und auf ihr Hochzeitsfoto und versuchte zu begreifen, wie unbarmherzig das Leben an diesem Gesicht modelliert hatte.

Walter bat Otto, sich neben Hilda zu setzen, weil er ein Foto für die «Hematstemm» machen wollte, die Zeitung der deutschen Minderheit in ihrer Region. Otto wollte seinen Arm um das Hutzelweib legen. «Huarebauljch!» Sie schlug ihm auf die Hand, so kräftig, daß er nicht nur vor Schreck aufschrie. Die Gäste lachten, und das Lachen wanderte nach draußen zu denen, die nichts sehen konnten, und von dort wieder zurück. Walter redete Hilda zu, der Herr Hitler sei doch hier, ihr einen Geburtstagsbesuch zu machen und nicht, um ihr näherzutreten. Sie wollte aber nicht von einem Fremden angefaßt werden, sagte sie, sie würden sich doch gar nicht kennen. Außerdem sei ihr «dee knubliche Wintbiedel tou krommbeenich».

Offenbar strengte ihr Besuch sie an. Nachdem das Foto aufgenommen war, saß Hilda mit geschlossenen Augen da und kaute auf ihrem Gebiß, das sie mit der Zunge im Mund herumschob. An ihren altersfleckigen, mageren Armen traten die bläulichen Venen hervor. Otto warf Walter flehende Blicke zu, er wollte gehen. Walter schrie Hilda ins Ohr: «Herr Hitler motte nu no Hus!»

Hilda schien es nicht gehört zu haben, aber als sie aus der Tür gingen, rief sie ihnen mit schriller Stimme nach: «Reibabaund!»

Draußen warf Otto die Bananenschale in den Straßengraben.

KAPITEL 24

In den ersten Tagen wurde Otto noch ungeduldig, wenn er sich nach dem Weg zur Grenze erkundigte und Walter ihn mit seinem «Morje, morje ...» vertröstete. Aber irgendwann hörte er zu fragen auf, denn im Grunde ging es ihm ja gut, und er kam sogar wieder zu Kräften. Manchmal blieb er einen halben Tag im Bett liegen und sah sich die etwas altbackenen, aber künstlerisch ausgezeichneten Illustrationen in Heinrichs Schulbüchern an. Besonders mochte er die häufigen Darstellungen von im Bau befindlichen Plattenbauvierteln, auf denen die Gebäude wie von selbst wuchsen, weil fröhlich lächelnde Menschen anstrengungslos wie bei einem mechanischen Ballett die vorgefertigten Teile zusammenfügten. Wenn Walter oder seine Frau an die Tür klopften, seufzte er, und sie zogen sich leise zurück, um ihn nicht zu stören. An anderen Tagen nahm Otto neben Walter auf dem Traktor Platz und begleitete ihn aufs Feld, wenn Dung ausgebracht oder Mais geerntet wurde. Ottos Haut bekam mit der Zeit eine Bräune, die sich von der flüchtigen Urlaubsbräune unterschied, wie man sie sich mühsam beim Sonnenbad am Strand zulegte. Er liebte es, am Abend müde von der Arbeit zurück in den Ort zu kommen, für Walter zur Lebensmittelverkaufsstelle zu gehen, wo er sich aus einem Gartenschlauch Bier in ein großes Gurkenglas füllen ließ, und auf der Bank vor dem Zaun zu sitzen und zuzusehen, wie die

Sonne für eine kurze Zeit alles in ein unwirklich goldenes Licht tauchte. Wie zufällig fuhren dann die Jungs ausgerechnet hier auf alten Fahrrädern die Straße auf und ab, und die fein herausgeputzten kleinen Mädchen mit weißen Strümpfen und weißen Sandalen liefen mit untergehakten Armen immer wieder an ihm vorbei und kicherten, wenn er sie grüßte. Die Fahrräder der Jungs waren kunstvoll aufgemotzt. Manche hatten ihre Lenker mit Hörnern aus Rohrstücken nachgerüstet, einer hatte sogar echte Kuhhörner montiert und einen Motorradauspuff am Rahmen befestigt. Bei allen war der bunt bemalte Sattel verkehrt herum angebracht. Otto hatte sich von Walter zeigen lassen, wie man Autoreifen zuschnitt und umkrempelte, um daraus Blumentöpfe zu bauen. Bald wagte er sich an Tiere für den Spielplatz, eine Raupe, ein Bär, eine Kobra. Die Kinder nahmen die neuen Figuren jedesmal begeistert in Besitz. Sein erstes Schwanenpaar schenkte Otto Walter, der es stolz in seinem Vorgarten aufstellte. Gerne spazierte Otto durch den Ort und studierte die beeindruckende Vielfalt der Gebäude, zwischen denen es dennoch auffällige Gemeinsamkeiten gab. So hatte jedes Haus einen Heuboden, der über eine Leiter zu erreichen war, außerdem einen unterirdischen Kühl- und Lagerkeller, dessen Zugang außerhalb des Hauses lag und wie ein Plumpsklo aussah. Wasser wurde mit kleinen, elektrisch betriebenen Pferdekopfpumpen gefördert. Die Fenster der Häuser gingen nie nach Norden, und sie waren wegen der dicken Wände so tief, daß die Sonne, wenn sie im Sommer im Zenit stand, nicht hineindrang, im Winter aber die Räume wärmte. Keines der Häuser glich einem anderen, jedes war ein unbewußt angefertigtes Selbstporträt seines Besitzers, ausgeführt mit Materialien, die zur Zeit seiner Entstehung zufällig zur Verfügung gestanden hatten, von Menschen, die mitgeholfen und dabei ihre speziellen Fähigkeiten eingebracht hatten. (Sicher wurden auch die Reste der Häuser Verstorbener wiederverwendet, nichts ging verloren.) Niemand hätte hier gewußt, wozu man einen Architekten brauchte, man lernte zu bauen, indem man auf den Baustellen von Nachbarn und Verwandten half. Der nächste Baumarkt befand sich über zweitausend Kilometer entfernt hinter der russischen Grenze, daher mußte man seine Phantasie bemühen, um das verborgene Potential in Materialien zu erkennen, die man in Deutschland weggeworfen hätte. Man ging dabei wie Picasso vor, der erkannt hatte, daß ein Fahrradsattel mit einer Lenkstange in Wirklichkeit ein behörnter Stierkopf war. Vor allem bei den Zäunen ergab sich durch die Vielfalt der Materialien ein buntes Bild. Mal war eine Reihe Motorhauben nebeneinander im Boden versenkt worden, mal war das Hoftor aus zwei alten Bettgestellen geschweißt, oder es waren mit Sand gefüllte Plastikflaschen übereinandergestapelt worden, so daß die Böden wie Butzenscheiben aussahen. Es gab Hofmauern, die mit bunten Mosaiken aus Glasscherben verziert waren, es gab aus Plastiktüten geflochtene Zäune, Heizkörper waren zerschnitten und zu Zaunelementen zusammengeschweißt worden; es gab Zäune, denen zwar fast alle Latten fehlten, nicht aber die blaugestrichene Eingangstür. Otto zeichnete die Gebäude (von Walter hatte er endlich einen Bleistift bekommen), er erstellte eine Systematik der Materialien und sprach mit den Bewohnern über ihre ästhetischen Einflüsse und ihre Erfahrungen mit dem Resultat. Er wagte sogar, sie zu ermutigen, an besonders schönen Lösungen festzuhalten, indem er Vorher-Nachher-Zeichnungen anfertigte und zu erklären versuchte, wie man modern leben könnte, ohne die Würde des bereits Vorhandenen zu verletzen. Wer ihn kommen sah, unterbrach die Arbeit im Gemüsebeet, richtete sich auf und grüßte das «Professorchen». Walter war glücklich, eine so eminente und beliebte Persönlichkeit in seinem Haus zu Gast zu haben. Das einzige, was Otto störte, war, daß er fast jeden Abend mit Walter Fußball gucken mußte, mit urfischem Kommentar, wobei das Bienensummen der Zuschauer und die nie endende Aufzählung der Namen der Spieler, die gerade in Ballbesitz waren, durchaus eine beruhigende Wirkung auf ihn hatten. Es gab in Urfustan keinen Mann, den dieser Sport nicht interessierte, weshalb Walter sicher annahm, Otto eine Freude zu machen, und Otto hatte den Moment verpaßt, ihn über seinen Irrtum aufzuklären. Meistens schlief Walter schon vor der Halbzeitpause ein, und Otto guckte das Spiel allein zu Ende und versuchte, sich in die Emotionen der Zuschauer hineinzufühlen.

Eines Morgens, als Otto in die Küche kam, hatte Walter ein Exemplar der «Hematstemm» vor sich und sah Otto verlegen an. Auf zehn Seiten war eine Rede von Zültan Tantal abgedruckt, in der er eine Bilanz der Entwicklung des Landes in den ersten Monaten des Jahres zog. Gleich danach folgte eine Meldung, in der stand, daß auf einer Baustelle in Mangana ein Mann bei einer Gasexplosion ums Leben gekommen war. Die Behörden gingen von einem kriminellen Hintergrund der Tat aus, denn bei dem Toten, einem Deutschen, der sich illegal im Land aufgehalten hatte, war ein Buch aus dem Bestand des Mangana Paradise Resort gefunden worden, eine Spur, die zu einem Landsmann des Opfers führte, einem Schüler der Staatlichen Bewußtseinsschule, der dem Unterricht schon seit Wochen unentschuldigt fernblieb. Die Behörden sahen sich durch diesen Vorfall in ihren Befürchtungen bestätigt, daß es durch Personen, die sich illegal im Land aufhielten, zu Gewaltverbrechen kommen konnte, und daß international agierende Verbrecherorganisationen und terroristische Netzwerke bereits versuchten, in Urfustan Fuß zu fassen. Der vermißte Verdächtige hatte Kontakte zu einer Gruppierung aufgenommen, die einen Anschlag auf den Architekten des Vaterlands geplant hatte, was dank der unermüdlichen Tätigkeit der Geheimdienste vereitelt werden konnte. In derselben Ausgabe fand Otto ein Foto von der Grundsteinlegung der neuen Deutschen Botschaft in Mangana, auf dem neben Zültan Tantal und Vertretern verschiedener Botschaften (Kasey Ksinczyk fehlte, war er schon abberufen worden?) zu Ottos Verblüffung auch Holm Löb zu sehen war, mit Zarina und Branka Lazar an seiner Seite. Otto konnte Löbs Hände zwar nur undeutlich erkennen, da er seine Arme für das Foto um Zarinas und Brankas Schultern gelegt hatte, aber einen Verband schien er nicht zu tragen. Auf der letzten Seite stand unter «Vermischtes» ein kurzer Text über den hundertsten «Joaresdach» von Hilda Schmidgal aus dem Dorf «Elektrifikazija», mit einem Foto von Otto, der verlegen neben Hilda saß und sein Hitler-Bärtchen und damit auch sein halbes Gesicht hinter einer Kaffeetasse versteckte.

«Habe du wout utfreten?»

Otto schüttelte den Kopf. Wie sollte er Walter erklären, in was für Verwicklungen er geraten war? Er wußte ja selbst nicht, wie es dazu gekommen war und was das alles im einzelnen zu bedeuten hatte.

«Ich hab nichts gemacht. Aber ich muß so schnell wie möglich zur Grenze.»

Walter sah ihn traurig an: «Foahr tou Voda en Mudda, dout dee wadda schlope tjenne.»

Die Bemerkung berührte Otto, denn er wußte inzwischen, was mit Heinrich, in dessen Bett er schlief, passiert war. Walters Sohn war ein talentierter und äußerst zielstrebiger Nachwuchsgewichtheber gewesen (der Vorrat an Eiweißpräparat, mit dem seine Eltern jedes Essen anreicherten, stammte noch von ihm). Er hatte davon geträumt, seinen großen Vorbildern aus der sibirischen Gewichtheberschule nachzueifern, die in den sechziger Jahren von Rudolf Wladimirowitsch Pljukfelder aufgebaut worden war, einem Bergmann und Sohn von nach Sibirien deportierten Rußlanddeutschen. Pljukfelder hatte im Kulturhaus seiner Zeche mit selbst zusammengeschweißten Geräten einen Trainingsraum eingerichtet und es trotz aller Schikanen, unter denen er wegen seiner Herkunft zu leiden hatte, bis zum Olympiasieger gebracht. Vielleicht hatte Heinrich wie Pljukfelder gehofft, mit einem Körper aus Stahl einem Schicksal wie dem seiner Vorfahren entgehen zu können? Freunde eines seiner Konkurrenten um einen Platz in der Nationalmannschaft, den er bei einem Junioren-Wettkampf besiegt hatte, hatten ihm aufgelauert, um ihm die Finger zu brechen. Bei dieser

Auseinandersetzung war Heinrich «veemäßich» mit einer Eisenstange erschlagen worden. Der Fall konnte nie aufgeklärt worden, aber Heinrich war nachträglich wegen unsportlichen Verhaltens seine Medaille aberkannt worden.

Walter fragte noch einmal: «Habe du wout utfreten?»

«Nein, es ist alles sehr kompliziert. Ich will nur nach Hause.»

«Tou Voda en Mudda.»

«Tou Voda en Mudda.»

Walter konnte Otto nicht zur Grenze fahren, als Angehöriger einer Minderheit durfte er den Bezirk ohne Genehmigung nicht verlassen. Straßen konnte Otto nicht benutzen, es gab in Urfustan an allen Stadt- und Bezirksgrenzen Kontrollposten. Normalerweise kümmerten sie sich nur um den Schwerlastverkehr, aber man konnte nie wissen. Jeder Verkehrspolizist hatte so viel Bestechungsgelder investieren müssen, um sich seine Position zu sichern, daß er gezwungen war, dieses Geld auf der Straße wieder einzutreiben. Otto mußte es also zu Fuß versuchen und den Weg durch die Steppe nehmen.

Im Geräteschuppen hatte Walter kaputte Mopeds, Fahrräder, Schubkarren, LKW-Anhänger und einen alten Belarus-Traktor vom Minsker Traktorenwerk untergestellt. Er zog aus einer Gerümpelecke einen Kinderwagen hervor, entfernte das Oberteil und belud den Unterboden probeweise mit einem großen Plastikkanister. Wenn Otto sich von innen gegen den Griff des Wagens lehnte wie ein Wolgatreidler, konnte er ihn, auch wenn der Kanister mit zwanzig Litern Wasser gefüllt war, bequem bewegen. In einer anderen Ecke des Schuppens lag verbogenes Blech, das aussah wie die Überreste eines abgestürzten Flugzeugs. Walter erklärte Otto, daß es sich um Raketenschrott handelte, der in der Steppe manchmal vom Himmel fiel, auch wenn das offiziell abgestritten wurde, Reste der Nutzlastverkleidung der Raketen, mit denen die «Stiernschlinjels» zum Mond flogen, um dort nach Gold zu suchen, genug für jeden auf der Erde, so daß es in Zukunft keinen Streit mehr unter den Menschen geben würde. Jeder, der bei ihnen solchen Schrott fand, sammelte ihn ein und verkaufte ihn an herumziehende Altmetallhändler. Manche nutzten größere Teile auch als Garage. Gegen an der Oberfläche eventuell vorhandene Giftstoffe half nach allgemeiner Auffassung fettes Essen, vor allem aber Stutenmilch. Außerdem: Was der Himmel einem schenkte, konnte doch nicht schlecht für den Menschen sein.

Noch am selben Nachmittag fuhr Walter Otto bis zum Rand der zum Ort gehörenden Felder. An einem verrosteten Ortsschild, das so durchlöchert war, als habe es als Zielscheibe für Schießübungen gedient, stiegen sie aus, und Walter zeigte Otto die Richtung, in die er querfeldein gehen mußte, um die Grenze zu erreichen. In ungefähr zehn Tagen könnte er dort sein. Es tat Walter leid, Otto ziehen zu lassen, am liebsten wäre er mitgekommen, ins «Hematlaund», das er noch nie gesehen hatte. Walter schenkte Otto Heinrichs Taschenmesser und verabschiedete sich unter Tränen. Als Otto schon aufgebrochen war, hörte er ihn hinter sich sagen: «Nu sei we wadda auleen.»

Otto schob den Kinderwagen über das Steppengras. Er war froh, daß er inzwischen lange Hosen hatte, er trug ja immer noch Heinrichs Konfirmationsanzug. An seinen Händen bildeten sich in kürzester Zeit Blasen. Es war für ihn ungewohnt, im weiten Rund des Horizonts das einzige menschliche Wesen zu sein. Gerade deshalb fühlte er sich beobachtet. Die Räder quietschten leise, der Wind wehte, ohne jemals zu ruhen, und die Sonne schien wie immer unbarmherzig. Einmal kletterte Otto, um sich zu orientieren, auf einen Fels, der aus dem Boden ragte, aber das Land war in alle Richtungen vollkommen flach. In der Steppe lag es nahe, an die Unendlichkeit zu glauben. In den Pausen setzte sich Otto in den Schatten eines schwarzen Regenschirms, trank etwas Wasser und aß Nüsse und getrocknete Aprikosen. In seinem Kopf drehten sich immer dieselben Fragen: Was hatte es zu bedeuten, daß Holm Löb wieder aufgetaucht war? Und warum ließ sich Branka von ihm umarmen? Otto hatte den Artikel aus der Zeitung gerissen und sah sich immer wieder das Foto an, um herauszubekommen, ob Branka und Löb vielleicht ein Verhältnis hatten. Wenn er wieder zu Hause war, würde er Branka die Meinung sagen, es war respektlos gewesen, wie sie ihn beim Frühstück in ihrer Wohnung behandelt hatte. Für Holm Löb, der so stolz auf seinen leeren Newsletter war, hatte er nur Verachtung übrig. Am Abend legte Otto auf dem Boden einen Kreis aus einem Seil, um darin vor Schlangen und Skorpionen geschützt zu sein. Er band den Kinderwagen mit einem Zwirnsfaden an seinem großen Zeh fest, wickelte sich in die Decke, die Walter ihm gegeben hatte, damit er sich nachts «bemumlen» konnte, und schlief mit dem aufgeklappten Taschenmesser in der Hand. Immer wieder wachte er auf, weil er sich einbildete, der Faden habe sich gestrafft und Diebe wollten ihm seinen Wasservorrat stehlen.

Am Abend des zweiten Tags stieß Otto auf Überreste von Baracken. Es handelte sich um ein Außenlager eines riesigen Gulag-Komplexes, von dem ihm Walter erzählt hatte, bisher war er also in die richtige Richtung gelaufen. Jemand hatte Holzkreuze und provisorische, mit weißer, zerlaufener Farbe beschriftete Gedenktafeln aufgestellt. Außerdem waren andere Besucher dem Beispiel eines verliebten Pärchens gefolgt und hatten am Boden mit Steinen große Liebesherzen und die Initialen ihrer Namen ausgelegt. Otto hörte Motorengeräusche und duckte sich ins Gras hinter eine Reihe Kreuze. Aus zwei Jeeps, deren Räder gegen LKW-Reifen ausgetauscht worden waren, stieg ein Dutzend Männer. Sie koppelten die Anhänger ab, auf denen sich Schrott befand, wie ihn Otto in Walters Schuppen gesehen hatte, und stellten die Jeeps Rücken an Rücken aneinander. Die Motoren liefen, vielleicht sollte der entstandene Innenraum klimatisiert werden. Aus der Soundanlage eines der Jeeps ertönte mit voller Lautstärke Neunziger-Jahre-Eurodance. Der Kühlergrill der Fahrzeuge sah aus wie das Gebiß eines Raubtiers, zwischen dessen Zähnen sich Gras verfangen hatte. Die einen machten ein Feuer aus Holzresten von Sträflingsbaracken, die anderen suchten den Boden mit Metalldetektoren ab und begannen zu graben. Vielleicht waren es Altmetallhändler und Leichenfledderer, auf der Suche nach Goldzähnen und Objekten für ausländische Sammler. Otto preßte sich flach auf den Boden und hielt das Taschenmesser umklammert, er würde warten müssen, bis die Männer wieder verschwunden waren. Im Liegen lud er den Kanister ab und mühte sich, den Kinderwagen zusammenzuklappen. Einer der Männer näherte sich ihm bedrohlich, verfiel plötzlich in ein Jubelgeschrei und hielt einen braunen Klumpen in die Höhe. Er warf ihn einem anderen zu, der den Klumpen fing und wieder zum nächsten warf, schließlich spielten sie Fußball damit, bis der Klumpen wieder bei dem landete, der ihn gefunden hatte. Er setzte sich damit ans Feuer und zückte ein Messer. Mit einer Zange hielt er den Unterkiefer der Schildkröte fest und schnitt ihr mit seinem Messer den Kopf ab. Dann legte er das Tier auf den Rücken und rammte den Panzer in einen Nagel, den er vorher durch ein Brett geschlagen hatte. Er steckte einen Schlauch in den Hals der Schildkröte, schloß die Hand fest um Hals und Schlauch und füllte den Körper des Tiers mit Wasser aus einem Tank, den die anderen von den Autos herbeigeschleppt hatten. Jetzt schnitt er der Schildkröte die Beine ab, löste mühsam den Körper vom Panzer und trennte das Fleisch von den Knochen, um es zu braten. Otto war zum Warten verdammt, aber er war so erschöpft, daß er einschlief. Er wachte auf, weil er naß wurde. Was er für Regenwasser hielt, stank widerwärtig. Direkt über ihm pinkelte ein Betrunkener schwankend in die Dunkelheit. Der Mann torkelte zurück ans Feuer, wo es zu einem heftigen Streit kam, die Männer schrien sich heiser an, Otto hörte dumpfe Schläge, dann war nur noch das Jammern des Unterlegenen zu hören, dessen Nase wahrscheinlich gebrochen war. Otto hörte noch einmal Schläge, das Jammern verstummte. Otto wartete ungefähr eine Stunde, bevor er es wagte, mit dem Taschenmesser in der Hand zur Feuerstelle zu kriechen. Er zählte die Schlafenden, einer fehlte. Er warf einen Stein in die Glut, um zu prüfen, ob die Männer davon aufwachten, sie rührten sich nicht. Am Boden lagen kaputte Schnapsflaschen, Otto sammelte die größten Scherben ein. Wenn sie ihn erwischten, würden sie ihn nicht anders behandeln als die arme Schildkröte. Otto schlich zu den Fahrzeugen, deren Motor lief, und öffnete, obwohl der Techno-Lärm immer noch alles übertönte, möglichst leise die Tür. Im Rückraum schlief ein Mann, offenbar der Anführer, der es nachts warm haben wollte, denn inzwischen war die Heizung eingeschaltet. Otto schob Glasscherben unter die Reifen des einen Jeeps und setzte sich in den anderen, der in der Richtung parkte, in der Otto die Grenze vermutete. Er hatte nur einen Versuch. Er legte den ersten Gang ein, ließ die Kupplung kommen und drückte das Gaspedal. Weil Otto den Schleifpunkt der Kupplung nicht kannte, ruckte der Jeep so heftig an, daß Otto in den Sitz gedrückt wurde. Der schlafende Mann fiel durch die Lücke, die sich zwischen den Fahrzeugen auftat, zu Boden, und Otto fuhr los, wobei er es vor Aufregung nicht schaffte, einen höheren Gang einzulegen, und stattdessen das Gaspedal durchdrückte und mit jaulendem Motor in die Dunkelheit verschwand. Die Männer waren aufgesprungen und rannten ihm hinterher, stolperten aber über ihre eigenen Füße. Nur einer schaffte es, sich an der Tür festzukrallen, Otto stach mit Heinrichs Taschenmesser nach seiner Hand, immer wieder, bis sie sich endlich löste. Um sicher zu sein, daß er nicht verfolgt wurde, ließ er die Scheinwerfer aus und hoffte, nicht gegen einen Felsen zu fahren. Wenn er in der Dunkelheit fünfzig Kilometer schaffte, würde ihn zu Fuß niemand einholen können, auch wenn er eine breite Spur im Steppengras hinterließ. Es tat ihm zwar leid um seine Wasservorräte, aber er kam zu dem Schluß, daß sich seine Lage alles in allem verbessert hatte. Otto starrte in die Dunkelheit und war darauf eingestellt, sofort zu bremsen, wenn er mit einer Jurte oder einem schlafenden Kamel zu kollidieren drohte. Da die Kilometeranzeige nicht funktionierte, berechnete er nach seinem Tempo und der Zeit, die er unterwegs war, die zurückgelegte Strecke, die Formel dafür lautete «v = s/t». Er hätte nie gedacht, dieses Wissen, von dem er gar nicht mehr gewußt hatte, daß er darüber verfügte, einmal im Leben anwenden zu können. Als er schon mehrmals kurz eingenickt war und es zu gefährlich wurde, weiterzufahren, stoppte er das Fahrzeug, klappte die Rücklehne so weit wie möglich nach hinten und beobachtete, wie Angst, Einsamkeit und Erschöpfung in ihm um die Vorherrschaft rangen. Schließlich setzte sich die Erschöpfung durch, aber die Angst verfolgte ihn noch im Traum, er schreckte immer wieder auf und fand erst gegen Morgen in einen tieferen Schlaf.

KAPITEL 25

Otto wachte von der Hitze auf, die im Innenraum des Jeeps herrschte. Er drückte unter großer Anstrengung die Tür auf, um Luft hereinzulassen. Dabei verbrannte er sich fast die Finger am glühendheißen Metall. Er stellte den Sitz hoch und versuchte zu begreifen, was er durch die Windschutzscheibe sah. Direkt vor ihm gähnte ein Abgrund, eine langgestreckte Grube, deren Wände mit Betonplatten befestigt waren und auf deren Grund eine bräunlich-grüne Wasserlache, in der ein Eselskadaver schwamm, verdunstete. Einen Meter weiter, und Otto wäre in diese Grube gestürzt und, wenn er den Sturz überlebt hätte, ertrunken, oder er hätte sich beim Versuch, die Betonwand hochzuklettern, den Hals gebrochen. Er packte das Lenkrad, drehte den Zündschlüssel und versuchte, den Rückwärtsgang einzulegen, indem er den Schaltknüppel in alle Positionen einrasten ließ, um ihn über eine eventuell vorhandene Rückwärtsgangsperre hinauszudrükken. Er drückte von oben auf den Knüppel, suchte mit Zeigefinger und Mittelfinger nach einer Manschette, die er hochziehen könnte, aber der Jeep fuhr nur immer weiter auf den Abgrund zu. Vielleicht mußte man einen der vielen Knöpfe auf der Armatur betätigen? Schließlich war es zu gefährlich geworden, es noch weiter zu versuchen. Otto nahm den Gang raus, schlug das Lenkrad ein, stieg aus und versuchte, das Auto zurückzuschieben, um zu wenden, aber seine Kraft reichte nicht, das schwere Gefährt zu bewegen. Falls die Altmetalldiebe ihre Reifen geflickt hatten und ihn verfolgten, wollte er ihnen den Jeep nicht hinterlassen. Er setzte sich wieder ins Auto, startete, legte den ersten Gang ein, ließ die Kupplung kommen, gab kräftig Gas und sprang aus der Tür. Der Motor würgte ab, aber der Jeep hatte genug Schräglage, um langsam über die Kante zu kippen und zwanzig Meter nach unten zu fallen, es gab ein dumpfes Krachen, aber keine Explosion wie im Film. Anschließend war es fast noch stiller als zuvor. Otto hatte Glück, der Jeep war auf dem Dach gelandet, die Verfolger mußten annehmen, daß er mit gebrochenem Schädel darunter begraben lag. Ohne Bergsteigerausrüstung würden sie es nicht überprüfen können. Noch bevor Otto überlegen konnte, in welche Richtung er gehen sollte, mußte er sich im Gestrüpp verstecken. Ein Reisebus, auf dem «Golden Dragon» stand, näherte sich der anderen Seite der Grube. Der Bus hielt, und eine Weile tat sich nichts. Dann öffneten sich beide Türen, und ältere Herrschaften entstiegen mühsam dem Bus und taumelten ein paar Schritte, als müßten sie den Schwung abfedern. Die meisten trugen für ambitioniertes Lauftraining entwickelte, teure Turnschuhe mit dicken, gedämpften Sohlen und in seltsamem Kontrast dazu bunte, usbekische Käppchen. Ein paar Männer gingen an den Rand der Grube und warfen Steine hinunter, um einen Eindruck von der Tiefe zu bekommen. Andere pinkelten etwas abseits ungeniert in den Abgrund und spielten damit, den Bogenradius zu variieren, eine Gelegenheit, bei der jeder Mann zum Künstler wurde. Als sie den Jeep entdeckt hatten, machte sich eine Abordnung auf den Weg um die Grube zur Absturzstelle, um den Schaden zu begutachten. Mit langen Objektiven wurden Fotos vom Autowrack geschossen. Otto hörte deutsche Wortfetzen: «Ein Schlagloch zuviel ...»

«In Deutschland könntest du das Straßenbauamt verklagen.»

«Aber nicht, wenn du besoffen Auto fährst.»

«Die trinken doch hier nichts.»

«Ach was, die vergraben den Wodka einfach, damit Allah ihn nicht sieht.»

«Die fahren hier auch nüchtern nicht besser.»

«Den kriegst du aber nicht mehr durch den TÜV.»

«Vielleicht soll das auch das Raumschiff sein.»

«Und dafür geht unsere Entwicklungshilfe drauf ...»

Otto überlegte fieberhaft, wie er vorgehen mußte, um dieses Geschenk der Götter für sich auszunutzen. Sicher hatte die Gruppe einen urfischen Reiseleiter dabei. Wenn Otto sich zu erkennen gab, würde der Reiseleiter melden müssen, daß sie in der Wüste einen Unbekannten entdeckt hatten, andernfalls machte er sich strafbar. Konnte Otto irgendwie unbemerkt den Bus besteigen? Würden die Rentner ihm helfen? Möglicherweise fuhren sie in Richtung Grenze? Aber hatte er denn überhaupt eine Wahl? Wenn er es nicht wagte, blieb ihm nur der Versuch, die Strecke zu Fuß zurückzulegen, wobei er höchstwahrscheinlich verdursten oder von Wölfen gefressen würde.

«Hallo, bitte nicht erschrecken. Hallo!» flüsterte Otto aus dem Gestrüpp.

Die Rentner redeten zu laut, um ihn zu hören, die meisten

von ihnen hatten zudem Hörgeräte, was sie aussehen ließ wie die gut getarnten Mitglieder einer Security Crew. Leicht gebückt ging Otto auf die Gruppe zu, dann richtete er sich auf, sagte: «Bitte erschrecken Sie nicht, ich bin Deutscher» und hob als Ausdruck seiner friedlichen Gesinnung die rechte Hand, wie der nackte Mann auf den Pioneer-Plaketten, die 1972 als Botschaft für Außerirdische ins Weltall geschickt worden waren (und auf denen der Mann nicht Hand in Hand mit seiner Frau stehen durfte, weil die Außerirdischen die beiden sonst für ein vierbeiniges Einzelwesen halten konnten).

Er hatte keine Vorstellung davon, wie er mit seinem Aussehen inzwischen auf andere wirkte, aber die Rentner waren von seiner heruntergekommenen Erscheinung wenig beeindruckt, in ihrem Alter waren sie es gewohnt, auf Menschen zu treffen, deren sozialer Status unter dem ihren lag.

«Den haben sie beim Start vergessen.»

«Hahaha ...»

«Ich heiße Otto Kwant, ich bin in großen Schwierigkeiten.»

Einer der Rentner sah auf einen Zettel: «Ist das schon der Töpfermeister? Oder der Besenbinder?»

«Nein, ich bin nicht der Besenbinder, ich bin Deutscher und brauche Hilfe.»

«Wo stand Ihre Wiege?»

«In Kassel.»

«Brauchen Sie Geld?»

«Ich brauche kein Geld, ich muß zur Grenze, ich will zurück nach Deutschland.»

«Haben Sie was ausgefressen?»

«Nein, ich bin Architekt.»

«Das sind die Schlimmsten! Als wir unsere Terrasse ausgebaut haben, hat uns der Nachbar verklagt, weil die Wand jetzt fünf Zentimeter weiter vorstand! Das hatte der Architekt verbockt, und dann stellte sich heraus, daß er nicht versichert war!»

«Ich bin noch in der Ausbildung.»

«Sie sehen gar nicht aus wie ein Architekt.»

«Haben Sie einen urfischen Reiseleiter dabei?»

«Nein, der Fuzuliy ist nicht von hier, ich mein, der ist Kurde.»

«Der ist nicht Kurde, der ist Armenier.»

«Quatsch, der kommt aus Duisburg.»

«Aber eigentlich ist er Armenier.»

«Ich mein, der wär Kurde oder Türke.»

Otto unterbrach die Diskussion.

«Ihr Reiseleiter ist also nicht aus Urfustan?»

«Günter, frag doch mal den Wilfried, wo der Fuzuliy herkommt. Ich mein, der ist irgendwo aus der Ecke da unten, Iran, Anatolien.»

«Vielleicht hätten Sie einen Schluck Wasser für mich?»

«Haben Sie denn kein Wasser mitgenommen? Man muß bei der Hitze viel trinken, das ist wichtig für den Kreislauf. Man muß dann natürlich auch öfter rennen. Wie sind Sie denn hierhergekommen? Ich dachte, man kann nach Urfustan gar keine Individualreisen unternehmen? Haben Sie ein Einzelvisum bekommen?»

«Ich bin beruflich hier.»

Otto folgte den Rentnern zum Bus, wo die Frauen im Schatten saßen und abwechselnd hinter einem Busch auf der Rückseite des Busses auf die Toilette gingen. Während einigen der Männer sogar mehrere Fotoapparate um den Hals hingen, mit langen Wechselobjektiven, zogen die Frauen es vor, mit kompakten Videokameras bewegte Bilder aufzunehmen, obwohl sich in der Landschaft, die sie filmten, gar nichts rührte. Zunächst mußte geklärt werden, wer recht gehabt hatte und woher Fuzuliy stammte. Tatsächlich hatten alle falschgelegen, denn Fuzuliys Großeltern hatten zur Minderheit von Koreanern gehört, die von Stalin im Krieg aus den Grenzgebieten zu Korea nach Sibirien deportiert worden waren, weil man ihnen Spionagetätigkeit für die Japaner unterstellte. «Mein Vater als weises Kind in ein Kinderheim erzogen», sagte Fuzuliy. Später hatte sein Vater eine Usbekin geheiratet, Fuzuliys Mutter. Er selbst war in Kamenyi geboren, hatte alturfische Philologie studiert und arbeitete als Reiseleiter für Curiosus-Reisen. Die Gruppe, die zu einer noch größeren Gruppe gehörte, deren Route auf Marco Polos Spuren entlang der Seidenstraße führte, hatte sich heute für eine Extratour zu Stätten der Raumfahrtgeschichte entschieden. Deshalb hatten sie die Grube besichtigt, bei der es sich um ein Kühlbecken für Raketenstarts handelte, allerdings war es seit Jahren nicht mehr genutzt worden. Die Rentner waren von diesem Programmpunkt enttäuscht, einige kündigten schon an, daß sie das im Evaluierungsbogen erwähnen würden. Otto bekam vom Busfahrer eine Wasserflasche gereicht. Während er von mehreren Damen gefilmt wurde, mußte er erzählen, wie es ihn hierher verschlagen hatte. Er stellte sich als Architekturstudent vor, der in dieser Region die traditionelle Lehmbauweise studieren wollte, um auch in Deutschland Versuche zu unternehmen, mit dieser uralten, aber im Grunde hochmodernen Low-Tech-Methode energieeffizient zu bauen. Der poröse Lehm nehme über Nacht die Luftfeuchtigkeit auf, am Tag verdunste das Wasser, wodurch sich die Mauern abkühlten. Durch so eine intelligente Hülle sei das System Gebäude ohne den Einsatz aktiver Haustechnik optimierbar, was Kosten spare (hier rechnete Otto damit, Sympathien zu gewinnen). Weil Otto unvorsichtigerweise durch die in einer Mauer offenstehende Tür auf den Hof eines privaten Wohnhauses getreten sei, um dort zu fotografieren, habe er einen Auflauf unter den Bewohnern verursacht, die versucht hätten, ihn festzuhalten und der Polizei zu übergeben. Bei deren Eintreffen sei die Lage eskaliert, er habe Hals über Kopf fliehen müssen und sei beim Versuch, die Verfolger abzuschütteln, in der Dämmerung vom Weg abgekommen. Schließlich sei sein Jeep einem Unfall zum Opfer gefallen, den er nur mit Glück überlebt habe. Er bitte darum, ihn mit dem Bus mitzunehmen, vielleicht in die Nähe der Grenze, falls die Gruppe dorthin unterwegs sei, denn angesichts der Unberechenbarkeit der hiesigen Behörden halte er es für ratsam, Urfustan so schnell wie möglich zu verlassen.

«Das können wir leider nicht machen», sagte Wilfried. «Da kriegen wir versicherungstechnisch Probleme.»

«Es muß ja keiner davon erfahren.»

«Sie machen mir Spaß. Stellen Sie sich mal vor, es passiert etwas, ein Unfall, oder Sie klappen uns unterwegs ab. Der

Fahrer kommt in Teufels Küche, der hat genaue Vorschriften, wie viele Fahrgäste er befördern darf. Und Fuzuliy riskiert seinen Job, wenn der Zeitplan nicht eingehalten wird, weil wir Sie ins Krankenhaus bringen müssen. Versicherungstechnisch ist das ganz dünnes Eis, das bestätigt Ihnen in Deutschland jeder Busfahrer.»

«Ich verspreche Ihnen, daß niemand davon erfährt. Sie lassen mich einfach in der Nähe der Grenze raus, und ich komme schon allein weiter.»

«Das können wir nicht verantworten. Dafür müssen Sie Verständnis haben. Das nächste Mal müßten Sie einfach vorsichtiger fahren. Das ist hier nicht die Autobahn, das weiß man doch. In manche Schlaglöcher würde ein Kleinwagen passen.»

«Sie können mich doch nicht einfach hier stehenlassen?»

«Ich würde sagen, Sie rühren sich nicht vom Fleck, und Fuzuliy ruft Ihnen ein Taxi. Wenn Sie Glück haben, zahlt das Ihre Reiseunfallversicherung. Lassen Sie sich auf jeden Fall einen Beleg geben.»

«Aber ich sage Ihnen doch, ich bin in Schwierigkeiten. Ich muß ein bißchen unter dem Radar bleiben.»

«Als Gast muß man sich an die Regeln halten, das erwarten wir schließlich auch von Besuchern bei uns.»

«Können Sie mir wenigstens etwas Wasser dalassen?»

«Günter, gib ihm doch das Lunchpaket vom Schorsch.»

«Wieso vom Schorsch? Ist der nicht mitgekommen?»

«Der ist doch mit Durchfall im Hotel geblieben.»

Fuzuliy sagte: «Liebe Gäste, wir müssen jetzt weiterfahren. Ich hoffe, es war für alle interessant, und Sie haben viele

Fotos gemacht von Grube, in der das Wasser verdünstet. Zum Mittag werden wir eingeladen sein in Familie, die seit sechs Generationen Topfen verformt, zu Besuch waren hier bereits Hillary Clinton und Gérard Depardieu. Sie werden alles in der Ruhe anschauen. Anschließend wir werden traditionelle urfische Suppe essen, mit dem Brot und Musik von Zupfeninstrument, welches Stück melancholisch, welches Stück rhythmisch.»

Günter zwinkerte Otto zu: «Da verpassen Sie nichts. Die Suppe gibt es jeden Tag.»

Alle stiegen ächzend die hohen Treppenstufen in den Bus hinauf, manche klopften Otto aufmunternd auf die Schulter: «Seien Sie froh, Sie sind wenigstens Ihr eigener Herr ...»

Die Türen schlossen sich, und der Bus setzte sich in Bewegung, die Rentner winkten und machten Fotos von Otto, der einen Blick ins Lunchpaket warf. Es enthielt einen Apfel, der braun war von Druckstellen, ein in Frischhaltefolie gewikkeltes Schmelzkäsesandwich und einen Karamellbonbon. Außerdem hatte er ein Curiosus-Basecap und ein Curiosus-Schlüsselband ergattert.

KAPITEL 26

Als der Bus sich ein paar Meter entfernt hatte, hob Otto den Arm und schwenkte einen Kulturbeutel. Der Bus fuhr noch ein Stück weiter, dann hielt er knirschend, und die hintere Tür öffnete sich. Eine Frau mit mächtigen Oberschenkeln stieg mühsam die Stufen hinunter, innerlich stürzte sie auf Otto zu, ihr Körper war aber deutlich langsamer, zumal sie an zwei Krücken ging: «Sie sind ein Engel! Vielen Dank!» sagte sie, machte ein paar Schritte, blieb stehen und streckte die Arme aus, in der Erwartung, Otto würde ihr den Beutel mit ihrem Insulin-Pen und dem nötigen Zubehör übergeben, den er ihr heimlich entwendet hatte. Aber Otto versteckte den Beutel hinter seinem Rücken: «Es tut mir leid, aber ich kann Ihnen Ihren Besitz nicht aushändigen. Ich müßte als Finderlohn schon eine Gegenleistung verlangen, nämlich daß ich mitfahren darf.»

Die Herren, die nun ebenfalls aus dem Bus ausgestiegen waren und langsam auf ihn zukamen, waren außer sich.

«Sie Lümmel! Das ist doch wohl die Höhe! Soll das eine Erpressung sein?»

«Sie lassen mir ja keine andere Wahl.»

Sieglinde setzte sich auf einen Stein und schluchzte.

«Wollen Sie die Frau umbringen?»

«Nein, ich will nur bis zur Grenze mitgenommen werden.»

Die ersten Herren hatten Otto erreicht. Sie waren in der

Überzahl, und viele hatten Nordic-Walking-Stöcke mit Metallspitzen, manche sogar zwei. Otto war zu geschwächt, um eine körperliche Auseinandersetzung zu riskieren. Er machte ein paar Schritte auf die Grube zu und hielt den Beutel über den Abgrund.

«Ich warne Sie, ich werfe das Zeug da rein!»

«Seien Sie doch vernünftig!»

«Genau wie unser Architekt! Mit dem war auch nicht zu reden. Und am Ende hatten wir das Nachsehen und mußten alles wieder zurückbauen.»

«Sie können doch die Frau hier nicht verrecken lassen!»

«Aber mich können Sie hier verrecken lassen? Ihre blöde Versicherung interessiert doch keinen, das ist unterlassene Hilfeleistung.»

«Typen wie Sie! Armes Deutschland!»

«Entweder, Sie lassen mich mitfahren, oder Sie müssen sich eine Leiter besorgen.»

Die Herren zogen sich zur Beratung zurück. Schließlich löste sich Wilfried aus der Gruppe, der die Aufgabe des Verhandlungsführers übernommen hatte. Er war ein pensionierter Wirtschaftsprüfer aus München, sprach mit starkem bayrischen Akzent und war nur seiner Frau zuliebe auf diese Studienreise mitgefahren, obwohl er lieber Golf spielte.

«Also steigen Sie in Gottes Namen ein, aber vor der Grenze lassen wir Sie wieder raus.»

«Sie müssen mir Ihr Ehrenwort geben, daß es bei unserer Abmachung bleibt.»

«Ich gebe Ihnen mein Ehrenwort. Und jetzt geben Sie Sieglinde ihre Spritze.»

«Ich ziehe es vor, die Utensilien vorläufig zu verwahren, damit Sieglinde sie nicht wieder verliert. Ich kann ihr ja die Injektionen geben. Ich habe mein FSJ in einer geronto-psychiatrischen Tagesstätte verbracht.»

«Sie machen sich hier keine Freunde, junger Mann.»

«Das hat im Moment für mich auch keine Priorität.»

Otto bestieg als letzter den Bus, die Treppe war mit grünem Kunstrasen ausgelegt. Der Fahrer mußte die Toilette aufschließen, die angeblich defekt war. In Wirklichkeit hatte er nur keine Lust gehabt, sie zu reinigen. Otto und Sieglinde quetschten sich in das winzige Kabuff. Otto las sich die Anleitung des Insulin-Pens durch und fragte Sieglinde, ob sie eine Stelle für die Injektion bevorzuge. Er schraubte eine neue Nadel ein und legte die Lochmaske auf, die dazu diente, daß die Einstiche gleichmäßig verteilt wurden, so daß es nicht zu Fettablagerungen kam. Sieglinde war es peinlich, vor ihm ihren Bauch zu entblößen.

Danach setzte Otto sich ganz nach vorn, weil dort der einzige freie Platz war. Er war müde, aber er durfte nicht einschlafen, er traute den Rentnern nicht. Der Bus setzte sich in Bewegung, und sie rollten im Schrittempo über eine Sandpiste, bis sie eine Asphaltstraße erreichten, die schnurgerade zum Horizont führte. In diesem Land brauchte man nicht viele Kurven. Fuzuliy meldete sich über das knisternde Mikrophon zu Wort: «Liebe Gäste, ich hoffe, unsere Besichtigung von historische Stätte der Raumfahrtgeschichte war für alle lehrreich und recht interessant. Sie haben gesehen, Urfustan ist Anlegestelle am Ufer des Weltalls. Es ist nur heute so bei uns geworden, daß wir nicht pünktlich sind.

Solcherweise können wir nicht beim Abendlicht die Grenze erreichen, sondern bei der Dunkelheit. Nun will ich Ihnen, liebe Gäste, noch den Spruch des Tages vorlesen, wieder von Nationaldichter von Urfustan Nazir Narbijew: ‹Der Mensch, der etwas studiert und es nicht ins Leben umsetzt, ist einem Menschen ähnlich, der sein Feld sät und nicht erntet.›»

«Das ist wahr», hieß es von hinten.

Otto mußte niesen. Sein Sitznachbar, ein Herr mit dichtem, grauem Haar, Jeans und rosa Tommy-Hilfiger-Sweatshirt, sagte: «Gesundheit, langes Leben und Gehaltserhöhung!»

«Vielen Dank.»

Durch die Ritzen zwischen Lautsprechern und Verkleidung blies der kalte Luftstrom der Klimaanlage über ihre Köpfe, weswegen Otto das Curiosus-Basecap aufsetzen und sich für den Hals von einer der Damen ein urfisches Seidentuch leihen mußte. Er bat den Fahrer, das Radio anzuschalten, um die Stimmung aufzulockern. Der Fahrer richtete die Fernbedienung auf den Bildschirm über der Windschutzscheibe. Er navigierte durch chinesische Schriftzeichen, bis eine Sängerin zu hören war, deren Timbre in seiner kalkulierten Durchschnittlichkeit schon wieder faszinierend war. Es war Helene Fischer, die Frau aus Sibirien, die sich, angetrieben von brennendem Ehrgeiz, mit eiserner Disziplin in die Herzen der Deutschen gesungen hatte, indem sie der Sehnsucht nach einem anderen Leben, das schmeckte wie «Sonne auf der Haut», eine Stimme gegeben hatte, und wer träumte nicht von einem anderen Leben? Keine Musik hätte besser zu dieser Landschaft gepaßt, die jeden, der hier überleben wollte, zwang, sich anzupassen, wenn er nicht den Ehrgeiz hatte, ihr zu entkommen. Otto sah sich im Rückspiegel die Rentner an. Das Alter war wie ein Schleier, der sich über die Gesichter gelegt hatte und sie einander anglich. Man konnte nicht mehr sagen, wer von ihnen in seiner Jugend attraktiv gewesen war, die Unterschiede verschwammen. Vielleicht hatten sie früher einmal in verschiedene Richtungen gestrebt, aber das Alter hatte sie wieder zusammengeführt, und nun waren sie keine Einzelwesen mehr, sondern Senioren. Otto hatte Sympathie für seine Mitreisenden, er bewunderte sie für die Tapferkeit, mit der sie das Massaker ertrugen, das das Alter an ihren Körpern anrichtete. Otto nahm sich vor, sobald er zu Hause wäre, wieder zum Yogakurs zu gehen, den er zuletzt vernachlässigt hatte, um rechtzeitig die Lendenwirbel zu lockern und auch die Halswirbel nicht zu vergessen, deren Beweglichkeit man nicht so wichtig nahm, bis es einem plötzlich schwerfiel, für den Schulterblick beim Abbiegen den Kopf zu wenden und man sich, wenn man von der Seite angesprochen wurde, immer mit dem ganzen Oberkörper drehen mußte.

«Ich hab ja ein Handicap», meldete sich Ottos Sitznachbar zu Wort. «Ich höre schlecht. Vielleicht ist auch die Batterie alle, ich muß gerade mal nachsehen.»

«Das macht nichts, mein Vater hört auch schlecht, ich bin das gewöhnt.»

«Bitte?»

«Mein Vater hört auch schlecht.»

«Tatsächlich? Gestern habe ich mein Hörgerät den ganzen Tag gesucht, das kostet immerhin dreitausend Euro, nur für eine Seite. Ich nehm manchmal eins raus beim Telefonieren, das linke, weil ich mit rechts schreibe. Zu Hause vergesse ich es auch manchmal reinzumachen, da brauch ich ja keins. Meine Frau ist vor sechs Jahren gestorben. Auf dem Glastisch kann man es schlecht sehen. Ich muß es immer neben den Hausschlüssel legen.»

«Haben Sie es denn wiedergefunden?»

«Bitte?»

«Haben Sie Ihr Hörgerät wiedergefunden?»

«Im Hotel auf dem Bett, unter der Tagesdecke, die hatte ich so drübergeschlagen. Normalerweise finde ich alles wieder, aber nicht, wenn ich mich beeilen muß. Dafür war dann die Brille weg. Sind Sie jetzt erst zugestiegen? Ich hab Sie noch gar nicht gesehen? Meine Kamera geht manchmal nicht an, da steht dann, daß ich sie wieder ausschalten muß, manchmal muß ich das ein paarmal machen. Ich wollte eigentlich keine neue mehr kaufen. Ich hatte eine Bauer, das war eine Doppel-8, dann eine Leica und eine Rolleiflex. Wie stellt man denn hier das Datum ein? Du weißt manchmal nicht, welcher Wochentag ist, wenn du nicht in den Kalender guckst, mittlerweile muß ich jeden Tag gucken.»

Während sein Sitznachbar sprach, mit Kölner Dialekt, machte Otto ab und zu höfliche Brummgeräusche, die signalisieren sollten, daß er ihm noch zuhörte. Wenn er zu leise brummte, hörte sein Nachbar es nicht, brummte er zu laut, dachte sein Nachbar, er hätte etwas nicht verstanden, und Otto mußte ihm ins Ohr brüllen, daß er gar nichts gesagt hatte.

«Wie meine Frau gestorben ist, hab ich mal nachgesehen, zweiundsiebzig Alben habe ich. Für die Enkel ist es vielleicht wieder interessant, für die Kinder nicht, die waren ja teilweise mit dabei. Karten hat meine Frau immer geschrieben, ich schreib keine und krieg keine. Wollen Sie ein paar Bilder sehen? Wie ging das noch mit dem Handy, warten Sie mal. Hier, das ist mein jüngster Sohn, der ist dreiundfünfzig. Der lebt in Neuseeland. Das ist Kambodscha, Angkor. Da weiß man bis heute nicht, warum die die Stadt so schnell verlassen haben. Der macht das gut, der Fahrer, schauen Sie mal, wie der arbeiten muß. Könnten Sie mir eine Flasche Wasser reichen aus dem Behälter? Danke. Könnten Sie mir die aufschrauben? Die haben mir beide Hände operiert, damit sie mir nachts nicht mehr einschlafen, seitdem hab ich keine Kraft mehr. Für manches reicht's, für manches nicht.»

Die Straße, auf der sie fuhren, führte zwar schnurgerade zum Horizont, aber ihr Zustand war sehr schlecht, stellenweise glich sie einer Mondlandschaft, mit Schlaglöchern, die umkurvt werden mußten. Der Fahrer mußte ständig eine Ideallinie suchen und manchmal längere Strecken auf den Sandstreifen links oder rechts der Fahrbahn ausweichen.

«Ich hab erst mit fünfundsiebzig aufgehört zu arbeiten, ich wollte eigentlich viel früher», sagte Ottos Nachbar.

«Was waren Sie denn von Beruf?»

«Ich hatte eine Bäckerei mit zehn Filialen, in der dritten Generation. Mein Vater war nicht im Krieg, weil er kriegswichtig war, tausend Brote am Tag, das war Knochenarbeit bei den Maschinen. Wir hatten italienische Kriegsgefangene, die waren froh, daß sie bei uns waren, die wurden zwar von Soldaten gebracht und geholt, aber die konnten bei uns essen und ein Brot für die Kameraden mitnehmen. Meine

Putzfrau ist aus Kasachstan, die bräuchte das Geld gar nicht mehr, die hat eine eigene Firma, aber die kommt trotzdem. Dat janze Leben is ja Jlück, wo, wie und wann man geboren wird und daß man überhaupt geboren wird … Wir hatten einen Lehrer, der war im Krieg in Rom gewesen, der hat es geschafft, im ganzen Krieg nur sechs Schuß abzugeben, ganz am Ende, mit der Pistole in den Sand. Die schönste Zeit war für mich nach dem Krieg, weil da keine Schule war. Im Bunker war ja noch Unterricht.»

Alle paar Kilometer stand am Straßenrand die Pappattrappe eines Polizeiwagens mit einer lächelnden Polizistenfigur, die einen Verkehrsstab hochhielt. Es wurde an das Tempolimit von 80 km/h erinnert, eine Geschwindigkeit, die bei den vorherrschenden Straßenverhältnissen lebensgefährlich gewesen wäre.

«Das Verhältnis Nutten/Polizei am Straßenrand schlägt hier doch deutlich zugunsten der Polizei aus», sagte Ottos Sitznachbar. «Ich hab mal ein Sicherheitstraining beim ADAC gemacht, da spritzen so Wasserfontänen hoch, trocken ist da keiner geblieben. Ich sollte bei meinem Wagen ABS ausschalten, das ging da aber gar nicht. In Hanoi durfte der Fahrer nur 25 km/h fahren. Für hundert Kilometer haben die vier Stunden gebraucht. Ich heiße übrigens Willy.»

Die Landschaft wurde immer karger, nur noch Buschwerk wuchs auf dem sandigen Boden, die Pflanzen hatten meterlange Wurzeln, um an Wasser zu kommen. Manchmal kreiste ein Raubvogel am Himmel. Eine lange Holzstange, an deren Spitze ein Pferdeschwanz festgeknotet war, wies auf das Grab einer angesehenen Persönlichkeit hin, wie Fuzuliy ihnen verriet: «In diesem Graben jemand mit Bedeutung beigestattet worden ist. Vielleicht auch ein Chan.»

«Ein Hahn?»

«Sie kennen Dschingis Chan?»

Ein Verkehrsschild, auf dem ein Tisch und ein leicht geneigtes Tannenbäumchen zu sehen waren, kündigte eine Raststätte an. Sie bestand aus einer Baracke, einer Garage, vor der kaputte Autos und Zugmaschinen mit geöffneter Motorhaube standen, und einer verbeulten Zapfsäule. An der Straße lag ein Berg Melonen, der Verkäufer döste in einer Schubkarre.

«Liebe Gäste, wir werden jetzt bei Nomadenfamilie traditionelle urfische Suppe essen und viele andere Gerichten. Ebenfalls machen wir technische Pause für alle, die dringlich auf die Toilette müssen. Seien Sie vorsichtig beim Überqueren der Straße. Man muß nach links anschauen, trotzdem muß man hurtig sein. Bitte trinken Sie kein Wasser, nachdem Sie Melonen essen, das kann zu den Magenproblemen geführt werden. Hoffentlich Sie bleiben davon verschönt. Wir sind zu Gast zum Tee bei Familie mitten in der Wüste. Sie können grünen oder schwarzen Tee trinken. Wer möchte grünen Tee?»

Eine Reihe Rentner meldeten sich.

«Alle anderen möchten schwarzen Tee?»

«Es gibt Tee?» fragte Willy Otto.

«Ja, grünen oder schwarzen.»

«Für mich bitte ein Freibier. Also frei von Alkohol.»

Ein Mann stand an einem aus Blech und Bewehrungsstahl zusammengeschweißten Grill, vor ihm ein Haufen blutiger Fleischstücke mit Knochen, es qualmte fürchterlich.

«Auf der Hochzeit meiner Tochter hatten die drei Lämmer auf dem Grill, das war lecker, mein lieber Mann», sagte Willy. «Und ich war mal auf einer Hochzeit in Indien, da ging das Buffet weiter als bis zu der Mauer dahinten.»

Aus der Tür der Baracke trat eine energische Frau mit flekkiger Schürze und bat sie herein. Die Mutigsten hatten sich schon ins Innere des Gebäudes gewagt und waren am Fotografieren. Der Raum wirkte überraschend groß, vielleicht weil er so leer war. In der Mitte stand ein kleiner Kanonenofen, dessen langes Rohr frei schwebend bis zur Wand führte. Auf langen Tischen lagen Wachsdecken, die mit Bildern von Südfrüchten bedruckt waren. Auf jedem Tisch stand ein Salzschälchen, in dem man Abdrücke der Fingerkuppen derjenigen sah, die zuletzt hineingegriffen hatten. Auf den Fensterbrettern lagen mit Klebstoff beschichtete Pappstreifen, dicht bedeckt mit toten Fliegen. Mehrere gerahmte Kippbilder schmückten die Wände, weiße Pferde, die sich beim Liebesspiel aufbäumten. Das Prunkstück war das Panoramabild eines breiten Wasserfalls in einer idyllischen Landschaft, die kein schlechtes Wetter kannte und in der man nur die Teletubbies vermißte. Durch eine Hintertür erreichte man einen Pfad, der mit weiß gestrichenen, halb in den Boden eingelassenen Autoreifen begrenzt war und zu einem Klohäuschen führte, vor dessen beiden Türen sich schon zwei Schlangen gebildet hatten. Am verrosteten Wasserhahn des Waschbeckens war mit Draht ein neuer Plastikwasserhahn befestigt worden. Ein dreckiger, brauner Lappen diente als Abdichtung.

«Das erinnert mich an Äthiopien. Aber da hatten wir Flöhe.»

«Gegen Georgien ist das hier alles harmlos.»

«Wir waren mal auf einem chinesischen Inlandsflug, ich denke: gehste noch mal auf die Toilette. Die war bis vor die Tür vollgeschissen. Egal, was ist, dachte ich mir, das hältste aus.»

Diejenigen, die das Abenteuer schon hinter sich hatten, tauschten untereinander Desinfiziergel und Hygienetücher.

«Das nützt gar nichts», sagte Wilfried. «Ich sag immer, wenig waschen hält gesund. Früher gab es auch keinen Fußpilz, weil die Kinder in Kuhscheiße treten mußten.»

«Ich hab meine Frau verloren, weil sie eine neue Haube hat», sagte Günter, die anderen halfen ihm, sie wiederzufinden.

Eine Dame filmte die Szenerie mit der Kamera. Ihr Mann erklärte Otto, daß seine Gattin bei ihren gemeinsamen Reisen für die Aufnahmen zuständig sei, während er ein halbes Jahr damit verbringen werde, alles zu schneiden, in Kapitel einzuteilen, mit Untertiteln zu versehen und mit Musik zu unterlegen, das sei «Arbeit für den Winter».

Bei der traditionellen urfischen Suppe saß Otto neben einer Frau, die froh war, daß ihr wieder jemand zuhörte, nachdem sie in den letzten Tagen mit ihren Monologen schon allen so zugesetzt hatte, daß neben ihr immer mindestens ein Platz freiblieb. «Ich hab mich noch lange um eine Nachbarin gekümmert», sagte Ottos Tischdame. «Die ist dement. Das war aber gar nicht bekannt. Die hat immer gesagt: Ach nein, wunderbar, ja, das finde ich auch, deshalb hat es keiner gemerkt. Die kommt ursprünglich aus dem Warthegau, in ihrem Kopf lebt die jetzt wieder dort. Wenn man eine schöne Kindheit hatte …»

Ottos Aufmerksamkeit wurde aber auch von anderen Rentnern beansprucht, die nicht direkt neben ihm saßen und sich teilweise weit vorbeugten, um mit ihm zu sprechen, oder den Weg zur Toilette nutzten, um kurz hinter ihm stehenzubleiben und ihm etwas anzuvertrauen. Die meisten waren mit Curiosus schon in den entlegensten Winkeln der Welt gewesen, aber sie waren nirgends einem Zuhörer begegnet, denn je mehr jemand auf seinen Reisen erlebt und gesehen hatte, umso weniger war er bereit, anderen zuzuhören, die von ihren eigenen Erlebnissen erzählen wollten, es ging nur darum, sich zu überbieten.

«Im Frühjahr, in Andalusien, da fiel der Strom aus. Glücklicherweise hatte ich meine Taschenlampe dabei.»

«In Peru wurde unser Bus einfach mit einer anderen Reisegruppe aufgefüllt.»

«In Halifax hab ich im Casino Rentnerinnen gesehen, die schwarze Hände hatten von den ganzen Münzen. Die langweilen sich am Wochenende, und es bleibt nur das Glücksspiel.»

«In Skopje dachte ich, mein Gott, bevor ihr da noch 'ne Säulenhalle hinstellt, noch 'n Denkmal, investiert doch lieber in was Vernünftiges.»

«Die chinesischen Bettbezüge passen nicht zu unseren Decken, weil die Chinesen kleiner sind.»

«So viele Touristen sind das hier gar nicht. Da wird man noch angelächelt. Das könnte sich schnell ändern.»

«In Venedig stehen sich alle auf den Füßen, und dann

kommen noch die Aida-Touristen dazu. Und die lassen nicht mal Geld in der Stadt. Die wollen sich schon was überlegen, weil die Stadt zu voll ist.»

«In Eger habe ich kürzlich im Sterbezimmer von Wallenstein gestanden. Wissen Sie, wann Wallenstein gestorben ist, junger Mann?»

«Ehrlich gesagt, nein.»

«Minuspunkt! Bildungslücke!»

«Ich laß mir zu Hause zwei Stellen machen, am Rücken, weil ich immer hängenbleibe und das scheuert. Alterswarzen sind das», sagte Ottos Tischdame.

«In unserm Alter muß man Abstriche machen ...»

«Ja, man weiß nicht, wieviel Sand man schon in der Tasche hat.»

«In meiner Familie galt unter neunzig sterben schon als Kindstod», sagte Wilfried.

«Wenn man von den Drei Tenören spricht, da fällt mir einer oft nicht ein und dann zehn Minuten später doch», sagte Sieglinde, der Otto inzwischen schon mehrere Injektionen gegeben hatte.

«Rafsandschani hat seinem Namen alle Ehre gemacht», sagte Wilfried, als Otto sich bei den Nüssen bediente, die als Vorspeise gereicht wurden. «Bei jeder Pistazie, die sie essen, hat der mitverdient.»

«Im Iran gibt's wenigstens keine Graffitis», ergänzte Günter.

«Denen müßte man die Hand abhacken.»

«Aber allen kannst du ja nicht die Hand abhacken.»

«Doch, wenn man das bei zwei, drei macht, hören die anderen schon auf mit dem Geschmiere.»

Draußen grüßte ein vorbeischeppernder Lastzug mit einem interessanten Hupkonzert. Willy, der wegen seiner Ohren von den Gesprächen nichts mitbekommen hatte, sagte: «Ich wollte neulich 'nem Bekannten hupen, da hab ich die Hupe gar nicht gefunden. Aber et jibt Leute, die hupen schon auch jerne.»

«Seit ich in Pension bin, fahr ich oft weg, aber immer allein. Mein Mann will nicht mehr auf Studienreisen», sagte Ottos Tischdame.

«Können Sie Ihren Mann denn allein lassen?»

«Ja! Der beschäftigt sich prima ...»

Die Wirtin hatte es schwer, das Essen loszuwerden, weil die Rentner so ins Gespräch vertieft waren und wegen ihrer Schwerhörigkeit nicht auf ihre Fragen reagierten. Außerdem waren sie so höflich und bescheiden, sich mit dem zufriedenzugeben, was die Wirtin gerade in der Hand hatte, so daß niemand darauf achtete, ob es sich um sein Gericht oder Getränk handelte, zumal ja auch niemand wußte, wie das Bestellte eigentlich aussehen mußte. Eine Gruppe war ganz darin vertieft, einen Alzheimer-Test zu machen, indem sie versuchten, möglichst makellose Kreise zu malen und anschließend aus dem Kopf das Zifferblatt einer Uhr.

Ottos Tischdame packte eine Tupperdose mit Schwarzbrot aus. «Ich hab die Reise schon mal gemacht und die berühmten Wüstenfestungen verpaßt, weil ich den Tag auf der Hoteltoilette verbracht habe. Bis dahin esse ich diesmal nur mein Vollkornbrot von zu Hause.» Da für Otto kein Essen eingeplant gewesen war, traf sich das gut, denn sie überließ ihm ihre Portion.

Fuzuliy fragte Otto, warum er keinen Fotoapparat dabeihabe, das sei ihm aufgefallen.

«Ich mache mir lieber Notizen.»

«Aber Sie haben kein Notizenbuch.»

«Mein Gepäck ist beim Flug verlorengegangen.»

«Es ist besser, sonst man denkt, Sie sind Spion.»

«Aber Spione fotografieren doch sicher eher.»

«Nur Menschen, nicht Sehenswürdigkeiten.»

«So erkennt man Spione?»

«Ja, und weil sie nicht in die Augen schauen. Zudem sie tragen Sonnenbrille auch im Inneren des Hauses. Schuhe von Spion sind immer frisch geputzt, und sie tun so, daß sie verstehen kein Urfisch.»

«Da habe ich Glück, ich verstehe wirklich kein Urfisch. Wo haben Sie so gut Deutsch gelernt?»

«An philologische Fakultät.»

«Waren Sie schon einmal in Deutschland?»

«Nein, noch niemals. Aber es interessiert mich, welche Orte muß man besichtigen?»

«Vielleicht die Hauptstadt, Berlin.»

«Wie lange braucht man, um Stadt Berlin zu besichtigen?»

«Ich weiß nicht, drei Wochen?»

«So lange niemand kann reisen. Sie können mir vielleicht sagen, ob wahr es ist, was ich gelesen habe, daß Deutsche essen gerne Einlauf.»

«Einlauf?»

«So ich habe gelesen.»

«Sie meinen vielleicht Auflauf?»

«Sagt man so? Ich bitte vielmals um Entschuldigung. Nun

ich möchte Sie bitten, können Sie mir sagen, was ist Unterschied zwischen ‹ausführen› und ‹durchführen›?»

«Da muß ich nachdenken. Es gibt auch noch ‹verführen›, ‹überführen›, ‹vorführen›, ‹abführen›, ‹aufführen›, ‹einführen›, ‹weiterführen›, ‹wegführen›, ‹vollführen› und ‹durchführen›. Und ‹irreführen›. Und ‹entführen›.»

«Es ist sehr schwer, ich muß noch viel lernen von Ihre Sprache.»

«Ich habe ‹nasführen› vergessen, aber das wird kaum noch benutzt.»

«Dieses Wort ich kenne nicht.»

Zwei alte, russische LKWs hielten an der Zapfsäule, die dicken Fahrer in speckigen Wollpullovern, Tarnhosen und Filzstiefeln kletterten aus den Führerhäuschen, kratzten sich am Gemächt und reckten sich.

«Einmal jereckt ist wie eine Stunde Schlaf», sagte Willy.

Die Fahrer schlurften zum Grill, bestellten und legten sich auf erhöhte Bettgestelle mit Baldachin, die hinter einem Sichtschutz aus Laken direkt am Straßenrand standen.

«Gescheite Autos haben die Russen nie hinbekommen», sagte Wilfried. «Die Zulieferer im Osten konnten sich nicht auf Modelländerungen einstellen. Bei BMW und Mercedes verlassen an einem Tag keine zwei baugleichen Autos das Band.»

Fuzuliy machte mit der Wirtin die Runde und übersetzte, wer grünen und wer schwarzen Tee wollte.

«Wenn McKinsey die Verschwendung hier sehen würde, die kaputten Straßen ... Aber das ist eine alte Wahrheit aus dem Baugewerbe: Warum Zement rein, wenn schon Sand zu gut ist?», sagte Wilfried. «Die haben hier sechzig Jahre Rückstand, mindestens.» Er hielt beim Reden die Arme verschränkt und hob, wenn er eine Aufzählung begann, den Daumen der linken Hand und streifte nacheinander die Finger der rechten Hand daran ab, schriftlich hätte er eine Numerierung eingeführt. «Überlegen Sie mal, wie viele Autos ich im Leben hatte, mein erster Wagen war ein Opel. Ich bin alt, ich rechne noch in Autos, meine Kinder rechnen in Apple. Die Akzeleration. Man muß eine Mittelschicht aufbauen, die konsumieren kann. Die Chinesen haben das verstanden, Menschenrechte hin oder her. Im Grunde haben wir schon das bedingungslose Grundeinkommen, wenn man alle Sozialleistungen zusammenrechnet. Das ist auch richtig so. Man muß dafür sorgen, daß die 1% der Bevölkerung, die bei Vollbeschäftigung nicht qualifiziert genug sind für einen Job, genug Geld haben, um nicht kriminell zu werden. In Urfustan gibt es erstklassige Golfplätze, mitten in der Wüste, wußten Sie das? Wir fahren im Winter immer in den Skiurlaub, im Sommer machen wir eine Golfreise und dann noch was Kulturelles. In South Carolina haben sich die Greenkeeper von hinten auf die Alligatoren geworfen und ihnen das Maul mit Tesaband zugeklebt. Bei uns sind die Golfer alle auf Ibu. Die älteren Herren werfen sich das rein, wenn sie eine gute Runde spielen wollen, aber verschreibungspflichtige Dosen. Bernhard Langer ist ein Idiot. Der hat mir mal das Tages-Du angeboten. Aber ein tolles Ballgefühl hat er.»

Wilfried wurde vom gellenden Schrei einer Frau unterbrochen, die mit erhobenen Armen in den Raum gestürmt kam. Sie war korpulent und trug ein Paillettenkleid und eine Kette aus silbernen Münzen um den Hals. Ihr Kopfschmuck erinnerte an den Glasröhrchenbehang eines viktorianischen Lampenschirms. Drei Männer und ein kleiner Junge folgten ihr mit traurigem Blick, alle in aus Schafsfellen geschneiderter Tracht, unter der sie Adidas-Trainingshosen trugen. Eine Art Tamburin gab den Rhythmus vor, ein Saiteninstrument (wie Fuzuliy erklärte, mit Leder vom Ochsenherz bespannt) und, was etwas unpassend wirkte, ein Akkordeon, spielten die Melodie. Der Rhythmus war ungewöhnlich unrhythmisch, es klang fast avantgardistisch oder wie auf die Spitze getriebener Hiphop. In einem Instrumentalteil trat der Junge neben die Frau und tanzte, indem er mit abgehackten Bewegungen Arme und Beine gegeneinander verkantete. Dann übernahm wieder die Frau, sie wedelte mit den Handflächen und schüttelte ihre Hüften. Die Rentner waren begeistert, die Männer fotografierten, ihre Frauen filmten jede Bewegung der Truppe und klatschten unaufgefordert den Rhythmus mit, wobei sie ihn ein bißchen ihrem Geschmack anpaßten. Die Tänzerin hielt Ausschau nach einem Opfer. Ausgerechnet ein zurückhaltender Herr, der sich selten zu Wort meldete, weil seine Frau ihn dann jedesmal strafend ansah, wurde von der Tänzerin aus seinem Stuhl hochgezogen und in die Mitte geführt. Sie hob die Arme wie ein Bär, der sich zum Angriff aufrichtete, doch der Herr wehrte sich überraschend entschlossen, indem er selbst die Initiative übernahm. Seine Hüften und Knie erinnerten sich an den Twist aus Jugendtagen, und plötzlich waren die Zuckungen der Frau nur noch das Echo auf seine angriffslustigen, eines Toreros würdigen Vorstöße. Allgemeiner Jubel ertönte, das Eis war gebrochen, nur die Frau des Tänzers sagte: «Darüber kann ich nicht lachen.» Bald waren alle aufgestanden, bis auf die, die zum Gehen Krücken brauchten, sowie Wilfried, der sich von der Euphorie nicht anstecken ließ und lieber seiner Frau zusah, die mit den Händen unsichtbare Glühbirnen in einen Dekkenleuchter einschraubte.

Otto beugte sich zu Wilfried: «Ich muß unsere Abmachung modifizieren.»

«Das geht aber nicht, *pacta sunt servanda*.»

«Ich hoffe natürlich auf Ihr Verständnis. Und ich appelliere an Ihr Mitgefühl. Sie sind meine einzige Chance, aus Urfustan rauszukommen.»

«Inwiefern?»

«Wenn Sie sich bei der Deutschen Botschaft melden, haben Sie gute Karten, daß man Ihnen helfen wird. Ihnen ist Ihr Paß gestohlen worden, und Sie haben, weil Sie unter Durchfall litten, die Abfahrt des Reisebusses verpaßt. Sie können auch sagen, Sie sind entführt worden, dann können Sie erster Klasse zurückfliegen, das ist tatsächlich so.»

«Und wer sollte mich entführt haben?»

«Das wissen Sie nicht, unter den Entführern ist Streit um das Lösegeld ausgebrochen, und man hat Sie mitten in der Wüste ausgesetzt. Ich brauche lediglich Ihren Paß und Ihre Brille, und vielleicht könnten wir noch Kleidungsstücke tauschen.»

«So kommen Sie doch nicht über die Grenze.»

«Vielleicht schon, in so einer großen Gruppe.»

«Und wenn ich mich weigere?»

«Das müssen Sie mit Ihrem Gewissen ausmachen.»

«Wer sagt Ihnen, daß ich ein Gewissen habe?»

«Sie können es auch als Abenteuer sehen. Oder wollen Sie den Rest Ihres hoffentlich noch langen Lebens auf Studienreisen verbringen und wie ein Kindergartenkind behandelt werden?»

Otto hatte sich in Wilfried nicht getäuscht. Er bekam von ihm sogar die Jack-Wolfskin-Multitaschen-Weste, die beigefarbene Anglermütze und einen der verstellbaren Wanderstöcke angeboten, den Otto aber nicht annahm, weil er seinen Besen vorzog. Wilfrieds Paß war zum Glück schon fast zehn Jahre alt, er sah auf dem Foto aus wie Ende fünfzig. Mit Brille und Anglermütze hatte Otto vielleicht eine Chance, den Grenzbeamten zu täuschen.

«Die Deutsche Botschaft wird sich um Sie kümmern. Sie wissen gar nicht, wie sehr ich Ihnen danke.»

«Sie erinnern mich an meinen jüngsten Enkel, der macht auch nur Probleme. Das zweite Staatsexamen wird er wohl nie schaffen.»

«Ich verspreche Ihnen, daß ich den Rest meines Lebens nutzen werde, um Sie von der Richtigkeit Ihrer Entscheidung zu überzeugen.»

Die Folklorevorführung war inzwischen zu Ende. Die Euphorie über die mitreißende, exotische Musik war nach und nach verflogen, weil die Stücke wenig variiert hatten. Am Ende waren die Lautstärke der Instrumente und die schrillen Schreie der Frau doch ziemlich lästig gewesen, und alle waren froh, daß der Spuk vorbei war und man sich wieder unterhalten konnte. Der mutige Torero wurde von seiner Frau zum Bus geschickt, um ihre Jacke zu holen, aber bevor er damit erschien, war sie ihm schon gefolgt, weil es ihr nicht schnell genug gegangen war und sie wegen ihrer Kopfschmerzen sowieso auf den Nachtisch verzichten und bis zur Abfahrt im Bus warten wollte. Die Nachricht vom Abenteuer, in das Wilfried sich zu stürzen bereit war, machte die Runde. Wilfried bekam Fuzuliys Keksvorrat überreicht und dazu ein paar Wasserflaschen. Willy gab ihm seinen Leatherman. Fuzuliy rief für Wilfried bei der Deutschen Botschaft an und gab seinen Aufenthaltsort durch. Wilfried verabschiedete sich von seiner Frau, Otto wollte ein letztes Gruppenfoto machen, aber er wurde genötigt, die Kamera an die Wirtin weiterzureichen, weil alle fanden, daß er mit aufs Bild gehöre.

Als der Fahrer den Bus schon gestartet hatte, konnten sie zunächst aber noch nicht weiterfahren, weil eine Kolonne von vierzig durchnumerierten Bussen die Straße blockierte. Sie waren vollgestopft mit Menschen, viele mußten stehen, lehnten an den geöffneten Fenstern und ließen ihre Hände und Arme raushängen, um sich etwas abzukühlen. Es handelte sich um Ärzte der staatlichen Krankenhäuser, Lehrer, Professoren und Studenten der Universitäten, erklärte ihnen Fuzuliy, die zur Arbeit auf den Baumwollfeldern gefahren wurden. Die zaristische Regierung hatte in dieser Region schon im neunzehnten Jahrhundert die Baumwollproduktion vorangetrieben, als es durch den Amerikanischen Bürgerkrieg im Welthandel zu Engpässen gekommen war. Heute war Baumwolle der wichtigste Wirtschaftszweig des Landes. Leider war man seit dem Ende der Sowjetunion wegen Problemen mit der Technik von den bereits eingeführten maschinellen Erntemethoden wieder abgekommen, weshalb jeder, der für den Staat arbeitete, in der Erntezeit Schichten übernehmen mußte. Studenten verbrachten mehrere Wochen jedes Studienjahres bei der Ernte. Wenn sie ihr Soll nicht schafften, wurden ihnen Verpflegung und Unterkunft in Rechnung gestellt und vom Stipendium abgezogen. Als die Kolonne vorbeigezogen war, ging es aber immer noch nicht los, jetzt hatten die Fahrer der russischen LKWs ihre Pause beendet, bestiegen ihre Fahrzeuge und wendeten auf der Straße.

«Wenn der das in München macht ...»

Als der Bus wieder fuhr, fing Willy sofort zu reden an: «Ich könnte Ihnen gar nicht sagen, wo ich letztes Jahr im Urlaub war. Du vergißt so was, is bekloppt. Meine Kamera, die sagt manchmal, ich soll aus- und anschalten, manchmal dreimal hintereinander. Eigentlich hatte ich gar keine neue mehr kaufen wollen. Ich war als Junge im Foto-Zirkel. Tennis hab ich erst mit vierzig angefangen. Mit dem Tennisverein war ich in Kroatien. Da bin ich von den Älteren der Älteste. Ich spiel auch nur noch Doppel. Ich fühl mich ein bißchen dazu verpflichtet, Sport zu machen, ich hatte ja schon einen Herzanfall und eine Bypass-OP. Mit sechzig hab ich Ultraleichtfliegen begonnen. Ich hab nicht mal die PPL, nur Sportgerätelizenz. Ich dachte immer, als Rentner mach ich noch den internationalen Flugschein, aber mein Englisch ist zu schlecht inzwischen, ich hab's ja nie gebraucht. Bei uns in Deutschland ist Fallschirm Pflicht. Nach Helgoland, da fliegt man eine Stunde über Wasser, wenn da der Motor ausfällt ... Zweimal bin ich in Petersburg gewesen, Kreuzfahrt. Die Fassaden toll, aber dahinter das Elend.

Ist das immer noch so? Das wär doch jetzt ’n Wetter für kurze Hosen.»

Ortschaften kündigten sich dadurch an, daß der Verkehr dichter wurde, das heißt, es kamen ihnen Eselskarren und wacklige Fahrräder ohne Licht und Bremsen entgegen, der Sattel von Klebeband zusammengehalten. Ein Junge hatte sich bunte Plastikfolie zwischen die Speichen geklemmt. Die Fahrräder fuhren auf der Seite des Gegenverkehrs, denn dort lief man weniger Gefahr, von hinten überrollt zu werden. Manche transportierten große Propangasflaschen auf dem Gepäckträger.

«Sie müssen schon für sich solcherweise den Gas versorgen», sagte Fuzuliy am Mikrophon. «Aber man hat vielen alten Häusern gerissen und mit mehrere Stöcke Häuser gebaut.»

«Warum haben in Urfustan alle ihren Fahrradsattel verkehrt herum montiert?», fragte Otto.

Fuzuliy war die Antwort sichtlich peinlich: «Nur die Männer. In Urfustan Männer sind sehr stark und brauchen Schutz vor Ungesundheit von Druck mit Sattel. Ich habe gehört, in Deutschland heiraten zwei Männer? Das mir tut sehr leid, es ist Gefahr für Zukunft von Land.»

Der Bus überholte einen Haufen Reisig, unter dem das Motorrad, das ihn transportierte, nicht mehr zu sehen war. Ein Besitzer eines Eselskarrens stand auf der kleinen Ladefläche und hielt die Zügel wie Ben Hur.

«Wie wir nach Spanien sind, mit der Foto-AG, 1953, da hatten wir einen Führer, mit dem bin ich immer noch befreundet. Da gab es noch viele Eselskarren damals, die nannte der ‹Spanischer Volkswagen›», sagte Willy.

Die Häuser versteckten sich hinter hohen Lehmmauern, aus denen zu große Metalltüren in Hammerschlagoptik ragten, die nachträglich eingebaut worden waren. Die beiden Fahrbahnen wurden von einer Leitplanke getrennt. Ein Mann fegte auf dem schmalen Mittelstreifen, unbeeindruckt von den an ihm vorbeibretternden LKWs, mit einem Reisigbesen Kiesel zu Häufchen zusammen. Ein Motorrad war mit einer umgedrehten Pyramide von Strohballen beladen.

«Ich hatte eine 150er Sachs, die fuhr Spitze achtzig. Motorradfahren ist schön, das muß ich sagen, und damals brauchte man keinen Sturzhelm. Mit meinem Freund bin ich '53 in die Schweiz, bei Luzern den Pilatus hoch, das war zuviel, da war der Motor so verrußt, da konnten wir zurück nur sechzig fahren. Auf der Autobahn kein Verkehr, einer überholt uns und will wenden, ich fliege über die Kühlerhaube. Am Abend taten mir die Knie weh. Blutergüsse, das war so dick. Der Arzt hat schwarze Salbe draufgeschmiert, heute würde man einfach punktieren. Ich bin nachts aufgewacht, alles naß, so ein Loch, so was gibt's auch.»

Sie hatten jetzt auch Gegenverkehr, hauptsächlich weiße Chevrolets und chinesische Kleinbusse, in denen Großfamilien saßen. Einzelne altersschwache Kühe grasten am Straßenrand im Graben, bewacht von ihrem Besitzer, einer alten Frau oder einem Greis. In den Siedlungen saßen vor jedem Haus alte Leute auf Bänken und sahen ihnen nach. Kinder in Schuluniformen gingen gefährlich nahe an der Straße und winkten. Die Jungen trugen weiße Hemden unter dem dunklen Jackett, die Mädchen Röcke, große Haarschleifen und weiße Strumpfhosen. Es war rätselhaft, wie sie es schafften, nach einem Tag in der staubigen Wüstenluft so sauber auszusehen.

«Unsere Kinder werden mit dem Alter von sieben Jahren geschult», sagte Fuzuliy.

«Hier sind die wenigstens noch gut erzogen und nicht so verwöhnt wie bei uns», hieß es von hinten.

Willy hielt Otto immer wieder sein Handy hin, weil er ihm einen lustigen Clip zeigen wollte. Jemand, der auf ein Dixiklo geht, und als er die Tür wieder öffnet, befindet er sich in einem Büro unter chinesischen Geschäftsleuten, die eine Sitzung haben und den Eindringling entgeistert ansehen.

An einer Kreuzung bot ein Mann ein plattgedrücktes Wolfsfell an, das er an einem Kleiderbügel in der Hand hielt. Ein Plakat am Straßenrand rief auf: «Zahl Alimente!» Zwei Männer warfen mit bloßen Händen Müll von einem Haufen auf einen Laster.

«In Neuseeland holt den Müll nur noch einer ab, der kommt mit dem Wagen und steigt gar nicht aus, der hebt die Tonne mit einem Kran hoch und stellt sie wieder hin, meistens fällt sie dann um», sagte Willy.

Der Fahrer drosselte das Tempo, sie rollten auf einen stählernen Bogen zu, der die Straße überspannte und an dem ein Porträt von Zültan Tantal hing und in Großbuchstaben eine urfische Losung stand. Fuzuliy sagte: «Sie sehen Architekt des Vaterlands. Er ist sehr beliebt. Er schaut immer in die Perspektive.» Otto spürte, wie er schlagartig nervös wurde. Fuzuliy ging durch den Bus und sammelte die Pässe ein. Wie sich herausstellte, saßen sie in alphabetischer Reihenfolge, ein Entgegenkommen für die Grenzbeamten.

«Es gibt so was», sagte Willy. «Ich hatte mal einen Mitarbeiter, der hat sich wegen einer Frau aufgehängt. Also ich würd mich nicht aufhängen, nicht wegen einer Frau. Die Nachbarin hat mich geholt, weil sie Angst hatte, ins Haus zu gehen. In der Garage hing er. So was vergißt man nicht. Obwohl ich im Krieg Tote gesehen habe, einer stand noch aufrecht im Schützenloch. Die Amerikaner haben uns aus dem Haus geholt, mit Bettlaken Verwundete verbinden. Einem mußte ich eine Camel anrauchen und in den Mund stecken, das war meine erste Zigarette und seine letzte. Die Toten haben sie im Vorgarten meiner Tante einfach auf einen Haufen geworfen. Da kamen noch welche und haben in den Taschen geguckt, ob was drin ist. Ich will meine Patientenverfügung noch ändern: nicht ins Pflegeheim. Die Schallgeschwindigkeit haben wir übrigens schon vor den Amis durchbrochen, im Sturzflug, das hat mir mal einer erklärt, der im Krieg Flieger war. Bei uns hatten die Nazis einen Scheinflugplatz gebaut, den haben die Engländer bombardiert. Mit fünf habe ich einmal solche Angst gehabt beim Bombenangriff, wir saßen im Keller, alles wackelte, danach habe ich nie mehr Angst gehabt im Leben, weil ich dachte, mir kann nichts passieren. Dabei stimmt das ja gar nicht.»

Ein dicker Grenzbeamter, dessen Käppchen auf seinem großen Schädel so lächerlich winzig aussah wie ein Partyhut für die Silvesterfeier, rollte ein an einen Rollator montiertes Stoppschild auf die Straße, richtete sich auf und spielte mit einem Verkehrsstab, indem er ihn wie einen Schlagstock an der Lederschlaufe ums Handgelenk schwingen ließ. Seine obere Zahnreihe bestand nur noch aus Goldzähnen.

«In Europa wird niemand mit seinen Goldzähnen begraben», sagte Willy. «Die bekommen die Angehörigen in einem Säckchen. Sonst würden die Totengräber die klauen. Bei uns ist Keramik sogar etwas teurer als Gold.»

Der Bus hielt, und die Tür öffnete sich.

KAPITEL 27

Fuzuliy übergab dem Beamten die Pässe. Der Beamte verschwand damit in seinem Dienstgebäude. Die Straße war jetzt in beide Richtungen mit hochgeklappten Nagelsperren blockiert. Einige Beamte saßen auf einer Bank im Schatten und langweilten sich, der jüngste von ihnen, vielleicht ein Auszubildender, untersuchte die Unterseite des Busses mit einem runden Kosmetikspiegel, der mit Paketklebeband an einer Krücke befestigt war.

«Wenn die Schmiergeld wollen, haben die sich geschnitten.»

«Sei bloß still, vielleicht waren die mal Flüchtlinge und haben bei uns Deutsch gelernt. Die können uns hier schmoren lassen, solange sie wollen.»

«Aber unsere Windräder kaufen wollen.»

«Wandel durch Handel.»

«Wie Verbrecher behandeln die einen.»

«Kann man hier denn mal aufs Klo?»

«Bleib lieber drinnen, sonst machen die Leibesvisite.»

«Ich hab das mal erlebt, an der Zonengrenze, die haben das ganze Auto aufgeschraubt und sogar die Türen auseinandergenommen, reine Schikane.»

«Das kann dir an der Schweizer Grenze auch passieren.»

«Uns haben die Vopos bei der Ausreise eine Beethoven-Büste angebohrt, weil die innen hohl war.»

«Was machen eigentlich die anderen da? Die sitzen nur rum.»

«Könnten sich ja mal einen Besen schnappen.»

Nach einer Stunde kam der Beamte wieder zurück und verlas nacheinander die Namen der Paßinhaber. Wenn es wegen seiner Aussprache zu Verwirrung kam, half Fuzuliy ihm aus. Die Paßbilder wurden geprüft und die Pässe überreicht. Otto, der sich ein Kissen unters Hemd geschoben und von Willy ein Hörgerät ausgeborgt hatte, schlug das Herz bis zum Hals. Da aber zuerst die Pässe der hinteren Sitzreihen dran waren, hatte der Beamte, bevor er zu Otto kam, schon die Lust verloren, noch genau aufs Paßbild zu sehen. Er hob die Hand an die Uniformmütze, verließ den Bus, die Tür schloß sich, und der Fahrer wartete darauf, daß die Nagelsperre eingeklappt wurde. Weil sie klemmte, mußte einer der Männer mit letzter Kraft von der Bank aufstehen, heranschlurfen und mit dem Stiefel kräftig dagegentreten. Sie rollten zweihundert Meter, dann fuhr der Bus durch ein etwa einen Meter tiefes Becken mit einer streng nach Chemie riechenden Flüssigkeit, während er von außen mit Schläuchen abgespritzt wurde. Da Baristan und Urfustan sich gegenseitig unterstellten, daß sich von der anderen Seite ansteckende Infektionskrankheiten ausbreiteten, teilten sie sich das Desinfektionsbecken. Noch einmal zweihundert Meter weiter kam der Grenzübergang von Baristan. Wieder betrat ein Beamter den Bus, mit einer anderen Uniform, die, obwohl die Landschaft, in der sie ihren Träger unsichtbar machen sollte, dieselbe war, eine etwas andere Tarnfarbe und ein anderes Muster hatte. Wieder überreichte ihm Fuzuliy die

Pässe, aber diesmal wurden sie aufgefordert, mit ihrem Handgepäck den Bus zu verlassen. Der Fahrer mußte die Koffer ausladen, damit sie durchsucht werden konnten. Vor einer Durchleuchtungsanlage stellten sie sich in alphabetischer Reihenfolge auf.

«Habt ihr Sonnenschirm und Regenbrille?», fragte Willy.

Sieglinde war besonders nervös, bei ihr gehe immer der Alarm los, wegen ihrer künstlichen Hüftgelenke. Die seien auf dem Bildschirm dann sogar zu sehen. Die Anlage wurde von einem Beamten überwacht, der gelangweilt auf einem Drehstuhl saß, Kaugummi kaute und mit seinem Handy spielte. Das Gepäck passierte die Durchleuchtungsanlage, so unbeachtet, wie ein überrundeter Läufer im Stadion beim verspäteten Zieleinlauf, und die Metalldetektor-Sperre gab, als sie nacheinander hindurchtraten, ein Dauerpiepsen von sich, ohne daß es jemanden zu interessieren schien.

«Schlamperei. Die kontrollieren gar nicht richtig. Wenn ich jetzt eine Waffe hätte?»

«Die haben größere.»

«Ich könnte ja ein Selbstmordattentäter sein.»

«Dann müßtest du dich aber beeilen mit deinem Selbstmord.»

«Wenn ich gewußt hätte, daß die nicht kontrollieren, hätte ich auf dem Markt doch den schönen Goldschmuck gekauft.»

«Der kommt sowieso aus China, den kriegst du bei uns billiger.»

Nach der Kontrolle durften sie wieder ihre Plätze im Bus einnehmen. Eine Stunde später erschien der Beamte und händigte Fuzuliy den Stapel mit Pässen aus, er machte sich nicht die Mühe, sie einzeln zu übergeben. Er kratzte sich am Kopf, warf sorgenvolle Blicke auf das Innere des Busses, klopfte mit dem Zeigefingerknöchel an den Rückspiegel und rüttelte kurz am Lenkrad, ob es auch gut befestigt war. Otto übergab ihm geistesgegenwärtig die Helene-Fischer-CD, aber der Beamte machte immer noch einen unschlüssigen Eindruck. Fuzuliy verkündete am Mikrophon, daß es verboten sei, urfische Währung undeklariert nach Baristan einzuführen, und die Möglichkeit bestände, sich das Ausfüllen des komplizierten Formulars zu ersparen, indem man die für Sicherheitskontrolle und Desinfektion fällige Gebühr in Talern entrichtete. Der Beamte nahm seine Mütze ab und ließ sie rumgehen, alle suchten in ihren Taschen nach urfischem Geld. Der Beamte hatte genau registriert, daß Otto nichts gegeben hatte, und forderte Fuzuliy auf, ihn zu ermahnen.

«No money», sagte Otto entschuldigend.

Der Beamte sah ihn mißbilligend an: «No money? Germany! Mercedes!»

«No money. Money kaputt.»

«Sie können auch Geschmucke geben», sagte Fuzuliy.

Zur Bekräftigung, daß er nichts Wertvolles besaß, durchwühlte Otto die vielen Taschen von Wilfrieds Weste und präsentierte ihren Inhalt: Papiertaschentücher, Pfefferminzdrops, Angelhaken, eine winzige Stabtaschenlampe, ein Fläschchen Nasenspray. Der Beamte hob erstaunt die Augenbrauen und ließ sich das Fläschchen aushändigen. Er sprühte sich vorsichtig Nasenspray auf den Handrücken, roch daran und sagte etwas zu Fuzuliy, der Otto übersetzte, daß er dem Beamten folgen solle.

«Wohin denn?»

«Nur für Drogentest.»

«Drogen?»

«Nasenspray enthält Xylometazolin. Sie dürfen in Baristan nur mit Attest von Hausarzt führen. In Urfustan so übrigens auch. Wenn Droge nicht in Organismus zirkuliert, es gibt geringe Strafe, wenn Sie kooperieren.»

«Ich hab kein Attest, das Spray gehört mir doch gar nicht.»

«Ich sehe, Sie sind aufgeregnet.»

«Sie müssen mir helfen.»

«Zirkuliert Droge?»

«Nein, ich rauche nicht mal.»

«Dann Sie müssen nur wenig Strafe zahlen.»

«Ich hab kein Geld.»

«Das niemand kann glauben.»

«Es ist aber so.»

«Ich kann Ihnen fünfhundert Taler geben, mehr es darf nicht kosten.»

«Können Sie nicht mitkommen und übersetzen?»

«Das ist unmöglich, wir müssen weiter. Drogentest dauert mindestens vierundzwanzig Stunden.»

«Warum?»

«Damit Fehler ausgeschlossen wird. Übrigens haben wir unsere Abmachung ausgefüllt. Wir haben Sie über Grenze geführt, sagt man ‹überführen›? Jetzt Sie müssen weitersehen. Sie sollten höflich sein und Sieglinde ihr Präparat wiedergeben. Und wenn ich darf, möchte ich noch eine Bitte aussprechen, nämlich wäre es sehr freundlich, wenn Sie könnten mir aus Deutschland eine Postkarte schicken. Mein Sohn kollektioniert Briefmarkenversammlung.»

Otto stand auf und schob sich an Willys Beinen vorbei zum Mittelgang durch. «Was ist?» fragte Willy. «Haben Sie Durchfall?»

«Nein, ich muß zu einem Drogentest.»

«Ich nehm immer Kohle, bis es schwarz rauskommt, und dann zwei Immodium.»

Otto stieg mit dem Beamten aus, die Tür schloß sich, und der Bus setzte sich in Bewegung. Der Kies knirschte unter den Rädern, die Rentner klopften gegen die Scheibe, winkten und fotografierten Otto ein letztes Mal. Der Beamte wackelte sorgenvoll mit dem Kopf und forderte Otto auf, ihm zu folgen. Sie betraten das Dienstgebäude, und Otto nahm im Büro gegenüber vom Schreibtisch auf einem Hocker Platz, während der Beamte, weil das Büro so klein war und der Tisch die Breite des Raums ausfüllte, unter dem Tisch durchkroch, um sich auf seinen Stuhl setzen zu können. Der Beamte zog weiße Handschuhe an und tütete das Nasenspray sorgfältig ein. Dann tippte er auf einer Schreibmaschine ein langes Protokoll. Wegen der Hitze hatte er sich sein Hemd bis zum Bauchnabel aufgeknöpft. Er griff immer wieder in eine halbleere Chipstüte und bot auch Otto davon an, der höflich ablehnte. Hinter dem Schreibtisch, der bis auf Aschenbecher, Telefon, Schreibmaschine und einen Skorpion in einem Acrylwürfel leer war, hing ein Bild des Präsidenten von Baristan, einem ehemaligen Zahnarzt, der seine Abstammung auf Noah zurückführte. Er lächelte und hielt ein aufgeschlagenes Buch in den Händen. Sicher hatte er es selbst geschrieben. Neben dem Bild hing ein Foto, das den Beamten zusammen mit einem rotgesichtigen Gérard Depardieu zeigte, der eine russische Pelzmütze trug. Beide umarmten sich, hielten den Daumen hoch und lächelten in die Kamera.

Als das Protokoll aufgesetzt war, telefonierte der Beamte, und nach einer Weile erschien ein anderer Beamter, der noch dicker war, offenbar ein Vorgesetzter. Er wartete, daß sein Kollege unter dem Tisch vorkam, und kroch selbst darunter hindurch, um sich zu setzen, während der erste Beamte seine Uniform gegen einen Jogginganzug tauschte und pfeifend den Raum verließ. Der Vorgesetzte las das Protokoll durch, betrachtete das Fläschchen Nasenspray und wackelte wie sein Vorgänger sorgenvoll mit dem Kopf: «Tstsstss ...»

Wie sollte Otto ihm erklären, daß weder die Jacke, noch der Inhalt der Taschen ihm gehörten?

«Cigarette?» fragte der Beamte, als er sich selbst eine ansteckte. Er schien Wert darauf zu legen, einen amerikanischen Akzent zu haben.

«No, I don't smoke», sagte Otto.

Der Beamte schüttelte den Kopf: «I can't believe it.» Er warf das Nasenspray in die Luft und fing es wieder auf. Er tat so, als würde er es Otto zuwerfen, der reflexartig zuckte, weil er es auffangen wollte.

«Tstsstss ... Wilfried, Wilfried, Wilfried ... Drugs?»

«No, no drugs.»

«Alcohol?»

«No.»

«Girls?»

«No girls.»

«Why?»

«I have a wife and two kids.»

Der Beamte lachte und machte eine Geste, als schneide er sich die Genitalien ab.

«No girls? Your wife castrate you?»

Um guten Willen zu zeigen, lachte Otto mit, aber der Beamte hatte es plötzlich eilig.

«Drugtest, let's go.»

Der Beamte stand auf und beugte sich zu Otto über den Tisch, Otto wollte auch aufstehen, aber der Beamte drückte ihn wieder in den Stuhl. Er formte aus seinen Händen einen Hohlraum und hielt ihn Otto vor den Mund. Otto sollte hineinblasen. Dann hielt der Mann sich beide Hände vor die Nase, sog gierig Ottos Atem ein, hustete, als habe er sich verschluckt, wedelte mit den Händen und verzog das Gesicht, wie jemand, der gerade eine halbe Flasche Wodka in einem Zug hinuntergekippt hat.

«You poison me! Wilfried, Wilfried, Wilfried ...»

Der Beamte zeigte auf Ottos Uhr, Otto machte sie ab und reichte sie ihm. Der Beamte spielte an den Knöpfen und beugte sich schließlich zu Otto, der ihm genau deren Funktion erklären sollte.

«Waterproof?»

«Fifty meters.»

«I like it.»

«You can take it.»

«Watch for me, time for you ...», sagte der Beamte grinsend und band sich die Uhr um. Er legte die linke Hand an die Brust und machte eine halbe Verbeugung.

«How much do you pay for meat in Germany?»

«I don't know, it depends.»

«You like Urfustan?»

«It was interesting.»

«Very bad place. Very dangerous. Bad people. Crazy», er tippte sich an die Stirn.

Von draußen hörten sie Gebrüll. Der Beamte kroch unter dem Tisch durch und trat ans Fenster, es war Streit zwischen den Kollegen ausgebrochen, der Beamte rief ihnen etwas zu und ging dann fluchend zur Tür hinaus. Otto blieb allein, wartete eine Weile, stand schließlich auf und sah vorsichtig aus dem Fenster. Draußen wurde aufgeregt diskutiert, anscheinend ging es um das Geld der Rentner. Otto setzte sich wieder und betrachtete den Präsidenten. Vielleicht täuschte das Bild, und er führte gar kein so sorgenfreies Leben, wie es schien, aber im Moment beneidete Otto ihn trotzdem und hätte gerne getauscht. Als Otto der Hocker zu hart wurde, sank er zu Boden, lehnte sich mit dem Rücken gegen die Wand und schloß die Augen. So saß er, bis die Dämmerung einsetzte und die Gespräche draußen lebhafter geworden waren. Ab und zu brachen alle in Gelächter aus, anscheinend wurde getrunken. Aus einem geöffneten Dienstwagen klang ohrenbetäubend laut Helene Fischers Stimme, die CD war jetzt schon drei oder vier Mal durchgelaufen. Es roch süßlich nach Haschisch. Otto spähte aus dem Fenster. Es war zu dunkel, um viel zu erkennen, aber offenbar hatten sich die Grenzbeamten beider Staaten zu einem gemeinsamen Besäufnis zusammengefunden. Vielleicht ließen sie auch das Nasenspray rumgehen. Die Beamten tranken Büchsenbier und waren bester Laune. Abwechselnd stellten sie sich an die Straße und pinkelten ins Niemandsland. Otto drückte vorsichtig die Klinke der Tür zum Flur, die Tür war nicht verschlossen. Jetzt öffnete Otto, so langsam er konnte, die Tür des Dienstgebäudes. Er preßte sich an die Wand, nutzte die halb geöffnete Tür als Sichtschutz und schob sich bis zur Rückseite des Gebäudes. Dort befand er sich im toten Winkel und konnte sich unbemerkt in die Dunkelheit zurückziehen. Er kam am Desinfektionsbecken vorbei und passierte den nun unbesetzten urfischen Grenzposten. Er ging, bis er eine Kreuzung erreichte, und bog auf eine Seitenstraße, die parallel zur Grenze zu verlaufen schien. Vielleicht könnte er die Grenze abseits des Übergangs passieren. Nach ein paar Kilometern erreichte er ein Buswartehäuschen, das aus massiven Betonpfeilern bestand, die ein elegant nach beiden Seiten auskragendes Flachdach stützten. Die Proportionen waren, das mußte man zugeben, perfekt. Im Inneren befand sich ein gemauerter Vorsprung, der als Bank dienen sollte und dem Otto nicht widerstehen konnte, er legte sich hin. Es roch nach Urin und Exkrementen, aber Otto war froh, eine Art Versteck gefunden zu haben. Ein Gefühl, das schon länger in ihm aufgekommen war, überrollte ihn regelrecht. Er fühlte sich einsam wie lange nicht mehr. Wie gern wäre er jetzt in der Gruppe gewesen. Was seine Rentner wohl jetzt machten? In der kurzen Zeit waren sie ihm schon ans Herz gewachsen. Vielleicht aßen sie Abendbrot im Hotel, traditionelle barische Suppe? Oder sie saßen an der Bar, und Willy erzählte Witze («Ich hätte gerne eine Fahrkarte nach Frankfurt.» «Am Main oder an der Oder?» «Ist egal, ich werd abgeholt.»). Otto vermißte die alten Leute, aber vor allem vermißte er Willy.

KAPITEL 28

Eine Frau kniete vor einem Gaskocher, ein alter Mann lag auf bunten Kissen und Decken am Boden, rauchte und sah Otto schweigend an. An der Wand war ein Wolfsfell aufgehängt, die Schnur war durch die Löcher der fehlenden Augen gefädelt worden. Otto spürte den Mauervorsprung des Bushäuschens nicht mehr unter sich, er lag auf Wolldecken und war mit einer Wolldecke zugedeckt worden. Der unangenehme Geruch menschlicher Exkremente war dem eher angenehmen Geruch tierischer Exkremente gewichen. Otto blickte nach oben zum Dach des Bushäuschens, über das Armeeplanen geworfen worden waren, die man mit Holzstangen gestützt hatte, so daß der Raum um einen Vorraum erweitert worden war. Ab und zu strich Otto ein kühler Luftzug über das Gesicht, der von einer Öffnung in der Decke kam, durch die man den blauen Himmel sah. Die Wandfläche des Bushäuschens war, wie Otto erst jetzt bei Licht sehen konnte, mit einem farbenfrohen Mosaik verziert. Ein Kosmonaut schoß wie eine menschliche Rakete durchs All, mit einer vorgereckten Faust boxte er Planeten und Sterne aus dem Weg. In der anderen Hand hielt er, vorsichtig wie ein frisch geschlüpftes Küken, unseren Erdball. Durch die hohe Geschwindigkeit war sein Körper extrem in die Länge gezogen. Otto versuchte, sich aufzurichten, aber seine Arme waren zu schwach, ihn zu stützen. Die Frau bemerkte seine

Bemühungen und kam herbei, um ihm zu helfen. Sie brachte ihm eine Schale mit Tee und stellte ihm leise Fragen, die er nicht verstand. Er konnte die Schale nicht halten, weil seine Hände zu sehr zitterten. Er mußte warten, bis der Tee sich abkühlte, um zu versuchen, ihn zu schlürfen. So lange wollte er nur liegen und ausruhen, wie das Baby, das fest in eine Winnie-Poo-Decke gewickelt neben ihm am Boden schlief. Auf einem Hausaltar, der mit Lichterketten geschmückt war, stand in einem Kranz von Chilischoten und weißen Plastikrosen ein Bild von Zültan Tantal, der in weißen Reithosen und mit einer runden, weißen Pelzmütze auf dem Kopf lächelnd auf einem Einhorn mit vergoldetem Horn ritt. Das Bild befand sich hinter Glas in einem goldenen Prunkrahmen aus Plastik. Als Otto das nächste Mal aufwachte, hörte er draußen Schafe blöken. Er schaffte es, sich aufzurichten, und schlürfte etwas von seinem Tee. Dann stand er auf und wankte vorsichtig, um nicht über das Baby zu stolpern, zum Ausgang, der alte Mann sah ihm nach. Otto schob den Stoff zur Seite und wurde von der Sonne geblendet, seine Augen gewöhnten sich nur langsam an das Licht. Ein Hund kam kläffend auf ihn zugelaufen und wurde von einem etwa zehnjährigen Jungen angeherrscht. Daß es sich bei dem Zelt eigentlich um ein Bushäuschen handelte, erkannte man nur noch am verrosteten Haltestellenschild, das oben aus den Planen ragte. Sicher war hier seit Jahren kein Bus mehr gefahren. Ein Brett mit weißen Käsebällchen trocknete auf dem Dach. Eine Schafherde drängte sich um das Zelt, die Tiere zog es in den Schatten, sie suchten den Boden nach Halmen ab, die nicht verbrannt waren. Die Frau war Otto hinterhergekommen und reichte ihm wieder eine Schale, diesmal mit vergorener Milch. Ein Mädchen, vielleicht die jüngere Schwester des Jungen, zog an einem Kabel eine Computermaus hinter sich her, hockte sich daneben, fütterte die Maus mit Brotkrumen und streichelte ihr liebevoll den Rücken. Als sie Otto sah, griff sie seine Hand und führte ihn um die Ecke, wo sie in einem mit Stoffresten ausgekleideten Plastikkörbchen ein rosa Spielzeugpferd mit silberner Mähne verwahrt hatte. «It's a Dreamhorse!», sagte sie. Otto tat ihr den Gefallen, das Pferd zu streicheln. Das Mädchen fragte: «America?»

«No, Germany.»

«Germany! Ich lerne Deutsch mit Spaß.»

«Du lernst Deutsch?»

«Ich lerne Deutsch mit Spaß.»

«Wie heißt du?»

«It's a dreamhorse!»

Die Mutter erschien mit dem alten Mann, sie stützte ihn, weil er draußen Gehübungen machen sollte. Er hatte, vielleicht infolge eines Schlaganfalls, ein lahmes Bein. Am Schuh war eine Schnur festgebunden, die Frau zog den Fuß schrittweise nach vorne wie bei einer Marionette.

Ein einzelnes Lamm hielt sich abseits der Herde, es war zu schwach zu trinken und blökte ununterbrochen kläglich. Als der Junge sah, daß Otto sich für das Lamm interessierte, ging er zu dem Tier und trat ihm grinsend in die Seite. Er griff es an den Ohren, hob es hoch und ließ es fallen. Weil Otto ihn entgeistert ansah, machte er eine Geste, als schneide er sich die Kehle durch, womit er zu verstehen gab, daß das Lamm ohnehin bald geschlachtet werde.

Otto spielte mit dem Mädchen, sie bauten ein kleines Gehege für das Dreamhorse, gaben ihm zu essen und bürsteten sein silbernes Haar. Das Mädchen wich keinen Schritt von Ottos Seite und hielt ihn mit Umarmungen fest, wenn er sich wegbegeben wollte, um sich abseits der Haltestelle hinzuhocken, er hatte schlimme Darmkrämpfe. Später saß er im Schatten und beobachtete ein altersschwaches Kamel, dessen gelassen-stoische Kaubewegungen seine Nerven beruhigten. Es fächerte sich mit dem Schwanz Luft zu, röchelte und machte Speichelblasen. Ab und zu gab es ein metallisches Trompeten von sich, wie das Stöhnen eines Boxers, der einen Schlag in die Magengrube bekommen hatte.

Der Junge zerrte ein trächtiges Schaf aus der Herde herbei, klemmte es sich zwischen die Beine und schnitt ihm mit einem scharfen Messer mit erstaunlich wenig Mühe den Kopf ab. Anschließend strich er das Messer am Fell sauber ab. Das Tier zuckte mit den Beinen, während der Fötus in seinem Bauch langsam erstickte. Der Junge drückte ab und zu mit der Hand in den Bauch, wie in ein Wasserbett, um zu prüfen, ob der Fötus noch lebte. Dann hängte er das Schaf an den Hinterbeinen auf, zog das Fell ab und schnitt dem nackten Tier den Bauch auf. Umhüllt von einer weißen Hautblase, fiel der Fötus auf den Boden. Der Junge riß die Haut auf und warf den leblosen, schwarzen Fötus in eine Blechschale. Später würde ihm das Fell, das bei Pelzhändlern besonders viel einbrachte, abgezogen werden und zum Trocknen auf ein am Zelt lehnendes, großes Brett genagelt.

Eine verbeulte Autofelge, unter der Feuer gemacht wurde, diente als Grill, auf dem in Steinkrügen verwestes, von Maden zerfressenes Hammelfleisch gebraten wurde, das die Mutter auf Einwegtellern aus Plastik servierte. Otto aß gierig. Er versuchte, sich nach dem Weg zur Grenze zu erkundigen. «Baristan ... Urfustan ...?» Der Junge machte mit den Armen Schwimmbewegungen, offenbar war die Grenze in diesem Gebiet ein Fluß.

Otto fragte, wo der Vater der Familie sei, die Frau zeigte auf den Altar mit dem Bild, das Zültan Tantal zeigte. Otto sah sie fragend an. Er wußte nicht, daß der Architekt des Vaterlands mit seinem Aussehen offiziell als ideale Erscheinung des urfischen Mannes galt und nach allgemeiner Auffassung allen urfischen Männern ähnlich sah, weshalb Familien, die sich kein Porträt ihres Vaters leisten konnten, Bilder von Zültan Tantal verwendeten. Der Vater von Ottos Gastgebern war schon vor Jahren auf einer Baustelle in der Hauptstadt tödlich verunglückt.

Nachts blinkten die neonfarbenen Lichterketten, die zum Schmuck um das Zelt gewickelt worden waren. Otto schlief wieder auf dem gemauerten Absatz im Bushäuschen. Einmal ging er nach draußen, um sich hockend zu erleichtern. Der Hund knurrte böse. Otto hatte noch nie so eine sternenklare Nacht gesehen, die Milchstraße war ein weißer Schleier aus Millionen Lichtpunkten, immer wieder schossen Sternschnuppen über den Himmel. Die leichte Unregelmäßigkeit des «W» der Kassiopeia hatte ihn früher immer gestört. Otto empfand plötzlich eine große Freude, am Leben zu sein, auf diesem Planeten, mit dem er durchs Weltall reiste. Er machte ein paar Schritte vom Zelt weg in die Dunkelheit, die sich um ihn legte wie ein Mantel.

Am nächsten Morgen ritt der Junge mit Otto auf dem Kamel zum Ufer des Flusses, stolz trug er dabei eine golden verspiegelte Sonnenbrille. Das Tier schaffte es kaum, sich zu erheben, sein Fell war voller kahler Stellen. Der Junge hatte Kopfhörer auf, allerdings hörte er keine Musik, er hatte kein Abspielgerät. Am Fluß angekommen, sank das Kamel zu Boden, als wolle es nie wieder aufstehen. Der Junge führte Otto zu einem Floß, das aus zwei Europaletten bestand, unter denen mit Hanfseilen acht prall mit Luft gefüllte Schafbälge befestigt waren. Man sah die Stummel von Hals und Beinen, die mit Hölzchen und Hanfseilen fest zugebunden waren. Der Junge öffnete einen Beinstummel und blies, tief und bedächtig ein- und ausatmend, Luft in einen der Schafbälge, der ihm noch nicht voll genug erschien. Dann schob er das Floß ins Wasser, und sie bestiegen es vorsichtig. Der Junge hockte vorn und steuerte mit einem Holzruder, während Otto mit seinem Besen half, das Floß vom Ufer abzustoßen. Der Fluß war einen halben Kilometer breit, aber das gelb-trübe Wasser war so flach, daß sie sich an Sandbänken vorbeimanövrieren mußten. Auf der anderen Seite des Flusses angekommen, sprangen sie an Land und zogen das Floß aus dem Wasser. Der Junge zeigte in die Ferne, in diese Richtung mußte Otto gehen. Otto wühlte in seiner Weste und zog aus einer der vielen Taschen einen Einkaufswagenchip von Aldi Süd hervor, den er dem Jungen schenkte. Der Junge freute sich und machte zum Dank fröhlich grinsend den Hitlergruß.

KAPITEL 29

Die Sonne stand hoch am Himmel, und man konnte glauben, es gäbe keinen Schatten mehr auf der Welt, weil das Licht stark genug war, jede Substanz zu durchdringen. Otto drehte sich auf den Bauch, um sich, wie ein Holzfäller, dessen Rücken von der Arbeit für immer steif geworden war, langsam auf die Knie aufzurichten. Dann versuchte er vergeblich aufzustehen, aber seine Beine hatten nicht die Kraft dazu. Er mußte keuchend eine Pause einlegen und stützte sich dabei auf seinen treuen Besenstiel. Wie oft hatte er über Architektur nachgedacht, über Sempers Bekleidungstheorie, den Raumplan von Adolf Loos, Le Corbusiers Modulor, die Bedeutung des Details für das Ganze. Aber nie hatte er verstanden, daß alles mit dem Dach begann und mit dem Schatten, den es warf und ohne den wir nicht überleben könnten. In der Ferne glänzte ein metallischer Gegenstand, Otto hielt sich die Hand vor die Stirn, aber er konnte nicht genauer erkennen, was dort zu sehen war. Otto hatte das Gefühl, daß er es dem Mutterschaf und seinem Lämmchen, deren Tod er gestern miterlebt hatte, schuldig war, nicht aufzugeben. Er umklammerte mit beiden Händen den Besenstiel und drückte mühsam sein rechtes Knie durch, bis er aufrecht stand. Er mußte herausfinden, was dort in der Steppe lag, davon hing jetzt alles ab. Er schleppte sich in die Richtung des Gegenstands, sah auf den Boden und konzentrierte sich darauf, nicht zu stürzen. Wenn man im Alter zu stürzen begann, erholte man sich meist nicht mehr davon. Man traute sich nicht mehr aus dem Haus, baute dadurch weiter ab und verlor die Lust am Leben, denn Leben ist Bewegung. Otto hielt die Lider fast geschlossen, weil das Licht so grell war. Er konnte es sich nicht erlauben zu rasten, dann hätte die Kraft womöglich nicht mehr für einen weiteren Aufbruch gereicht. Otto hatte kein Zeitgefühl mehr, vielleicht war er Stunden unterwegs, vielleicht auch Tage, während er sich auf etwas wie einen umgekippten Flaschencontainer zubewegte, dessen Oberfläche verkohlt aussah. Vielleicht konnte er dort Schatten finden und nachdenken, wie es weitergehen sollte. Wenn er erst im Schatten wäre, würde ihm schon etwas einfallen. Seit er kein Kind mehr war, hatte er sich nach einem Ort gesehnt, an dem er seine Gedanken ordnen könnte, wie zuletzt, wenn er im Sommer aus dem halbrunden Fensterchen der Dachkammer im Haus seines Großonkels auf die Bäume, die das Grundstück begrenzten, und die dahinterliegenden Felder gesehen hatte. Der Wind rauschte in den Birken, deren Stämme ein Kleid aus Efeublättern trugen, in dem sich Vögel eingenistet hatten. Im Zimmer roch es nach dem Holz des Dachgestühls. Sein Großonkel war ein von seinen Schülern verspotteter Lateinlehrer gewesen, der auf dem Dorf lebte und in den Ferien mit Otto versucht hatte, eine Wasserkaskade von M. C. Escher nachzubauen, um damit unendlich viel Strom zu erzeugen und mit einem Schlag alle Probleme der Menschheit zu lösen. Als Otto noch nicht geahnt hatte, daß er einmal Architektur studieren würde, um in die Fußstapfen seines Vaters und seines Großvaters zu treten, hatte er davon geträumt, in dieser Dachkammer zu leben und sich der Gartenarbeit, den Bienen, Basteleien und langen botanischen Erkundungen durch die Auwälder am Ufer des Flusses zu widmen. Kein Architekt der Welt war in der Lage, solch einen Raum zu entwerfen, er war dadurch entstanden, daß er jahrelang unverändert geblieben war, bis er für ihn die Gestalt der Kindheit angenommen hatte.

Wind kam auf, und ohne daß es sich abgekühlt hätte, wirbelten weiße Flocken durch die Luft, auf Otto herab. Er öffnete die Lippen, um den Schnee darauf schmelzen zu lassen, aber er mußte ihn wieder ausspucken, irgendwo hatte sich die Plane von einem Haufen geernteter Baumwolle gelöst. Otto schleppte sich weiter auf das verkohlte Objekt zu, als er es endlich erreicht hatte, lehnte er sich dagegen, zog die Hand aber sofort wieder zurück. Die Oberfläche war glühend heiß. Am schmaleren Ende des Containers gab es eine runde Öffnung, durch die Otto ins Innere kroch, die Luke ließ sich nur von außen schließen. Otto befand sich in einer Koje, in der er mit gekrümmtem Rücken, die Knie leicht erhöht, wie ein Baby in einem Maxi-Cosi-Kindersitz liegen konnte. Es war so heiß, daß er fast ohnmächtig wurde. Vielleicht verlor Otto auch wirklich zeitweise das Bewußtsein, vielleicht war es aber auch umgekehrt, und er erlangte es nur manchmal für kurze Zeit wieder. Er hörte Motorengeräusche, Männerstimmen, jemand schlug mit einem Hammer gegen den Container. Ein Kopf streckte sich ins Innere, man stocherte mit einer Eisenstange nach Otto, stach ihm mit einem Messer in den Bauch und hielt ihn nach dieser Probe wohl für tot. Die Luke wurde geschlossen, endlich war Otto allein, er fühlte sich geborgen, wie in einer von Kurokawas Kapseln. Durch das schmutzige Bullauge drang gerade genug Licht herein, daß es nicht vollkommen finster war. Der Container wurde mit einer Seilwinde auf einen Anhänger gezogen, auf dem schon anderer Metallschrott lag. Er würde eingeschmolzen werden und das gewonnene Eisen weiterverkauft. Es würden Stahlträger daraus gegossen werden, für Hochhäuser in Mangana, für Pipelines, in denen urfisches Gas nach Europa transportiert wurde, für Waffen, mit denen man die Bürgerkriegsparteien in Entwicklungsländern beliefern konnte, wo nur noch Kindersoldaten kämpften, weil ihre Väter sich längst gegenseitig totgeschossen hatten. Selbst, wenn er gewollt hätte, hätte Otto die Luke nicht mehr öffnen können. Einmal weckte ihn das Summen einer Mücke direkt an seinem Ohr, laut wie eine Kreissäge, aber im fahlen Licht sah er, daß es sich nicht um eine Mücke, sondern um eine Obstfliege handelte. Nie hatte er bemerkt, daß man Obstfliegen hören konnte. Die Obstfliege würde Ottos Schicksal teilen, und dabei traf sie gar keine Schuld. Otto sah, wie die Obstfliege sich auf seine Hand setzte, es schien ihm, als spüre er ihr Gewicht. Wie oft hatte er gedankenlos Insekten getötet, nur weil ihn ihr Geräusch oder ihr Anblick störte, oder auch nur, um beim Nachdenken seine Hände zu beschäftigen. Er hätte sein Leben für dieses kleine Wesen gegeben, aber dafür war es nun zu spät. Denn in sein altes Leben, das spürte er, führte kein Weg zurück. Otto hätte nie geglaubt, wie friedlich sich dieser Gedanke anfühlen konnte. Wichtig zu lernen vor allem ist Einverständnis. Otto flüsterte, aber vielleicht war es gar nicht mehr zu hören, weil seine Kraft nur noch für den Wunsch reichte und nicht mehr für die Ausführung, der Obstfliege leise zu: «Verzeih mir.»

Für die Arbeit am Roman war eine Reihe von Büchern hilfreich, in erster Linie wären zu nennen: «Das Bauhaus in Weimar» von Karl-Heinz Hüter, «Standardstädte» von Thomas Flierl, «Architektur für die russische Raumfahrt», herausgegeben von Philipp Meuser, «Geschichte der Architekturtheorie» von Hanno-Walter Kruft, «Erinnerungen aus dem Widerstand 1938–1945» von Margarete Schütte-Lihotzky, «The Playground Project» von Gabriela Burkhalter, «Lernen von Las Vegas» von Robert Venturi, Denise S. Brown und Steven Izenour, «Das grüne Licht der Steppen» von Brigitte Reimann und «Nahaufnahmen. Aus Sibirien und dem sowjetischen Orient» von Landolf Scherzer. Eine ständige Inspiration war die Lektüre von «marlowes – eMagazin für Architektur und Stadt» und «moderneREGIONAL – Online-Magazin für die Nachkriegsmoderne». Philipp Meuser danke ich besonders für seine Unterstützung bei Recherchen in Zentralasien.

Von Jochen Schmidt ist erschienen:

C.H.Beck

Triumphgemüse

Müller haut uns raus

Meine wichtigsten Körperfunktionen

Schneckenmühle

Schmythologie (Illustrationen von Line Hoven)

Der Wächter von Pankow

Zuckersand

Voland & Quist

Schmidt liest Proust – Quadratur der Krise

Weltall. Erde. Mensch.

Rowohlt

Drüben und drüben – Zwei deutsche Kindheiten (gemeinsam mit David Wagner)

dtv premium

Seine großen Erfolge

Stuart & Jacoby

Dudenbrooks (Illustrationen von Line Hoven)

Piper

Gebrauchsanweisung für die Bretagne

Gebrauchsanweisung für Rumänien

Gebrauchsanweisung für Ostdeutschland

Gebrauchsanweisung fürs Laufen

Edel Books

Ballverliebt: Texte zum Fußball von Jochen Schmidt zu historischen Amateuraufnahmen aus der Sammlung Jochen Raiß